THE DARK TOWER
黑暗塔
VI

# 苏珊娜之歌

〔美〕斯蒂芬·金 著 | 郑咏滟 译

# SONG OF SUSANNAH

STEPHEN KING

上海文艺出版社

**图书在版编目(CIP)数据**

苏珊娜之歌/(美)金(King, S.)著;郑咏滟译.
—上海:上海文艺出版社,2013
(斯蒂芬·金小说系列)
ISBN 978-7-5321-4916-2

Ⅰ.①苏… Ⅱ.①金… ②郑… Ⅲ.①长篇小说-美国-现代 Ⅳ.①I712.45

中国版本图书馆 CIP 数据核字(2013)第 097879 号

Stephen King
**SONG OF SUSANNAH**

---



著作权合同登记号　图字:09-2013-249

责任编辑:秦　静
选题策划:吴文娟　任　战
封面设计:聂永真

**苏珊娜之歌**
〔美〕斯蒂芬·金　著
郑咏滟　译
**上海文艺出版社**出版、发行
地址:上海绍兴路 74 号
电子信箱:cslcm@public1.sta.net.cn
网址:www.slcm.com
新华书店经销　山东临沂新华印刷物流集团有限责任公司
开本 670×960　1/16　印张 29　字数 328,000
2013 年 8 月第 1 版　2022 年 1 月第 4 次印刷
ISBN 978-7-5321-4916-2/I·3849　定价:48.00 元

THE DARK TOWER

# 目录

# 序言:关于十九岁

## (及一些零散杂忆)

### 1

在我十九岁时,霍比特人正在成为街谈巷议(在你即将要翻阅的故事里就有他们的身影)。

那年,在马克思·雅斯格牧场上举办的伍德斯托克音乐节上,就有半打的“梅利”和“皮平”在泥泞里跋涉,另外还有至少十几个“佛罗多”,以及数不清的嬉皮“甘道夫”。在那个时代,约翰·罗奈尔得·瑞尔·托尔金的《魔戒》让人痴迷狂热,尽管我没能去成伍德斯托克音乐节(这里说声抱歉),我想我至少还够得上半个嬉皮。话说回来,他的那些作品我全都读了,并且深为喜爱,从这点看就算得上一个完整的嬉皮了。和大多数我这一代男女作家笔下的长篇奇幻故事一样(史蒂芬·唐纳森的《汤玛斯·考文南特的编年史》以及特里·布鲁克斯的《沙娜拉之剑》就是众多小说中的两部),《黑暗塔》系列也是在托尔金的影响下产生的故事。

尽管我是在一九六六和一九六七年间读的《魔戒》系列,我却迟迟未动笔写作。我对托尔金的想象力的广度深为折服(是相当动情的全身心的折服),对他的故事所具有的那种抱负心领神会。但是,我想写具有自己特色的故事,如果那时我便开始动笔,我只会写出他那样的东西。那样的话,正如已故的“善辩的”迪克·尼克松喜欢说的,就会一错到底了。感谢托尔金先生,二十世纪享有了它所需要的所有的精灵和魔法师。

一九六七年时,我根本不知道自己想写什么样的故事,不过那倒也并不碍事；因为我坚信在大街上它从身边闪过时，我不会放过去的。我正值十九岁，一副牛哄哄的样子，感觉还等得起我的缪斯女神和我的杰作（仿佛我能肯定自己的作品将来能够成为杰作似的）。十九岁时，我好像认为一个人有本钱趾高气扬；通常岁月尚未开始不动声色地催人衰老的侵蚀。正像一首乡村歌曲唱的那样，岁月会拔去你的头发，夺走你跳步的活力，但事实上，时间带走的远不止这些。在一九六六和一九六七年间，我还不懂岁月无情，而且即使我懂了，也不会在乎。我想象不到——简直难以想象——活到四十岁会怎样，退一步说五十岁会怎样？再退一步。六十岁？永远不会！六十岁想都没想过。十九岁，正是什么都不想的时候。十九岁这个年龄只会让你说：**当心，世界，我正抽着 TNT①，喝着黄色炸药，你若是识相的话，别挡我的道儿——斯蒂芬在此！**

十九岁是个自私的年纪，关心的事物少得可怜。我有许多追求的目标，这些是我关心的。我的众多抱负，也是我所在乎的。我带着我的打字机，从一个破旧狭小的公寓搬到另一个，兜里总是装着一盒烟，脸上始终挂着笑容。中年人的妥协离我尚远，而年老的耻辱更是远在天边。正像鲍勃·西格歌中唱到的主人公那样——那首歌现在被用做了售卖卡车的广告歌——我觉得自己力量无边，而且自信满满；我的口袋空空如也，但脑中满是想法，心中都是故事，急于想要表述。现在听起来似乎干巴无味的东西，在当时却让自己飘上过九重天呢。那时的我感到自己很“酷”。我对别的事情毫无兴趣，一心只想突破读者的防线，用我的故事冲击他们，让他们沉迷、陶醉，彻底改变他们。那时的我认为自己完全可以做到，因为我相信自己生来就是干这个的。

---

① 一种烈性炸药。

这听上去是不是狂傲自大？过于自大还是有那么一点？不管怎样，我不会道歉。那时的我正值十九岁，胡须尚无一丝灰白。我有三条牛仔裤，一双靴子，心中认为这个世界就是我稳握在手的牡蛎，而且接下去的二十年证明自己的想法没有错误。然而，当我到了三十九岁上下，麻烦接踵而至：酗酒，吸毒，一场车祸改变了我走路的样子（当然还造成了其他变化）。我曾详细地叙述过那些事，因此不必在此旧事重提。况且，你也有过类似经历，不是吗？最终，世上会出现一个难缠的巡警，来放慢你前进的脚步，并让你看看谁才是真正的主宰。毫无疑问，正在读这些文字的你已经碰上了你的"巡警"（或者没准哪一天就会碰到他）；我已经和我的巡警打过交道，而且我知道他肯定还会回来，因为他有我的地址。他是个卑鄙的家伙，是个"坏警察"，他和愚蠢、荒淫、自满、野心、吵闹的音乐势不两立，和所有十九岁的特征都是死对头。

但我仍然认为那是一个美好的年龄，也许是一个人能拥有的最好的岁月。你可以整晚放摇滚乐，但当音乐声渐止、啤酒瓶见底后，你还能思考，勾画你心中的宏伟蓝图。而最终，难缠的巡警让你认识到自己的斤两；可如果你一开始便胸无大志，那当他处理完你后，你也许除了自己的裤脚之外就什么都不剩了。"又抓住一个！"他高声叫道，手里拿着记录本大步流星地走过来。所以，有一点傲气（甚至是傲气冲天）并不是件坏事——尽管你的母亲肯定教你要谦虚谨慎。我的母亲就一直这么教导我。她总说，**斯蒂芬，骄者必败**……结果，我发现当人到了三十八岁左右时，无论如何，最终总是会摔跟头，或者被人推到水沟里。十九岁时，人们能在酒吧里故意逼你掏出身份证，叫喊着让你滚出去，让你可怜巴巴地回到大街上，但是当你坐下画画、写诗或是讲故事时，他们可没法排挤你。哦，上帝，如果正在读这些文字的你正值年少，可别让那些年长者或自以为是的有识之士告诉你该怎么做。当然，你可能从来没去过巴黎；你也从来没在潘普洛纳奔牛节上和公牛一起狂奔。不错，你只是个毛头小伙，三年前腋下才开始长毛——但这又怎样？如果你不一开始就准备拼命长来撑坏你的裤子，难道是想留着等你长大后再怎么设法填满裤子吗？我的态度一贯是，不管别人怎么说你，年轻时就要有大动作，别怕撑破了裤子；坐下，抽根烟。

## 2

我认为小说家可以分成两种，其中就包括像一九七〇年初出茅庐的我那样的新手。那些天生就更在乎维护写作的文学性或是“严肃性”的作家总会仔细地掂量每一个可能的写作题材，而且总免不了问这个问题：**写这一类的故事对我有什么意义？**而那些命运与通俗小说紧密相连的作家更倾向于提出另一个迥异的问题：**写这一类的故事会对其他人有什么意义？**“严肃”小说家在为自我寻找答案和钥匙；然而，“通俗”小说家寻找的却是读者。这些作家分属两种类型，但却同样自私。我见识过太多的作家，因此可以摘下自己的手表为我的断言做担保。

总之，我相信即使是在十九岁时，我就已经意识到佛罗多和他奋力摆脱那个伟大的指环的故事属于第二类。这个故事基本上能算是以古代斯堪的纳维亚的神话为背景的一群本质上具有英国特征的朝圣者的冒险故事。我喜欢探险这个主题——事实上，我深爱这一主题——但我对托尔金笔下这些壮实的农民式的人物不感兴趣（这并不是说我不喜欢他们，相反我确实喜欢这些人物），对那种树木成荫的斯堪的纳维亚场景也没有兴趣。如果我试图朝这个方向创作的话，肯定会把一切都搞砸。

所以我一直在等待。一九七〇年时我二十二岁，胡子中出现了第一缕灰白(我猜这可能与我一天抽两包半香烟有关)，但即便人到了二十二岁，还是有资本再等一等的。二十二岁的时候，时间还在自己的手里，尽管那时难缠的巡警已经开始向街坊四处打探了。

有一天，在一个几乎空无一人的电影院里(如果你真好奇的话，我可以告诉你是在缅因州班戈市的百玖电影院里)，我看了场瑟吉欧·莱昂内执导的《独行侠勇破地狱门》。在电影尚未过半时，我就意识到我想写部小说，要包含托尔金小说中探险和奇幻的色彩，但却要以莱昂内创造的气势恢弘得几乎荒唐的西部为背景。如果你只在电视屏幕上看过这部怪诞的西部片，你不会明白我的感受——也许这对你有些得罪，但的确是事实。经过潘纳维申①镜头的精确投射，宽银幕上的《独行侠勇破地狱门》简直就是一部能和《宾虚》相媲美的史诗巨作。克林特·伊斯特伍德看上去足有十八英尺高，双颊上挺着的每根硬如钢丝的胡楂都有如小红杉一般。李·范·克里夫嘴角两边的纹路足有峡谷那么深，在每条纹路的底部可能都有一个无阻隔界(见《巫师与玻璃球》)。而望不到边的沙漠看上去至少延伸到海王星的轨道边了。片中人物用的枪的枪管直径都如同荷兰隧道般大小。

除了这种场景设置之外，我所想要获得的是这种**尺寸**所带来的史诗般的世界末日的感觉。莱昂内对美国地理一窍不通(正如片中的一个角色所说，芝加哥位于亚利桑那州的凤凰城边上)，但正由于这一点，影片得以形成这种恢弘的错位感。我的热情——一种只有年轻人才能迸发出的激情——驱使我想写一部长篇，不仅仅是**长篇**，而且是**历史上最长的通俗小说**。我并未

---

① 一种制作宽银幕电影的工艺，商标名。——译者注。如无特别说明，后文中的注解一律为译者注。

如愿以偿，但觉得写出的故事也足够体面；《黑暗塔》，从第一卷到第七卷讲述的是一个故事，而前四卷的平装本就已经超过了两千页。后三卷的手稿也逾两千五百页。我列举这些数字并不是为了说明长度和质量有任何关联；我只是为了表明我想创作一部史诗，而从某些方面来看，我实现了早年的愿望。如果你想知道我为何有这么一种目标，我也说不出原因。也许这是不断成长的美国的一部分：建最高的楼，挖最深的洞，写最长的文章。我的动力来自哪里？也许你会抓着头皮大喊琢磨不透。在我看来，也许这也是作为一个美国人的一部分。最终，我们都只能说：**那时这听上去像个好主意**。

## 3

另一个关于十九岁的事实——不知道你还爱不爱看——就是处于这个年龄时，许多人都觉得身处困境（如果不是生理上，至少也是精神和感情上）。光阴荏苒，突然有一天你站在镜子跟前，充满迷惑。**为什么那些皱纹长在我脸上？**你百思不得其解，**这个丑陋的啤酒肚是从哪来的？天哪，我才十九岁呢！**这几乎算不上是个有创意的想法，但这也并不会减轻你的惊讶程度。

岁月让你的胡须变得灰白，让你无法再轻松地起跳投篮，然而一直以来你却始终认为——无知的你啊——时间还掌握在你的手里。也许理智的那个你十分清醒，只是你的内心拒绝接受这一事实。如果你走运的话，那个因为你步伐太快，一路上享乐太多而给你开罚单的巡警还会顺手给你一剂嗅盐①。我在二十

① 嗅盐，是一种芳香碳酸铵合剂，用作苏醒剂。

世纪末的遭遇差不多就是如此。这一剂嗅盐就是我在家乡被一辆普利茅斯捷龙厢式旅行车撞到了路边的水沟里。

在那场车祸三年后，我到密歇根州蒂尔博市的柏德书店参加新书《缘起别克8》的签售会。当一位男士排到我面前时，他说他真的非常非常高兴我还活着。（我听了非常感动，这比"你怎么还没死？"这种话要令人振奋得多。）

"当我听说你被车撞了时，我正和一个好朋友在一起。"他说，"当时，我们只能遗憾地摇头，还一边说'这下塔完了，已经倾斜了，马上要塌，啊，天哪，他现在再也写不完了。'"

相仿的念头也曾出现在我的脑袋里——这让我很焦急，我已经在百万读者集体的想象中建造起了这一座"黑暗塔"，只要有人仍有兴趣继续读下去，我就有责任保证它的安全——即使只是为了下五年的读者；但据我了解，这也可能是能流传五百年的故事。奇幻故事，不论优劣（即使是现在，可能仍有人在读《吸血鬼瓦涅爵士》或者《僧侣》），似乎都能在书架上摆放很长时间。罗兰保护塔的方法是消灭那些威胁到梁柱的势力，这样塔才能站得住。我在车祸后意识到，只有完成枪侠的故事，才能保护我的塔。

在"黑暗塔"系列前四卷的写作和出版之间长长的间歇中，我收到过几百封信，说"理好行囊，我们将踏上负疚之旅"之类的话。一九九八年（那时我还当自己只有十九岁似的，狂热劲头十足），我收到一位八十二岁老太太的来信，她"并无意要来打搅你，但是这些天病情加重"，这位老太太告诉我，她也许只有一年的时间了（"最多十四个月，癌细胞已经遍布全身"），而她清楚我不可能因为她就能在这段时间里完成罗兰的故事，她只是想知道我能否（"求你了"）告诉她结局会怎样。她发誓"绝不会告诉另一个灵魂"，这句话很是让我揪心（尽管还没到能让我继续创作的程度)。一年之后——好像就是在车祸后我住院的那段时间里——我的一位助手,马莎·德菲力朴,送来一封信,作者是得克萨斯州或是佛罗里达州的一位临危病人,他提了完全一样的要求:想知道故事以怎样的结局收场?(他发誓会将这一秘密带到坟墓里去,这让我起了一身鸡皮疙瘩。)

我会满足这两位的愿望——帮他们总结一下罗兰将来的冒险历程——如果我能做到的话,但是,唉,我也不能。那时,我自己并不知道枪侠和他的伙伴们会怎么样。要想知道,我必须开始写作。我曾经有过一个大纲,但一路写下来,大纲也丢了。(反正,它可能本来也是一文不值。)剩下的就只是几张便条(当我写这篇文章时,还有一张"阒茨,栖茨,薁茨,某某—某某—篮子"①贴在我桌上)。最终,在二〇〇一年七月,我又开始写作了。那时我已经接受了自己不再是十九岁的事实,知道我也免不了肉体之躯必定要经受的病灾。我清楚自己会活到六十岁,也许还能到七十。我想在坏巡警最后一次找我麻烦之前完成我的故事。而我也并不急于奢望自己的故事能和《坎特伯雷故事集》或是《艾德温·德鲁德之谜》归档在一起。

我忠实的读者,不论你看到这些话时是在翻开第一卷还是正准备开始第五卷的征程,我写作的结果——孰优孰劣——就摆在你的面前。不管你是爱它还是恨它,罗兰的故事已经结束了。我希望你能喜欢。

至于我自己,我也拥有过了意气风发的岁月。

斯蒂芬·金

2003 年 1 月 25 日

---

① 这是在"黑暗塔"中出现过多次的一段童谣。

去吧。在这个世界之外还有其他的世界。

——约翰·“杰克”·钱伯斯

我是永远哀伤的少女
每日被烦恼忧思所愁
注定漂游在这世上
却没有朋友
可以诉说衷肠……

——民歌

上帝的意旨都是正确的。

——雷夫·英格尔《平安似河流》

# 19

# 再生
# REPRODUCTION

第一章

# 光　震

# 1

“魔力能持续多久？”

罗兰看没人回答他的问题，就又问了一遍。这回他的视线扫向并排坐在神父住所客厅另一头的曼尼[①]族长韩契克与坎泰伯。韩契克孙女众多，坎泰伯娶了其中一个，两人依照曼尼人的旧俗手拉手并肩坐着。年长的那位当天刚刚失去一个孙女，可即使他内心悲恸，那张石刻般冷静的脸却没有泄露出丝毫这样的情感。

埃蒂·迪恩面色惨白，一言不发地坐在罗兰身边。再过去，杰克·钱伯斯盘膝坐在地板上，他把奥伊拉了过来放在腿上。罗兰从没见过这头貉獭如此温顺，所以几乎不敢相信眼前所见。埃蒂和杰克两人身上都血迹斑斑，杰克身上的是他的朋友本尼·斯莱特曼的血，而埃蒂身上的血迹则属于玛格丽特·艾森哈特。赤径的玛格丽特，年老族长刚刚失去的孙女。埃蒂与杰克看上去与罗兰一样筋疲力尽，但他相当肯定，今晚他们也没时间休息。远处从小镇广场传来阵阵烟花爆竹声，那里人们正载歌载舞地欢庆胜利。

而这里没有任何庆祝。本尼和玛格丽特都死了，苏珊娜失踪了。

“韩契克，求求你，告诉我：魔力将会持续多久？”

老人心不在焉地捋捋长须。“枪侠——罗兰——我不能说。洞穴内的门魔力强大，正如你所知，我都不知道。”

---

① 曼尼人（the Manni），小说中虔诚的游牧部落，穿梭于世界之间。

“那么只要说你怎么想的，就你知道的那些。”

埃蒂颤悠悠地抬起沾满泥垢的双手，指甲下还藏了些血迹。“快说，韩契克，”他卑微、困惑地请求道，罗兰从没听见过他这样的语气。“快说，我求你了。”

卡拉汉神父的女仆罗莎丽塔托着盘子走进屋，盘子上放了几只杯子和一卡拉夫瓶腾腾冒着热气的咖啡。看起来她至少抽了个空当脱下沾满血迹污垢的裤子、衬衫，换了身干净的居家服。不过她的眼神仍然显得心有余悸，好像一只受惊的小动物趴在窝边向外瞅。她一言不发地往杯子里倒上咖啡，传给大家。罗兰接过杯子时发现她并没擦干净所有血迹，右手手背上还留着一道血痕。是玛格丽特的还是本尼的？不得而知，他也不关心。狼群已被击败，他们还会不会再次攻击卡拉·布林·斯特吉斯是卡要关心的问题，而他们要关心的是苏珊娜·迪恩，她在战斗结束之后，就连同黑十三一道失踪了。

韩契克说：“你是问卡文？”

“是的，族长，”罗兰附和道，“魔力会持续多久？”

卡拉汉神父拿了杯咖啡，点点头，脸上挤出一丝微笑，但并没开口道谢。自从大家从山洞回来以后他就很少开口。他的腿上放着一本名为《撒冷镇》[①]的小说，作者从没听说过。虽说这本小说号称是虚构的，可他，唐纳德·卡拉汉，却身在其中。他曾经就住在小说中描述的小镇，而且亲身经历了小说中描述的怪事。他翻阅过小说的封三和封底，想看看作者照片，甚至有一种诡异的预感，觉得找到的会是他自己的照片（可能就是他一九七五年时的模样，一系列的怪事就是在那时相继发生的），不过

① 《撒冷镇》（*Salem's Lot*），又译作《午夜行尸》、《吸血鬼复活记》，是斯蒂芬·金一九七五年创作的恐怖小说，曾被改编为电影。

却什么照片也没找到，只有寥寥几字的作者简介。家住缅因州，已婚，之前写过一本小说，看起来得到的评论尚可，要是你相信书封底引用的评论的话。

“魔力越大持续的时间就越长。”坎泰伯说完，询问地瞥了韩契克一眼。

“哎，”韩契克说，“魔力与魔法，两者合而为一，都从过去展开。”他顿了一下。“从过去，你明白吗？”

“这扇门通向我的朋友来的那个世界，只不过每次开门的空间、时间都不尽相同，”罗兰说。“我想再次打开它，可只要上两次开启的时空就行。最近的两次。可以吗？”

韩契克与坎泰伯在考虑，众人屏息等待在一旁。曼尼人是伟大的旅行者。如果有人能理解、能完成罗兰的心愿——他们所有人的心愿——那肯定非曼尼人莫属。

坎泰伯毕恭毕敬地向卡拉·赤径的族长韩契克倾过身子，耳语了几句，韩契克面无表情地听完后伸出一只骨节突出的老手扳过坎泰伯的头，低声答了几句。

埃蒂挪了挪身子，罗兰感到他即将失控，或许会大叫起来，连忙伸手压了压埃蒂的肩膀。埃蒂退了回来。至少是暂时忍了下去。

韩契克与坎泰伯低声商量了大概五分钟，其他人全在一旁等候。远处传来的欢庆喧闹让罗兰都觉得难以接受；上帝才知道这一切会让埃蒂有什么感觉。

终于，韩契克拍了拍坎泰伯的面颊，然后朝罗兰转过身。

“我们认为可以。”他说。

“感谢上帝，”埃蒂喃喃地说，接着他提高声音：“感谢上帝！还等什么，我们可以在东路汇合——”

两位长髯老者齐齐摇头，韩契克一脸肃穆、悲伤，而坎泰伯的神情则近乎惶恐。

"我们不会在天黑以后去声音洞的。"韩契克说。

"我们必须去!"埃蒂忍不住爆发,"你们不明白!现在根本不是魔力能持续多久的问题,而是门的另一边时间过去多久的问题!那头时间流逝得更快,而且不能倒转!上帝啊,苏珊娜都可能已经快生了,而如果那个食人族——"

"听我说,年轻人,"韩契克打断他,"我请你仔细听我说。天色很快就要暗下来。"

没错。罗兰从没经历过像今天一样的日子,时间如此匆匆地从手指缝里溜走。他们和狼群的恶战在天蒙蒙亮时开始,紧接着人们就在路边庆祝胜利,哀悼伤亡的同伴(最后发现伤亡人数实际上少得惊人)。之后他们发现苏珊娜失踪,连忙追回山洞,找到了一些蛛丝马迹。等他们回到东路上的战场时,天色已过晌午。镇上大多数人都已经各自带着逃脱魔爪的孩子凯旋而归。韩契克当时确实同意与他们好好聊聊,但当他们回到神父住所时太阳已经挂在西边等着落山了。

*我们终究还是要休息一个晚上*,罗兰暗想,而他自己都不清楚此时是该额手称庆还是难过失望。他唯一清楚的是睡眠对他没什么坏处。

"我洗耳恭听,"埃蒂回答,但是罗兰的手并未从他肩膀上挪开,手掌下年轻人的身子还在轻颤。

"即使我们愿意去,我们也不一定能说服足够多的人和我们一道。"韩契克说。

"你是他们的首领啊——"

"哎,你可以这么说,我也不否认,尽管我们并不用这个称呼,你瞧。大多时候他们都听我的,他们也都明白今天的胜利是他们欠你们这个卡-泰特的,肯定也会用一切方式表达他们的感激之情。但是无论如何他们不会愿意在天黑以后踏上山路、回到那个闹鬼的地方去。”韩契克慢慢摇了摇头，坚定地又强调了一遍：“不会——他们绝对不会愿意的。

“听我说，年轻人。坎泰伯和我肯定能在天全黑之前赶回赤径，在那儿我们会招集所有人到谈琶厅，那里是我们所有兄弟聚会议事的大厅。”韩契克说完扫了卡拉汉一眼。“请原谅，神父，如果这个词冒犯了你。”

卡拉汉心不在焉地点点头，仍旧目不转睛地盯着手里的书。他把书在手里翻来转去。这本书封面上套了一层防护塑料皮，像是珍贵的第一版的样子。衬页上铅笔淡淡标出价钱，九百五十美元。是哪个年轻作家的第二本书。这本书怎么这么贵？他心里琢磨。如果他们能碰上这本书的主人，凯文·塔，一定得问个究竟，而且他的问题可远不止这一个。

“我们会解释你们想要他们做什么，看看有没有人志愿参加。我相信赤径的六十八个男人中，一定会有那么四五个愿意帮忙的——他们的力量聚集在一起会产生强大的楷覆。你们那儿是这么说的，对不？楷覆？分享的力量？”

“没错，”罗兰回答，“分享水的力量，我们说。”

“这点人你可没办法让他们堵住洞口啊，”杰克插口道，“即使让一半骑到另一半人的肩膀上也不成。”

“没必要，”韩契克回答，“我们只会把能力最强的人送进洞里——他们就是发送人。其他人待在洞外，手牵手、铅锤对铅锤沿山路排成一行。明天日上三竿之前他们就在那儿集合。君子一言既出，驷马难追。”

“而且不管怎样，我们要备齐所有的磁石和铅锤也需要一整夜。”坎泰伯补充道。他略带歉意地瞥了埃蒂一眼，眼神里甚至夹着一丝恐惧。眼前这个年轻人明显正处在极度痛苦中。而且他是枪侠，是枪侠就会袭击，只要他出手，肯定弹无虚发。

“可能那时就来不及了，”埃蒂低声说，转向罗兰的栗色双眸里布满血丝，疲惫洗去了原有的光彩。“明天可能太迟了，即使那时魔力没有消失。”

罗兰刚开口，埃蒂抬起一只手指。

“不要说卡，罗兰。如果你再说一次这个词儿，我发誓我的脑袋不出一秒就会爆炸。”

罗兰闭上嘴。

埃蒂转身对着两个身着贵格教徒式黑色风衣的长髯老者说，“而且你们也不肯定魔力到底能持续多久，对不对？那扇门今天开启，也许明天就会对我们永远关闭。并不是曼尼人创造的所有磁石和铅锤都能打开它。”

“哎，”韩契克回答，“但是你的女人随身带走了魔法球。无论你心里怎么想，中世界与边界地带永远失去了这个魔法球。”

“我愿意出卖灵魂换回魔法球，亲手把它找回来。”埃蒂的话掷地有声。

话音刚落，所有人，甚至包括杰克，都愣在当场。刹那间，罗兰冲动地想阻止埃蒂，让他收回所说的话，取消刚刚的誓言，因为那股力量，黑暗的力量，太过强大，正试图阻挠他们追寻黑暗塔，而黑十三正是这种力量最明显的神器。魔法能被利用，同样也能被误用。巫师彩虹中的每一道都拥有夺目的光炫，而黑十三正是其中最为夺目的，甚至可能超过所有其他力量的总和。但即使他们能够重新获得黑十三，罗兰也会尽量不让它落入埃蒂·迪恩的手里。此刻他悲恸欲绝，根本没法集中精力，到时要么被魔法球毁灭，要么在几分钟内就会成为魔法球的奴隶。

“石头有嘴就会喝水，”罗莎突然开口，把众人都吓了一跳。“埃蒂，别只一心想着魔法，还得想想通向山洞的那条土路。然后再想想那几十个人，每个都几乎像韩契克一样年纪一大把，其中一两个甚至瞎了眼，试想一下他们在伸手不见五指的黑暗里爬山会是什么情景。”

“还有大石头，”杰克继续说道，“别忘了还有你不得不绕过的大石头，当时你还差点儿被绊倒。”

埃蒂犹豫地点点头。罗兰看出他正努力接受不能改变的事实，努力找回理智。

“苏珊娜·迪恩也已经是枪侠了，”罗兰说，“她也许还能自己照顾自己一段日子。”

“我可不认为苏珊娜还能控制，”埃蒂反驳，“你也不会这么想。那毕竟是米阿的孩子，她会掌握一切。直到那个孩子——那个小家伙——出生。”

一刹那，罗兰脑海中闪现出一种直觉，而且如同多年来他所有的直觉一样，现在这个与实际发生的一切也恰好吻合。“也许她们离开时的确是米阿控制苏珊娜，但她不一定能一直控制下去。”

最后，卡拉汉终于强迫自己把视线从那本令他无比诧异的书上移开，抬头问道：“为什么不一定呢?”

“因为那不是她的世界，”罗兰回答，“却是苏珊娜的。如果她俩找不到方式互相合作，那只有死路一条。”

## 2

韩契克与坎泰伯回到曼尼·赤径的第一件事儿就是向齐聚一堂的曼尼长者（清一色的男性）通报一天取得的胜利，之后便告诉众人对方要求的报答。罗兰则与罗莎回到了山坡上的茅屋。这幢小屋外还有间小棚子，原先还挺整洁，不过如今早已废弃，里面也只剩下报信机器人安迪（还有许多其他功能）的一些残骸。罗莎丽塔温柔地为罗兰褪去衣服，直到他全身赤裸。然后她躺在了他身边，用一种特殊调配的精油按摩他的全身：用猫油为他减轻疼痛，用散发着淡淡芬芳的乳油涂在他最敏感的部位上，接着与他做爱。两人同时达到了高潮（无非是生理的巧合，愚人总喜欢将之称为命运）。远处卡拉高街上传来爆竹声和喧闹的欢呼声，听上去乡亲们都已经喝得烂醉。

“睡吧，”她说，“明天以后我就再也见不到你。不只我，艾森哈特、欧沃霍瑟，卡拉的每个人都再也见不到你了。”

“那么你是这么预感的了？”罗兰听起来很轻松，甚至带着一丝调侃，但即使他在她深热的体内冲刺的时候，苏珊娜的影子仍旧啃啮着他的心：他的卡-泰特的一员，失踪了。即使还没到最糟，也已经够了，他根本没法儿真正休息或放松。

“不是，”她回答，“但是我有时会有这种直觉，女人的直觉，尤其是当她的男人准备要上路离开的时候。”

“你的男人？你是这么看我的吗？”

她羞涩的眼神十分坚定。“你在这儿只能停留片刻，但是，哎，我就是这么想的。我说错了吗，罗兰？”

他立刻摇摇头。再次成为一个女人的男人感觉很好，哪怕只有那么一小会儿。

她看出他很认真，脸色柔和起来，伸手摸了摸他瘦削的脸颊。“我们能彼此相遇真好，罗兰，是不是？在卡拉相遇。”

“是啊，女士。”

她碰了碰他残疾的右手，然后移到他的右臂。“现在还疼吗？”

他不会对她说谎。“极疼。”

她点点头，然后握住那只侥幸躲过大螯虾攻击的左手。“这儿呢？”

“还好，”他回答，不过他感到一股暗藏的疼痛正伺机发作。罗莎丽塔把它叫做灼拧痛。

“罗兰！”她轻呼。

“哎？”

她还抓着他的左手，边慢慢抚摸，边平静地盯着他。“尽快结束你的任务。”

“这就是你的建议？”

“哎，亲爱的。在你的任务结束你之前。”

## 3

埃蒂一个人坐在屋前的门廊边。午夜已经降临，被这儿的乡亲们称作东路战役的一天已经成为历史（再之后这天会成为传奇……当然前提是到那时整个世界尚未解体）。镇上传来的喧哗声越来越大，欢庆越来越狂热，埃蒂甚至怀疑他们是不是把整条街都给烧着了。可他又在乎什么？什么都不在乎了，甚至还要说谢谢你，不用谢。当罗兰、苏珊娜、杰克、埃蒂和三个女人——她们自称欧丽莎①三姐妹——站在前线对抗狼群时，其余的卡拉乡民要么缩在镇子里、要么藏身河岸的稻田中。然而十年以后——甚至五年以后！——他们就会开始互相吹嘘那年秋天他们如何与枪侠们并肩作战，大获全胜。

① 欧丽莎（Oriza），一种边缘锋利、类似于飞盘的盘子，欧丽莎女士（卡拉与蓟犁领地崇拜的稻米女神）最初使用这种武器，故以她的名字命名。

这么想并不公平，他也隐约意识到这一点，但他从没有像现在这么无助、迷惘，自然也就变得刻薄。他一直告诉自己别再想苏珊娜，别再想她人在哪里，那个恶魔之子有没有出生，可他就是无法克制。她去了纽约，这点他还能确定。但是什么年代？路上笃笃行驶的是那种用煤气灯照明的小马车，还是北方中央电子出产的机器人驾驶着喷气式出租车在空中游荡？

*甚至，她还活着吗？*

如果他能，他一定会赶快把这个想法从脑子里驱逐出去，可有时想象力却能变得如此残酷。他脑海中不断浮现出她躺在字母城[①]中的某处下水沟里，额头上刻着纳粹十字，脖子上还悬着一块告示，上面寥寥几笔写着**来自你牛津镇朋友的问候**。

这时他身后屋子里厨房的门开了，赤脚啪啪拍在地上（如今他的耳力同他其他的武器装备一样，已经训练得十分灵敏），还伴着脚趾甲点地的嗒嗒声。是杰克与奥伊。

男孩走到他身边，坐进卡拉汉的摇椅里。他穿戴整齐，肩膀上还绑着码头工人的绑腰带，他离家时从他父亲抽屉里偷的鲁格枪就套在里面。今天枪已出套……呃，并没有见血。还没有。油呢？埃蒂微微一笑。一点儿不幽默。

“睡不着，杰克？”

“杰克。”奥伊伏在杰克脚边附和了一声，鼻头搁在两爪缝隙里。

“嗯，”杰克回答，“我一直在想苏珊娜。”他顿了一下，接着说，“还有本尼。”

埃蒂心想，这很正常，这个男孩的朋友就在他眼前被打得血

---

① 字母城（Alphabet City），美国纽约曼哈顿下城区的东南部，由于该地区四条街道均以字母命名，故被称为字母城。这里以移民为主，曾是黑社会聚集的地区，治安混乱。

肉飞溅，当然他会想他，可是埃蒂心头仍旧忍不住冒出一股苦涩的嫉妒，仿佛杰克应该把所有心思都放在他埃蒂·迪恩的妻子身上而不应旁落点滴。

“那个姓塔维利的男孩儿，”杰克说，“全怨他。他太害怕了，逃跑时扭伤了脚踝。如果不是为了他，本尼就不会死。”接着非常轻柔地——这语气绝对会让那个男孩儿不寒而栗，如果他听见的话，对此埃蒂毫不怀疑——杰克说：“天煞的……弗兰克……塔维利。”

埃蒂并不想安慰，可还是伸手摸了摸男孩儿的头。他的头发长了。该洗了。见鬼，早该剪了。需要一个母亲好好照顾这个孩子。可是现在没有母亲，没人照顾杰克。不过，埃蒂奇迹般地感到安慰杰克反而让他自己觉得好过了一些。并非许多，但的确好过了一些。

“别想了，”他说，“要发生的已经发生了。”

“卡，”杰克苦涩地吐出这个字。

“卡-泰特，卡，”奥伊也蹦出两句话，鼻头都没抬。

“阿门，”杰克笑了起来。晚上的冷冽令人不安。杰克从暂时充当枪套的绑腰带里抽出鲁格枪，仔细打量起来。“这把枪应该可以带过去，因为它本来就来自另一个世界。罗兰这么说的。其他的可能也行，因为我们并不用穿过隔界①。要是不行，韩契克可以把它们藏在山洞里，也许等我们以后回来取。”

“只要我们最终能到纽约，”埃蒂说，“那儿的枪可足够多。我们能找到的。”

“但没有一把会像罗兰的枪。我真的非常希望它们能带过去。在任何世界里罗兰的枪都是独一无二的。起码我这么

---

① 隔界（todash），夹在世界与世界之间的空间。

觉得。”

埃蒂也这么想，不过他没说出口。远处的镇子上又传来乒乒乓乓的爆竹声，接着万籁俱寂。那儿的欢庆结束了。终于结束了。明天肯定又是没完没了地延续今晚的庆祝活动，只不过不会再喝那么多。罗兰和他的卡-泰特也许会被邀请为嘉宾，但如果神灵显明、洞门开启，他们就要离开这儿启程去找苏珊娜。找到她。不是找，是找到。

仿佛知道他在想什么似的（而且他能做到，他的超感应能力已经相当强），杰克说："她还活着。"

"你怎么知道？"

"如果她不在了我们应该感应得到。"

"杰克，那你能感应到她吗？"

"不能，但是——"

他话还没说完，大地突然轰隆隆地颤动起来。刹那间，门廊就像漂在风口浪尖上的一艘小船般上下起伏，地板嘎吱作响，厨房里瓷器撞在一起，好像牙齿咯咯打架。奥伊抬起头，呜呜吠了起来，狐狸模样的小脸因为惊吓滑稽地皱成一团，两只耳朵向后紧紧贴着头皮。卡拉汉的客厅里什么东西砸了下来，哗啦啦碎了一地。

倏地，一个不合逻辑却又万分强烈的念头首先窜入埃蒂的脑海里：杰克简单一句她还活着，把苏希给真正杀死了。

瞬间震动加剧，一副窗框整个扭曲变形，窗玻璃被压碎。远处黑暗里传来一阵爆炸，埃蒂猜测——而且没猜错——那幢废弃的厕所终于全部坍塌。他自己甚至没意识到就站起身，迅雷不及掩耳地拔出罗兰的左轮枪。杰克站在他身旁，紧握住他的手腕。此刻他俩已经摆好姿势，随时准备开枪。

大地深处最后又传来一次隆隆震颤，接着他们脚下的门廊平静下来。住在光束沿线重要地区的居民纷纷从梦中惊醒，不知所措地四处张望。某个年代的纽约，大街上汽车的防盗笛骤然开始呜呜呜响。第二天报纸上就会报道这起轻微地震：窗户震碎，所幸并无人员伤亡。不过是岩石床小颤了一下，并无大碍。

杰克睁大眼睛，默默地看着埃蒂，两人心照不宣。

他们身后的门砰地打开，卡拉汉冲了出来，身上只套了一条轻薄的及膝白短裤，除了挂在脖子上的金十字架，上身什么都没穿。

“地震了，对不对？”他说。“以前我在北加州也经历过一次，但到了卡拉之后这还是头一回。”

“见鬼，这绝对比地震厉害几百倍，”埃蒂边说边指向远方。透过遮着一层窗纱的门廊，他们看见东方天空被无声的绿色闪电照得透亮。山坡上罗莎丽塔的小屋屋门吱呀一声开了一道小缝儿，随后又砰地关上。她和罗兰一块儿向山上赶过来，连鞋都没来得及套上。罗莎只穿了一件衬衣，而枪侠则只套了条牛仔裤。

埃蒂、杰克、卡拉汉赶紧迎过去。罗兰目不转睛地望向东方天际渐渐暗淡的闪电。在那儿等着他们的是雷劈、血王的宫殿，而再下去，就是末世界的尽头，黑暗塔之所在。

如果，埃蒂暗忖，我是说如果它还没塌的话。

“杰克刚刚说要是苏珊娜死了，我们肯定会知道，”埃蒂说道。“会有一种标记，你说的那种。然后这个就出现了。”他指向神父的草坪。就在刚才草坪上隆起了一条土堆，一道大约十英寸长的草皮被硬生生撕掉，露出里面皱褶的黄棕泥土。小镇的狗齐声狂吠，可尚未听见有人惊叫，至少暂时没有；埃蒂琢磨大多数人都睡着了，根本不知道发生了什么。凯旋醉酒，不省人事。“这个跟苏希一点儿关系都没有，对不对?”

“应该没有。对。”

“不是我们的，”杰克插口说，“否则损坏肯定会更严重的。你觉得呢?”

罗兰点点头。

罗莎一脸困惑，甚至有些惊骇地看向杰克。“不是我们的什么，小伙子? 你们在说什么? 这不是地震，绝对不是!”

“嗯，”罗兰回答，“是光震。一根支撑黑暗塔——黑暗塔又支撑一切——的光束终于撑不住，刚刚折断了。”

即便挂在前廊上的四盏灯非常昏暗，埃蒂还是注意到罗莎丽塔·穆诺兹的脸庞刷地失去了颜色。她划了一个十字架，惊呼：“光束? 其中一根光束? 不! 告诉我这不是真的!”

埃蒂突然想起很久以前的一则棒球丑闻。当时一个小男孩儿也是这种恳求的语气，告诉我这不是真的，乔①。

“我不能，”罗兰回答她，“因为这就是事实。”

“到底有多少条光束?”卡拉汉问道。

罗兰把眼神投向杰克，微微点点头：说出你知道的一切，纽约的杰克——说出来，别紧张。

“六根光束连接着十二个入口，”杰克娓娓道来，“这十二个入口就是世界的十二个尽头。罗兰、埃蒂和苏珊娜，他们从巨熊的入口出发，在去刺德的路上把我救了出来。”

“沙迪克，”埃蒂望着东方天际最后一道闪电，插口说，“那头巨熊就叫这个名字。”

---

① 这里暗指的是美国芝加哥白袜队(Chicago White Sox)的“黑袜诅咒”(Black Sox Curse)事件。一九八八年前该队在棒球联盟职业联赛上打假球，出色的球手乔·杰克逊(Joe Jackson)被禁赛，之后该队就再没有得到冠军，直到二〇〇五年赛季总决赛之后才打破诅咒，最终获得冠军。

“是的，沙迪克，”杰克附和，“所以我们是在巨熊的光束路径上。所有光束在黑暗塔交界，而过了交界点，我们的光束就……？”他无助地向罗兰望过去，而罗兰却望向埃蒂·迪恩。看来即使现在罗兰仍然会时不时使用古老问答式教学。

埃蒂没看见罗兰的眼神，或许他故意忽略，但罗兰可没打算就此作罢。他轻唤一声：“埃蒂？”

“我们沿着巨熊的路径，那一边是乌龟之路。”埃蒂有些心不在焉地回答，“我不知道这有什么重要的，反正黑暗塔就是我们的目的地，但另一端就换成了乌龟的路径，巨熊之路。”说完，他吟道：

看那宽宽乌龟脊！
龟壳撑起了大地。
思想迟缓却善良；
世上万人心里装。

这时，罗莎丽塔接了下去

背脊撑起了真理，
爱与责任两旁立。
爱大海也爱大地，
甚至小儿如自己。

“你说的与我小时候听的、后来教给我朋友的有点出入，”罗兰说，“但非常相近，的确非常相近。”

“巨龟名叫马图林，”杰克说完耸耸肩，“没什么关系，随便提一句而已。”

“你们有没有办法判断断的是哪根光束?”卡拉汉仔细打量罗兰,问道。

罗兰摇摇头。“我知道的只是杰克的话没错——不是我们那根。否则卡拉·布林·斯特吉斯方圆一百里没一样东西能幸存。”甚至也许方圆一千里——谁知道呢?“鸟儿会像火球一样从天空跌落。”

“你说的是哈米吉多顿①。”卡拉汉忧心忡忡地低声说。

罗兰又摇摇头,不过并非反对。“你说的这个词我不知道什么意思,神父,但毫无疑问,我说的是末日降临般的死亡与毁灭。而在某个地方——也许就在连接鱼与鼠那根光束的沿线——这一切已经发生。”

“你肯定?”罗莎低声追问。

罗兰点点头。当蓟犁崩塌、文明陷落时,当他和库斯伯特、阿兰、杰米以及他们卡-泰特的其他成员被流放荒野时,他也经历过同样的困惑。当时六根光束中的一根同样也折断,而且几乎能肯定那并非第一根。

“那么现在支撑黑暗塔的光束还剩几根?”卡拉汉又问。

第一次,埃蒂对除了他失踪的妻子以外的事物表现出兴趣。他几乎是目不转睛地盯着罗兰。为什么不呢?毕竟这个问题至关重要。一切为光束服务,大家都说,尽管事实上万事万物是为黑暗塔服务,但支撑黑暗塔的却是这些光束。如果光束折断——

“两根,”罗兰回答,“至少还有两根,我想。一根就从卡拉·布林·斯特吉斯穿过,还有另一根。上帝才知道它们还能撑多久。即使没有那些断破者②,我怀疑光束也撑不了多久。我们

---

① 哈米吉多顿(Armageddon),《圣经》中世界末日降临时善恶决战的战场。

② 断破者(the Breakers),是血王从各个世界绑架来的具有心灵感应能力的人,血王利用他们来折断所有支撑黑暗塔的光束。

必须尽快。”

埃蒂听闻身子一僵。“如果你是说我们丢下苏希不管——”

罗兰不耐烦地连忙摇头，仿佛对埃蒂说别犯傻了。“没有她我们不可能顺利到达黑暗塔。而且就我所知，没有米阿的小家伙我们也到不了。一切都掌握在卡的手中。我的家乡流传一句俗话：‘卡没心也没脑。’”

“这点我倒十分同意。”埃蒂附和。

“我们可能还有一个问题。”杰克提出。

埃蒂冲他皱起眉头。“我们不需要再有问题了。”

“我知道，但是……如果刚刚的地震堵住了洞口怎么办？或者……”杰克犹豫了一下，接着非常不情愿地说出他最害怕的情况。“或者把山洞整个压垮了怎么办？”

埃蒂一把揪住杰克的衬衫角，在拳头里纠成一团。“不许这么说，连有这个念头都不行。”

这时镇子上传来人声，乡亲们大概都聚集到了大街上，罗兰猜。他又接着想到今天——包括今晚——会在卡拉·布林·斯特吉斯这儿传颂一千年。假如黑暗塔还存在的话。

埃蒂放开杰克的衬衫，在他刚刚揪的地方笨拙地抹了又抹，仿佛要抚平皱褶。他勉强挤出一丝微笑，却让自己显得更加衰老脆弱。

罗兰转向卡拉汉。“曼尼人明天会不会出现？你比我更了解他们。”

卡拉汉耸耸肩。“韩契克绝对是个言出必行的君子。但在刚刚的光震之后他还能不能劝服其他人……这个，罗兰，我就不知道了。”

“他最好能，”埃蒂阴沉地说，“他最好能。”

蓟犁的罗兰突然提议：“谁想打牌？”

埃蒂不可思议地看看他。

“我们还得在这儿熬到天亮，”枪侠解释，“总得做点儿什么打发时间吧。”

众人开始玩起“看我的”牌戏，分数都记在一块石片上。罗莎丽塔赢了好几轮，可在她脸上始终看不见胜利的微笑——总是面无表情，杰克什么都看不出来。至少刚开始看不出来。他本来想试着用用自己的超感应能力，后来想想还是作罢，应该把这种能力存到最必要的时候。用它来窥探罗莎那张扑克脸后面的情绪就像偷看她不穿衣服的样子。就像偷看她和罗兰做爱。

东北方的天空渐渐泛出鱼肚白，他们也玩了好几轮，这时杰克终于知道了她到底在想什么，因为这也正是他自己一直在想的。他们、所有人的脑海深处，想的都是最后两根光束，而且从今以后这个念头会永远萦绕不散。

直到其中一根、或两根最终折断。他们追踪苏珊娜时也好，罗莎在做晚饭时也好，甚至本·斯莱特曼在沃恩·艾森哈特的庄园里哀悼死去独子时也好，所有人脑海中挥之不去的念头只有一个：只剩下两根了，而那些断破者还在不分昼夜地施法、腐蚀、摧毁。

离最终一切终结还剩多久？到底会如何终结？当暗蓝灰的巨石一块块崩塌时，他们会不会听见惊天巨响？天空会不会像薄纱一般从中间裂开，会不会有藏匿于黑暗隔界中的怪物从裂缝中纷纷掉落？他们会有时间大声呼喊吗？会不会有来世？抑或黑暗塔的坍塌甚至能湮灭天堂与地域的界限？

他朝罗兰望去，尽可能清晰地发送出一个念头：*罗兰，救救我们。*

一则冰冷的安慰返回过来（唉，冰冷的安慰也总归比没有安慰来得好）：*如果我能。*

“我赢了，”罗莎丽塔轻呼出声，摊开手中的牌。她这回一手同花顺，而最上面的赫然是一张死亡女神。

唱：来吧来吧考玛辣①
身上带枪的年轻人，
失去爱人伤透心，
她带走了东西没踪影。
和：考玛辣——来——一遍
她带走了东西没踪影！
扔下宝贝孤零零，
可她的宝贝不甘心。

① 考玛辣(Commala)，该名词含有多层含义，包括力量的降临或者达到高潮。也是收割节庆祝的一种舞蹈。

第二章

# 持续的魔力

# 1

事实证明他们担心曼尼人不会出现是多虑了。第二天大清早，在事先定为出发地的小镇广场，韩契克带着四十个人如约现身。他和往常一样不苟言笑地向罗兰保证说，现在的人数足够能开启找不到的门，当然前提是没有那颗“黑色玻璃球”这扇门也能打开。虽然真正出现的人比他承诺的要少，但老人并没有做任何解释，只是不停地捋自己的胡须。甚至有时两手齐上。

“他为什么老是捋自己的胡子，你知道吗，神父?”杰克向卡拉汉提出他的疑问。韩契克的手下在前面驾着牛车朝东行进，一对患了白化病的驴子拉着一架两轮轻型马车跟在后面。这对驴子长着对骇人的长耳朵，粉红色的眼睛像是要喷出火。而那辆马车则被白色粗布罩得严严实实，在杰克看来就像安了车轮的大号爆米花桶。韩契克一个人坐在这辆爆米花桶上，脸色阴沉，不时地揪着胡须。

“我想大概是他觉得尴尬。”卡拉汉回答。

“我不明白了。这么多人出现已经很不简单了，毕竟发生了那么多事儿，还有光震。”

“他发现他的手下更害怕的是大地震动，而不是他动怒发火。起码就韩契克来说，这就是他没能遵守的诺言。不是什么其他的诺言，而是他对你们的头儿许下的诺言，这让他丢尽面子。”接着，卡拉汉的语气没有丝毫改变，狡猾地问道:“她还活着吗?”

“是的，但她很恐——”杰克急忙打住，责怪地望了卡拉汉一眼。坐在他们前面两轮马车上的韩契克吓了一跳，警惕地四处张望，以为他俩刚才抬高声音是在吵架。卡拉汉心下暗想，在这整个该死的故事里面除了他不知道还有谁能有这种感应。

*不，这不是故事，这是我的生活！*

不过这一切真的很难令人相信，可不是吗，当你看见自己竟然在一本小说里被设定成为主人公，而这本小说封面上赫然印着**纯属虚构**四个大字。双日出版社，一九七五年出版。这本书说的是吸血鬼，每个人都明白纯属虚构，可一切却是曾经发生的真事，而且在一些与现今世界平行的世界里面，这一切还在继续。

“你别那样对我，”杰克说，“别那样算计我，如果我们还能算是站在一边儿的话。行吗，神父？”

“对不起，”卡拉汉道歉，“请原谅。”

杰克挤出一丝无力的笑容，摸了摸躲在他大衣前兜里的奥伊。

“她还——”

男孩儿摇摇头。“我现在不想谈她，神父。甚至最好我们都别去想她。我有感觉——不知道是对是错，但是非常强烈的感觉——有什么东西正在找她。假如真的是这样儿，最好别让它偷听到我们讲话。它能听到的。”

“到底是什么……？”

杰克伸手碰了碰卡拉汉围在脖子上的牛仔汗巾。汗巾是红色的。然后又伸手罩住自己的左眼。刚开始卡拉汉还不明白，可不一会儿他醒悟过来。红色的眼睛。王的眼睛。

他重新坐回到马车的位子里，再也没说什么。他们身后罗兰和埃蒂一言不发，并肩骑在马上。他俩都带上了包袱和手枪，杰克也带了，放在身后的马车里。即使今天他们能再回到卡拉·布林·斯特吉斯，也不会停留太久。

恐惧是他刚才说了半截儿就咽下去的词，但事实比这糟糕得多。杰克听见苏珊娜的尖叫，极度微弱、极度遥远，却仍然清晰。此刻他只能暗暗祈祷埃蒂没有听见。

## 2

一行人骑马从仍在酣睡的小镇出发。尽管夜里发生了光震，整个小镇还未从狂欢后的疲惫中清醒过来。清冽的冷意从空气里渗出，他们出发时甚至能看见自己呼出的团团白雾。薄纱似的寒雾罩在枯萎的玉米田上，德瓦提特外伊河上也薄薄罩着一层，仿佛这条河流自己呼出的气息。罗兰心想：*寒冬即将来临。*

大约一个小时以后，队伍来到了一处干河道边。除了牛铃叮当、车轮吱呀、马蹄笃笃以及那对白化病驴子间或嘲弄地发出几声嘶鸣，万籁俱寂。远处隐隐传来鸟群振翅的声响，也许正飞向南方，要是它们还能找着南方的话。

道路右边的土地缓缓上升，直到变成了高坡悬崖。众人又走了十到十五分钟，回到了战斗结束不久的战场。整整二十四个小时之前，他们在这儿与狼群进行了一场恶战，救回了卡拉的孩子。眼前一条小路从东道岔出，朝东北方延伸下去。另一侧的土壕就是当初罗兰、他的卡-泰特和欧丽莎三姐妹等待狼群时的藏身之处。

说到狼群，他们现在跑哪儿去了？当他们最后离开遭遇埋伏的战场时，横尸遍野，总共近六十多具。全是那些从西边冲出来的怪物。他们有着人的体形，身穿灰裤绿斗篷，个个脸上都戴着狰狞的狼形面具。

韩契克从两轮马车上下来，上了年纪，动作有些僵硬迟缓。罗兰翻身下马，走到韩契克身旁，却并没有试图扶他一把。韩契克可不会愿意，甚至可能会生气。

枪侠等他下马整理了一下斗篷，刚准备开口提出心中的疑惑，却突然发现没必要了。只见大道前方右侧四五十码的地方耸起了一座小丘，由连根拔起的玉米秆堆成，一天之前这儿还是一片平地。罗兰定睛一看，发现那儿竟是处停尸场，尸体被毫无敬意地乱堆在一起。他从没有浪费丝毫时间、精力去揣测乡亲们昨天下午——在他们开始那场让他们昏睡至今的狂欢之前——都干什么去了，可如今战果就在眼前。难道他们担心狼群还会起死回生？他心中暗忖，接着想到，从某个方面来说，这恰恰就是大家最害怕的，所以他们才会把这些沉甸甸的死尸（灰马和套着灰色盔甲的狼）拖到玉米田堆放在一起，再在上面铺好厚厚一层玉米秆。今天他们就会一把火烧了这堆乱尸。可如果刮起大风怎么办？罗兰心猜，结果不会改变，他们终究会点燃大火，甚至不惜冒险让附近大片的肥田沃地被付之一炬。为什么不呢？反正耕种的季节已经结束，而且老人也常说，烧把大火抵过施肥添料；再说，一日不烧掉这堆尸体，乡亲们也一日不能安心。反正以后也很少会有人愿意再到这一带来闲逛。

“罗兰，快看，”埃蒂颤抖地叫道，又悲又怒。“啊，该死的，快看。”

在路的尽头赫然是一把轮椅。当时就在这条路路边，杰克、本尼·斯莱特曼和塔维利兄妹伺机冲刺、横穿大路。眼前的轮椅已经毁坏不堪，上面的镀铬在阳光下闪闪发光，椅身上斑驳地刻着一道道划痕，脏兮兮的座位上还留有一条条血迹。除此之外，轮椅的左轮已经严重弯曲。

“你为啥生气？”韩契克问道。以前被埃蒂戏称为斗篷团的坎泰伯和其他六位老人也聚了上来，其中两位看上去比韩契克还老得多。罗兰倏地回忆起罗莎丽塔昨晚说的：他们中许多都和韩契克一样上了年纪，他们在一片漆黑里怎么爬山？说实话，现在还没全黑，不过他已经很难想象接下来上坡时这群老人该怎么办，更别提爬上通向门口洞穴的那段陡坡了。

“他们把你的女人的轮椅放了回来，是为了表示对她的尊重。也表示对你的尊重。你为啥生气？”

“因为轮椅不该是这么一幅惨状，而且她应该坐在里面的。”埃蒂答道。“你明白吗，韩契克？”

“愤怒是最无用的感情，”韩契克长叹一声，“破坏思想，摧毁心灵。”

埃蒂紧紧抿住双唇，几乎变成一道白疤，但他还是硬生生把反驳吞了下去。他走到苏珊娜伤痕累累的轮椅旁——自从他们在托皮卡重新找回它后，它陪伴着他们走了几百里路，而现在却已经用不上了——低头审视轮椅，心中百味杂陈。卡拉汉想走上前，埃蒂却挥挥手阻止了他。

杰克目不转睛地盯着本尼遇害的地方。男孩儿的尸体已被移走，这是当然，而且有人用新鲜的泥土遮住了原来溅洒一地的血迹。但杰克却发现自己还是能看见斑斑的深色血迹，还有本尼的一条断臂，掌心朝上地躺在地上。杰克没忘记当时的情形，他朋友的爸爸从玉米田里冲出来，却只看见自己的儿子躺在那儿。大约有五秒钟时间，他一言未发。杰克琢磨这段时间已经足够告诉斯莱特曼先生，战斗的伤亡轻得令人难以置信：只死了一个男孩和一个农场主妇，另外一个男孩扭伤了脚踝。说实话决非难事，真的。但没有一个人这么对斯莱特曼说。接着斯莱特曼开始尖叫，那种杰克觉得永远都不会忘记的尖叫。正如他永远能看见本尼断了一条臂膀躺在血染的黑泥地上一样。

杰克站在本尼倒下的地方，他在旁边发现了另外一样东西藏在泥土里。原来是一小块金属。他单腿跪下，把这块东西挖了出来，原来是狼群的致命武器，又叫做飞镖①。上面刻着的字标明是哈利·波特型。昨天两个这样的小球就在他的手里不断震动，邪恶地发出微弱嗡鸣。不过现在这个已经纹丝不动了。杰克站起身，把小球狠狠朝狼尸堆成的小丘扔过去，用力太猛把胳膊都弄疼了，明天这条胳膊估计就不能动了，不过他可不在乎。他对韩契克如此看轻愤怒也颇不以为然。埃蒂想要他的妻子回来；杰克希望他的朋友回来。可也许埃蒂还能看到梦想成真的一天，杰克·钱伯斯却永远不可能了。因为死亡是一道有去无回的厚礼。人们常说钻石恒久远，死亡不也是这样吗？

他想离开这儿，把这段东路远远甩在身后。他希望苏珊娜破旧不堪的空轮椅永远别再出现在眼前。但是曼尼人已经绕着激战地点手拉手站成了一个圈。韩契克念念有词，语速飞快，尖锐的嗓音几乎刺痛了杰克的耳朵，甚至颇像一头受惊的公猪在嗷嗷嚎叫。他向一个唤做上神的东西祈祷，祈求能平安到达彼处之山洞，旅途顺利，无人伤亡，亦无人丧失神智（这段祷词让杰克觉得尤其不安，因为他从来没想到神智居然也需要祈祷），最后祈求上神赋予他们的磁石与铅锤魔力。最后，他祈求拥有卡文，即持续的魔力。这个词仿佛对所有人都有特殊的影响，等他一念完，众人开始齐声唱道“上神—萨姆，上神—克拉，上神—坎—踏”。唱罢他们松开各自的手，其中一些跪下身，亲吻大地，他们真正的主人。与此同时，坎泰伯带着四五个年轻些的手下走向两轮马车，折叠起马车雪白的顶篷，几只大木箱赫然现身。装

① 原文为 Sneetches，是一种小型炸弹，血王手下包括卡拉的狼群使用这种武器进行攻击。

的都是磁石和铅锤,杰克心想,比他们戴在脖子上的那些都要大得多。专门为了这次探险他们才带上这么重的武器。木箱外面刻有许多图形——星星,月亮,还有一些奇怪的几何图形——看上去不像基督教,反而更像神秘的犹太教。可杰克立刻醒悟到,自己认为曼尼人信奉基督本身就是无凭无据。也许他们的打扮的确属于贵格教派或者安曼教派,毕竟他们个个身披斗篷,脸蓄长须,头戴圆顶黑礼帽,而且对话中时不时夹上几个文绉绉的古词,但至少就杰克所知,无论是贵格教徒还是安曼教派,他们可都没有穿梭时空的爱好。

他们从另一辆马车里抽出几根打磨得非常光滑的长木棍,戳进大箱子两侧的金属套,扛起箱子。杰克听说过这些箱子叫考芬棺。曼尼人抬着这些箱子,让人想起抬着几抬祭祀器物穿过中世纪小镇的大街的信徒。也许对他们来说,这些就是祭祀的器物,杰克暗想。

他们走上了山路。地上乱七八糟洒满了发带、碎布条和一些小玩具,都是当时用来吸引狼群上当的诱饵,事实证明相当有效。

接着他们再次来到弗兰克·塔维利被绊住的地方。此时此刻,杰克耳边又一次响起那个饭桶的漂亮妹妹的哀求:*救救他,求求您了,先生,我求求您了*。他救了他,上帝原谅他。却害死了本尼。

杰克痛苦地别过脸,可他几乎立刻意识到*你现在已经是枪侠了,你必须坚持住*。他只好强迫自己又转回头。

卡拉汉神父伸手轻轻按住他的肩膀。"孩子,你还好吧?你看上去糟透了。"

"我没事儿,"杰克回答。一开口他就觉得喉咙被什么东西堵住了似的,而且显然不是个小东西,但他强迫自己咽回去,又重复了一遍刚刚那句话，那句谎言。但与其说是在欺骗神父，不如说是他在自欺欺人："是的，我没事儿。"

卡拉汉点点头，把他自己的包袱（那种只装了一半的背包，背这种包的人通常打心底里就不认为他自己真会出远门儿）从左肩移到右肩。"我们到了山洞以后会发生什么？我是说如果我们能到达山洞的话？"

杰克摇摇头。他也不知道。

## 3

一路上还算顺利。虽然从山上掉落许多碎石，让挑考芬棺的人走得十分费劲，但是从另一个方面说，比上一次已经好走许多。原来在山顶几乎堵住山路的巨石被那场光震搬了家，埃蒂发现，巨石落下了山崖，裂成两半。石头中央隐隐夹着什么东西闪闪发光，看上去像极了世界上最大个儿的一个煮熟的鸡蛋。

山洞还在原地，尽管一大堆碎屑堵住了洞口。埃蒂加入了其他几个年轻些的曼尼人清理洞口的行列，用双手把一捧捧的岩石碎屑（其中一些上面沾着点点好似血滴的石榴红）移到一旁。看见洞口，埃蒂心里紧绷着的那根弦总算松了一些，但是洞里一片寂静还是让他忐忑不安。以前每次过来时这个山洞总是该死地吵吵嚷嚷。而此时除了山洞深处传来疾风呼啸之外就再没有其他声音。他的哥哥亨利藏哪儿去了？他应该正在忿忿地埋怨巴拉扎的手下杀了他，而一切全是埃蒂的错。他妈妈又到哪儿去了？她应该正在附和亨利（一定同样地哀哀戚戚）。玛格丽特·艾森哈特哪儿去了？她应该正在向她的祖父诉苦，抱怨自己被套上健忘的恶名，最终被族人遗弃。这里在成为门口洞穴之前就曾一直是声音洞，可是现在所有声音全都沉默下来。现在这扇门看上去……蠢不可及，这是跳进埃蒂脑袋的第一个词。第二个词是微不足道。曾经，洞底的回音让这个山洞显赫一时，甚至以此得名；而通过这扇门来到卡拉的魔法玻璃球——黑十三——让这扇门变得威严、神秘、强大。

可是现在它就在那儿，只是一扇旧门而已——

埃蒂努力压抑涌上心头的想法，却只是徒劳。

——哪儿都去不了的旧门。

他的双眼刹那间盈满泪水，让他自己都觉得厌恶，却没法控制。他转向韩契克："魔力已经消失了，"悲惨的话音中溢满绝望。"那扇该死的鬼门后面什么都没有，除了混浊的空气、满地碎石，什么都没有。我们俩都是傻瓜。"

话音刚落，有人倒抽口凉气，但韩契克镇定地望向埃蒂，眸光一闪。"路易斯，松尼！"他几乎愉快地吩咐道。"给我把布莱尼考芬棺抬过来。"

两个身材魁梧、蓄短须扎长辫的年轻人抬着硬木考芬棺走上前。考芬棺长约四英尺，从他们括杆子的模样来看着实很沉。大箱子放在了韩契克面前。

"请开箱，纽约的埃蒂。"

松尼和路易斯向韩契克投去疑惑的眼光，还夹着一丝忌惮。埃蒂则从这位曼尼长者的眼神里看出几分贪婪的兴致。他暗自琢磨，要拥有这种曼尼人特有的随心所欲的乖张，肯定得费上好几年工夫；路易斯和松尼迟早也会变成那样儿，但现在他俩充其量只能算古怪罢了。

韩契克显得有些不耐烦地点点头。埃蒂弯下腰打开箱子。不费吹灰之力。箱子根本没上锁。里面是一块丝绸。韩契克魔法师似的做了一串夸张繁复的手势后揭开丝绸，露出里面一个挂在链子上的铅锤。埃蒂感觉那玩意儿就像一个老式的儿童陀螺，而且比他先前想的要小得多。从下面的尖端到上面宽出来的部分大约只有十八英寸，泛黄的硬木材质泛出些油光。铅锤末端缀着一根银色的细链，绕在考芬棺盖上面的一个水晶塞上。

“把它拿出来，”韩契克说。埃蒂朝罗兰望了望，这时老人嘴上的浓须从中间分开，露出一排整齐漂亮的白牙，吐出的讽刺却让人不知所措。“你看你的首领干什么，哭哭啼啼的年轻人？这儿的魔力已经消失了，你不是刚刚亲口说的吗？你又知道什么？你最多只有……我也不晓得……二十五？”

站在附近的曼尼人听见这句嘲弄，纷纷窃笑起来，他们中有些人自己都不到二十五。

这个老混蛋——当然还有他自己——把埃蒂激怒了。他向木箱走去，而韩契克却又拦住他。

“别碰铅锤，除非你想把事情搞砸。拉那条链子，明白了吗？”

他差点儿就碰到铅锤了——反正他在这群人面前已经出了丑，再出一次又有何妨——但当他瞥见杰克悲伤的灰眸时，改变了主意。山顶上风很大，吹干了刚刚爬山出的那身热汗，他不禁有些哆嗦。埃蒂再次伸出手，拉住链子，小心翼翼地把链子从水晶塞上绕下来。

“把他拉出来，”韩契克命令道。

“会发生什么？”

韩契克微一颔首，仿佛埃蒂终于问了个该问的问题。“这就是我们要看的。把他拉出来。”

埃蒂听从韩契克的话。鉴于刚才两个抬箱子的年轻人吃力的模样，他惊讶地发现铅锤实际上轻得不可思议，几乎就像一根羽毛，只不过拴在了一根构造巧妙的四尺长链上。他把链子绕在手指上，举到眼前，好像下面就要上演木偶戏。

埃蒂正要开口询问韩契克下面怎么办，可问题还没来得及出口，铅锤就轻微地来回摇摆起来，幅度极小。

“我什么都没做，”埃蒂辩解道，“至少我是这么认为的。肯定是风吹的。”

“不可能，”卡拉汉接口道，“连一丝风都——”

“嘘！”坎泰伯打断他，严厉的眼神让卡拉汉立刻噤声。

埃蒂站在山洞前，整条干涸的河道和大部分的卡拉·布林·斯特吉斯都铺展在眼前。远处一片氤氲的蓝灰色，是他们刚刚穿过的树林——中世界最后一块净土，而他们却再也回不去了。凌厉的山风把他额上的头发齐刷刷向后面吹去。突然，他听见一阵嗡鸣声。

而事实上他并没有听见。实际上，那声音是从他那只手指上绕着长链的手里发出，从他的胳膊里发出，而最糟糕的是，从他的脑袋里发出。

长链底部的铅锤大约与埃蒂膝盖平齐，此时摇摆得愈发明显，几乎达到钟摆的幅度。埃蒂发现了一桩怪事：铅锤每完成一个来回重量就增加一分，就好像正被什么非同寻常的离心力牵扯。

弧度越变越长，铅锤摇摆得越来越快，离心力越来越大。然后——

“埃蒂！”杰克惊叫道，介于担忧与兴奋之间。“你看见了吗？”

他当然看见了。铅锤的轮廓开始变得模糊，与此同时，拉扯他胳膊的下坠力——铅锤的重力——正迅速加剧，他不得不伸出左手扶住右臂，否则都难以支撑，而他的臀部也开始随着铅锤摇晃。埃蒂突然想起他现在的位置——他正站在几乎七百英尺高的山崖边。假如它还不停下来，很快这个小宝贝就会拉着他侧翻下去。要是套在手上的链子解不下来怎么办？

铅锤开始向右边晃去，在空中划出一道隐形的微笑，同时继续加重。刹那间，这件他轻而易举地从箱子里拿出来的硬木铅锤仿佛变成了六十磅、八十磅、一百磅。当它在弧度顶点暂停、平衡在重力与离心力当中的那一瞬间，他发现自己能透过它看见东路，不仅一清二楚，还被放大了数倍。紧接着这个布莱尼铅锤又开始下沉，重量随之减轻。但当它又开始启动向他左边晃去时……

"好吧，我明白你的意思了！"埃蒂大叫道。"快把它拿开，韩契克。至少让它停下来！"

韩契克模糊地咕哝了一声，就像从一摊烂泥里发出的咕嘟声。随后铅锤并非缓缓停下，相反，它戛然而止，最后再次尖端指着埃蒂的脚尖悬在了他的膝盖前面。手臂和脑袋中的嗡鸣声持续了一会儿后也停了下来。随着这一切结束，铅锤诡异的重量也迅速抽离。这鬼东西再一次变得羽毛一般轻。

"你有没有话想对我说，纽约的埃蒂？"韩契克问道。

"有。请求您的原谅。"

韩契克嘴角一咧，一排牙齿从乱丛丛的胡须中露出来，然后又迅速消失了。"你并不是非常愚蠢呵？"

"我也是这么希望的。"埃蒂答道。当曼尼人韩契克把这条做工精巧的银链从他手上解下来时，他着实松了口气，忍不住叹息了一声。

## 4

韩契克坚持要先排练。埃蒂明白原因，但他仍然对彩排这种无聊的事情深恶痛绝。每分每秒都变得极度难熬，就像一块粗布从你的手掌上摩挲滑过。不过他还是决定缄口不言。他已经惹怒了韩契克一回，而一回已经足够。

老人让六个手下兄弟（其中五个在埃蒂看来比上帝还老）走到山洞，三个人拿到了铅锤，另三个领到了贝壳形状的磁石。他自己拿的则是那个布莱尼铅锤，明显那是所有铅锤中力量最强大的。

七人在洞口围站成一圈。

“不用站在门旁吗？”罗兰问。

“现在还没必要。”韩契克答。

老人们手拉手，铅锤或磁石夹在手掌中央。等众人一站好，嗡鸣声立即再次响起，埃蒂觉得那声音吵得就像录音机音量开到最大。他注意到杰克伸手捂住了耳朵，而罗兰脸上有痛苦的神情一闪而过。

埃蒂的视线投向那扇门，此刻它不再是当初蒙尘的模样，也不再显得无足轻重。一串象形文字刻在门上，清晰地突显出来，意思是**找不到的门**。水晶门把烁烁发光，上面白光刻出的玫瑰花形状愈发醒目。

我能不能现在就把门打开？埃蒂非常想知道，开门走进去？他猜答案是否定的。无论如何，还不到时机。但是比起五分钟之前，他对整个过程已经有信心得多。

突然，洞底传来各种嘈杂混乱的人声。埃蒂听见小本尼·斯莱特曼尖叫出道根两个字；听见他妈妈在说现在他丢三落四的本事已经到达顶峰，因为他连自己的妻子都丢了；听见一个男人（大概是艾默·钱伯斯）对杰克说杰克疯了，病得很重，变成了疯子先生①。更多更多的声音还在不断加入。

---

① 此处原文为法语。

韩契克猛地向他的同伴点点头。他们蓦地分开手，洞底传来的声音也同时戛然而止。接着埃蒂注意到，那扇门瞬间重新变得平淡无奇——那种你在大街上经过时绝不会回头再看第二眼的门。他并没有感到意外。

“看在上帝的分上，那儿到底是什么?”卡拉汉朝着阴暗深邃的山洞里下沉的通道努努嘴，问道。“原来不是这样的。”

“我想因为光震或丢了魔法球，山洞失去了理智，”韩契克语气平淡。“不过跟我们现在的任务没任何关系。我们的任务是开门。”他的视线落在卡拉汉的背包上。“你曾经四处流浪。”

“没错。”

韩契克又咧了咧嘴，露出牙齿，但旋即又闭上双唇。埃蒂得出结论，从某方面来说，这个老混蛋对这种表情乐此不疲。“不过你的背包告诉我你已经没有这个习惯了。”

“我想是因为我很难相信我们真要去旅行，”卡拉汉回答，同时微微一笑，不过与韩契克的笑容相比，明显力不从心。“而且我现在也已经老了。”

韩契克听到这话，粗鲁地咒骂了一句——听起来像是妈的!

“韩契克，”罗兰岔开话题，“你知不知道今天早上的地震是怎么回事儿?”

老人的蓝色眼眸一暗，不过眼光仍然锐利。他点点头。洞口外的山路上近四十个曼尼人全在耐心等待。“我们猜想是断了一根光束。”

“我也这么想，”罗兰回答，“我们现在只能孤注一掷。我想我们应该先谈谈，如果你也这么想。谈完所有该谈的，再开始办正事儿。”

韩契克眼神锁定在罗兰身上，与刚刚看埃蒂的一样冷酷，可罗兰丝毫没有退缩。韩契克浓眉一拧，旋即又展开。

"哎，"他说，"听你的，罗兰。你对我们有恩，对曼尼的所有乡亲都有恩，我们会尽一切力量报答你。魔力还没有消失，仍旧强大，只不过需要小小的火星。我们可以点燃火星，哎，就同考玛辣一样简单。你会得偿所愿，但还有一种可能，那就是我们一道葬身万劫不复的深渊。你明白吗？"

罗兰点点头。

"愿意继续吗？"

罗兰把手放在了枪把上，低头沉思了一会儿。等他再次抬头时，他脸上挂着自己招牌式的微笑，英俊、疲惫、绝望又危险。他伸出左手在空中转了两圈儿，做了个手势：*我们走*。

## 5

众人把考芬棺放了下来——小心谨慎，因为通向被曼尼人称为克拉卡门的那条小路非常狭窄——搬出里面的物品。他们伸出长指甲（曼尼人一年才被允许修一次指甲）轻轻敲了敲磁石，发出的尖锐回声却像一把利刃咔嚓把杰克的脑袋劈成两半。蓦地，他领悟到一点，这声音和隔界的敲钟声①非常相似，却也并不意外；*敲钟声本来就是卡门*。

"克拉卡门是什么意思？"他问坎泰伯，"银铃之屋？"

"是鬼魂之屋，"他边回答边专注地解下铅锤的银链，"别打扰我，杰克，这可是个细致活儿。"

杰克并不了解为什么这是个细致活儿，不过他还是转身向

① 隔界的敲钟声（Todash Chimes），一种震耳欲聋的声音，每当有人穿越隔界时这声音便会响起。

罗兰、埃蒂和卡拉汉走去。他们三个正站在山洞入口处。此时，韩契克挑出手下最年长的几个，让他们围在门后站成半圆。不过刻着象形文字、有水晶门把的大门正面反而无人看守，至少暂时没有。

韩契克老人朝洞口走去，在坎泰伯耳边叮嘱了两句，然后冲着在洞外山路上等候的队伍挥挥手。队伍移动过来。当领头人走进山洞时，韩契克让他停了下来，自己走回到罗兰身边，蹲下身，做手势邀请枪侠也蹲下来。

山洞泥地上积了厚厚一层尘土，有些是粉碎的石屑，还有一些却是些小动物的骨骸，它们真是昏了头竟然到这附近闲逛。韩契克用指甲在地上画了一个下端开口的长方形，然后又画了一个半圆围在外面。

“这是门，”他解释道，“这是我的人。你明白吗？”

罗兰点头。

“剩下的半圆由你和你的朋友围成。”他边说边补好了另一个半圆。

“那个男孩儿超感应能力很强。”韩契克突然朝杰克看去，杰克一惊，跳了起来。

“是的。”罗兰说。

“我们让他直接站在门前，但是也不能太近，以防门开得太猛——而这很有可能——把他的脑袋劈下来。你明白吗，孩子？”

“明白，一切听你和罗兰的。”杰克应道。

“你会感觉脑袋里有东西——像是被抽干。会非常难受。”他顿了一下，又继续说，“你想打开门两次。”

“是的，”罗兰答道，“两次。”

第二次是为了凯文·塔，埃蒂心知肚明，不过如果说他当初对这个书店老板产生过兴趣，现在也已经消失殆尽。这个人并非勇气全无，埃蒂心想，但同时也贪婪固执，自私自利：换句话说，典型的二十世纪纽约人。但是最近一次用到这扇门的是苏希，他只等门一开就冲进去。假如第二次开门可以通向凯文·塔和他的朋友亚伦·深纽去的缅因州小镇，没问题。假如其他人最终到达那里保护了凯文·塔，帮助夺回某块空地的所有权和某朵野生的粉色玫瑰，也没问题。但苏珊娜才是他心中最重要的，其他一切都退居二线。

甚至黑暗塔也不例外。

## 6

韩契克问道："第一次开门你想把谁送过去？"

罗兰边暗自思忖，边一只手无意识地抚弄着凯文·塔坚持让他带过来的书封套，里面就是那本让神父寝食难安的小说。他并不是很情愿把埃蒂送过去。这个年轻人本来就一副急性子，如今他的妻子失踪更让他被关心和爱蒙蔽了双眼。假如罗兰命令他去追踪塔和深纽，他会乖乖遵命吗？罗兰可不这么想。那就意味着——

"枪侠？"韩契克催促道。

"第一次开门，把我和埃蒂送进去，"罗兰回答，"门会自己关上吗？"

"会，"韩契克说，"你必须像闪电一样快，否则身子就会被劈成两半儿，一半留在山洞里，另一半被送到那个棕肤女人去的地方。"

"我们会尽快的，放心吧，"罗兰保证道。

“哎，那就最好了，”韩契克再次露出牙齿。这回他的嘴角挂着一丝微笑。

（他有什么没说出口？他知道的抑或只是他认为他知道的？）

罗兰不久以后就有机会琢磨了。

“我会把你们的枪留下来，”韩契克又说，“你们把它们带过去只会弄丢。”

“我想试试看，把我的枪带过去，”杰克说，“它本来就属于另一个世界，应该没问题。即使出了错，我想我也能再弄到一把的。总有办法的。”

“估计我的也行。”罗兰说。他仔细考虑过，决定还是尽量保住这把大号左轮枪。韩契克耸耸肩，仿佛说随你便。

“奥伊怎么办，杰克？”埃蒂问道。

杰克立即变得瞠目结舌。罗兰意识到这个男孩儿直到刚才还从来没考虑过他的貉獭朋友。蓦地，枪侠领悟到（并非第一次）一桩关于约翰·“杰克”·钱伯斯最基本同时也最容易被忽略的事实：他到底还只是个孩子。

“我们穿越时空时，奥伊——”杰克喃喃地说。

“不是这样的，蜜糖，”埃蒂自然而然地说出苏珊娜常用的亲昵称呼，意识到这点后他又悲痛得心口一悸。第一次，他对自己承认，也许他再也见不到她了，就像他们一离开这个恶臭的山洞以后杰克可能再也见不到奥伊一样。

“但是……”杰克又说，奥伊责怪地轻吠了一声。是杰克把他抱得太紧了。

“我们会帮你照顾他的，杰克，”这时坎泰伯温和地说，“会好好照顾他，我保证。我们会安排人在这儿站岗，直到你们回来接回你们的小朋友，取回所有行李。”如果你们还能回来的话，这是坎泰伯的画外音，只不过他善良得没说出口，但是罗兰还是从他的眼神里看出来了。

“罗兰，你肯定我不能……我是说他不能……不。我明白了。这次不行。好吧。不行。”

杰克把手伸进大衣前兜，把奥伊抱了出来，放在积灰的山洞土地上。他双手撑在膝盖上，弯下腰。奥伊也抬起脸，伸长了脖颈，两张脸几乎都要碰到一起。这时罗兰发现一桩最奇特的事：杰克眼里的泪水并没有出乎他的意料，但是奥伊的双眼竟然也噙着泪。一头哭泣的貉獭。这只是你在酒吧深夜买醉时听到的故事——一头忠诚的貉獭为即将分别的主人流下眼泪。你不会真的相信这类故事，只不过因为不愿意挑起争吵(甚至可能打斗)而不愿出口反驳罢了。但是现在一切就在眼前，亲眼所见，这让罗兰自己都有点儿想哭。只是因为这头貉獭善于模仿，还是因为奥伊真的明白正在发生的一切？罗兰希望是前者，全心全意地希望。

“奥伊，你得和坎泰伯待上一段日子了。不会有事儿的，他是好兄弟。”

“泰伯！”貉獭重复一声，泪水大滴大滴地从他的鼻头上落下来，浸湿了脚下的灰尘。罗兰感觉这头小动物的泪水尤其让人难受，甚至比孩子的泪水更甚。“不，我必须走了，”杰克边说边用手掌擦了擦脸颊，结果从脸一直到太阳穴都留下一道黑迹，仿佛士兵涂在脸上的颜料。

“不！杰克！”

“我必须。你和坎泰伯待在一起。我会回来接你的，奥伊——除非我死，我一定会回来的。”他再次抱了抱奥伊，最后站起身。“去，到坎泰伯那儿去。他在那儿。”杰克指向坎泰伯。“快去，听话。”

“杰克！泰伯！”声声呼唤凄惨得让人无法佯装没听见。奥伊留在原地，一动不动。过了一会儿，这头貉獭抽抽噎噎地——或者只是在模仿杰克，罗兰仍旧不放弃这个希望——转过身，朝坎泰伯奔过去，最后坐在了那个年轻人灰蒙蒙的靴子上。

埃蒂伸出胳膊想环抱住杰克，杰克一把把他的胳膊甩掉，径自走开，埃蒂一脸尴尬。罗兰仍旧摆着一张扑克脸，不过心里却暗自高兴。还不到十三岁，那股犟脾气倒是不小。

时候到了。

“韩契克？”

“哎。你想先祝祷词吗，罗兰？对你的上帝？”

“我不信上帝，”罗兰回答，“我只信黑暗塔，而我不会对它祈祷。”

韩契克手下几个兄弟一听神色大骇，但老人只是微微颔首，仿佛丝毫不感到意外。他望向卡拉汉。“神父？”

卡拉汉说道，“上帝，您的手，您的旨意。”他在空中划了一个十字，然后冲韩契克点点头。“要走现在就走。”

韩契克向前踏了一步，摸住找不到的门的水晶门把，朝罗兰望过去，眼神清亮。“最后听我说一句，蓟犁的罗兰。”

“洗耳恭听。”

“我，曼尼·克拉·赤径·斯特吉斯的韩契克。我们是有远见的远行者。我们乘着命运的风破浪远航。你们会不会同样乘风远航？你和你的朋友？”

“哎，风把我们带到哪儿我们就去哪儿。”

韩契克把布莱尼铅锤的银链绕在自己的手背上，刹那间，罗兰感到山洞里某种力量正被释放出来，现在还不强大，但增长迅速，宛如一朵正在盛开的玫瑰。

“你希望召唤魔力几次？”

罗兰伸出右手仅剩的两根手指。“两次。古语又叫做偶次。”

“两次或偶次，同一个意思，”韩契克回答，“考玛辣——来——两遍。”他提高嗓音。“来吧，曼尼！来吧——考玛辣，把你的力量汇入我的！来吧，履行你的诺言！来吧，报答这些枪侠！帮我送他们上路！现在！”

## 7

在每个人开始了解命运改变了他们的计划之前，命运已经把自己的意志强加到众人身上。但是最初，没人看出任何预示。

曼尼的韩契克选出的发送者——六名老人，加上坎泰伯——在门后围站成半圆。埃蒂与坎泰伯手拉手，十指交叉，掌中央握着一块贝壳状的磁石。埃蒂能感觉到那东西正在颤动，如同一件活物，心想兴许它就是活的。卡拉汉站在他另一侧，拉起他的手，握得特别紧。

门的另一头站的是罗兰。他拉起韩契克的手，把布莱尼铅锤的银链也绕在自己的指间。现在，大家已经围成了一个整圆，除了门正前方最后一个空位。杰克深深吸了一口气，环视一圈，看见奥伊背靠墙根坐在坎泰伯身后大约十英尺的地方，点了点头。

*奥伊，好好待着，我会回来的，*杰克向奥伊发送了意念后上前一步，站到了自己的位置上，拉起卡拉汉的右手，稍稍犹豫片刻后又拉起罗兰的左手。

顷刻之间，嗡鸣声再次响起。布莱尼铅锤开始振动，不过这回没有再循圆弧轨迹，而是开始绕着小圈旋转起来。那扇门逐渐变得明亮，形状更加具体——杰克清晰地目睹着它的变化，象形文字的笔画愈发清晰，刻在门把上的玫瑰开始发光。

可是门依旧紧闭，没有一丝开启的迹象。

（集中精神，孩子！）

那是韩契克的警告声，强烈得几乎要搅碎他的脑子。他低下头，目不转睛地盯着门把。玫瑰变得非常清楚，接着他开始想象玫瑰随着门把的转动也开始慢慢转动。就在不久以前，他成天着魔一般想着的就是各种各样的门，以及另外一个世界

（中世界）

另外一个他深信就藏在其中一扇门背后的世界。如今一切感觉又回到过去。他开始想象一生中见过的所有的门——卧室门浴室门厨房门储物间的门保龄球馆的门衣帽间的门电影院的门饭店的门写着**闲人莫入**的门写着**员工专用**的门冰箱门，是的，甚至冰箱门——然后他看见所有门瞬间同时开启。

开！他把全部意念都集中在门上，但同时也觉得有些荒谬，自己仿佛变成古老传说中的阿拉伯王子。芝麻开门！芝麻开门！

洞穴深处再次传来嘈杂的人声，其中还夹杂着嘀嘀咳声、呼呼风声，接着哐当一声，好像什么重物砸在地上。脚下的土地跟着颤抖起来，仿佛发生了第二次光震。但是杰克对身边的一切毫不在意。洞穴里充盈的生命力量不断蓬勃壮大——他能感到那种力量正拉扯他的皮肤、振动他的鼻眼、扯动他的头发——可是门依旧紧闭。紧抓住罗兰和神父的手握得更加用力，他再次集中意志开始想象消防站的门、警察局的门、派珀中学校长办公室的门，甚至一本他以前读过的科幻小说《夏之门》①。一股怪

① 《夏之门》(*The Door into Summer*)，作者罗伯特·A. 海莱因，美国现代著名科幻小说家。

味——洞底的冷风夹杂着朽骨发霉的气味——瞬间变得非常浓烈，扑鼻而来。突然间，他感觉到那种饱胀的确定感喷薄欲出——*现在，就是现在，我知道*——可是那扇门依然如故，没有流露出丝毫开启的迹象。此刻，另一种气味钻入他的鼻孔，不是洞穴的怪味，而是他自己微微有些刺鼻的汗味。汗珠顺着脸颊滑落下来。

"韩契克，没有用。我觉得我不能——"

"不，先别这么说——永远不要认为你必须一切自己来，小伙子。你和门之间有一样东西，试着找到它……像钩子一样的……或是一根刺……"他边说边冲洞门口列队等待的其他曼尼人点点头。"海德隆，上前来。松尼，抓住海德隆的肩膀。路易斯，抓住松尼的肩膀。后面的人都跟着照做!"

队伍向前移动。奥伊有些疑惑地吠叫起来。

"感觉，孩子！感觉那根钩子！就在你和门之间！去感觉它!"

杰克开始尽力伸展自己的想象力，一刹那，他脑海中浮现出一帧清晰生动的画面，甚至远胜于一切最清晰生动的梦境。他看见的是第五大道，四十八街和六十街之间的那一段("每年一月份我的圣诞红包总是在那十二个街区花得精光，"以前他爸爸总喜欢抱怨)。他看见大街两边的每扇门瞬间同时开启：芬迪！蒂凡尼！古德曼精品百货！卡地亚！双日书店！雪莉霍兰酒店！他眼前出现一条几乎看不见尽头的长廊，地上铺着棕色地毯，那是五角大楼。接着他看见各种各样的门，至少一千扇，在他的眼前突然开启，卷起一阵狂风。

可是他面前的门，那扇唯一重要的门，依旧紧闭。

*是的，紧闭，但是——*

门框开始振动。他听见了。

"快，小伙子！"埃蒂咬牙切齿地吐出几个字，"要是还开不开，他妈的就把它砸了！"

"帮帮我！"杰克大叫。"快帮帮我，该死的！你们所有人！"

充盈洞穴的力量仿佛壮大了一倍，嗡鸣声几乎快要震碎杰克的每一块头骨。他的牙齿上下打颤，汗水流进眼睛模糊了视线。他隐约看见两个重叠的韩契克朝站在身后的人点了点头：是海德隆。海德隆后面的松尼，松尼后面的其他人，所有人，随后慢慢退出山洞，停在洞口外三十英尺的山路上。

"准备好，小伙子，"韩契克提醒道。

海德隆的手滑进杰克的衬衫，拉住他牛仔裤的腰带。杰克却发觉自己没被拉回来，相反却被猛推出去。顿时脑中仿佛有一支箭倏地离弦飞出，他一瞬间看见几千个世界里的门同时打开，卷起剧烈的狂风，几乎要吹走太阳。

接着，一切停止。有一样东西……一样东西就在门前……

钩子！是钩子！

他把自己挂在钩子上，仿佛他的身心是一个环，与此同时他感到海德隆和其他人正把他往回拉。一阵彻骨剧痛传来，几乎要把他撕成两半，紧接着就开始了那种几乎被抽干的感觉。非常难受，就像有人正把他的肠子拉出来。同时还有那几乎让人发疯的嗡鸣声，在他耳边，在他脑海深处嘶叫。

他想大喊——不，快停下，松手，我受不了了！——却发不出声音。他想尖叫，却只是在自己的脑海中听见叫声。上帝啊，他被钩住了。被钩子钩住了，而且正在被撕成两半。

一个小动物却听见了他的尖叫。奥伊大怒，狂吠着向前猛冲过来。一刹那间，找不到的门猛地开启，门板嘶的一声正好停在杰克的鼻尖前。

"看！"韩契克的叫声既恐惧又兴奋，"看！门已开启！上神—萨姆·卡门！坎—踏，坎—卡法 卡门！上神—坎—踏！”

所有人都跟着开始附和吟唱，但此时杰克·钱伯斯已经挣脱了右侧罗兰的手，噌地飞出去。同时还有一条人影也跟着飞身出去。

原来是卡拉汉神父。

## 8

短短几秒钟已经足够让埃蒂听见纽约的声音，闻到纽约的气味，意识到正在发生的一切。而这恰恰让情况恶化——他能体会到事态发展与他原先的预期残忍地背离，却无能为力。

他看见杰克被猛拉出去，感觉到自己的手被卡拉汉甩脱；他看见那两人一前一后翻着筋斗向门冲过去，就像一对儿演砸了的杂技演员。一样毛茸茸、大声吠叫的该死东西子弹一般嗖地从他头侧擦过。是奥伊，一幅表演杂技滚筒的滑稽模样，两耳紧紧贴在脑后，写满恐惧的眼珠子几乎要从头上喷射出去。

还不仅如此。埃蒂清醒地意识到自己甩脱坎泰伯的手向门全力冲过去——他的门，他的城市，有他失踪的怀孕妻子的地方。接着他感觉到（敏锐地感觉到）一只无形的大手把他推了回来，同时听见了一个声音。那声音没有说一个词，却比埃蒂听到过的所有词句都来得可怕得多。有词句起码你还可以辩驳，而他听到的却只是一则空洞的拒绝。而且就他所知，那拒绝恰恰来自黑暗塔本身。

杰克与卡拉汉就像飞出枪膛的子弹，向充斥着轰轰笛鸣、滚滚车流的黑暗冲去。埃蒂听见一阵让他迷醉的街头说唱，遥远却清晰，就像你在梦中听见的声音。歌词快节奏地蹦出来：“说上帝，兄弟，没错儿，说上帝在第二大道，说上帝在B大道，说上帝在布朗克斯，我说上帝，我说上帝—炸弹，我说上帝！”埃蒂几乎可以肯定这是他听过的最正宗的纽约口音。霎时间，他看见了奥伊尖啸着穿过门，就像地上的报纸被一辆急驰而过的汽车卷到空中。接着，门又快又猛砰地关上，刮起的一阵疾风夹着腐烂洞穴中的骨灰迎面扑来，他不得不闭上眼睛。

他还没来得及愤怒叫骂，门再次猛地打开。这回迎接他的是耀眼的阳光、婉转的鸟鸣、松树的清香，以及远远传来的大卡车逆火的爆炸声。紧接着他就被吸进这团炫目的光亮中，根本没时间大叫一切都弄错了、见鬼的——

埃蒂的脑袋被什么东西撞了一下。电光火石间，他意识到正穿过连接两个世界的通道。然后是枪声。再然后是屠杀。

唱：来吧来吧考玛辣
风儿把你带到目的地。
你必须跟着风儿跑
其他选择都没戏。
和：考玛辣——来——两遍！
其他选择都没戏！
你必须跟着风儿跑
其他选择都没戏。

第三章

# 特鲁迪与米阿

# 1

一九九九年六月一日之前，特鲁迪·德马士革还是个死硬派的现实主义者。她会告诉你大多数不明飞行物无非是气象气球(其余的则不过是那些想上电视的人的杜撰)，都灵耶稣裹尸布不过是十四世纪的大骗局，而鬼魂——包括雅各布·马雷[①]——要么是精神病人的幻觉，要么是消化不良的结果，二者必居其一。她很顽固，她也对自己的顽固引以为傲。当她拎着帆布袋，背着坤包，走在去公司(一家叫做哥登堡·福尔斯·帕泰尔的会计师事务所，简称GF&P)的第二大道上时，脑子里的念头可绝对和灵异搭不上边儿。GF&P的一家客户，一家叫做童玩的连锁玩具商店，欠了GF&P一大笔钱。实际情况是这家公司正挣扎在破产边缘，不过特鲁迪可丝毫不会在意。她打算讨回那六万九千二百十一美元十九美分，大部分的午饭时间(在丹尼斯餐厅里，这家店一九九四年之前叫做嚼嚼老妈美味餐厅)她都用来考虑如何得到这笔钱。过去两年里她一直在有计划地推进哥登堡·福尔斯·帕泰尔向哥登堡·福尔斯·帕泰尔·德马士革的转变；强迫童玩公司吐出这笔钱就是朝着那个宏伟目标又迈进了一步——一大步。

所以，当她穿过第四十六街，向矗立在上城区第二大道和四十六街街口、装饰着黑玻璃幕墙的大厦(那儿原来有一家风味熟食店，还有一块空的停车场)走去的时候，特鲁迪的脑海里丝毫

---

① 雅各布·马雷(Jacob Marley)，查尔斯·狄更斯小说《圣诞颂歌》(*A Christmas Carol*)中的鬼魂。该小说于一九三八年被拍成电影。

没空想上帝、鬼魂或者来自灵异世界的访客，满脑子只有理查德·高曼，玩具公司那个该死的首席执行官，以及如何——

但是就从那一刻起，确切地说是东部时间下午一点十九分，特鲁迪的生命彻底改变了。她刚刚走到下城区大街的街边路牙，事实上，是刚刚一只脚踏上路牙。一眨眼间，一个女人突然出现在她面前的人行道上。当然，纽约这座城市向来不缺黑人妇女，上帝知道她们中大多都长着一对大眼睛，但像这样凭空出现的特鲁迪可从没见过。当然不仅如此，还有其他一些事情更加不可思议。仅仅十秒钟之前，假如特鲁迪·德马士革听说一个女人在市中心人行道上从天而降，肯定会捧腹大笑，肯定会说没有任何事比这更荒诞了，但是现在有了。绝对。

此刻她总算体会到那些声称看见飞碟（更不用说满身挂着铁链的鬼魂）的人是怎么想的了。他们肯定对众人根深蒂固的怀疑感到相当沮丧……下午一点十八分的特鲁迪·德马士革还同后者一样顽固不化。但是在六月的这天，在下城区的四十六街上，她永远与过去说再见。你会对人们说你不明白，这事儿真的发生了！可是起不了任何作用。他们会说呃，她可能从汽车站后面出来你只是没注意到或者她可能从小店里出来你只是没注意到。你会反驳说下城区的第二大道和第四十六街根本没有汽车站（上城区也没有），可还是没用。你还可以说自从兴建了哈马舍尔德广场以后这片地方就没有小店了，但仍然白费唇舌。特鲁迪很快就会经历这些，绝对会把她逼疯。她可不习惯别人把自己的感觉不当一回事儿，就像处理一块芥末酱或者没煮熟的土豆般对自己嗤之以鼻。

没有汽车站。也没有小店。只有几个误了中饭时间的人手捧棕色食袋坐在通向哈马舍尔德广场的台阶上，而那个幽灵女人也不是从那儿过来的。事实就是：当特鲁迪·德马士革裹在运动鞋里的左脚踏上路牙时，她正前方的人行道上还空无一人。可当她移动身体重心准备提起右脚的刹那，一个女人从天而降。

一瞬间，特鲁迪透过她看见了第二大道，还有一些别的，类似山洞洞口的幻象。紧接着幻象消失，女人的形象变成实体。整个过程大概只有一两秒，特鲁迪自己估计；后来每当她想起那句老话*景象眨眼即逝*时，她宁愿自己真的眨了眼睛。因为一切还不仅是形体具化那么简单。

当着特鲁迪·德马士革的面，那名黑人妇女长出了两条腿。

没错；长出了两条腿。

特鲁迪的观察力绝对没有问题。后来她一遍遍告诉别人（愿意听她故事的人越来越少）那次短暂邂逅的所有细枝末节都像文身似的深深镌刻在她的脑海里。她遇见的幽灵身高大概稍稍超过四英尺，这对平常妇女来说略显矮胖，特鲁迪判断，但也许对双膝以下截肢的人而言就不能这么说了。

幽灵穿着一件白色衬衣，上面斑斑点点撒着红棕色油漆，也可能是干涸的血迹。下身穿着一条牛仔裤，大腿部位撑得很饱满，里面确实有腿，但膝盖以下的裤筒就荡在空中，好像诡异的蛇蜕下的蓝皮。接着，突然间，两条裤筒同时鼓起。*鼓起*，这两个字听上去实在疯狂，但这就是特鲁迪亲眼所见。与此同时，那女人从没有小腿的四尺四身高倏地窜到完整的五尺六、五尺七，就像在看电影特技。只不过这根本不是电影。相反，这是特鲁迪的*亲身经历*。

幽灵的左肩上挂着一个小布袋，好像是芦苇编成的，看样子里面装着些东西，不是盘子就是碟子。她右手攥着一只抽拉开口的褪色红布袋，袋底装着个方形的物什，来回摇晃。袋子的一侧印着几个字，特鲁迪看不太清，但她猜想其中四个字写的是*中城小道*。

那女人一把抓住特鲁迪的胳膊。“你的袋子里装了什么？”

她问道，“有没有鞋？”

这个问题让特鲁迪不禁低头看了看对方的双脚，而这一低头，她再次诧异万分：这个非裔美国妇女的脚居然是白色的。和她自己的一样白。

特鲁迪听过哑口无言这个词，而如今这个成语在她身上演绎得淋漓尽致。她的舌头死死顶住上颚，拒绝松开。但同时，她的眼睛绝对没有问题，白皙的双脚一清二楚地就在眼前。黑人妇女脸上几乎能肯定就是血迹的更多污渍也没逃过她的眼光。除此之外，浓重的汗味扑鼻而来，好像她是费了九牛二虎之力才出现在第二大道上似的。

“如果你有鞋，女士，最好给我。我不想杀你，但我必须赶到他们那儿去，只有他们能帮我的小家伙，我可不能赤脚赶路。”

第二大道的这一小段一个人影都没有。有人——当然也不多——坐在哈马舍尔德广场的台阶上，其中两三个朝特鲁迪和黑人妇女（几乎是黑人的妇女）这边儿瞥了两眼，但丝毫不带警觉，甚至没有兴趣。他们到底出了什么问题，瞎了吗？

*好吧，被她抓住胳膊的又不是他们，这是一方面。另一方面，她威胁要杀死的又不是他们——*

她的帆布袋被一把夺了过去，里面装的恰恰是她在办公室穿的皮鞋（鞋跟不算高，高档小羊皮皮面）。黑人妇女朝袋子望了望，然后又抬头看看特鲁迪。“这是几码的鞋？”

此刻特鲁迪的舌头终于从上颚松开，不过还是没用；它迅速掉下来，一动不动地疲倦地躺在嘴里。

“算了，苏珊娜说你看上去大概穿七码。应该可——”

幽灵的脸突然开始闪烁不定。她抬起一只手——松松地握着拳头，在空中松松地挥出一道弧线，仿佛这个女人不能很好地控制自己的胳膊——按住自己眉间额头。蓦地，她的脸换了幅模样。特鲁迪在家里有线电视的喜剧频道里看过单口相声里的变脸表演，几乎跟眼前的一模一样。

当这个黑人妇女再次开口时，就连她的声音都不一样了。此刻的说话人明显受过教育，而且（特鲁迪敢发誓）非常恐惧。

“救救我，”她说，“我叫苏珊娜·迪恩，我……我……噢亲爱的……噢上帝——”

痛苦使她面部扭曲。她紧紧抓住自己的腹部，低头沉思片刻，等再次抬头却又变回了第一个女人，那个为了一双鞋威胁要杀了她的女人。她光着脚向后退了一步，手上紧紧攥着特鲁迪用来装精致的菲拉格慕女鞋和《纽约时报》的帆布袋。

“噢上帝，”她说，“噢，真疼！妈呀！你必须让它停下来。它还不能出来，不能在大街上出来，你必须阻止它。”

特鲁迪想努力提高声音喊警察，可除了一声轻微的叹息，什么声音也发不出。

“你现在快离开这儿，”幽灵指着她，恶声威胁道，“要是敢报警的话我一定会找到你、割掉你的乳房。”她边说边从肩上的粗布袋里拿出一只盘子。特鲁迪发现盘子的边缘竟然是金属做的，就跟屠刀一样锋利。骤然，她发现自己必须拼命克制才不至于当场尿裤子。

*找到你割掉你的乳房*，她眼前的锋利边缘估计能说到做到。嗖嗖两声，瞬间乳房切除术，上帝啊。

“再见，夫人，”特鲁迪听见自己的声音活像一个半边脸还麻醉的病人在跟牙医道别，“希望你喜欢那双鞋，也祝你穿着它身体健康。”

她并不是说这个幽灵看上去特别健康，即使她长出了双腿，还有一双特别的白脚。

特鲁迪沿着第二大道走下去，边走边努力告诉自己（却全是徒劳)她没有看见一个女人在哈马舍尔德广场(那地方被在里面工作的人戏称为黑暗塔)前凭空出现。她努力告诉自己(同样毫不成功)这一切都是因为她吃了烤牛肉和炸土豆消化不良的结果。她应该跟往常一样吃华夫饼和鸡蛋的,你去丹尼斯餐厅就是去吃华夫饼的,不应该吃什么烤牛肉和炸土豆,不信的话就看看她的遭遇。看见个非裔美国妇女,而且——

她的包!博德斯书店的帆布包!她一定是弄丢了!

除此之外,她一直有感觉那女人会跟在她后面,仿佛猎头族从巴布亚雨林最深最暗处冲出来尖叫着跟在她后面。她感觉身后有个部位被麻得发刺(按道理应该是被刺得发麻,但是麻得发刺这个说法用在这儿反而更贴切,有点儿散、有点儿酷、还有点儿遥远),她知道那个疯女人的盘子就会从那儿割下去,沾上她的鲜血、割掉她的肾、直到插进她的脊椎骨才停下来,在完全静止之前甚至还会轻颤两下。她几乎能听见那盘子就像孩子玩儿的陀螺似的嗖一声飞过来,插进她的身体,热血喷涌而出,顺着她的屁股、她的腿后流下去——

再也忍不住了。她膀胱一松,尿了出来,顿时把裤子和那身尤其昂贵的诺玛·卡玛利牌套装前部染成了深色,让她无地自容。此刻她几乎已经走到第二大道和四十五街街口。特鲁迪——再也回不到过去那个固执己见、自以为是的女人——最终停下脚步,转过身。刚刚麻得发刺的感觉消失了,只剩下胯间的一团湿暖。

而那个女人,疯狂的幽灵,早已杳无踪影。

## 2

特鲁迪在办公室的储物柜里放了一些打垒球穿的运动

服——几件T恤，两条旧牛仔裤。她回到哥登堡·福尔斯·帕泰尔的第一件事就是换了身干净衣服，第二件事是打电话报警。巧的是，接受她报警的警察正是保罗·安达西。

“我叫特鲁迪·德马士革，”她说，“我刚刚在第二大道被抢劫了。”

接听电话的安达西警官非常耐心，特鲁迪的脑海中浮现出一个意大利版的乔治·克鲁尼。鉴于安达西这个意大利裔的姓氏、克鲁尼的深色头发和眼眸，你肯定不会觉得这种想象过分夸张。实际上安达西本人长得并不像克鲁尼，但是，嘿！谁会指望碰上奇迹、遇到影星，我们可是生活在现实世界里。尽管……想到她在下午一点十九分……东部时间……第二大道和四十六街街角的遭遇……

三点半左右安达西警官到了她那儿，她一股脑儿地把所有事情全都告诉了他，不分巨细，包括她自己麻得发刺而非刺得发麻的感觉，以及她诡异地预感到那女人正准备朝她扔盘子——

“有金属边的盘子，你是说？”安达西在本子上记了几笔，问道。当她回答是的时候，他同情地点点头。蓦地，她察觉出这简单的点头动作有些眼熟，但当时她满心沉浸在自己的经历当中，根本没来得及细品其中深味，尽管事后她实在想不通自己当时怎么会那么麻木。这种充满同情心的点头充斥在所有女主角精神分裂的电影里，近一点的有《女孩向前冲》①里的薇诺娜·赖德，远一点可以追溯到《毒龙潭》②里的奥莉薇·德哈佛兰。

但是当时，她完全沉浸在自己的故事里，忙不迭地告诉安达

① 《女孩向前冲》(*Girls, Interrupted*)，又译作《移魂女郎》，一九九九年出品的美国电影。薇诺娜·赖德(Winona Ryder)扮演患精神分裂的女主角。

② 《毒龙潭》(*The Snake Pit*)，又译作《蛇巢》，一九四八年出品的美国电影，奥莉薇·德哈佛兰(Olivia de Havilland)在其中扮演女主角。

西警官那个幽灵女人的牛仔裤从膝盖以下就松松垮垮地拖在地上。等她全部叙述完,她听到了第一种解释:那个黑人妇女可能是从汽车站后面走出来的。接着第二种——这个更让人受不了——那个黑人妇女可能是从街边小店里出来的,那一带的小店可是数以万计的。接着,就像预先排练过似的,特鲁迪首次亮出自己第一套辩词:那个街角根本就没有汽车站,而且四十六街的下城区部分没有小店,上城区部分也没有。接着,自从兴建哈马舍尔德广场以后,所有商店全都搬迁了。后来这成了她最常说的段子,几乎都够她站在那个该死的无线电城的舞台上演独角戏了。

她第一次被问及看见那个女人之前的午饭吃的是什么。这个问题让她突然意识到,她的午餐竟然同爱博尼·斯古鲁奇[①]撞见他的老合伙人(早就死了的那个)之前吃的一样,唯一区别是她吃的是二十世纪的土豆烧牛肉。更不用说她还浇了好几滴芥末酱。

原先她还打算问问安达西警官有没有空和她一起吃顿饭,如今这个念头早就被抛到九霄云外。

实际上,她是把他扔出办公室的。

片刻之后,米奇·哥登堡走过来探了探头。“你觉得他们能不能把你的包找回来,特鲁——”

“滚!”特鲁迪头都没抬地呵斥道,“马上给我滚。”

她脸色苍白、下颌紧闭,哥登堡打量了一番后就离开了,再没多说一个字。

---

① 爱博尼·斯古鲁奇(Eb enezer Scrooge),《圣诞颂歌》中的主角,在圣诞夜见到了鬼魂。

## 3

特鲁迪四点三刻就离开了办公室，这对她来说是提早下班。她又走回第二大道和四十六街的街角，当快到哈马舍尔德广场时，那种麻得发刺的感觉再次从她腿间爬上来，一直蔓延到腹部，但尽管如此，她没有丝毫犹豫。她就这么站在街角，也不理睬白色“行”灯转成了红色“停”灯，接着她像芭蕾舞演员那样在原地转了一个小圈，对第二大道上的来往人流视若无睹。同样匆忙的过路人对她也视若不见。

“正是在这里，”她喃喃自语，“一切正是在这里发生。我知道就在这里。她问我穿几码的鞋，我还没来得及回答——我本来应该告诉她的，甚至如果她问我内裤的颜色我也会乖乖告诉她，我害怕极了——可我还没来得及，她说……”

*算了，苏珊娜说你看上去大概穿七码。应该可以的。*

呃，不对，最后那句话她并没有说完，不过特鲁迪相当肯定那个女人本来正打算这么说的。只不过就在那一瞬间她的脸变了样子，就像一个喜剧演员准备模仿比尔·克林顿，或迈克尔·杰克逊，或者乔治·克鲁尼。她开口求救，还说出了她的名字，叫什么来着？

“苏珊娜·迪恩，”特鲁迪喃喃自语，“就叫这名字。我没告诉过安达西警官。”

呃，对，是没告诉过。安达西警官，滚一边儿去吧。他和他的汽车站、小店，统统滚一边儿去。

*那个女人——苏珊娜·迪恩，乌比·戈德堡①，柯瑞塔·斯*

① 乌比·戈德堡(Whoopi Goldberg，1955— )，美国著名黑人女星。

科特·金①，管她到底是谁——认为她自己怀孕了，认为她快生了。我几乎能肯定。可是你看她的样子像是个孕妇吗，特鲁迪？

“不像。”她又自答道。

四十六街的上城区那边的交通灯再一次由白转红，特鲁迪突然发现自己平静了下来。就在她右侧的哈马舍尔德广场边，有样东西让她顿时平静下来，仿佛有一只手抚平纠结的眉头、一句话安慰你说没问题，绝对没有任何问题会让你有麻得发刺的感觉。

一阵嗡鸣声钻入她的耳朵，她听见。甜蜜的嗡鸣声。

“那不是嗡鸣，”她自言自语的当口交通灯再一次由红转白（她还记得她大学时的一个男朋友曾经说过，最糟糕的轮回就是投胎转世做了交通灯）。“不对，不是嗡鸣，是歌声。”

与此同时，一个男人的声音在她右边响起——吓了她一跳，却并没有让她害怕。“没错儿，”他接口道。特鲁迪转过身，看见一个四十出头的绅士。“我一直到这儿来的。既然我们俩都听到这声音，我要告诉你一些事儿——我年轻的时候脸上的青春痘长得极度可怕，几乎能说是世界之最。我觉得是这儿治好了我。”

“你是说你觉得站在第二大道和四十六街街口治好了你的青春痘。”她重复了一遍。

他赧然一笑，相当迷人。听到她的话，他脸上一僵。“我知道这听上去很疯狂——”

“就在这儿我看到一个女人凭空出现，”特鲁迪打断他，“三个半小时之前，就在我眼前。她出现的时候膝盖以下空荡荡的，接着她的小腿就这么长出来了。你倒说说，我们俩谁更疯狂，

---

① 柯瑞塔·斯科特·金（Coretta Scott King），美国著名黑人女权主义活动家。

朋友?”

他瞠目结舌地瞪着她,那副表情活脱脱是一个忙了一天、下班后解开领带只想透口气的职员。而且的确,他脸颊和额头上还残留着青春痘痕迹。“你说的是真的吗?”

她举起右手。“一个字是谎话,就让我天打雷劈。那贱货还偷了我的鞋。”她顿了一顿。“不,她不是贱货,我不相信她那么坏。她光着脚,非常害怕,而且她认为自己快生了。我只是希望我有时间把我的运动鞋给她,而不是那双昂贵的皮鞋,该死!”

那个男人小心翼翼地瞅了她一眼。特鲁迪突然间感到非常疲惫,心里明白以后她得渐渐适应这种眼神。交通灯转成白色了,跟她搭话的男人提着公文包,朝马路对面走去。

“先生!”

他没停下来,不过还是扭回头。

“这儿原来是什么地方,当年你到这儿来治好青春痘的时候?”

“什么都不是,”他回答,“只是一个空停车场,外面围着栅栏。我本来以为他们在那儿建了楼以后它就会消失——我是说悦耳的歌声,可是并没有。”

他走到对面的人行道上,沿第二大道渐渐走远。特鲁迪仍旧站在原地,自顾自地想心事。*我本来以为它会消失,可是并没有。*

“现在为什么会这样?”她转过身,直接望向哈马舍尔德广场,还有黑暗塔。她凝神倾听的当口,嗡鸣声变得愈发强大,也愈发悦耳。而且不仅仅是一个声音,相反,是许多声音集合在一起,就像合唱似的。接着,声音戛然而止,就像那个黑人妇女突然凭空出现一样,戛然而止。

*不,它并没有停止。*特鲁迪心想,*我只是失去了听见它的技*

巧，仅此而已。如果我继续站在这里，肯定那声音还会再回来。上帝啊，这一切太疯狂了。我疯了。

可是她相信吗？事实是她根本不相信。蓦地，整个世界在她眼里变得非常稀薄；所有事物变得如同抽象的概念，而非实体，甚至几乎已经不存在。她从来没有感到过这么虚弱，能感到的一切就是双腿几乎撑不住，胃里上下翻腾。她马上就要晕过去了。

## 4

第二大道边有一个小公园，公园中心建有喷水池，旁边还有一座金属的乌龟雕塑。龟壳被喷泉水淋得湿漉漉，在阳光下熠熠发光。不过她在乎的可不是喷泉或者乌龟雕塑，而是附近的一张长凳。

白色"行"灯再次亮起，特鲁迪跌跌撞撞向前走去，蹒跚的脚步简直不像只有三十八岁，而像已经八十三岁的老妪。她穿过第二大道，一屁股坐在长凳上，缓缓深呼吸起来。约摸三分钟以后她才感觉好一些。

长凳旁边有一个垃圾箱，上面刻着**请勿乱丢杂物**六个字。这行字下面还有一行字，是有人用粉色油漆涂上去的：看那宽宽**乌龟**脊。特鲁迪望望那座乌龟雕塑，可并没想到它的腰身有什么特别；雕塑本身只有中等大小。突然，另外一样东西吸引了她的视线：一份卷成纸筒的《纽约时报》。平时她如果看了报纸还不想立刻扔掉、又恰好带了包可以塞进去，她就会这样把报纸卷起来的。当然，仅曼哈顿一个地方一天发行的《纽约时报》可能至少有一百万份，但这份是她的。吃午饭时她用她特有的淡紫色水笔把填字游戏几乎全做完了。在把报纸从垃圾箱里拿出来之前，她就已经十分肯定。她匆匆翻到了填字游戏那一版，不出所料，正是她的那份。

她把报纸重新放回垃圾箱，抬起头，目光投向第二大道。那个地方改变了她所有的观念，也许是永远改变了。

抢了我的鞋，过了街坐在乌龟旁边，换上鞋。留下我的帆布袋，却把报纸扔了。她要我的帆布袋做什么？她自己又没有鞋要放进去。

特鲁迪知道答案。那个女人把盘子放了进去。如果有警察看见边缘如此锋利的盘子肯定会起疑心，肯定会想弄明白你用这一不小心就会割断自己手指的盘子会盛什么菜。

好吧，但她现在去了哪儿？

第一大道和四十六街交界处有一家宾馆，原来叫做联合国广场。特鲁迪不知道现在改成了什么名字，也不想知道。她更不想亲自到那儿去询问有没有一个身穿牛仔裤和染了污渍的白衬衫的黑人妇女几个小时前去了那儿。她有种强烈的直觉，她撞见的雅各布·马雷肯定就是去了那儿。不过同时另一个直觉也油然升起，那就是她不会愿意跟踪下去的。最好忘记发生的一切。这座城市里鞋到处都能买到，可是理智，人的理智——

最好立刻回家，冲个热水澡，然后……忘记一切。除了——

"有样东西出问题了，"她脱口而出，引得一个过路行人朝她斜睨过来。她回了一记挑衅的眼神。"某个地方，有样东西出了非常严重的问题。它正在——"

倾斜两个字瞬间蹦进她的脑中，可她不愿意说出口，仿佛说出来会让倾斜变成倾倒。

对特鲁迪·德马士革来说，这个夏天噩梦连连。有时候她梦见一个女人凭空出现，长出双腿。那已经很可怕，但还不是最可怕的。在最可怕的梦境中，她被困在黑暗之中，耳边隆隆回响着巨大的敲钟声，而且她感觉到有样东西正在倾斜、倾斜，直到不可挽回。

唱：考玛辣——来——钥匙<br>
能不能告诉我你所见？<br>
究竟是鬼魂还是镜子<br>
让你拼命想逃离？<br>
和：考玛辣——来——三遍！<br>
快告诉我，求求你！<br>
究竟是鬼魂还是你黑暗的自己<br>
让你拼命想逃离？

第四章

# 苏珊娜之道根

## 1

苏珊娜的记忆变得非常模糊，就像老爷车半脱落的传动轴，连她自己都不敢相信，这让她非常沮丧。她记得与狼群的战斗，也记得整个战斗过程中米阿耐心地等在一旁……

不，这么说不对，不公平。米阿所做的可绝不止耐心等待。她自己斗士的精神一直鼓励着苏珊娜（还有其他人），而且当她孩子的代孕母亲正同死亡作战时，她也尽力阻止了产痛。只不过最后大家发现狼群原来全是机器人，所以你能真正说……

能，你能。因为他们绝对不仅是机器人，没那么简单，而且我们把他们统统干掉了。为了正义奋起反抗，把他们杀得落花流水。

但一切既不是在这儿，也不是在那儿，因为一切已经结束。就在此刻，阵痛；罩住了她全身，一波波越来越剧烈。只要一不留神，她就要在路边生下这个孩子；它肯定会死的，因为它很饿，米阿的小家伙很饿，而且还……

你一定得帮帮我！

米阿。让她对这样的哭喊置若罔闻是不可能的。即使她感觉到米阿把她推到一边（就像罗兰当初把黛塔·沃克推到一边那样），让她对这个母亲绝望的哭喊置若罔闻仍然不可能。苏珊娜心下暗忖，大概一部分是因为她俩分享的是她的身体，而且孩子也是在她的子宫里孕育的。米阿的身体可没法儿孕育孩子，所以实际上是她帮助米阿完成了她自己没法完成的事，暂时不让小家伙出来。虽然假如一直这样下去，小家伙会有危险（真奇怪，小家伙这个词原本是米阿的专利，如今竟然不着痕迹地渗入她的思想，也成了她的词汇）。她想起以前在哥伦比亚读书时夜间卧谈会上听到的故事。当时她们全穿着睡衣围坐在一起抽烟喝酒，一瓶爱尔兰野玫瑰酒你一口我一口——当时那都是被严令禁止的，不过偷食禁果反而让禁果加倍甜美。故事里一个年轻女孩儿搭朋友的车长途旅行，因为不好意思说要上厕所，结果撑破了膀胱，也丢了性命。这种故事你一听肯定就立刻嗤之以鼻，但同时又深信不疑。如今这个小家伙的状况……这个婴儿……

不过无论多危险，她已经掌握了阻止生产的方法，她找到了机器开关。

（道根的机器开关）

只不过她——她们——

（我们，我们俩）

现在用道根的机器完成的任务并不是机器的本来用途。最终道根可能会超载并且

（崩溃）

所有机器都会被烧成灰烬。警铃大作，控制板和电视机屏幕变成漆黑一片。她们现在是死撑着，还能再坚持多久？苏珊娜也不知道。

她还隐约记得趁着其他人欢庆胜利、悼念死者的当口，她把轮椅从牛车上搬了下来。爬上爬下搬重物可不是件轻松活儿，尤其如果你被截去小腿，不过也没有人们想的那么难就是了。她早就习惯了生活中遇到的种种困难——一些以前对她来说绝对是易如反掌的事儿，从上下马桶到上书架取书，不一而足。（她纽约的公寓里每个房间都放着一张小板凳，就是为了帮助她完成种种琐事的）。况且无论如何，米阿一直在坚持——实际上是一直鞭策她，就像牛仔鞭策迷途的小牛。就这样，苏珊娜自己

爬上牛车，把轮椅放下去后自己再爬下来坐进轮椅。当然，这一切绝对不像推滚木那么简单，但也难不倒她，毕竟自从她失去了十六英寸的身高后，更大的困难她也碰到过。

她坐着轮椅又继续赶了大约一英里的路，甚至更远（米阿，无父之女，在卡拉可是没小腿的）。接着轮椅冲进一堆碎石里，她几乎被抛了出去，幸好她胳膊使劲撑住、阻止跌落，这才没伤着她本就不安分的肚子。

她记得当时自己敛回心神——不对，更正一下，应该是米阿让苏珊娜·迪恩被强虏的身体敛回心神——开始奋力沿着山路向上爬。苏珊娜在卡拉最后清晰记得的一幕就是她拼命想阻止米阿脱掉苏珊娜脖子上套的皮圈。皮圈上挂着一枚戒指，非常明亮，是埃蒂亲手做的。当时他发现尺寸太大（本来是想给苏珊娜一个惊喜，所以就没有量她的手寸），非常失望，说他会再做一枚新的。

你爱怎么样就怎么样吧，她回答，不过我会永远戴着这一枚。

自那以后她就一直把戒指挂在脖子上，特别喜欢的就是戒指荡在双峰间的感觉。而现在，这个不知道哪里冒出来的恶妇，竟然要把它脱下来。

接着黛塔的灵魂浮出，与米阿抗击。虽然黛塔对抗罗兰落得惨败，但眼前的米阿绝非蓟犁的罗兰。米阿被迫松开了皮圈，对苏珊娜身体的控制权开始摇摆不定。就在那一刻，又一波阵痛袭来，迅速蔓延到苏珊娜的五脏六腑，她忍不住弯下腰痛苦地呻吟起来。

必须脱下来！米阿大叫，否则他们不仅会闻到你的气息，连他的气息也逃不掉！你丈夫的气息！你绝对不会愿意这种事情发生，相信我！

谁？苏珊娜反问，你说的他们是谁？

算了——没时间细说了。可如果他来找你——我知道你一定这么希望——绝对不能让他们闻到他的气味！我会把那玩意儿留在这里，他会找到。如果卡允许，以后你还有机会再戴上。

苏珊娜本想说她们可以好好洗洗戒指，洗去埃蒂的气味，但她明白米阿讲的并不止气味本身。这是枚定情戒指，这种气息永远都不会褪去。

但是他们到底是谁？

狼群，她暗忖。真正的狼群。潜伏在纽约的那群家伙，卡拉汉口中的吸血鬼，还有那些低等人。抑或还有些别的东西？更可怕的东西？

快帮帮我！米阿大声呼救。苏珊娜再次发觉自己根本无力抵抗米阿的求救。无论这个孩子是不是米阿亲生，无论它是不是个怪物，她愿意孕育这个孩子，愿意亲眼看看它的眉眼，亲耳听听它的啼哭，即使是野兽咆哮也无所谓。

她脱下了戒指，在上面印下一记深吻，把它丢在了山脚路口。埃蒂一定能注意到，因为他至少会追到这里，对此苏珊娜没有丝毫怀疑。

接下来又会怎么样？她不知道。她只记得自己骑在什么东西上，沿着崎岖的山路来到了门口洞穴。

迎接她的是墨染般的黑暗。

（并非黑暗）

不，并非全然黑暗，还有点点亮光点缀在这片墨黑上。原来是电视屏幕发出的微弱光亮。当时，电视屏幕里没有任何画面，只有柔和的灰光。除此之外，还有微弱震动的发动机和咔嗒作响的继电器，好像是

（道根，杰克的道根）

一间控制室。或许根本全是她自己的想象，只是杰克在外河西岸找到的半圆拱形活动房屋被她的想象力加工后的产物。

下一刻她发现自己已经回到纽约。她眼睁睁看见米阿从一个被吓坏的妇女手中抢走了一双皮鞋。

接着苏珊娜再次浮出。她开口求救，想告诉那个女人她必须立刻去医院看医生。她的孩子马上就要生了，而且有危险。可她还没来得及说完，又一波阵痛袭遍她的全身。剧痛来势汹汹，比她一辈子经历过的任何疼痛都更剧烈，甚至超过当初截肢的痛苦。这次，尽管——*这次*——

"噢，上帝！"她痛呼出声，不过她还没来得及再说什么，米阿立即夺回了控制权。她命令苏珊娜必须停止产痛，威胁那个女人要是她敢喊警察的话，她失去的可就绝不只是一双鞋了。

*米阿，听我说，*苏珊娜说，*我可以再阻止一次——我想我可以——但你必须配合。你得赶紧找个地方坐下来。假如你再不歇一会儿，上帝都不能阻止你的孩子出来了。你明不明白？听见了吗？*

米阿听见了。她一动不动地在原地站了一会儿，看着被抢了鞋的女人慢慢走远。接着她几乎谦卑地问了一个问题：*我应该去哪儿？*

蓦地，苏珊娜感觉到这个绑架她的恶妇终于第一次意识到她所处的城市是多么巨大，终于看见身边熙熙攘攘的行人，大街上拥挤穿梭的汽车（每三辆中就有一辆车身上漆着亮得几乎尖叫的黄色），耸入云端的摩天大厦，要是阴天的话楼顶肯定全被厚云遮住看不见。

两个女人透过同一双眼睛望着这座陌生的城市。苏珊娜清楚地意识到，这是她的城市，但在许多方面，又不再是了。她离开纽约时是一九六四年。现在已经过了多少年？二十年？三十年？算了，别想了。现在可不是考虑这个问题的时候。

她俩的视线落在了街对面的一座小公园上。产痛已经暂时缓解，当“行”灯亮起时，特鲁迪·德马士革遭遇的黑人妇女（虽然看上去并没有明显孕妇的特征）迈着稳健的步子缓缓穿过马路。

公园里有座喷水池，喷水池旁边有一张长凳，还有一座乌龟模样的金属雕塑。苏珊娜看见这座雕塑，心下稍稍宽慰，仿佛这是罗兰留给她的记号，不过枪侠自己会更喜欢用印记这个词。

他一定也会来救我的，她对米阿说，你可得当心了，姑娘。你得好好当心他。

我该怎么做就会怎么做，米阿回答，你为什么想看那女人的报纸？

我想知道现在是哪一年。报纸上有日期。

一双棕色的手把卷成纸筒的报纸从帆布袋里取出来，展开后平放在蓝色的眼眸前。这对眸子早上是棕色，同手上的皮肤颜色一样，如今却已变成湛蓝。苏珊娜瞥了一眼日期——一九九九年六月一日——大吃一惊。原来过去了不止二三十年，而是整整三十五个年头。在此刻之前她还从来没怎么费神去想这个世界居然还能幸存到现在。过去她的那些熟人——大学同学、民权运动的同事、喝酒作乐的朋友、一同疯狂迷恋乡村音乐的姐妹——如今早已年届不惑，也许其中某些人甚至已经离开人世。

够了！米阿喝止道，随手把报纸扔进旁边的垃圾筒，报纸瞬间又卷成纸筒。她费劲地抹干净脚底板的泥土（正是因为赤脚沾满了泥，苏珊娜才没有发现颜色的变化），套上偷来的鞋子。鞋子紧了点儿，米阿觉得，而且没穿袜子，估计如果她走远路的话，脚上会磨出水泡的。不过——

你又在乎什么呢，啊？苏珊娜反问，反正又不是你的脚。可话甫一出口（毕竟这本身就是一种对话的形式；罗兰称之为聊天）她就醒悟过来，她也许说错了。毫无疑问，她自己的脚，那双忠诚地支撑着奥黛塔·霍姆斯（有时是黛塔·沃克）走了大半生的脚，早就没有了，要么已经腐烂成泥，要么——这个可能性更大——早已在某个火葬厂里烧成灰烬。

但是肤色的变化终究逃过了她的眼睛。只不过后来她寻思：你实际上注意到了，只是假装没看见。因为变化太多压根儿没法一一理解。

她本想继续追问下去，此刻她到底站在谁的脚上。实际上这不止是个现实的问题，甚至玄味十足。但她还没来得及开口，瞬时又被另一阵产痛攫住，胃部扭作一团，变得石头一般坚硬，两条大腿疼得发软。有生以来她第一次惊恐地体会到那种迫切想推挤的感觉。

你必须阻止！米阿大叫，喂，你必须阻止！看在小家伙的分上，也看在我们自己的分上！

好吧，可以，但是我该怎么做？

闭上眼睛，苏珊娜对她说。

什么？你没听见我的话吗？你必须——

我听见了，苏珊娜回答，闭上眼睛。

瞬间，公园消失，世界变得一片漆黑。她还是那位风姿卓越的黑人少妇，坐在公园的长凳上。一旁的喷水池喷出片片水花，溅湿了旁边的金属乌龟雕塑，湿漉漉的龟壳映着阳光熠熠发亮。人们会认为她正在一九九九年这个春末夏初温暖的午后冥想。

我要离开一会儿，苏珊娜说，很快就会回来。你坐在原地，安安静静地坐在原地。不要乱动。产痛可能还会再来，不过即使没来也不要乱动，否则只会坏事儿。你明白了吗？

米阿也许被吓坏了，但毫无疑问，她志在必得。不过这并不代表她愚蠢。她只问了一个问题。

你去哪儿？

回道根，苏珊娜回答，我脑海里的道根。

## 2

杰克在外河边发现的那栋建筑以前是个通信兼监视的哨岗，他曾经详细地描述过那里，但很可能他还是不能一下认出现下这个出现在苏珊娜脑海中的道根。苏珊娜的想象全凭她本人对先进技术的印象，只是仅仅过了十三年，也就是杰克离开纽约到中世界时，那些当初先进的技术早就变得不值一哂。在苏珊娜的年代，总统还是林登·约翰逊[①]，彩色电视还是个新奇发明，电脑是笨重的巨型机器，必须用整幢楼来放置。不过苏珊娜去过刺德城，见识过那里的科技奇观，所以杰克或许还是能认出当时本·斯莱特曼和报信者机器人安迪藏身的地方。

无疑，他应该会觉得眼熟的不仅有红黑格子图样、沾满灰尘的地毯，还包括布满灰尘的刻度盘、微微发光的控制板以及旁边一溜儿的旋转椅。当然还有角落的那具骷髅，从破旧的制服衬衫领口冒出一抹龇牙咧嘴的怪笑。

她穿过房间，坐在椅子上。头顶的黑白电视屏幕中正播放着几十幅画面，其中一些是卡拉·布林·斯特吉斯（小镇广场，卡拉汉神父的住所，杂货店，还有那条横贯小镇东西的马路）。

---

① 林登·约翰逊（Lyndon Johnson，1908—1973），美国第三十六任总统。一九六三年肯尼迪遇刺后他从副总统继位成为总统，一九六四年竞选连任获得成功。

另外有些看上去像照相馆里挂着的相片：一张是罗兰，一张是杰克笑盈盈地抱着奥伊，还有一张——她几乎不忍心看下去——是手握小刀的埃蒂，一顶帽子斜扣在头上，像牛仔似的。

在另一个屏幕上，她看见一位苗条的黑人少妇坐在乌龟雕塑旁的长凳上，双膝并拢，双手交叠放在腿上，双眼紧闭，脚上套着偷来的皮鞋。她身边放着三个包：一个是从第二大道上抢来的，一个芦苇编成的袋子，里面藏着锋利的欧丽莎……还有一个保龄球包，外面的红色褪得很淡，里面装着方形的东西。一个盒子。看到屏幕上的景象，苏珊娜的怒火腾地升了起来——一种被背叛的愤然——但她并不明白为什么。

*那包在另一边时还是粉红色的，*她心里暗忖，*我们穿越时空后就变了颜色，不过只变了一点儿。*

黑白显示屏上那个女人的脸突然扭曲。隐隐地，苏珊娜也感受到米阿正强忍剧痛。

*必须停止。快。*

不过问题仍然是：怎么停止？

*就跟你在另一边用的方法一样。当她正神速地把马系在洞口的时候。*

可现在回想起来，那时的一切几乎已经有一辈子那么遥远。呃，实际上这么说也没错。的确是上辈子，另一个世界，而且要是她还想再回去，她现在就必须得想出阻止阵痛的办法。当初她到底是怎么办的？

*你就用了这些东西，就是这样。它们只存在于你的思想里——心理学概论课上的欧弗梅尔教授把它叫做"想象的技巧"。你只要闭上眼睛。*

苏珊娜闭上双眼，是两双眼睛，米阿在纽约控制的那双和她脑海中的那双，都齐齐闭上。

想象。

她照做。

睁眼。

她睁开双眼，只见她眼前的控制板上出现了两个超大的刻度盘，原先是变阻器和闪灯的地方换成了一个拨动开关。刻度盘外表颇为眼熟，似乎是树脂材料，就像她从小家里厨房烤箱上的刻度盘。蓦地，苏珊娜领悟到，那儿没有一样事物是出乎意料的。你所有的想象，无论看上去多么异想天开，无非是将已知事物改头换面重新粉墨登场。

左侧的刻度盘上标有**情感温度**四个字，刻度从32度到212度（32是蓝色的，212则是亮红色的），目前指向160度。中间的刻度盘上标有**阵痛强度**，刻度从零到十级，目前指向九级。而拨动开关下面只刻着三个字，**小家伙**，仅有**清醒**和**睡眠**两个状态，开关正拨到**清醒**这一边。

苏珊娜抬起头，发现其中一块屏幕上显示的正是子宫里的婴儿。是个男孩儿，漂亮的男孩儿，小鸡鸡就像海藻似的浮在半空，脐带懒懒地卷成一团。他圆睁双眼，虽然四周全是黑白的图像，这双眼睛却是湛蓝色，锐利的眼神仿佛径直地穿透她的心扉。

*那是罗兰的眼睛*，这个念头一冒出来她就觉得相当愚蠢，却又忍不住奇怪。*怎么可能呢？*

当然不可能。眼前的一切不过是她的想象而已。但就算如此，为什么出现在她脑海里的是罗兰的湛蓝眼眸，而不是埃蒂的栗色？为什么不是她丈夫的栗色双瞳？

*现在没时间想这个问题了。赶紧完成任务。*

她咬住下唇（屏幕显示坐在公园长凳上的米阿也咬住下唇），朝**情感温度**的刻度盘伸出手，稍稍犹豫了一下后把转盘拨向 72 度。简直和温度计一模一样。

瞬间她的心绪平静下来，放松地坐在椅子上，牙齿也松开了下唇。屏幕上公园里的米阿也同样动作。很好，到目前为止很顺利。

接下来她本想触摸**阵痛强度**刻度盘，手都伸出来了却半路停住，悬在刻度盘上空。思忖片刻后，她转向了拨动开关，把开关拨到了**睡眠**。婴儿的眼睛倏地闭上。苏珊娜舒了口气，那双蓝眼睛总让她觉得不自在。

好吧，现在再回到**阵痛强度**。苏珊娜觉得这步相当重要，埃蒂会把它叫做最后一搏。她伸手抓住这块老掉牙的刻度盘，先稍稍用了点儿力气。果然不出所料，笨重的金属拒绝转动。

*不过总有办法让你转*，苏珊娜暗想，*因为我们需要你转动。我们需要。*

她用力抓住转盘，使劲慢慢地逆时针方向转动。突然，一阵锐痛刺进她的脑袋，痛得她龇牙咧嘴。紧接着又一阵疼痛钳住了她的喉咙，就如鱼刺梗喉。幸好没过几秒两股疼痛骤然消失。她右边控制台上的灯全部亮起，大多闪着琥珀色的光，间或点缀几盏亮红。

**“警告，”**耳边突然响起酷似单轨火车布莱因的声音，她听得毛骨悚然。**“该操作可能超越安全限定。”**

见鬼，苏珊娜暗暗诅咒。现在**阵痛强度**已经拨向六级。当她继续拨动到五级时，旁边又有一片琥珀夹杂亮红的信号灯亮起，三块原本显示卡拉画面的屏幕伴随着嗞嗞声突然变暗。蓦地，就像有一双手紧按住她的头似的，又一阵疼痛向她钻了进来。她脚下开始传来隆隆的震动，不是引擎就是涡轮，反正听上去绝对是大家伙。她甚至能感觉到震动冲击着她的脚底，当然是赤裸的脚底——鞋子穿在了米阿的脚上。哦,好吧,她暗自寻思,之前我连脚都没有,所以看来我还是占了点儿便宜的。

**“警告,”**机器的声音继续道,**“你现在的行为非常危险,纽约的苏珊娜。求求你,听我说。任何愚弄自然的行为都是不明智的。”**

就在此时,罗兰常说的一句谚语在她耳边响起:你做你该做的,我做我该做的,最后看看谁能赢。她并不是特别理解这句谚语的深意,不过现在看来这句话倒颇适合此情此景,所以她一边念念有词,一边开始慢慢转动阵痛强度,四级,三级……

她本来打算把转盘一直转到1级的位置,但当这个荒唐的刻度盘刚过二级时,她再也没办法忍受几欲凿穿头部的剧痛——她快要昏过去了——无奈只得松开手。

剧痛丝毫没有减弱——甚至有所增强——刹那间她几乎以为自己会死掉,米阿会从长凳上翻跌下来,而且说不定还不等她们共有的身体跌到乌龟雕塑前方的水泥地上,她俩就已经共赴黄泉了。不出明天或后天,尸体就会迅速被运到波特墓园①。死亡证明上会写什么死因呢?脑溢血?心脏病?还是医生最常用的术语,自然死亡?

所幸疼痛很快退去,她仍然活着,仍然坐在镶有两块荒唐的刻度盘和拨动开关的控制板前。她深深吸口气,抬起胳膊擦了擦双颊的汗。我的妈呀,要是比赛想象的技巧,她一定是世界冠军。

这可远不只想象的技巧——你也知道的,对不对?

对。有什么东西改变了她——改变了所有人。杰克拥有了

① 波特墓园(Potter's Field),纽约的公共墓地。《圣经》中是埋葬无名之人的墓地。

超感应的能力，埃蒂获得了某种创造物体的神秘能力——创造的产物之一已经用来打开了连接两个世界的门，而且这个能力还在继续增强。而她呢？

我……能看见。仅此而已。只是如果我再多努力一些，我看见的东西就能变成现实。就仿佛黛塔·沃克真实存在似的。

她脑海中的道根到处都闪动着琥珀色的灯，甚至只消她瞄一眼，其中一些就变成了红色。她的脚下——她宁愿认为是友情客串的一双脚——地板隆隆震颤。如果继续下去，本身已经有些年头的表面一定会开裂，裂缝继续扩大。女士们先生们，欢迎光临厄舍古屋[①]。

苏珊娜站起身，四周环视了一圈。她该回去了。还有什么需要做的吗？

她又想起一件事。

## 3

苏珊娜闭上双眼，脑海中浮现出一个麦克风。当她再次睁眼时，这个麦克风就出现在了控制板上，刻度盘和拨动开关的右边。她把麦克风想象成了真利时的品牌标志、一个闪电形状的字母Z应该就刻在麦克风的基座上。可偏偏事与愿违，实际出现的却是北方中央电子公司。看来她的想象技巧出了点儿问题，她忍不住恐慌起来。

---

① 厄舍古屋（the House of Usher），美国作家埃德加·爱伦·坡写的著名心理恐怖小说中最终倒塌的古宅。

麦克风正后方的控制板上有一个半圆形的三色信息读出器，正下方印着**苏珊娜-米欧**几个字。读出器里一根指针正从绿色慢慢向黄色移动，而黄色部分后面就是红色，上面用黑色只印着一个词：**危险**。

苏珊娜拿起麦克风，却不知道如何使用。她再次闭上双眼，开始想象先前看到的那个刻有**清醒**和**睡眠**标志的拨动开关，只不过现在的开关安装在麦克风一侧。等她睁开眼时，开关赫然在目。她揿下开关。

"埃蒂，"她刚开口就觉得有些蠢，不过还是不顾一切地继续说下去。"埃蒂，但愿你能听见，我很好，至少现在很好。我和米阿一起在纽约，今天是一九九九年六月一日。我会试着帮她生下孩子，因为没有其他选择了。我也想尽快摆脱它。埃蒂，你一定要好好照顾自己。我……"说到这儿她已经热泪盈眶，"我爱你，甜心。非常爱你。"

泪水顺着脸颊滑落下来。她刚抬手想揩去泪水，却立刻打住。难道她没有权利为自己的爱人洒一把热泪吗？就像所有其他女人一样？

她停顿片刻，希望听到对方的回答。而实际上她心里明白，只要她愿意，完全可以自己回答。不过她还是忍住冲动，现在这种情况下，想象埃蒂会对她说什么根本于事无济。

瞬间，她眼前出现了幻象。道根被笼罩在一种虚幻的光泽中，房屋围墙后面竟然不再是外河东岸的荒凉废墟，而变成了第二大道上的熙攘车流。

米阿睁开双眼。疼痛过去——*全亏了我，宝贝儿，这都全亏了我*——她要准备上路了。

苏珊娜回到原地。

## 4

一九九九年春日中的一天，纽约公园里的长凳上坐着一个黑人妇女（不过她仍然根深蒂固地认为自己是个黑鬼），脚边放着几只旅行袋——又叫做包袱。其中一只袋子上赫然印着**中城保龄球馆，一击即中**的字样。在另一个世界的时候袋子还是粉红色，灿若玫瑰。

米阿作势起身，苏珊娜迅速浮出，把她按了下去。

你干吗不让我起来？米阿吃了一惊。

我说不清，一点儿头绪都没有。但是我想我们先得好好聊聊。要么你先来，说说你现在想到哪里去？

我得找台电话。有人会打电话给我。

唔，电话，苏珊娜回答。顺便说一句，你身上还有血迹，甜心，玛格丽特·艾森哈特的血。很快就会有人注意到的，到时候你打算怎么办？

米阿什么也没说，只是报以嘲讽的微笑。苏珊娜的怒火腾地就被勾上来。区区五分钟之前——也许十五分钟，你瞧，开心的时候总是很难精确计算时间——这个把她劫为人质的恶妇还尖叫着向她求助。而现在她如愿以偿了，竟然用一个嘲讽的微笑来报答她的恩人。可最糟糕的是，这个贱人一点儿都没错：也许她真的就能在曼哈顿闲逛一整天，而不会有一个人走上前询问她衬衫上沾的究竟是干涸的血迹还是不小心泼上去的巧克力蛋奶。

好吧，她讪讪地说，就算没人注意血迹，你又打算把你这些东西放在哪儿？话音刚落，苏珊娜突然又想到一个早就该问的问题。

米阿,你是怎么知道电话的?可不要告诉我你老家有那玩意儿。

没有回答。米阿只是谨慎地沉默着。不过她的话终于把那可恶的微笑从那女人脸上抹去;她也就只能做到这些了。

你在这儿有朋友,对不对?至少你认为他们是朋友。你以为那些家伙会帮你,背着我和他们联系。

你到底打不打算帮我?又回到老问题了。她语气愤怒,但是愤怒之下的是什么?恐惧?也许这么说有些重,至少暂时。不过肯定是有些担忧的。离下次阵痛,——我是说我们——还有多少时间?

苏珊娜暗自计算,大概还有六到十个小时——肯定在六月二日凌晨到来之前——不过她并不打算告诉米阿。

我也不知道,反正不会太长。

那么我们得赶紧上路,我得找个装电话的地方,要隐蔽的。

苏珊娜回忆起第一大道尽头和四十六街的街口有一家旅馆,不过还是缄口不言。她的视线重新锁定在那只由粉红转成大红的布袋上,突然想通了一些事。虽然并非一切,但已经足够让她既悲又怒。

这戒指得留在这儿,米阿当时对她说,我把它留在这儿,他能找到的。以后如果卡允许,你还能重新戴上。

严格说这并不能算保证,至少不那么直接,但明显米阿话中有话——

沮丧与愤怒在苏珊娜的脑海中激荡。不,她根本什么都没答应,她只是暗示了一个方向,其他的全是苏珊娜自己的联想。

哄骗我的不是她,是我自己。

米阿再次站起身。苏珊娜第二次把她按下去,不过这次困难许多。

干什么？苏珊娜，你答应过我的！小家伙——

我会帮你生出小家伙，苏珊娜边阴沉地咕哝，边弯腰捡起那只红袋子。袋子里面装了个方盒。盒子里装着什么？这个用鬼木做成、盒身上雕刻着**找不到**三个古体字的盒子里到底装着什么？即使隔着一层木头和罩布，她仍旧能触摸到一波波邪恶的律动。盒子里装的是黑十三。米阿把它带了过来。如果这个魔法水晶球是打开通道门的唯一钥匙，那么如今叫埃蒂如何来救她？

我也是逼不得已，米阿心虚地辩解道，这是我的孩子，我的小家伙，现在我是四面楚歌。每个人都在刁难我，除了你。你帮我只是因为你别无选择。不要忘了你说过的话……如果卡允许，我说过——

这次打断她的是黛塔·沃克，语气尖锐，毫不留情。“别跟我说卡，我可一点儿不在乎，”她说，“你最好牢牢给我记住这点。你真的有毛病，小娘们。怀了孕却不知道能生出来个什么玩意儿。有人说能帮忙却闹不清他们是什么人。他妈的，你甚至不知道电话是什么，更别说到哪儿去找了。现在你给我乖乖坐在这儿，老老实实告诉我下一步你打算怎么走。我们可得好好聊聊，小娘们。如果你敢跟我打马虎眼，我们就一直坐在这儿，哪儿都不去，直到太阳下山。你可以就在这条长凳上生出你的小家伙，反正有喷泉水可以把它洗干净。”

坐在长凳上的女人露出两排白牙，扯出一缕让人毛骨悚然的狞笑，完全是黛塔·沃克的样子。

“你在乎的那个小家伙……苏珊娜也有点儿在乎……但是我是被逐出这具身体的，所以我……一丁点儿……都不在乎。”

一名妇女推着一辆婴儿车从附近经过（看上去特别像苏珊娜丢掉的那辆轮椅，只不过轻便许多），忐忑地朝长凳上的女人瞥了一眼,然后匆忙地推着婴儿车向前快步走去,几乎跑起来。

“好吧!”黛塔语气轻快,“今天天气真不错,是个聊天的好时机,对不对? 你听见我说的了吗,妈咪?”

米阿,无父之女、一子之母,默不作声。不过黛塔并没有沉下脸;反而笑得更欢了。

“你听见了,很好;你听得很清楚。那么现在就好好聊聊吧。”

唱:来吧来吧考玛辣<br>
你在我眼皮下干啥?<br>
假如你不说实话,<br>
我就把你摔地下。<br>
和:考玛辣——来——四遍!<br>
我能把你摔地下!<br>
我能对你做的事儿,<br>
你听了可不要害怕。

第五章

# 乌　龟

## 1

米阿的回答是：最方便的聊天方式——更省时也更清楚——就是面对面。那该怎么面对面呢？苏珊娜问。

我们可以到城堡里去，这回米阿答得毫不犹豫，悬崖边的城堡，我们可以去餐厅。你还记得餐厅吗？

苏珊娜略微迟疑地点点头。有关餐厅的那段记忆才刚刚恢复，所以现在还很模糊。不过她一点儿都不觉得遗憾。米阿在那儿着实……呃，怎么说呢，至少可以说是大快朵颐了一番。许多盘子被她一扫而空（她大多直接拿手抓），无数饮料被一饮而尽。她甚至还用借来的声音同众多鬼魂幽灵谈天说地。借来的声音？见鬼，都是偷来的，其中两个苏珊娜非常熟悉，一个是奥黛塔·霍姆斯在社交场合常用的略带神经质的腔调——颇装腔作势。另一个就是黛塔那种什么都不在乎的粗嘎嗓音。这么看来米阿的盗窃行径没有放过苏珊娜人格的任何一面。现在黛塔·沃克的元神时不时出现说些狠话，多数要归功于这个不请自来的陌生人。

在那儿枪侠见过我，米阿开口说道，还有那个男孩儿。

她顿了一下，继续道：

我以前见过他们俩。

谁？你说杰克和罗兰？

哎，就是他们俩。

在哪儿？什么时候？你怎么可能——

我们不能在这儿细说，求求你了。得找个更隐秘的地方。

你是不是想说那地方还一定得装了电话？然后你的朋友就能打电话给你？

我知道的不多，纽约的苏珊娜，但是无论多少，我想你都会愿意听听。

对此苏珊娜倒没有异议。她也迫切地想离开第二大道，尽管她并不希望让米阿知晓。她衬衫上的污渍在过路人看来也许不是蛋奶就是咖啡，但苏珊娜自己可非常清楚：那是血渍，而且不仅如此，那是一个为了保护镇上儿童勇敢作战的女战士的鲜血。

而且她脚边还全是布袋。她以前在纽约看到过的布袋一族也不少，哎，现在她觉得自己也变成其中一员。不过她打心眼儿里不喜欢这种感觉。从小到大，她母亲都一直说她应该过体面的生活。现在每当马路上或公园里有行人瞄她一眼，她都有股冲动想冲过去告诉他们她没疯，虽然她现在一身狼狈：染污的衬衫，肮脏的面孔，纠结的长发，肩上没有精制的女士坤包，却有三只布袋放在脚边。无家可归的流浪者，哎——可是又有谁能比她更适合这样的称呼？她不仅找不到家，甚至连自己的时代都回不去。——但她头脑非常清醒。她一定要问问米阿这一切究竟是怎么回事，什么才是事实。此时此刻她的愿望非常简单：洗个澡，换身干净衣服，从公众视线里消失，至少消失一会儿。

别异想天开了，甜心，她对自己说……当然也是对米阿说，只要米阿还在听。隐秘的地方可是要花钱的。你身处的纽约是个连汉堡包都要花一美元的地方。听上去很疯狂，是不？你瞧瞧你自己，现在除了一打锋利的碟子和一个莫名其妙的黑色魔法球，连枚硬币都没有。你打算怎么办？

可是她还没来得及继续沉溺在这些念头中，眼前的纽约瞬时被冲走，她重新回到了门口洞穴。当初她第一次到那儿时几乎没有时间观察四周的环境——当时掌握控制权的是米阿，她只顾着匆匆穿过时空门——可是现在一切都变得异常清晰。她看见了卡拉汉神父，埃蒂，甚至从某种程度说，还有埃蒂的哥哥。

苏珊娜能听见亨利·迪恩的奚落和诅咒从洞底一阵阵飘上来："我在地狱里，哥们儿！我在地狱里，都不能嗑药，这全都怪你！"

亨利歇斯底里的抱怨激起苏珊娜的怒火，瞬间盖过了适才冒出的无所适从。"埃蒂遇上的大多问题都是你的错！"她厉声反驳，"幸亏你死得早，亨利，真是大快人心！"

山洞里的人却连正眼都没瞧她。这是怎么回事？难道她不是从纽约穿越时空回到这里？可要是这样，为什么她没听见敲钟声？

嘘，嘘，亲爱的。埃蒂的声音突然清晰地在她耳边响起，别说话，看仔细咯。

你听见他说话了吗？她问米阿，你听见——

听见了！你快闭嘴！

"你觉得我们得在这儿待多长时间？"埃蒂问卡拉汉。

"恐怕得待上一会儿，"卡拉汉回答。蓦地，苏珊娜领悟到她眼前出现的是已经发生的事。当时埃蒂与卡拉汉一道来到门口洞穴，想找到凯文·塔和他的朋友亚伦·深纽。彼时狼群尚未现身。卡拉汉穿过了时空门，但是趁卡拉汉离开时，黑十三俘虏了埃蒂，甚至差点儿杀了他。幸亏卡拉汉及时赶回来，埃蒂才没有从悬崖顶跌入深谷。

但是此时此刻，埃蒂正从地底下的书柜里拖出那个布袋——果然是粉红色的，她没猜错，在卡拉这边时袋子还是粉红色的——好惹麻烦的塔先生在那个书柜里收藏了许多珍贵的头版书。他们需要袋子里的魔法球，理由与米阿的同出一辙：它能打开找不到的门。

埃蒂把球举了起来，转了个圈，突然停住，紧蹙双眉。

"怎么了？"卡拉汉问道。

"这里面有东西，"埃蒂回答。

"箱子——"

“我说的是这个袋子。我觉得有东西缝在里子里面，摸上去像是块石头。”突然间，苏珊娜仿佛看见他直勾勾地朝自己望过来，虽然她清醒地意识到自己仍然坐在公园长凳上。慢慢地，洞底飘上来的乱哄哄的声音被嗞嗞的喷泉喷水声替代。山洞渐渐隐去，埃蒂和卡拉汉也渐渐隐去，她只听见埃蒂的最后一句话，仿佛从远方传来：“这儿说不定是个隐藏的口袋。”

说完他就消失了。

## 2

其实，她刚才根本没有穿越时空。那段门口洞穴的短暂造访只不过是她的幻觉。难道是埃蒂发送给她的？如果是，那是不是意味着他收到了她在道根发给他的信息？苏珊娜答不上来。如果她能再见到他，她一定得问问。更确切地说，是亲吻他千百遍以后记得问问。

米阿拿起红袋子，仔细沿着袋子四面摸索。是方盒的轮廓，没错。但突然，在盒边一半的位置，她摸到了另外一样东西，一个小突起。埃蒂说得没错：摸上去就像块石头。

她——或者是她俩，这已经无关紧要——把袋子挽了起来。藏在里面的东西散发出越来越剧烈的律动，但她强慑心神奋力抗争。就在这儿，就是这儿……摸起来就像是缝上去的。

她倾过身子，发现那东西不是缝上去而是贴上去的。那种布料她不认识，杰克也不会认得，但如果埃蒂见着肯定能一眼认出来那是块尼龙布。实际上 Z. Z. 托普合唱团曾以此为主题唱过一首歌，一首叫做“尼龙搭扣”的曲子，她以前听过的。她把指甲伸进那块尼龙布，轻轻一使劲，尼龙布嘶啦一声掉落下来，露出一个小内袋。

那是什么？米阿和她一样吃了一惊。

呃，让我们瞧瞧。

她把手伸进内袋，掏出来的不是石头，而是一个小乌龟雕像，看起来似乎是象牙雕成的。虽然龟壳上有一块问号形状的划痕，雕刻的每个细节都巧夺天工。乌龟的脑袋半伸出来，两只眼睛就像柏油点上去的乌黑圆点，栩栩如生。然而她在龟嘴处又发现第二处缺憾——这回不是刮痕，而是一道裂缝。

“有年头，”她自言自语道，“真的有许多年头了。”

是呀，米阿跟着附和。

苏珊娜把乌龟雕像捏在手中，没由来地感觉特别好，特别……安全。

看那乌龟，两句打油诗突然划过苏珊娜的脑际，看那宽宽乌龟脊，龟壳撑起了大地。是不是这么说来着？至少差不离。当然了，这儿正好是穿过黑暗塔的光束。一头是巨熊——沙迪克，另一头是乌龟——马图林。

她看了看在内袋找到的小乌龟雕像，又看了看喷泉旁边的乌龟雕塑，除了材料上的区别——长凳边的那座雕塑是黑色金属材质，外壳上活泼跃动着青铜的光泽——两只乌龟竟然一模一样，甚至连龟壳上的刮痕和龟嘴处的裂缝都丝毫不差。一刹那，她几乎呼吸停止、心脏停搏。这么多日子来，她经历的事情一件紧接着一件，时时刻刻、每日每夜都没有停歇。她根本没有时间仔细思考，只是身不由己地被一桩桩突如其来的变化推着向前，罗兰坚持一切都是卡的意志。接着，眼前这样的巧合降临在她身上，一刹那她感觉仿佛窥见了事件的全景，敬畏与惊讶几乎让她动弹不得。她感觉到一股神奇的力量，无法理解的力量。有些力量，例如装在鬼木盒里的魔法球散发出的力量给她的感觉是邪恶，但是这种……眼前这种……

“哇！”有人惊叹道。

她抬起头看见一名商人——从打扮判断肯定是位成功人士——正站在长凳旁边。他横穿公园，也许正匆忙赶往一个重要的会议，甚至是联合国里的大会。毕竟联合国就在旁边（除非这个也已经改变了）。但现在，他站在那儿一动不动，昂贵的公文包挂在右手，双眼圆睁目不转睛地盯着苏珊娜-米阿手上的小乌龟雕像，咧嘴大笑起来，显得有些傻乎乎的。

快收起来！米阿警觉地大叫，别被他抢了去！

我倒想看看他有没有这个胆子，黛塔·沃克接口道，语气放松，饶有兴味。太阳已经落山，她——她浑身上下——突然体会到，除了发生的一切，今天的天气着实漂亮珍贵、华丽灿烂。

“珍贵极了，漂亮极了，华丽极了，”那个商人（是个外交官也说不定）再次感叹道。原本的公务早就被抛之脑后。他是在赞叹今天的天气，还是这只小乌龟？

两者都是，苏珊娜暗忖。蓦地，她明白了眼前发生的事。杰克一定也会明白——没有人能比得上他！她笑了。体内的黛塔和米阿也笑了，虽然米阿显得有些不情愿。那个不是商人就是外交官的男人也笑了起来。

“是的，两者都是，”商人说道，隐约透出斯堪的纳维亚口音。“你手上的小东西真可爱！”

是的，的确可爱。可爱的小宝贝。就在不久以前，杰克·钱伯斯也找到过一样异常相似的东西：杰克在凯文·塔的书店里买了一本叫做《小火车查理》的书，作者是贝丽尔·埃文斯。为什么要买呢？因为那本书冲他呼唤。后来——实际上就在罗兰的卡-泰特来到卡拉·布林·斯特吉斯之前——那个作者改名为克劳迪娅·y.伊纳兹·巴克曼，成为了不断壮大的十九卡-泰特中的一员。杰克将一把钥匙夹进书页里，而身处中世界的埃蒂用木头削出一把复制品。杰克的那把钥匙有一种魔力，人们只消瞧上一眼，就即刻变得神魂颠倒，甚至被催眠得言听计从。与杰克的钥匙一样，这个小乌龟雕像也有一件复制品，就在她身边。问题是它是否也拥有杰克的钥匙那样的魔力？

就眼前这个斯堪的纳维亚商人着迷的样子判断，苏珊娜相当有信心答案是肯定的。一段童谣闪进她的脑海：嘿呦呦，嘿呦呦，你有乌龟勿烦忧！真是太傻了，苏珊娜几乎嗤笑出声。

她对米阿说道：交给我来处理。

处理什么？我不明白——

我知道你不明白。所以交给我处理就行。同意吗？

她没等米阿回答就转身面向那个商人，脸上挂着一抹灿烂的笑容，把乌龟平举在他的眼前，从左向右移动。虽然他覆着染霜银发的脑袋纹丝未动，但目光紧随着乌龟移动。

"先生，请问您尊姓大名？"苏珊娜问道。

"马特森·范·崴克，"他回答，同时眼珠仍然随着乌龟转动。"我是驻联合国瑞典大使的第二秘书。我的妻子背着我有了外遇，我很难过。我的肠子终于又恢复正常，宾馆里那个按摩师推荐的茶还挺管用，我很高兴。"停顿片刻，他又补充道："你的斯杲葩达①让我也很开心。"

此时苏珊娜的兴趣越涨越高。假如她让这个男人当街脱掉裤子、拽出他刚刚恢复正常的肠子，他会照做吗？当然，他一定会。

她迅速向四周环视一圈，发现附近没有别人。很好，但她还是觉得应该尽快结束，越快越好。当时杰克用他的钥匙吸引了一小群人，她可不想效仿，麻烦总归能免则免。

---

① 原文用的是 Sköldpadda，是一种护身符。

“马特森，”她缓缓说道，“你刚刚说——”

“马特，”他插口更正。

“不好意思，您说什么？”

“叫我马特就行了，我比较喜欢这样。”

“好吧，马特，你刚刚说——”

“你会说瑞典语吗？”

“不会，”她回答。

“那我们只好说英语了。”

“是的，我比较喜欢——”

“我的职位颇为重要，”马特再次打断她，目光仍然胶着在乌龟上。“我见过许多大人物，我和穿着‘黑色晚礼服’的漂亮女人出入鸡尾酒舞会。”

“那一定非常激动人心。马特，我希望你赶紧闭嘴。我不直接问你话，你就不要开口。明白了吗？”

马特闭上嘴，甚至幽默地在嘴边做了个拉拉链的动作，但是视线仍旧没有离开乌龟片刻。

“你刚刚说到宾馆。你是不是住在宾馆里？”

“是的，我住在纽约君悦大酒店，就在第一大道和四十六街的街口。很快我买的公寓套房就要到手——”

突然，马特仿佛意识到自己说得太多，迅速闭上嘴。

苏珊娜有些生气，把乌龟又举高了一些，好让这位新朋友看得更清楚。

“马特，听我说，好不好？”

“洗耳恭听，女士，一定言听计从。”这句话混杂着马特奇特的斯堪的纳维亚口音，竟然让她打了一个冷战。

“你有没有信用卡？”

马特骄傲地笑道。“多着呢。我有运通卡、万事达卡、维萨卡，甚至连欧金卡都有，还有——”

“很好，非常好。我想请你到——”一瞬间她的脑海一片空白，片刻之后恢复过来。“到君悦大酒店，订一间房。订一个礼拜。如果他们问，你就说是帮你朋友订的，女性朋友。”这时她突然想到一种令人厌恶的可能性。这里是一九九九年的纽约，是北方，虽然人们乐意相信事情总是往好的方向发展，但还是事先确认为妙。“他们会不会因为我是黑鬼刁难我？”

“当然不会。”他吃了一惊。

“那么用你的名字订房间，告诉前台一个叫做苏珊娜·米阿·迪恩的女士会来。听明白了吗？”

“明白，苏珊娜·米阿·迪恩。”

还有什么？噢，当然还有钱。她问他有没有带钱，他即刻掏出钱包递给她。她继续一手高举着乌龟，同时用另一只手迅速翻了翻昂贵的巴克斯顿钱包。里面一沓子旅行支票——上面的签名复杂得让人抓狂，对她一点儿用处都没有——还有大约两百美元的绿色钞票。她抽出美元，扔进原先用来装鞋的博德斯帆布包。等她再抬起头时，却不幸发现两个女童子军队员也加入到他们的行列中。两个姑娘约摸十四岁光景，背着背包，嘴唇湿润，灼灼的目光胶着在乌龟雕像上，那副着魔的样子让苏珊娜联想到猫王埃尔维斯·普莱斯利在苏利文电视秀①上出现时台下兴奋的女观众。

“太酷……了，”其中一个叹了口气。

“简直棒极了，”另一个连忙附和。

“你们俩赶紧忙你们自己的事儿去吧。”苏珊娜说。

---

① 苏利文电视秀（The Ed Sullivan Show）是一档播出时间长达二十三年（从一九四八年至一九七一年），成为美国重要社会文化指针的每周日晚间综艺节目，由享誉综艺界的主持天王埃德·苏利文主持。

两张小脸双双皱成一团，连脸上哀伤的表情都如出一辙。如果她们住在卡拉，两人几乎都可能是双胞姐妹。“我们非得离开吗?”第一个怯怯地问道。

“是的!”苏珊娜回答。

“谢谢您，祝天长夜爽，”第二个说道，大滴的泪珠从脸颊边滚落。她的朋友也嘤嘤哭泣起来。

“忘记你们看见我!”她们离开时苏珊娜又补了一句。

她忐忑不安地目送两个女孩儿朝第二大道上城区方向走去，直到她们身影慢慢消失，才将注意力重新转回到马特·范·崴克身上。“你也赶快吧，马特。立马赶到酒店订间房，告诉他们你的朋友苏珊娜马上就到。”

“立马是什么意思? 我不是很明白——”

“就是立刻的意思。”她把抽出钞票的钱包递还给他，心里恋恋不舍地希望还能多看看里面各式各样的塑料卡片。实在不明白要这么多卡片做什么。“等你订好房间，你该去哪儿就去哪儿。忘记你曾经见过我。”

就在这时，马特就像先前两个穿绿制服的女童子军一样，也啜泣起来。“我一定要忘记斯杲葩达吗?”

“一定。”苏珊娜脑海中浮现出电视台综艺节目曾经播出过的催眠表演，甚至埃德·苏利文。“忘记乌龟，不过今天你会感觉特别好，听见没? 你会感觉就像……”一百万美元也许对他来说算不上什么，而且就她所知，一百万瑞典克朗连付理发费都不够。“你会感觉自己就是瑞典大使。你不用再担心你妻子的情人，让他下地狱，对不对?”

“对，就让那家伙下地狱!”马特大声附和。尽管现在泪水还没止住，他仍旧微笑起来，笑容里透出的孩子气让苏珊娜既高兴又哀伤。如果她可以，她希望能再为马特·范·崴克多做件事儿。

"那你的肠子怎么样?"

"怎么样?"

"你的肠子以后就会像钟表一样准点工作,"苏珊娜把乌龟举得更高,"你平时大便是什么时候,马特?"

"一般是早饭后。"

"那么就定在早饭后。以后每一天都在早饭后,除非你太忙。如果你约会要迟到了或者类似事情,你就说……呃……就说马图林,便意就会过去,然后第二天又会正常。"

"马图林。"

"没错儿。现在快走。"

"我能不能拿走*斯呆葩达*?"

"不能。现在快走。"

他迈开脚步,随即又停了下来,扭回头。尽管他的双颊上还挂着泪,却一脸狡黠。"也许我应该把它拿走,"他说,"也许它本来就该是我的。"

*我倒想看看你有没有这个胆,蠢货。*这是黛塔的想法,不过苏珊娜——此时她觉得自己在这个疯癫三人行中地位越来越重要,至少暂时如此——连忙"嘘"了一声,制止黛塔开口。"你为什么这么说,我的朋友?告诉我。"

狡黠的表情仿佛在说,*别和小孩子开玩笑*。反正苏珊娜是这么解释的。"马特,马图林,"他回答,"马图林,马特。你瞧见了吗?"

苏珊娜明白过来,刚想告诉他这不过是巧合,却蓦地想到:*卡拉,卡拉汉*。

"我明白了,"她说,"但是*斯呆葩达*既不属于你,也不属于我。"

"那属于谁?"他一下子悲伤起来,问话配上瑞典口音听上去就像"*那素于随?*"

还没来得及等理智阻止她(至少先该预审一下),苏珊娜脱口说出藏在她的心底、灵魂角落里的那桩事实："它属于巨塔，先生。黑暗塔。那儿才是我要归还它的地方，这是卡的意志。"

"愿上帝与您常伴，尊敬的女士。"

"你也是，马特。祝天长夜爽。"

她目送着这位瑞典外交官慢慢走远，低头凝视着小乌龟雕像，自言自语道，"太令人惊奇了，马特老兄弟。"

米阿对眼前的乌龟兴趣索然；她关心的事儿只有一桩。*这家酒店，她问道，有没有电话？*

## 3

苏珊娜—米阿把乌龟塞进牛仔裤的口袋里，强迫自己在公园的长凳上又坐了二十分钟。此刻她终于有时间好好欣赏刚长出的小腿（无论它们真正的主人是谁，这两条小腿着实匀称漂亮），新脚指头在那双新

*（偷来的）*

鞋里扭来动去。刚才她闭上眼睛又想象出道根的控制室，那儿亮起更多的警告灯，地板下的机器震动得更加剧烈，但是标志着**苏珊娜-米欧**的刻度盘指针仍旧刚刚越过黄色区域。地板上现出的一道道裂缝不出她所料，不过至少现在看来还不算特别严重。情况不能说很好，但她琢磨还能够她们再撑一会儿。

*你还在等什么？*米阿质问道，*我们干吗还坐在这儿？*

*给那个瑞典绅士多留一点时间，好让他在旅馆帮我们把事情都打理好，*苏珊娜回答。

又过了一会儿，苏珊娜判断他应该已经办好所有手续，拎起所有的袋子，起身穿过第二大道，朝四十六街街口的君悦大酒店

走去。

## 4

绿色玻璃反射着午后的阳光，把酒店大堂照得亮亮堂堂。苏珊娜从来没有见过如此美丽的房间——更确切地说是在除了圣帕特里克节[①]以外的场合——但是她还是觉得有些陌生。

*因为这是未来*，她试图说服自己。

上帝才知道实际上她遇见的一切都在不断提醒她这桩事实。街上的汽车小了许多，而且模样大不一样了。许多年轻姑娘居然露着一截肚皮满大街跑，连胸罩带子也不藏起来。苏珊娜沿路走来时是见了四五次这种现象后才能完全说服自己，原来是流行这种怪异装饰，而绝非疏忽。在她的年代，姑娘的胸罩带如果露了出来(即使露出一小寸，虽然也比热带下雪都少有)，她肯定得立刻躲进最近的盥洗室拉紧带子。至于露出一截肚皮……

*除了在康尼岛，这足够让你蹲班房了*。她心想，毫无疑问。

但是给她印象最深的也是最难以解释的：城市看上去愈发的大了。四面八方充斥着生命的勃勃脉动，每一寸空气里都洋溢着这座城市特有的气息。在酒店外等出租车的女人们(无论她们的胸罩带子有没有露出来)只可能是纽约的女人；正在挥手招徕出租车的门童(不是一个而是两个)只可能是纽约的门童；出租车司机(她非常诧异地发现许多肤色黝黑，其中一个还裹着穆斯林头巾)只可能是纽约的出租车司机，但是他们全都……变

① 圣帕特里克节(St. Patrick's Day)为每年三月十七日，以纪念爱尔兰守护神圣帕特里克。美国的圣帕特里克节这一天，人们佩带三叶苜蓿，用绿黄两色装饰房间，身穿绿色衣服。

得不一样了。世界已经转换，就好像属于她的一九六四年的纽约是一个3A棒球俱乐部，而眼前的这个是职棒大联盟。

她在大堂稍稍停顿片刻整理仪容，并且从口袋里掏出小乌龟雕像。她左边是会客厅，两位女士坐在那儿谈天。苏珊娜盯着她们瞟了一眼，几乎无法相信裙子（那也能叫裙子，啊？）下面居然露出那么大一截腿。而且她们既不是妙龄少女也不是大学校花，两人都至少三十出头（虽然她猜上了六十也说不定，天知道过去三十五年科技进步有多大）。

右手边是一家小商店，小店后面的阴影里一架钢琴正弹奏着《夜以继日》那首曲子，熟悉的旋律让苏珊娜尤为欣慰。她知道如果她循着歌声走上前，一定会看见许多皮椅、酒瓶，身穿白西装的侍者会十分热情地招待她，尽管现在只是下午时分。想到这些，苏珊娜长舒一口气。

酒店总台就在正前方，苏珊娜发现里面站着的女服务员是她见过的所有女人中长得最有异域风情的，俊俏的模样不仅黑白混血，甚至还带点儿中国血统。这样的女性在一九六四年那个年代，无论长得多漂亮，肯定会被鄙视为杂种。而现在，她穿着相当高档的得体套装，站在一家一流的大酒店服务总台后面。苏珊娜暗自琢磨，黑暗塔或许正在倾塌，世界或许已经转换，但并非一切都在坍塌恶化，眼前漂亮的女服务员就是铁证（要是需要证据的话）。她面前一位客人正在抱怨什么房间电影账单，谁知道那是什么玩意儿。

别管了，这是未来。苏珊娜再次提醒自己，全是科幻小说，就像刺德城一样。最好别去多管闲事。

管它什么时间什么地点，全去见鬼。米阿嘟嘟囔囔地抱怨，我只想找台电话，只想看见我的小家伙。

苏珊娜经过一块告示牌，都已经走过去了却又掉转回来仔细看了看上面的文字。

**一九九九年七月一日，纽约君悦大酒店将更名为富豪联合国大酒店**

**索姆布拉/北方中央的又一创举!!**

苏珊娜陷入沉思：索姆布拉就是海龟湾豪华联排别墅的开发商……只不过从角落的黑色玻璃针看来那个项目最终未能完成。而北方中央，不就是北方中央电子公司吗？有意思。

突然，一阵锐痛钻进她的脑袋。刺痛？见鬼，简直就像一道霹雳，刺得她眼泪都不禁流了下来。她旋即悟出是米阿干的。米阿对索姆布拉公司、北方中央电子公司，甚至黑暗塔本身都毫无兴趣，此时愈发不耐烦。苏珊娜明白，这种状况必须改变，至少得尝试一下。米阿现在一心只想着她的小家伙，其他一切都不管，不过假如她想保住小家伙，也许到了她该关心些别的事儿的时候了。

她会帮你扫除他妈的所有困难的，黛塔嘎声说，显得精明强硬却也兴致勃勃。你知道这点，对不对？

的确，她心知肚明。

之前那个男人还在与服务员交涉。他喋喋不休地解释道自己无意中点播了一些三级片，不过假如明细项目不出现在账单上，让他付钱也是无所谓的。苏珊娜等在一旁，直到他满意地离开后才走上前去。她的心跳得怦怦作响。

"我的朋友马特·范·崴克为我订了一个房间，"她说。前台服务员瞥了一眼她的染污衬衫，眼神中隐含着些许轻视。她尴尬地笑笑。"我实在没时间洗澡换衣服了。刚才出了个小意外。吃午饭的时候。"

"好，夫人。让我查查。"服务员走到一台小电视机屏幕前，电视机前部还安着个键盘。她敲了几个键，盯着屏幕问道："苏珊娜·米阿·迪恩，对吗？”

她差点儿脱口说出卡拉方言*我说谢啦*，不过还是咽了回去。“对，没错儿。”

“我能看看您的证件吗？”

刹那间，苏珊娜方寸大乱。接着她从苇编的袋子里拿出一个欧丽莎盘子，小心翼翼地避过锋利的那一端。这时她突然想起罗兰曾对卡拉的大农场主韦恩·欧沃霍瑟说过的话：*我们用铅弹交易*。显然欧丽莎不是铅弹，不过当做替代物绝对没问题。她一手举起盘子，另一只手举起小乌龟雕像。

“这个可以吗？”她愉悦地问道。

“什么——”俊俏的总台服务员把视线从盘子转移到乌龟上，随即沉默下来。两只大眼睁得滚圆，却显得呆滞迟钝。上着有趣的粉色唇彩（在苏珊娜看来不像唇膏反而更像糖果）的双唇微微开启，一声轻叹从唇间逸出：*噢*……

“这是我的驾照，”苏珊娜说，“看见了吗？”幸好附近没有其他人，连酒店行李员也不在。过了中午才退房的客人都聚集在人行道上侧，忙着叫出租车；而大堂的这一边则安静无人。礼品店远处酒吧里，《夜以继日》已经换成了《星辰往事》，琴师懒洋洋地弹着，像是弹给自己听。

“驾照，”服务员心不在焉地重复了一遍。

“很好。现在你是不是应该写点儿什么？”

“不用了……范·崴克先生已经订好房间……我只需要……核查你的……能把乌龟给我吗，夫人？”

“不能。”听到苏珊娜拒绝，服务员嘤嘤哭泣起来。苏珊娜十分困惑，她实在不能相信自从十二岁那次灾难般的（第一次同时也是最后一次的）小提琴独奏之后，自己竟然还惹哭了那么多人。

“别哭了，”苏珊娜命令道，服务员瞬间收起眼泪。“请把房间钥匙给我。”

但是这个亚欧混血儿并没有给她钥匙，相反递给她一张放在纸夹里的塑料卡片。纸夹里层写着——估计这样小偷就看不见了——房号1919。这个号码并没有让苏珊娜惊讶。当然，米阿是毫不在乎的。

她不小心脚下一个踉跄，不得不挥起一只手臂(拿着“驾照”的那只)保持身体平衡。一瞬间她几乎以为自己要跌倒，不过很快就稳住身形。

“夫人?”服务员询问道，露出轻微的——非常轻微——关心的神色。“你感觉还好吧?”

“没事儿，”苏珊娜回答，“只不过……差点儿没站稳罢了。”

真奇怪，*见鬼的刚才到底怎么了?* 哦，她想了起来，米阿才是两条腿的主人，是米阿。自从碰见那位“能不能把*斯杲葩达*给我”老先生之后，一直是苏珊娜主导，而现在这具身体开始回复到原来没有小腿的状态。听起来很疯狂，可事实就是如此。她的身体在她的控制下要变回苏珊娜。

*米阿，快出来控制你的腿。*

*我不能。还不能。至少得等到旁边没人时。*

哦，亲爱的主啊，苏珊娜一下子就听出了话音下的语调。这恶妇竟然*害羞*了。

苏珊娜对服务员问道：“这是什么东西？是钥匙吗?”

“什么——哦，当然。你在电梯里和开门的时候都用得上。只要按照箭头指向把卡插进去，然后再轻轻抽出。等门上的灯变成绿色，你就可以进去了。现在我的收银箱里有八千多美元，我可以把所有钱都给你，买你手上这个漂亮东西，你的乌龟，你的*斯杲葩达*，你的*妥图加*，你的卡伟特，你的——”

“不行，”苏珊娜断然拒绝，却又踉跄一步，幸好她及时抓住了桌边，迅速稳住身形。“我现在要上楼了。”她本来还想先逛逛礼品店，如果小店里卖衬衫之类的商品，就用马特给的钱买件干净衬衫，但是现在得再等等了。一切都得先等等。

“是的，先生。”她不再称呼夫人，至少暂时。乌龟开始对她起作用，不同世界间的区别开始逐渐消退。

“就当没见过我，记住了吗？”

“是的，先生。我要不要给您的电话装上请勿打扰设置？”

米阿吵闹起来，不过苏珊娜根本不屑一顾。“不，不用了。我正在等一个电话。”

“随您所愿，先生。”目光还盯着乌龟，从来就没离开。“欢迎入住君悦酒店。您需要行李员帮您把包拎上去吗？”

难道看上去我拎不动这三个小玩意儿吗？黛塔愤愤地想。但苏珊娜只是摇摇头。

“很好。”

苏珊娜转过身刚想离开，却被总台服务员下面说的话惊得急转过身。

“魔眼之王，即将到来。”

苏珊娜大骇，鸡皮疙瘩迅速爬上手臂。她正视着服务员，对方漂亮的脸蛋上一派平静神色，乌黑的眼瞳仍旧盯着乌龟，浸润在唾沫和唇彩中的双唇半张半歙。我再在这儿待一会儿她肯定就要开始胡说八道了。

苏珊娜非常想好好追问魔眼之王的事儿——这是她的任务——况且她不是不能，毕竟现在由她主导，可是她脚底再次打绊，她知道不行……除非她想拖着空裤管、四肢着地爬到电梯间。可以过会儿再说，她暗自盘算，只不过也明白可能性微乎其微；现在一切都发生得太快了。

苏珊娜蹒跚地穿过大堂。服务员目送着她，不无可惜地喃喃感叹道：

“等到魔王归来，黑暗塔坍塌，先生，你所有珍贵物什全都会化为粉尘。在那之后，世界将陷入无尽的暗夜，一切尽逝，只剩来自迪斯寇迪亚的嚎哭，只剩低等人的哀鸣。”

虽说苏珊娜感觉到鸡皮疙瘩已经爬上她的后颈，头皮一阵阵发紧发麻，她还是什么都没说。她的小腿（别人的小腿）正迅速失去感觉。假如她卷起裤腿，她是不是能看见那双刚长出的漂亮小腿正变得透明？血管里鲜红的动脉血向下流、暗色静脉血向上重流回心脏？甚至肌肉纠结的纹路？

她想是的。

她按了一下上楼按钮，把欧丽莎放回包里，心中暗暗祈祷自己能撑到三架电梯任何一架开门。此时钢琴的曲子已经换成《暴风雨》。

中间那架电梯门开了。苏珊娜-米阿走进去，揿了十九楼。门关上，可是电梯仍旧一动不动。

*别忘了塑料门卡，她赶紧提醒自己，你得用门卡。*

她找到一条缝，顺着箭头方向小心地把门卡塞进去。这回当她揿十九楼后，数字亮了起来。片刻之后，米阿的元神浮出，粗鲁地把她推到一边。

苏珊娜躲进自己身体的角落里，疲惫地舒了口气。好吧，让别人来管事儿吧、做会儿驾驶员吧。双腿开始具有质感，再度变得有力，现在这就足够了。

## 5

米阿也许初来乍到，但是她学得很快。到了十九楼的大厅

里，她迅速找到1911—1923的箭头，顺着走廊很快朝1919房间走去。绿色的厚地毯非常柔软，在她

（她们的）

偷来的鞋子下咯吱微响。她插入门卡，开门走进去。房间里有两张床，她把包扔在其中一张床上，没什么兴趣地打量了一番房间，然后看见了电话。

苏珊娜！颇不耐烦。

嗯？

电话铃怎么才能响？

苏珊娜着实被逗乐了，咯咯笑了起来。亲爱的，你可不是头一个问我这个问题的人了，相信我。甚至不是第一百万个。它要响就响，不响就不响，由不得你做主。对了，你干吗不看看房间里能不能找个地方把你的包袱藏好。

她本来以为米阿会争执一番，事实上却没有。米阿只是在房间里走了一圈（根本没费力打开窗帘，尽管苏珊娜非常想从高处俯瞰街景），朝厕所里看了一眼（富丽堂皇，到处都是大理石水池和镜子），然后又瞅了瞅衣帽间。衣帽间的架子上搁着几个干洗袋，上面放着一个保险箱，保险箱上面有一行字，但是米阿不认识。罗兰也时不时遭遇相同的问题，不过他的困难归根结底是因为英语字母和内世界的“伟大文字”本身就不一样。但是苏珊娜猜想米阿的困难就基本得多：尽管她明显认识数字，但苏珊娜觉得小家伙的母亲根本大字不识。

苏珊娜浮出，不过不是全部，现在她只是透过一双眼睛看着保险箱上的字。这种感觉奇特得让她几乎有些眩晕。渐渐地，影像聚集成形，她读了出来：

**保险箱用于储存您的私人物品**

**纽约君悦大酒店对箱内物品概不负责**

**现金与珠宝请直接存于楼下的酒店保险柜**

**如需设定密码,请键入四个数字后按进入键**

**如需开启保险箱,请键入四位密码后按开箱键**

苏珊娜退了回去,米阿选择了四个数字,竟然是一个一,三个九,恰巧是现今的年份。说实话,假如宵小之徒入室盗窃,很可能他第一个尝试的就是这个密码,不过至少它和房间号还有些差别,并不完全相同。除此之外,它是正确的数字,有着力量的数字,是神器。她俩心里都明白。

保险箱关上后米阿试了试,确定关牢了以后又按照说明把它打开。随着箱内旋转的声音箱门砰地弹开。她先把印有**中城小道**的褪色红布袋——里面的盒子正好搁在架子上——放了进去,接着把放欧丽莎盘子的布袋也塞了进去,然后关上门,锁好保险箱,拉拉门把发现锁得很牢后,满意地点点头。博德斯帆布包还躺在床上。她从里面掏出一把钞票,塞进了牛仔裤右前侧口袋。乌龟雕像也在里面。

得赶紧买件干净衬衫,苏珊娜提醒这位不请自来的客人。

米阿,无父之女,没有回答。显然比起衬衫,她还有更关心的东西。她双眼一转不转地盯着电话,此时,产痛尚未再次开始,电话是她唯一关心的。

要么我们现在聊聊吧,苏珊娜提议,你答应过的,可不要说话不算数。但是不要去那间餐厅。她微微颤抖了一下。找个外面的地方,我求求你。我需要新鲜空气。那间餐厅里到处是死人的气味。

米阿并没有争辩。苏珊娜隐约觉察出另一个女人正在迅速翻阅着记忆,就像翻看档案似的——查阅、退出、查阅、退出——

最终找到了要找的东西。

我们怎么去？米阿漠然地问。

（再度）变回两个女人的黑人妇女坐在床上，双手交叠放在腿上。就像滑雪橇，苏珊娜那部分提议。你掌舵，我来推。苏珊娜-米欧，你得记住一点，假如你想让我合作，你最好跟我实话实说。

我会的，另一部分回答，只是你别指望我说的话你会喜欢听，也别指望能听懂。

你怎么——

算了！上帝，我从来没见过任何一个人会问这么多问题！时间紧迫！电话铃一响聊天就结束！所以如果你真的想聊——

苏珊娜根本没等她说完就闭上眼睛，任由自己跌落下去。这回没有床能托住她；她直接穿透过去，穿过时间空间，跌入深渊，隔界钟声的魔音在远处隐隐响起。

现在我再次穿越，她暗想。而划过脑际的最后一个念头则是：我爱你，埃蒂。

唱：考玛辣——喝酒——游戏
能活着就是运气。
仰望迪斯寇迪亚的天空
魔月正缓缓升起。
和：考玛辣——来——五遍！
即使魔月暗影升起！
在这世界东看西走
让你知道活着就是运气。

第六章

# 城堡幻境

# 1

眨眼间，她又回到自己的身体里。突如其来的知觉仿佛扑面照来的光亮，刺得晃眼。一切仿佛回到过去：十六岁的某一天，穿着睡衣的奥黛塔·霍姆斯沐浴着明媚的阳光，坐在床边把丝袜拉上小腿。时间仿佛在记忆中的那一刻凝结，她几乎嗅到了巴宝莉白色肩膀香水和她妈妈的旁氏香皂的芬芳。长大了，能涂香水了，她满心兴奋地憧憬：我要和内森·弗里曼一块儿参加春日舞会了！

接着一切旋即消失，清冽的（还夹着些潮气的）夜风代替了旁氏香皂的气息，唯独那种奇妙的感觉还萦绕心头，那种在全新的躯体里伸展的感觉，那种把丝袜轻拉上小腿、拉过膝盖的感觉。

她睁开双眼。一阵冷风夹着粗砂迎面袭来，她赶紧侧过脸，鼻眼皱成一团，举起胳膊挡在脸边。

“这儿！”一个女人招呼道。出乎苏珊娜的预料，声音并不尖锐，也不是得意洋洋的聒噪。“这儿，风的下面！”

她寻声望去，只见一个高挑清秀的女人正向她招手。苏珊娜第一次见到米阿有血有肉的样子，着实吃惊不已，小家伙的母亲居然是个白种女人。显然，当初的奥黛塔如今也有了白人的一面，这绝对会让对种族区别异常敏感的黛塔·沃克气得吐血。

她自己再次失去双腿，坐在一辆粗糙的单人轮椅上，靠在低矮胸墙的一处凹陷里。眼前呈现出一派洪荒旷野的奇景，她从未见过的。巨大的岩石鳞次栉比，锯齿般戳向天空，密密匝匝地延伸至远方。映衬着清冷的弯月，这些岩石看上去就像魔怪的白骨骷髅。月光照不到的天幕上点缀着成千上亿的星星，如同热冰熊熊焚烧。断崖齿岩间伸出一条窄道，蜿蜒曲折，苏珊娜暗想，一队人马要走这条窄道的话估计只能排队逐个通过。还得背上足够干粮。你可别指望在路边有蘑菇让你采；蓝莓更是想都别想。一道暗红色的光束在更远的地方隐隐绰绰一亮一暗——光源遥不可见，仿佛远在天边。首先蹦进她脑海的是玫瑰之心，随后意识到：不对，不是的。那是魔王的熔炉。望着时断时续的光束，她几乎六神无主，满脑子充斥的都是惊恐的想象。绷紧……放松。增强……减弱。夜空在光束的晕染下，也跟着忽明忽暗。

“赶紧过来，如果你还想过来的话，纽约的苏珊娜，”米阿说道。她身披亮色披肩，穿着皮质的半裤，露出的半截小腿上布满刮痕擦伤，脚上踏着一双厚底凉鞋，鞋带一直绑到脚踝。“即使距离这么远，魔王也能施咒语。我们正在城堡靠近迪斯寇迪亚这一边。你是不是想葬身在悬崖底的枯叶堆里？假如他对你施咒，让你跳下去，你根本没法儿抗拒。你那些多管闲事的枪侠朋友现在可帮不了你了。帮不了，一点儿都帮不了。如今可只能靠自己。”

苏珊娜费力地想把视线从律动的光束上移开，却发现根本动弹不得。顿时恐慌在她心中疯狂滋长，

（假如他对你施咒，让你跳下去）

但几乎立刻，她就把这种恐慌转化成了一把利刃，硬生生刺透自己因恐惧而生出的僵硬麻木。一瞬间，似乎仍没有任何改变；但紧接着她的身子重重地向后摔去，她不得不紧紧抓住轮椅边框才不至于跌进碎石堆。风再次刮起，仿佛在嘲笑她，夹杂着石尘碎屑向她扑面袭来。

但是那种牵引……魔咒……迷惑……不管究竟是什么，消

失了。

她瞅了瞅那辆狗车(至少她是这么认为的,管它到底是不是呢)立刻明白车子该怎么推动。很简单。没驴子拉,她就是驴子。眼前这辆比起他们当初在托皮卡找到的那辆轻便轮椅简直有天壤之别,更别提不久前她还能迈着强健的步伐从公园走到酒店。上帝,她真想念有腿的感觉。非常想念。

但是你现在别无选择。

她紧紧抓住车子的木轮,双手使劲,车子一动不动,再使劲,就在她几乎放弃、决定从轮椅上下来屈辱地向米阿那儿爬过去的时候,生锈的车轮咯吱转动起来,朝米阿站着的地方驶过去。米阿仍站在矮墩墩的石柱旁边,这样的石柱还有许多,排成一线蜿蜒至黑暗深处。苏珊娜暗暗寻思,很久很久以前(在世界尚未转换之前),弓箭手们肯定就躲在石柱后面,躲过敌军的弓箭与投弹后一个箭步踏入石柱中间投掷武器进行反攻。那是多久以前的事儿了?现在这个世界究竟又成了什么样子?这儿离黑暗塔还有多远?

苏珊娜有种感觉,它或许实际上非常近。

轮椅吱呀作响,她不顾轮椅的抗议还是继续使劲转动轮子,眼睛紧盯着前方披着亮色毛毯的米阿。十几码的路还没推到,她就开始上气不接下气,这让她觉得非常羞耻,却怎么也无法控制气喘吁吁。她深吸几口夹杂着岩石气味的潮湿空气。右边全是那些石柱——她有印象,这些东西好像被叫做城齿,或者类似的名字。左边是一个断墙围成的圆形池子。小路另一边两座高塔矗立在外墙上方,其中一座已几近坍塌,看样子罪魁祸首要么是闪电要么是某种强力炸药。

“我们站的地方就是幻境,”米阿说道,“是深渊上的城堡的石墙通道,叫做迪斯寇迪亚城堡。你说你想呼吸新鲜空气,按卡拉方言的说法，希望这儿让你顺意。不过这儿离卡拉可远了。这儿深入末世界的腹地，无论是好是坏，已经非常接近你们探险的终点。”她顿了顿，又接着说道，“我几乎能肯定是坏。不过我可不在乎，一点儿都不。我是米阿，无父之女，一子之母。我的小家伙才是我唯一在意的，他对我来说就是一切，哎，一切！你想聊聊？行呵。我会坦白告诉你我知道的。为什么不呢？对我来说实在没什么大不了的。”

苏珊娜环视四周，当她的视线投向城堡中心时——她猜是一处庭院——一股腐朽的气息飘过来，她不禁皱了皱鼻子。小动作没有逃过米阿的眼睛，她笑笑说：

“哎，他们早就死了，前人留下的机器大多也已经不再转动，不过死亡的气味阴魂不散，哦？总是这样的。问问你的枪侠朋友，真正的枪侠，他知道的，因为他一直在和这种气味打交道。他可是负罪累累啊，纽约的苏珊娜。各个世界里的种种罪咎就像腐败的死尸般缠绕在他的脖子上。不过没想到他意志这么坚定，居然走到这么远，终于还是引起了大人物的注意。他只有毁灭一条路，他和站在他一边的所有人。我肚子里的胎儿已经注定他的灭亡，不过我不在乎。”她抬起下巴，朝星空仰面望去。厚披肩藏不住米阿丰满的曲线……而且苏珊娜看见了她突起的腹部。米阿至少在这个世界明显是个孕妇，事实上，是一个即将临盆的孕妇。

“你想问什么就问吧，”米阿说，“不过别忘了，我们俩还绑在一起存在于另一个世界里，躺在酒店的床上正睡觉呢……只是我们并不是真正在睡觉，对不对，苏珊娜？呵呵。电话铃只要一响，我的朋友打电话来，我们就必须离开这儿动身去找他们。如果你想问的全问完了，那最好。如果没问完，也只能这样。快问吧。或者……你根本就不配叫做枪侠？”她的双唇抿出一道轻蔑的弧线。苏珊娜觉得她实在冒失，尤其是她连在那个必须回去的世界里该怎么从四十六街走到四十七街都不知道。真是太冒失了。“我说，出招吧！”

苏珊娜又一次望向城堡中央黑黢黢的破井，那儿也许是藏书密室，也许是防御工事，甚至是杀人坑，天知道。她以前上过中世纪历史，读到过类似的一些术语，不过那已经是很久以前了。当然，那儿下面肯定有个宴会厅，她自己曾经帮忙上菜，至少做过一两回，但那也已经是过去了。假如米阿逼人太甚，她一定会自己想出对策的。

与此同时，她心下寻思，先从简单些的问题开始好了。

“如果这儿是深渊上的城堡，”她问道，“那深渊在哪儿？除了成堆的岩石我可什么都没看见。还有，天边的红光是什么？”

山风把米阿的及肩长发齐齐吹到脑后（米阿的头发不像苏珊娜的，一丝打结都没有，如丝般光滑）。米阿指向矗立在墙远处的塔楼。

“那儿是内层防御墙，”她说，“再后面就是法蒂村了。村子早就废弃，里面的人一千多年前就因为红死病死光了。再后面——”

“红死病？”苏珊娜非常诧异（同时也有些恐惧），“爱伦·坡的红死病？小说里写的那样儿？”哦，怎么不可能呢？他们不是已经误入了——当然后来又走了出来——L·弗兰克·鲍姆的奥兹国？下面该是什么了？大白兔还是红桃皇后？

“女士，我不知道，只能告诉你再过去是外层防御墙，墙那边的土地上有一道大裂缝，里面填满了处心积虑地想要逃出生天的怪物。裂缝上还曾经架着一座桥，不过很久以前就已经塌了。‘在无史可考的古代’，可以这么说。都是些极度可怕的怪物，只消一眼就能把普通人立刻逼疯。”

说着她自己也瞥了苏珊娜一眼，眼神里写满嘲讽。

“不过一名枪侠，像你一样的枪侠，是不会中招的。”

“你干吗讽刺我？”苏珊娜淡淡地问。

米阿露出惊讶之色，随即脸色一沉。“难道是我想到这儿来，站在这个天际被魔王之眼染污、月色被玷污的鬼地方吹冷风吗？不，女士！是你，全是你的主意。所以不准你批评我！”

苏珊娜本想反唇相讥，怀上魔鬼的孩子也不是她的主意，但现在可不是互相指责的时候。

“我不是怪你，”苏珊娜解释，“只是问问。”

米阿不耐烦地挥挥手，仿佛说别废话了，然后半侧过身。她低声说道：“我没读过书，也没上过学堂。但不管怎么样，我都要生下我的小家伙，你听清楚没有？无论命运如何安排，你必须生养我的孩子！”

苏珊娜瞬间明白过来。米阿夹枪带棒的言辞全是因为她心里害怕、慌张。虽然她知道的比苏珊娜多，可毕竟她用的是苏珊娜的身体。

例如，*我没读过书，也没上过学堂*，这是拉尔夫·艾利森《隐形人》中的一句话。当米阿买进苏珊娜的身体时，倒是占了大便宜，用一个人的价钱换得了两种人格。毕竟把黛塔再次请出山的（或者说从沉睡中惊醒的）人是米阿。黛塔最喜欢说的就是这句话，因为它深刻地体现了黑人对所谓的“战后黑奴接受的更精良的教育”持有的深刻鄙视与怀疑。我不去“学堂”，哪儿都不去；我该知道什么就是什么，换句话说，我在葡萄藤下、在乡间田埂上、在茂密树林里聆听自然的教诲。

“米阿，”她这时问道，“这个小家伙的父亲是谁？到底是什么魔鬼？”

米阿咧嘴笑了起来。苏珊娜很不自在，这笑容太像黛塔了，溢满了嘲讽与苦涩。“哎，女士，我知道。你没猜错，的确是个魔鬼把种子种在你的身上的，一点儿不错！不过种下的是人类的种子！必须这样，因为你瞧，真正的魔鬼，就是那些围绕在黑暗塔四周的魔鬼，是没有生育能力的。所以必须这样。”

“那怎么——”

“这个孩子的父亲就是你的首领，”米阿继续说，“蓟犁的罗兰，对，就是他。斯蒂文·德鄯终于有孙子了，尽管他现在已经化为一堆朽骨，什么都不知道了。”

苏珊娜目瞪口呆地盯着她，也顾不得荒野的冷风直灌进口中。“*罗兰*……？不可能！当时魔鬼在我身体里时他正站在我旁边奋力把杰克从荷兰山的鬼屋里拉出来。做爱绝对是他脑子里排最后一位的事儿……”说话间她突然回忆起当时在道根看见的婴儿画面，她的声音微弱下去。那双眼睛。淡蓝色的战士的眼睛。*不，不，我绝对不相信。*

“反正罗兰就是他的父亲，”米阿坚持说，“等小家伙一出生，我就会按你以前学的东西给他起名字，纽约的苏珊娜；是你在以前学城齿、庭院、投石机和碉堡这些词的同时学到的。为什么不呢？那会是个好名字，很好听。”

*她说的是穆雷教授教的《中世纪历史入门》那门课。*

“我会给他起名叫莫俊德①，”她又说，“他会长得很快，我亲爱的儿子，长得比人类快，毕竟他有魔鬼的一面。他还会长得很结实，有如天神下凡，没有任何一名枪侠能比得过他。而且，就和你们传说中的莫俊德一样，他会手刃自己的生父。”

话毕，米阿，无父之女，仰天面对星子缀映的苍穹尖叫起来，可苏珊娜也说不清叫声中包含的到底是悲伤、恐惧抑或是愉快。

---

① 莫俊德(Mordred)，亚瑟王传奇中亚瑟王的外甥与骑士，与亚瑟王为敌。

## 2

"快坐下，"米阿说，"我有这个。"

说着她从亮色厚披肩下面拿出一串葡萄和一个装满商陆果的纸袋。浆果的皮颜色橙黄，个个粒大饱满，几乎和她的肚皮一样滚圆。苏珊娜觉得奇怪，她从哪儿弄来这些果子的？难道她俩共用的这具身体梦游回到了君悦酒店？要么原来这儿就有一篮水果只不过她刚才没注意到？还是说这全是幻觉？

不过这并不重要了。即使她本来还有一点胃口也已经被米阿的话惊得荡然无存。她坚信那绝对不可能，却不知为何反而觉得更加恐惧。她甚至无法不去想电视屏幕显示的子宫里的胎儿。那对淡蓝色的眸子。

*不可能，绝对不可能，你听到没有？绝对不可能！*

寒风从城齿间的缝隙吹过来，吹得她一直冷到骨子里。她转过轮椅，在米阿身边背靠城墙坐好，侧耳倾听夜风的呼啸，抬头仰望陌生的星空。

米阿往嘴里塞满葡萄，汁水顺着一侧嘴角流下来，另一侧嘴角一张一合迅速吐出葡萄籽，速度几乎比得上机关枪。她咽下一大口，擦擦嘴，说："可能，当然可能。而且事实就是如此。纽约的苏珊娜，你现在是很开心来这儿听到真相，还是说宁愿留点悬念？"

"假如我生下的并不是我性交时想要的孩子，我就必须事无巨细地知道关于他的一切。你明白了吗？"

这回苏珊娜的直白倒让米阿吃了一惊。她点点头。"随便你。"

"告诉我怎么会是罗兰的孩子。要是你想让我相信你说的每个字的话，你最好一开始就实话实说。"

米阿伸出指甲戳破一粒浆果的果皮，一口气揭掉果皮，狼吞虎咽地吃了个精光。她本来还想再撕一个，不过又改变了主意，只是用双手（那双白得让人不舒服的手）把果子揉来揉去，使它变热一些。苏珊娜明白，火候一到，果皮会自动裂开的。接着米阿娓娓道来。

## 3

“一共有多少根光束，你来说说看，纽约的苏珊娜？”

“六根，”苏珊娜回答，“至少六根。不过我猜现在只有两根——”

米阿不耐烦地挥挥手，仿佛说别浪费时间了。“在这片伟大的迪斯寇迪亚，当然有些人（包括曼尼人）把这儿称作上神，另一些人把这儿称作纯贞世界，一共是六根光束。那么到底是谁、是什么创造了光束？”

“我不知道，”苏珊娜如实回答，“是不是上帝，啊？”

“也许上帝的确存在，不过创造光束的是魔法的力量，苏珊娜，已经失传很久的真正的魔法。到底是上帝创造了魔法，还是魔法创造了上帝？我也说不上来。这个问题就留给哲学家去思考吧，反正我的工作是照看孩子。但是很久很久以前，这儿是迪斯寇迪亚的天下，六根强大的光束从这里竖起，全都在一点交汇。当时光束由魔力支撑，本以为会永不倒塌，可是最终魔力消失，唯一剩下的只有黑暗塔，有人把它叫做坎·克力克斯，意思是重续的殿堂，绝望的人。魔法时代之后继而开始了机器的时代。”

“北方中央电子公司，”苏珊娜喃喃低语，“双极电脑。慢转速涡轮引擎。”她略略一顿，“还有单轨火车布莱因。不过这些在我们的世界并不存在。”

“不存在？你以为你的世界能够幸免吗？那么酒店大堂里的通告又怎么解释？”浆果噗地裂开，米阿把果皮撕掉，一口吞了下去。她咧嘴狞笑，汁水顺着嘴角淌了下来。

“我还以为你不识字呢。”苏珊娜说。这点其实无足轻重，不过此刻她只能想到这些。她的脑海中不断回闪出那幅婴儿的画面，那双闪亮的蓝眼睛，枪侠的眼睛。

“哎，我有我的办法。只要你认字，我就能明白一切。你不要说你忘记酒店大堂里的通告了，嗯？”

她当然不会忘。通告上写道，一个月后君悦酒店就会归入一个叫做索姆布拉/北方中央的公司旗下。不过当她说在我们的世界不存在时，她想着的是一九六四年的世界——那个只有黑白电视机、电脑笨重得像房间一样大、阿拉巴马警察迫不及待地向争取选举权的黑人游行队伍放出恶犬的世界。在其后的三十五年中，世界发生了天翻地覆的变化。就拿酒店里那个欧亚混血前台女接待用的带显示屏的打字机来说吧——苏珊娜怎么能肯定那就不是一台用慢转速涡轮引擎启动的双极电脑？的确不能。

“继续说。”她对米阿说。

米阿耸耸肩。“你注定了自己的失败，苏珊娜。你看起来乐观坚定，实际根源却是一样的：你的信念让你失望，只好用理智的思想来替代。但是理智里面没有爱情可言，推理演绎让一切都荡然无存，理性主义的终结只有死亡。”

“你说这些和你的小家伙又有什么关系？”

“我也不知道。我不知道的还很多。”她抬起手挥了挥，在苏珊娜刚想开口的时候打断了她。“而且我不是在浪费时间，也不是想带你兜圈子；我说的全是我心底的话。你到底还想不想听下去？”

苏珊娜点点头。她愿意听下去……至少再听一会儿。但如果还不尽快说到孩子的话题，她也会朝那个方向引。

“魔法的力量逐渐消退。在一个世界里，魔法师梅林退隐山间；而在另一个世界，艾尔德一族的长剑被枪侠的短枪替代。魔法消失了。这么多年里，伟大的炼金术士，伟大的科学家，还有伟大的——怎么说呢？——技术专家，我只能想到这个词儿，反正都是些伟大的思想家，我就是这个意思，他们都是推理演绎的忠实拥趸——他们聚集在一起创造出运行光束的机器。非常伟大，却并非不朽。他们用机器替代了魔法，你明白吗，而现在机器越来越不中用了。在其他世界里，大批大批的人因瘟疫而丧命。”

苏珊娜微微颔首。“我们见过这样的例子，”她平静地说，“他们把它称作超级流感。”

“血王的手下只不过加速了一切的毁灭。机器都疯了，你自己也遇见过这样的事儿。当初那些人认为，总有后人能创造出更多的机器，他们却没一个预见到今天的惨状。这种……这种全宇宙范围的油尽灯枯。”

“世界已经转换了。”

“哎，女士，你说得没错。没人留下来替换那些机器，也没人能支撑最后一件魔法的创造，因为纯贞世界早就消退了。魔法消失，机器衰退，很快连黑暗塔也将坍塌。不过也许赶在黑暗开始永久统治之前，全宇宙的理智思想还会迸发出一瞬间的耀眼火花。听起来还不错吧？”

“那么黑暗塔坍陷时，不也是血王自己的末日吗？他和他的手下？那些前额上有个血窟窿的家伙？”

“他被承诺可以保有他的王国，他能永远地统治下去，日日品尝他自己的快乐。”米阿的话语里透出几丝厌恶，甚至掺杂了些许恐惧。

“被承诺？谁的承诺？难道还有谁能比他更强大？”

"女士，这个我也说不清。也许这只是他对他自己许下的承诺吧。"米阿耸耸肩，却避过苏珊娜的眼神。

"难道没有任何办法阻止黑暗塔坍塌吗？"

"就连你的枪侠朋友也别指望能阻止，"米阿回答，"赶走那些断破者——甚至杀死血王——也只是能延缓毁灭的过程而已。想拯救黑暗塔！居然想拯救黑暗塔！天哪，太滑稽了！难道他告诉过你这是他冒险之旅的目标？"

苏珊娜沉思了一会儿，摇摇头。即使罗兰真的这么说过，可毕竟说的话太多，她也记不得了。而且要是真的说过，她一定不会忘记的。

"不会，"米阿继续说道，"除非迫不得已，他不会对他的卡-泰特说谎。他有他的骄傲。他真正想做的不过是亲眼看看黑暗塔。"接着她颇勉强地又补充了一句。"噢，也许还想进去参观一番，爬上塔顶，他的野心至多如此。也许他曾经梦想能站在塔顶，就像我们现在盘腿坐在这儿，然后大声喊出一路上逝去的同伴的名字，甚至还有他所有祖先的名字。但是，拯救黑暗塔？噢，不，上帝啊！除非魔法回来，才能拯救黑暗塔，而且——你知道得很清楚——你的首领不过是做铅弹交易的。"

自从她穿越时空来到这里，苏珊娜还从没听过有人如此轻蔑地嘲弄罗兰的神枪本领，米阿的揶揄让她又悲又怒。不过她还是尽量掩藏了自己的感情。

"那么现在跟我说说你的小家伙又怎么会是罗兰的儿子。"

"哎，说起来可是非常巧妙，但是河岔口的那帮老家伙应该跟你解释过的，我相信。"

苏珊娜大吃一惊。"你怎么知道这么多我的事儿？"

"因为你已被占领，"米阿说，"而我就是占领者，毫无疑问。我能翻看你的每一段记忆，只要我愿意，还能看见你眼中看见的一切。现在安静些,听我说,要是你还想听的话。我感觉我们剩的时间不多了。”

## 4

下面就是米阿告诉苏珊娜的。

“你刚才说过一共有六根光束,但还有十二个守门人,每个人占据光束的一端。我们现在所在的是沙迪克的光束。假如你们穿过黑暗塔,那么就会走上马图林的光束,巨龟的龟壳撑起了大地。

“同样,一共只有六个魔头,每条光束一个。他们之下是阒寂的隐形世界,里面充斥着各种怪物,它们都是纯贞世界消退时被命运的潮水抛弃的。有说话的魔鬼,守屋的魔鬼(被有些人称作阴魂),还有病态的魔鬼,有些人——就是那些盲目信奉理智头脑的机器制造者,如果你不介意我这么说的话——把它们叫做疾病瘟疫。各色魑魅魍魉,不一而足,不过真正的大魔头只有六个。但是因为有十二个光束的守护者,所以这些魔头总共有十二个面,所以每个魔头既是男又是女。”

苏珊娜逐渐开始明白这到底是怎么一回事儿了。她的肠胃纠成一团。突然,远处被米阿称作迪斯寇迪亚的石柱间传来一阵疯狂的干笑,紧接着第二声、第三声、第四声、第五声。整个世界刹那间仿佛都在肆意嘲笑着她,可也许你根本不能控诉他们无凭无据。毕竟这一切实在太荒谬了。可当初她又怎么会知道?

那些土狼——不管究竟是什么——继续狺狺干嚎。她开口问:“你是说这些魔头雌雄同体,之所以没有生育能力,是因为它们既男又女。”

"哎，没错儿。当初你们在那儿碰到了神谕，用高等语来说就是先知，你的首领为了获取信息和六个魔头之一发生了性关系。他当然不会觉得那个神谕有什么特别，不过是太寂寞的一个女魔鬼——"

"当然，"苏珊娜说道，"无非是个普通的魔鬼，性欲旺盛一些罢了。"

"随便你怎么说，"米阿说完递给苏珊娜一粒浆果，这回苏珊娜没有回绝。她把果子放在手里也开始揉捏。其实她还是不饿，但是她口很渴。非常渴。

"那个魔头的女性一面获取了枪侠的种子，又通过它男性的一面把种子种在了你的身上。"

"是在通话石圈的时候，"苏珊娜阴沉地接过话茬。当时的情景仍旧历历在目：她仰着脸，任凭瓢泼大雨砸在脸上，双肩被无形的手牢牢按住，接着那东西的硕大阳物狠狠刺穿她，几乎把她撕成两半。而最糟糕的是她体内那玩意儿透出的寒意，简直冰彻骨髓，她甚至以为自己正在和一根冰棍做爱。

她又是怎么熬过来的？当然全靠了黛塔，毋庸置疑。无论是在路边旅店做爱还是下流酒馆苟合，这个女人几乎打遍天下无敌手。黛塔想办法困住了那东西——

"它想挣脱的，"她告诉米阿，"当它意识到自己的阳物被死死困在我体内时，它拼命想挣脱。"

"如果它真的想挣脱，"米阿的语气平淡，"它一定能挣脱。"

"那它有什么必要骗我？"苏珊娜反问。不过她并不需要米阿的回答，至少现在。答案很明显，那东西需要她，需要她生下这个孩子。

*罗兰的孩子。*

注定了罗兰的灭亡。

“现在你已经知道关于小家伙的一切了，”米阿说，“对不对？”

苏珊娜此刻心中了然。一个魔头利用女性的一面获取了罗兰的种子，存了起来，然后利用男性的一面射入了苏珊娜·迪恩的体内。米阿没说错。她已经知道她该知道的一切了。

“我遵守了我的诺言，”米阿又说，“该回去了。这儿太冷，对小家伙不好。”

“再等等，”苏珊娜边说边举起浆果。橙灿灿的果皮已经完全开裂，暴露出里面的金黄果肉。“我的果子刚刚裂开。等我吃完吧。我还想问个问题。”

“边吃边问，别拖得太长。”

“你是谁？你到底是谁？难道就是那个魔头？顺便问问，她有名字吗？她或他，他们有名字吗？”

“没有，”米阿回答，“魔头没必要有名字；他们是什么就是什么。我是魔头吗？你就想知道这个？好吧，我想我是。或者以前是。只是现在一切都已经变得像梦境一样含糊不清。”

“那么你并不是我……对不对？”

米阿没有回答。苏珊娜暗忖，也许她自己也不知道。

“米阿？”她低低地唤了一声。

米阿盘腿坐在地上，背靠城齿，亮色厚披肩全堆在膝盖上。苏珊娜发现她的脚踝肿得厉害，一瞬间居然可怜起这个女人来。不过很快她咽下这种感觉。现在可没时间留给同情心，同情心里找不到事情的真相。

“你不过是个婴儿保姆，其他什么都不是。”

接下来的反应不出她所料。米阿大吃一惊，显得很生气。上帝，简直是勃然大怒。“你胡说！我是这个小家伙的母亲！等他一生出来，那些断破者统统滚到一边去，因为没人能比得过我的小家伙，他一个人就能摧毁剩下的所有光束！”她的声音里全是骄傲，甚至已近失去理智的边缘。“我的莫俊德！你听见没有？”

“哦，当然，”苏珊娜回答，“我听见了。你还会迫不及待地投奔那些整日忙着摧毁黑暗塔的家伙，对不对？他们一来电话，你就会奔过去。”她顿了顿，接着刻意放柔声音。“等你一到，他们就会抢走你的小家伙，感谢你一番后就把你送回老家。”

“胡说！我要抚养他长大，他们答应过我的！”米阿双手交叠护住自己的肚子，“他是我的，我是他的母亲，我抚养他长大！”

“小姑娘，你真得醒醒了！你真的以为他们会遵守诺言吗？就他们？你怎么能经历了这么多之后还看不清？”

苏珊娜知道答案。怀孕本身已经剥夺了米阿清晰思考的能力。

“为什么他们不会让我抚养他长大？”米阿尖声反驳，“谁还能比我更好？谁还能比米阿更好？我活着只有两个目的，一个是生下这个孩子，另一个就是抚养他长大。”

“可是你不仅仅是你，”苏珊娜回答，“你就像卡拉的那些孩子，就像我和我的朋友一路上遇到的一切一样。你只是双胞胎中的一个，米阿！而我就是你的另一半，你的生命线。你只能透过我的眼睛看这个世界，透过我的肺呼吸空气。小家伙是我怀上的，因为你不能，难道不是吗？你和那些魔头一样，都不能生育。等他们一得到你的孩子，所谓的超级断破者，他们就会像甩掉我一样甩掉你。”

“他们答应过我的，”她神色一沉，却仍旧满脸倔强。

“换个角度，”苏珊娜说，“我求你，换个角度想一下，要是我在你的位置，你在我的位置上，假如我给你这样的承诺，你会怎么想？”

“我会让你立刻闭嘴！”

“说真的，你到底是什么人？见鬼的他们到底从哪儿把你挖来的？他们是不是在报纸上登了一则广告，上面说‘急聘代孕母亲，合同期短，待遇从优’，你看到广告就立刻去应聘了？你到底是谁，啊？”

“闭嘴！”

苏珊娜向前弯下腰，若是平时，这个姿势是非常不舒服的，但是此时此刻，所有的不舒服，甚至她手上吃了一半的浆果，全都置之脑后。

“得了吧！”她粗声催促道，听上去已经有些像黛塔・沃克。“得了吧，赶紧把眼罩摘下来，看清楚，蜜糖，别忘了你是怎么让我摘下眼罩的！告诉我实话！他妈的你到底是谁？”

“我不知道！”米阿尖叫出来，引得她俩身下藏在岩石中的土狼也尖声回应，只不过它们的回应听起来更像是嘲笑。“我不知道，我不知道我是谁，你满意了吗？”

并不满意。苏珊娜决心更进一步逼问下去。下一秒，话筒转给了黛塔・沃克。

## 5

以下是苏珊娜脑中的声音对她说的话。

洋娃娃，你得再好好想想整桩事情，我觉得。她傻得连大字都不识一个，从没上过学堂，可是你上过呵，亲爱的奥黛塔・霍姆斯小姐，你读的可是哥伦比亚大学呐，还能有谁比我们更好呢？

首先你得考虑一下她是怎么怀孕的。她说她和罗兰做爱，获得了他的精液，然后变成了男性，进入通话石圈，把精液射到了你的体内，你就这么怀孕了。可难道她说什么你就照单全收吗？那么她现在到底在哪儿，这才是我黛塔想知道的。她怎么能披着脏兮兮的破毯子大着肚皮坐在这里的？难道这又是什么……你把它叫什么来着……想象的技巧？

苏珊娜也不明白。她只知道米阿的眼睛突然眯成细缝。毫无疑问，刚才她脑海中的自言自语还是落到了她耳朵里。听到了多少？苏珊娜敢打赌，肯定不多；无非是只字片言罢了，基本连不成意思。而且无论如何，她表现得就像这孩子的母亲。莫俊德！怎么听上去那么像查尔斯·亚当斯[①]笔下的卡通人物？

没错，黛塔沉吟道，她的确表现得就像这孩子的亲妈，把自己从头到脚裹得严严实实，这点确实不用怀疑。

但是也许，苏珊娜心想，她本性就是如此。假如抽去她的母性，米阿也许根本就不存在了。

一只冰冷的手突然攫住苏珊娜的手腕。"是谁？那个满口脏话的女人吗？如果是，把她赶走。我怕她。"

说实话，苏珊娜甚至到现在也还有些怕她，但比起当初她刚刚被迫接受黛塔真实存在时的震惊已经好多了。她们现在还不是朋友，也许永远都不会是，但是很明显，黛塔·沃克会是个强悍的同盟。单用"低俗"这个词形容她是不够的。假使你能忽略她土得掉渣的南方黑人口音，就会发现她的精明。

假如你能说服这个米阿站到你这一边，她也会是个强悍的同盟。世界上没有什么比被激怒的母亲更强大的了。

"我们马上回去，"米阿说道，"我回答了你的问题。这儿太冷，对胎儿不好，而且那个坏女人出现了。聊天到此为止。"

---

① 查尔斯·亚当斯(Charles Addams)，美国著名漫画家，代表作是《阿达一族》(*The Addams Family*)。

但是苏珊娜挣脱她的手，向后挪了几寸，让米阿够不着她。冰冷的风从城齿的空当刮过来，透过她轻薄的衬衫割得她皮肉生疼，但是冷风同时也理清了她的思路。

她的一部分也是我，因为她能翻看我的记忆，像是埃蒂的戒指、河岔口的老人、单轨火车布莱因他们。但她肯定也不仅仅是我而已，因为……因为……

继续想下去，姑娘，干得不赖，只是有点儿慢。

因为她还知道其他一些事情。她知道那些小鬼和魔头，她知道光束是如何产生——虽然只是个大概——还有那种创造的魔力，纯贞世界。至少对我来说，纯贞这个词儿只是用来形容那种裙边从来不会高于膝盖的女孩子的。肯定她不是从我这里得知另一层意思的。

无意间，她意识到现在的对话就像一对年轻的父母仔细研究他们刚刚诞生的婴儿，他们的小家伙。他有你的鼻子，是的，他还有你的眼睛，可是，上帝啊，这头发到底像谁？

黛塔说：而且她在纽约还有朋友，别忘了这点。至少她把他们看成朋友。

所以她是另一个人，或者另一个东西，来自充斥着守屋魔鬼和病态魔鬼的隐形世界。但究竟是谁？难道她真是那六大魔头之一？

黛塔大笑起来：她是这么说的，可不过这是谎话，蜜糖！我知道她说的是谎话！

那么她到底是什么？在她成为米阿之前，到底是什么东西？

突然间，电话铃尖声响了起来，铃声大得几乎穿透耳膜，在荒废的城堡里显得尤其不协调，以至于刚开始苏珊娜都没有回过神来。藏在迪斯寇迪亚里的那些怪物——豺狼、土狼，谁知道是什么——本来已经偃旗息鼓，可铃声一响，它们又狺狺狂吠起来。

但是，米阿，无父之女，莫俊德的母亲，立即就明白过来。她迅速浮出，掌握控制权。瞬间苏珊娜感觉整个世界开始颤抖，变得虚幻，仿佛逐渐变成了一幅油画，一幅笔触拙劣的油画。

“不！”她大叫，向米阿猛扑过去。

但是米阿——无论怀孕还是没怀孕，刮伤还是没刮伤，脚踝肿还是没肿——轻轻松松制服了她。罗兰以前教过他们几招徒手搏斗的招式（其中几招相当阴毒，连黛塔都忍不住为之喝彩）对米阿来说没一招管用；甚至在苏珊娜还没出招之前她就已经一一挡回。

*噢，这是当然。她对你的招数了如指掌，就像她清楚地知道河岔口的泰力莎姑母，刺德城的水手陶普希，因为她能翻看你的所有记忆，至少在某种程度上，她就是你——*

她的思绪在这里断裂，因为此时米阿抓住她的胳膊向后猛扭，上帝啊，疼死人了。

*你真是幼稚得可笑，*黛塔温和地叹了口气，揶揄道。还没等苏珊娜回答，怪异的事情发生了：整个世界仿佛一张薄纸似的脆生生从中间断裂开。裂口从城堡地上的碎石开始，延伸到最近的城齿，最后甚至一路延伸到缀满繁星的夜空，硬生生地将一勾新月撕成两半。

刹那间，苏珊娜以为世界末日降临，剩下的最后两根光束终于断裂，黑暗塔终究坍塌。但是紧接着，透过那道裂口，她竟然看见两个女人相拥躺在君悦酒店 1919 号房的单人床上，她俩双眼紧闭，身上穿着一模一样的染血衬衫和牛仔裤，甚至连五官都没有区别，只不过其中一个长着小腿，皮肤白皙，直发如丝般光滑。

“别想跟我胡来！”米阿在她耳边轻声警告。苏珊娜甚至能感觉到她的唾沫星子喷过来。“别想跟我胡来，也别想算计我的小家伙。因为我比你强，听清楚没有？我比你强！”

苏珊娜对此丝毫没有置疑。她被猛推进不断扩张的大洞。

事实上，她是被猛推进了那道裂缝。刹那间，她的皮肤仿佛同时着了火又结了冰。远处隐约间，隔界钟声当当响起，然后——

## 6

——她在床上坐了起来。只有她自己一个，不是两个，不过至少腿还在。苏珊娜已被硬生生地挤到了意识的角落，控制权完全落在了米阿手里。她拿起话筒，一开始还拿倒了。

“喂？喂！”

“喂，米阿。我的名字叫——”

对方还没说完，她抢先发问：“你不会抢走我的孩子吧？我身体里那个贱人说你会！”

对方停顿了一下，过了好久都没作声。苏珊娜感觉到米阿的恐惧慢慢高涨，仿佛小溪聚集成了洪水。没必要害怕，她试着安慰她。你手里有他们想要的东西，他们需要的东西，你还不明白吗？

“喂，你还在吗？上帝，你还在不在？**请快回答我，你还在不在！**”

“还在，”对方那个男人语气平静，“我们要么重新开始，米阿，无父之女，要么我先挂电话，直到你的情绪……唔，稳定下来。你怎么说？”

“不！不要，千万别挂，千万别挂电话，我求你！”

“那你不会再打断我了吧？因为你不应该这么没礼貌。”

“我保证！”

"我的名字叫理查德·P. 赛尔。"苏珊娜听过这个名字，可是是打哪儿听来的？"你知道你需要去哪里，对不对？"

"知道！"她忙不迭回答，急切地想要取悦对方。"迪克西匹格餐厅，六十一街和莱克星伍斯大道交界。"

"莱克星顿，"赛尔更正道，"奥黛塔·霍姆斯会帮你找到那儿的，我肯定。"

苏珊娜心中腾地蹿出一股尖叫的冲动，*那不是我的名字！*不过她努力保持沉默。假如她真的尖叫，反倒是遂了那个叫赛尔的家伙的心意，不是吗？他肯定乐得见她失控。

"你在吗，奥黛塔？"他戏谑地唤道，"在不在，你这个好管闲事的女人？"

她还是不发一言。

"她在的，"米阿说，"我不知道她干吗不吱声，我又没不让她说话。"

"噢，我想我知道原因，"赛尔显得很宽容，"其一，她不喜欢这个名字。"接着，他举了个例子，不过苏珊娜没明白："'不许再叫我克雷，克雷是我做奴隶时的名字，我的名字叫穆罕默德·阿里[①]！'对不对，苏珊娜？噢，要么这发生在你的时代之后？我想大概晚几年。不好意思，这年头时间总特别容易混淆。算了。我马上要告诉你一些事儿，亲爱的，不过恐怕你听了之后不会太高兴，但我还是觉得你应该知道。"

苏珊娜仍然保持沉默，只是越来越艰难了。

"至于你的小家伙生下来后会怎么样，米阿，我很惊讶你居然会有疑问，"赛尔对她说。无论他究竟是什么人，他的态度绝

---

① 穆罕默德·阿里(Muhammad Ali，1942— )，美国著名拳王，作为奴隶时原名叫做凯西斯·克雷。

对称得上彬彬有礼，话语间的愤怒不多不少正好。“魔王绝对不像其他一些我认识的人，他说话算话。而且撇开我们的人格不谈，想想实际问题！谁还能有资格抚养有史以来最重要的婴儿……包括耶稣，包括菩萨，包括先知穆罕默德？还有谁的乳头，请原谅我的粗鲁，能让我们信任地放在小家伙的嘴里？”

花言巧语，苏珊娜闷闷地想，尽说些她愿意听的好话。原因呢？还不是因为她天生想当母亲。

“当然是托付给我！”米阿大声说道。“当然，只有我！谢谢你！谢谢你！”

苏珊娜终究忍不住打破沉默，劝她不要相信他。不过当然，她一丁点儿都听不进去。

“我宁愿对我自己的母亲背信，也不会向你说一句谎话，”电话那头的声音继续说。（你有过母亲吗，蜜糖？黛塔倒想知道。）“尽管真话有时会让人痛苦，但是谎话永远只会给我们带来恶果，不是吗？事实就是，你的小家伙不会在你身边待太长，米阿，他的童年不会像其他孩子那样，其他正常的孩子——”

“我明白！噢，我明白！”

“——但是至少五年，你可以看着他长大……也许七年，可能会有长达七年的时间……他会得到最好的照料。从你这里，那是当然，但也从我们这里。我们会尽量少地干涉——”

黛塔·沃克倏地蹿了上来。她能控制苏珊娜·迪恩声音的时间非常短暂，但机会难得。

“没错儿，亲爱的，一点没错儿，”她粗声插口说，“他不会强进你的嘴巴、扯你的头发！”

“让那贱货**闭嘴！**”赛尔勃然大怒。米阿立刻猛地把黛塔推到意识的角落，苏珊娜甚至感到浑身微微颤抖。她再次被关了禁闭。

实在非说不可，他妈的，不说才见鬼呢！黛塔嚷嚷道，俺可是提醒过那个白种贱货了！

话筒里再次传来赛尔清脆的话音，里面透出丝丝冷意。"米阿，你到底能不能控制局面？"

"能！我能！"

"那么不要再出现这种状况了。"

"不会了！"

一样东西从某个地方——感觉是上面某个地方，尽管蜷缩在意识的角落里毫无方向可言——哐啷关上，听上去像铁门的声音。

我们这回真的在禁闭室了，她对黛塔说。但黛塔只是在一直大笑。

苏珊娜寻思：我相当肯定她的身份，除我的那部分以外的身份。真相在她看来已非常明显。那部分既不是苏珊娜也不是被从隐形世界召唤来完成血王任务的幽灵……毫无疑问，这个第三部分就是那个神谕，无论到底是不是大魔头；它女性的那面刚开始是想骚扰杰克的，后来转而攻击了罗兰。真是条执著得让人可怜的游魂。她终究还是得到了她一直觊觎的身体，一个能孕育小家伙的身体。

"奥黛塔？"赛尔冷酷地嘲弄道，"或者是苏珊娜，你更喜欢哪个？我答应要告诉你一条消息的，不是吗？恐怕这个消息又好又坏。想听吗？"

苏珊娜缄口不言。

"坏消息是米阿的小家伙终究不能像他的名字预示的那样亲手杀死他的生父。不过好消息是几乎能肯定的，罗兰在几分钟后就会毙命。至于埃蒂嘛，恐怕也不是问题了。他既没有你们首领的灵活身手，也没有他的战斗经验。亲爱的，很快你就要当寡妇了。这可是个坏消息。”

她再也无法保持沉默。米阿也没有阻止她。“你撒谎！全在撒谎!”

“我可没有,”赛尔语调平静。苏珊娜突然想起来这个名字是从哪儿听来的了：卡拉汉小说的最终部分。底特律。就是在那里卡拉汉最终违背了他的信仰中最神圣的教义,为了免于落入那群吸血鬼之手而选择了自杀。他从摩天大楼的窗户里纵身一跃,却跌进了中世界。从那儿开始,他穿过找不到的门,来到卡拉边界。当时他脑中只有一个念头,神父后来告诉他们,那就是他们不会得逞的,他们不会得逞的。他说得没错,没错,他妈的。但如果埃蒂死了——

“我们已经获悉你们首领和你的丈夫穿过那条通道后最可能抵达的地点,”赛尔继续说,“打几个电话,先联络那个叫恩里柯·巴拉扎的家伙……我可以保证,苏珊娜,要他们的命绝对易如反掌。”

苏珊娜捕捉到他话语里的真诚。假如他现在还在说谎,那他一定是全世界最狡猾的大话王。

“你怎么会知道这些的?”苏珊娜反问。对方没回答。她只好准备再问一遍,可还没来得及开口,她又被推到了角落。无论米阿以前究竟是什么,如今在苏珊娜体内她已经变得强大得不可思议。

“她消失了吗?”赛尔问道。

“是的,躲到后面去了。”米阿谄媚地回答,急切地想取悦对方。

“那么赶快到我们这儿来,米阿。你来得越快,你就能越早亲眼看见你的小家伙。”

“是!”米阿欣喜若狂。与此同时,苏珊娜突然看见了什么,感觉就像趴在马戏团的帐篷外掀起一角偷窥到里面一室的灿烂。抑或是漆黑一片。

她看见的景象非常简单，却又可怕得令人窒息：卡拉汉神父从一位店主手上买了一块腊肠。一个白人店主，在一九七七年缅因州的东斯通翰姆经营着一家杂货店。当时在神父的住所里，卡拉汉把他的故事对他们全盘托出……而米阿当时正在偷听。

如同红日升起在杀戮刚结束的战场上，苏珊娜瞬间什么都明白了。她猛地冲破米阿的控制，一遍遍尖叫控诉：

“贱人！叛徒！杀人犯！是你告的密！是你告诉他们通道会把埃蒂、罗兰送到哪儿去的！噢，你这个**贱人！**”

## 7

虽然米阿力量强大，但面对这突如其来的攻击毫无防备。苏珊娜的狂怒糅合黛塔的残忍，使得攻击更加来势汹汹。电光火石间，米阿被推到了角落。她手一松，电话听筒啪地掉在地上。她像喝醉酒似的，踉踉跄跄地走过地毯，差点儿被床脚绊倒，接着又醉醺醺地原地打起了转儿。苏珊娜一巴掌甩过去，登时红印子出现在她脸颊上，就像若干个惊叹号。

我竟然在自己打自己的嘴巴，苏珊娜默默想着，简直太蠢了！可她实在忍不住。米阿的所作所为令人发指，她的背叛让人血冷——

一块并非完全实体、却也并非完全虚拟的搏斗场出现在她们体内，米阿最终死死掐住苏珊娜/黛塔的脖子，硬把她拖了回去。米阿显然还没从刚刚猛烈的袭击中回过神来，怒目圆睁，不过眼里除了惊骇，还有些羞耻。苏珊娜希望她还能有羞耻的感觉，起码证明她还不至于真的十恶不赦。

我只是迫不得已，米阿一边把苏珊娜关回禁闭室一边喃喃解释，这是我的小家伙，而所有人都针对我，我只是迫不得已。

你出卖了埃蒂和罗兰交换你的怪物，这就是你的所作所为！苏珊娜厉声怒斥，你把偷听到的信息告诉了赛尔，他一定猜到他们会利用找不到的门继续追踪凯文·塔，对不对？他到底布置了多少人手伏击他们？

铁门哐啷关上，作为对她的回答。只不过这回接着又有第二声、第三声。刚刚米阿差点儿被这具身体的真正主人掐死，所以此刻她力求万无一失。禁闭室被关了三重铁门。禁闭室？见鬼，也许这儿叫加尔各答监狱①更加贴切。

等我一离开这个鬼地方，我就去道根切断所有开关！她怒吼。我简直不能相信我居然还想帮你！你去死！

你没法儿离开的，米阿近乎抱歉地回答，等过一会儿，我会尽量让你舒服一些。

如果埃蒂死了，我还怎么能舒服？难怪你想摘下他送给我的戒指！你自己知道你做了什么，当然不能忍受看着戒指睁眼说瞎话！

米阿捡起电话听筒，但是理查德·P.赛尔已经不在了。大概是赶到什么地方作恶去了，苏珊娜暗忖。

米阿把电话挂了回去，像是要永远离开一个地方之前再次检查一下有没有落下重要东西似的，环视一圈空荡荡的房间。接着她拍拍塞满钞票的口袋，又摸了摸另一个装着乌龟雕像，斯

① 原文为Black Hole of Calcutta，此处指的是加尔各答监狱事件，一七五六年六月二十日一百四十六名英国人被印籍总督强迫监禁，翌日凌晨其中一百二十三人窒息而死。

杲葩达的口袋。

对不起，米阿说，我必须保全我的小家伙。所有人都在针对我。

胡扯，苏珊娜从禁闭室里大声反驳。可是米阿关她的这间小室究竟在哪里？悬崖边城堡的黑洞吗？也许吧。不过又有什么重要？我站在你这边。我帮了你。在你需要的时候我阻止了你的产痛。而看看你是怎么报答我的？你怎么能这么懦弱、这么卑鄙？

米阿的手停在房间门把上，双颊一阵发烫。是，她的确感到羞耻，好吧。但是羞耻感也不能阻挠她。没有任何事情能阻挠她。确切地说，在她发现赛尔和他的朋友背叛她之前。

尽管她已明白事已至此，不可挽回，苏珊娜还是不满意。

你死定了，她说，你知道的，对不对？

“我不在乎，”米阿回答，“只要能看一眼我的小家伙，我宁愿堕入地狱永世不得超生。希望你听明白了。”

接着，米阿带着体内的苏珊娜和黛塔，打开屋门，踏入走廊，迈出通往迪克西匹格餐厅的第一步。恐怖的医生正在那儿等着她，为她接生那个同样恐怖的恶魔之子。

唱：考玛辣——魔克斯——尼克斯！
你的困境就是如此！
与叛徒手拉着手
等于抓住一把棘刺。
和：考玛辣——来——六遍
那儿除了棘刺还是棘刺！
当你发现自己与叛徒手拉手
你就已经深陷困境。

第七章

# 十面埋伏

## 1

作为蓟犁最后的武士中唯一的幸存者，罗兰·德鄯绝非浪得虚名；他的浪漫气质不同寻常，虽然有些缺乏想象力，但一双手轻而易举就能置人于死地。这一切都让他成为有史以来最棒的战士。现在尽管他深受风湿的困扰，可丝毫没有影响到他的耳朵或眼睛。在他们被一股强力吸进那扇找不到的门的当口（幸亏他在最后一刻低下头才避免了撞上顶端的门梁而脑浆迸裂的厄运），他听见埃蒂的脑袋重重地撞在门上。他还听见了鸟儿的啁啾，刚开始只是隐隐约约，仿佛梦中鸟儿在歌唱，接着突然变得近在咫尺，婉转美妙得让人不能忽略。阳光直直地照射在他的脸上，倘若他刚从昏暗的山洞出来的话肯定会被这种强光刺瞎双目。不过在他们刚踏上这块被油污染黑的坚硬土地时，罗兰就瞥见了光影，而且立刻不假思索地眯缝起双眼。要不是他动作快，他一定就不会发现右前方那块圆形的闪光点，而埃蒂也肯定已经丧命，甚至两人都已经丧命。凭经验罗兰知道如此浑圆的光点只可能是两样东西：要么是眼镜镜片，要么是武器的瞄准镜。

就像刚瞥见汹涌而来的强光他立刻眯缝起眼睛那样不假思索，罗兰一把拉过埃蒂，把他夹在自己的胳膊下。在他们双脚离开满地碎骨石屑的山洞时，他察觉到这个年轻人的肌肉非常紧张，但在他的脑袋和门亲密接触之后，他的肌肉放松下来。不过幸好埃蒂还在呻吟，还在努力试着说话，至少说明他还没完全失去意识。

“埃蒂，跟我来！”罗兰低吼一声，挣扎着站起身。右臂传来一阵剧痛，迅速蔓延到膝盖，但他什么也没表现出来。事实上，他根本就没注意到。他架着埃蒂朝附近一栋建筑物奔去，经过了几家连罗兰都认得出来的加油站模样的地方，只不过加油站上标的**美孚**二字同罗兰熟悉的**西特果**或者**桑诺柯**不尽相同。

埃蒂最多只能说处在半清醒状态。他头皮被划破，左半边脸都浸在鲜血中。但无论怎样，他的腿脚还听使唤。他竭尽全力地踏上三级楼梯，进到一间屋子里。此刻，罗兰认出这儿是一家杂货店，尽管同图克杂货店相比眼前的要小一些，但除此之外没有什么大区别——

突然，咔嗒一声轻响从身后偏右的地方传来。射手离得很近，罗兰肯定，假如他听见了枪响，就表明端着来复枪的那个男人已经射偏了。

一样东西在离他的耳朵不到一英寸的地方掠过，发出清晰的嗞嗞声。小杂货店店门上的玻璃应声碎裂，哗啦啦掉了一地，挂在门上的牌子（**正在营业，欢迎光临**）倏地被弹起来，翻了个儿。

“罗兰……”埃蒂微弱地唤道，听上去仿佛嘴里塞满了东西。“罗兰怎么……谁……**哎哟！**”最后一声惊叫是因为罗兰猛地把他扔进店里，紧接着他自己也摔在了他身上。

此时另一声咔嗒声再次传来；外面有人正端着高火力的来复枪准备射击。罗兰听见有人大叫“噢，他妈的，杰克！”，话音刚落，连续的射击声——就是被埃蒂和杰克称作机关枪的——大作。店门两边落满灰尘的橱窗纷纷碎裂，原本贴在玻璃里层的海报——小镇通告，罗兰非常肯定——飞了出去。

杂货店里只有三名顾客，两名妇女和一个年近半百的男子，他们三个齐刷刷向前方——向罗兰和埃蒂——转过身，一脸那种从没碰过枪的良民才会有的不可思议的表情。罗兰有时会觉得这是一种吃草的表情，仿佛眼前这些人——同卡拉·布林·斯特吉斯的乡亲们没什么大差别——是羊而不是人。

“趴下！”罗兰趴在半昏迷的（现在几乎连气儿都没了）同伴身上大吼道。“看在你们上帝的分上，立刻趴下！”

尽管店里很暖和，那个年近半百的男子穿着一件格子图案的法兰绒衬衣。他迅速松开原本拿在手上的罐头（上面印了一副番茄图片），敏捷地矮下身子。另外两名妇女没来得及躲避，瞬间被机关枪双双射死。一个被子弹穿透了胸膛，另一个则被轰掉了半边脑袋。被射穿胸膛的那个像个米袋似的软绵绵瘫倒在地，而那个被射中头部的妇女朝罗兰蹒跚走了两步，鲜血就像火山爆发喷薄流出的岩浆似的狂飙了出来。小店外面机关枪又开始第二轮扫射，致命的弹片满天乱飞。被轰掉半边脑袋的妇女最后转了两圈，手臂上下振动了几下，瘫倒在地。罗兰赶紧伸手去摸自己的枪，庆幸地发现还在枪套里：摸到檀木枪，他感到一丝安慰。迄今为止一切还算顺利。他赌赢了。显而易见，他和埃蒂顺利来到了目的地，那些枪手能亲眼看见他们，看得一清二楚。

不仅如此。他们正等着他俩呢。

“快进来！”有人冲他们大叫，“快进来，快，别等他们再回过神来，快进来，两位老大！”

“埃蒂！”罗兰低吼，“埃蒂，你得帮帮我！”

“唔……？”回应微弱而困惑。埃蒂只能睁开一只眼睛，右眼。左眼已经被鲜血糊住了。

罗兰伸手重重甩了他一巴掌，血珠从他的头发里溅出去。“是强盗！来杀我们的！要杀死我们所有人！”

埃蒂顿时睁大那只尚看得见的右眼。速度奇快，当然相当费力。这都没逃过罗兰的眼睛——他不仅收敛了心神，而且速度如此之快，更别说刚才他的头撞得那么重——罗兰不禁为埃蒂感到骄傲。他又变成了库斯伯特·奥古德，库斯伯特复活了。

“见鬼这是怎么了？”一个人粗声大叫，“见鬼这到底是怎么回事儿？”

“趴下，”罗兰看都没看四周，“不想死的话就趴到地板上。”

“照他说的做，齐普，”另一个人回答——罗兰估计就是刚刚拿着番茄罐头的人。

罗兰爬过碎了一地的门玻璃。玻璃碴扎进他的膝盖和指节，一阵阵刺痛，不过他根本不在意。嗖的一声一粒子弹从他太阳穴边划过，他连眼都没眨。屋外一派明媚夏光，院子里竖着两个油泵，上面印着**美孚**二字。另一边停着一辆旧车，要么属于两个女顾客之一（反正她也不会再用得上），要么属于法兰绒衬衣先生。油泵前有一片停车带，已经被油污染得黑黢黢，再过去就是柏油马路了。马路的另一边矗立着几座小楼，外墙统一刷成灰色，其中一座上面写着**镇办公室**，另一座上则是**斯通翰姆消防站**，第三座，也是最大的一座，上面标着**镇停车场**。这些楼前面的停车带同样铺着柏油路（用罗兰的话说，是*用碎石铺成的*），停了几辆和大型牛车一般大小的汽车。就在这时，六七个荷枪实弹的家伙从车后跑了出来，其中一个脚步略微迟疑，罗兰立即认出他：恩里柯·巴拉扎手下那个丑陋的副手，杰克·安多里尼。枪侠亲眼看见这个家伙被子弹打中，还没死透时就被西海浅水中的食肉大螯虾生吞活剥了。怎么现在又出现在这儿？其实个中原因并不难猜，无限多个世界绕着黑暗塔这根中轴旋转，如今他们所处的只是其中之一。但只有一个世界是真实的；在那里，一切终止后就会*永远*终止。也许是这个世界，也许不是。但不管怎样，现在已没空多想了。

罗兰跪在地上开始射击，首先瞄准了那群端着机关枪扫射的歹徒。他用右手掌根连连敲击扳机，一个歹徒被射中扑倒在马路中间的白线上，鲜血汩汩地从喉咙口冒出来。接着，又一个被子弹正中眉心，身子向后飞出，重重摔在马路路肩上。

接着，埃蒂也跪在了罗兰身边，手端罗兰另一把枪，连连扣动扳机，却接连两次都射偏了，不过鉴于他此刻的状态，这也算不得很奇怪。又有三个歹徒被打中倒在马路上，其中两个顿时毙命，最后那个则大声嚷嚷着："我中弹了！啊，杰克，快救救我！我腹部中弹了！"

正在此时，有人抓住了罗兰的肩膀。他肯定不知道对一名枪侠，尤其对一名战斗正酣的枪侠来说，这个动作有多么危险。"先生，见鬼这到底——"

罗兰迅速瞥了一眼，看见一个同时打着领带又系着围裙的中年男子。他略一思索，是店主，也许就是他给神父指了去邮局的路，连忙猛力把他向后推了一把。说时迟那时快，鲜血从那个男子脑袋左侧喷了出来。枪侠迅速做出判断，是擦伤，还好伤得不太重，至少暂时还不严重。但假如不是罗兰推了他一把——

埃蒂和罗兰同时开始重装子弹，只是罗兰因为缺了右手三根手指，动作稍微慢了些。趁着这个当口，还活着的两名歹徒向马路这边跑过来，藏在了那几辆旧汽车后面。太近了，不妙。就在这个当口，一辆大卡车隆隆逼近，罗兰闻听连忙扭头，一眼瞥见那个听从了他的建议迅速趴下而免遭两位女士厄运的男子。

"你！"罗兰叫道，"有枪吗？"

法兰绒衬衣先生摇摇头，一对湛蓝的眼睛熠熠发光。罗兰看得出他吓得不轻，但并不恐慌。店主一脸恍惚，盘腿坐在他身旁，难以置信似的看着自己的血嘀嘀嗒嗒掉下来，迅速染红了系在腰间的白色围裙。

"店主，你店里有枪吗？"罗兰问道。

店主还没来得及做出反应——如果他还有能力做出反应的话——埃蒂猛地抓住罗兰的肩头。“轻骑兵旅的冲锋①，”他模糊不清地喃喃说，可罗兰根本不明白他指的是什么。不过重要的是，埃蒂发现又来了六个人正按照Z字形路线向马路这边冲过来。

“冲，冲，冲！”安多里尼从他们身后用力挥舞双臂大吼道。

“上帝，罗兰，那是特里克斯·波斯蒂诺，”埃蒂说。特里克斯以前惯用超大号武器，尽管埃蒂也不确定是不是特大号的M-16自动步枪，那种他喜欢称作伟大的兰博②机枪的玩意儿。不过无论怎样，即使同当时在斜塔酒吧的那场恶战相比，他们现下也没占什么优势：特里克斯很快被埃蒂击中，倒在了马路当中的一具尸体上，但与此同时他还继续扣动扳机，向他们扫射。也许那不过是手指的条件反射，行将死亡的大脑发射出的最后信号，称不上什么英雄行为，但罗兰和埃蒂却不得不再趴下身，这反倒让剩下的五个亡命之徒有了可乘之机，冲到马路这边躲在了旧车后面。但更糟糕的是，他们还有同伙躲在马路另一边汽车后面打掩护——罗兰肯定那是他们开过来的汽车，他们很快就会把这家小杂货店变成射击场，同时自己不会遭受太大危险。

这一切与在界砾口山发生的简直太相像了。

到还击的时候了。

大卡车越来越近，隆隆声变得更响——听起来马力十足，而且装着很重的货物。渐渐地一辆满载木材的重型卡车出现在杂货店外左边的山坡顶。司机瞠目结舌的表情落在了罗兰眼里。

---

① 轻骑兵旅的冲锋(the Charge of the Light Brigade)，在克里米亚战争(1853—1856)中，六百名英国轻骑兵因接到错误命令，于一八五四年十月二十五日进攻有沟壕防护的俄军炮兵阵地，结果有四分之三的人阵亡。

② 兰博(Rambo)，系列电影《第一滴血》中的主人公。

为什么不呢？以前，在结束了森林里一整天又热又累的劳作之后，他一定常在小店停上一停，买一瓶啤酒什么的。而今天店门前的马路上竟然横七竖八躺着十几具鲜血淋漓的尸体，就像在战场上战死的士兵。罗兰突然想到，这样的比喻倒也恰如其分。

重型卡车尖啸一声，刹车停下来，紧接着卡车后部发出噗噗的摩擦声。硕大的橡皮轮胎在铺着碎石的路面上又摩擦了一段，留下几道黑色轮胎印。罗兰注意到车上重达好几吨的货物开始向一侧倾斜，碎木条向湛蓝的天空飞去，与马路对面的枪火交织在一起。整幅景象让人不由生出几分恍惚，就像眼睁睁看着某种远古的猛兽扇着着火的翅膀从云端翻滚下来。

重型卡车的前轮碾过了马路前端的几具尸体，肠子像鲜红的绳子似的喷了出来，摔在地上又溅起路肩上的黄土。大腿、胳膊和尸首分了家。一只轮子碾碎了特里克斯·波斯蒂诺的脑袋，头骨噼啪爆裂，那声音就像扔进火堆里的胡桃。卡车上的货物侧倾得愈发厉害，开始摇摇欲坠。最终，卡车缓缓驶过杂货店门口，几乎和罗兰肩膀一样高的车轮终于停下来，激起一团血腥的尘土。驾驶室里的司机早已不见踪影。说时迟那时快，卡车暂时挡住了马路对面的密集火力，杂货店和里面的人得到些许喘息的机会。店主——齐普——和那个唯一幸存的顾客——法兰绒衬衣先生——双双盯着处在侧翻边缘的卡车，脸上的表情如同一个模子刻出来的，吃惊掺杂着无助。店主心不在焉地擦拭着头侧的血迹，血水随手甩在地上。罗兰觉得他伤得比埃蒂还要重，不过似乎他根本没有意识到。也许这是件好事儿。

“向里撤，”枪侠嘱咐埃蒂，“立刻。”

“好。”

罗兰一把抓住法兰绒衬衣先生的胳膊，他迅速调转目光离开卡车，转向枪侠。罗兰头向后面稍稍一努，上了年纪的法兰绒衬衣先生也回应地点了点头。这人动作利落，毫不犹豫，真是与生俱来的天赋。

店门外卡车的货物终于侧翻下去，正好砸在一辆停在外面的汽车上（罗兰殷切地期望那几个歹徒正好就藏在车后）。一根根圆木从车顶滚落下来，四散地滚了一地。木头和金属相互摩擦，不断发出刺耳的巨响，几乎盖住了外面的枪声。

## 2

趁着罗兰抓住另一个人的当口，埃蒂也抓住了店主的胳膊。可是齐普丝毫没有他的顾客表现出的求生欲望。他只是透过店门的破洞盯着外面的卡车，双眼圆睁，敬畏又惊恐。店外，卡车扭着最后的舞步走向自我毁灭。驾驶室已经扭曲断裂，终于脱离了负载过重的车身，翻滚下杂货店前面的山坡，冲进了树林。车上的货物压扁了一辆雪弗莱汽车、两具伏击者的尸体，最后轰然掉在了马路右面，硬生生砸出一条深沟，溅起的尘土顿时翻江倒海地卷上天空。

但是还有更多的人冲过来，至少看起来是这样。火力没有丝毫减弱。

“快，齐普，没时间了！”埃蒂一边催促一边用力把齐普向他刚才走出来的杂货店后堂拖，还不忘时不时扭回头看两眼，不停擦去流到脸上的血。

在店铺左后部有一块扩建出来的餐厅，里面有一个柜台，几张破凳子，三四张桌子，一个书报架，上面放着几本早就过期的黄色杂志，一个破旧的捕龙虾用的篓子搁在架子上。当他们来到这个小房间时，店外的射击火力继续加大，不过很快就被巨大的爆炸声盖住。埃蒂琢磨是燃料箱爆炸了。眨眼间,他感觉到一颗子弹嗡嗡飞了过来,即刻挂在墙上的灯塔画报上多出了一个圆溜溜的黑洞。

"那些究竟是什么人?"齐普淡淡地问,就像在闲聊。"你们又是谁?我中枪了吗?你瞧,我儿子这会儿正在越南。你们瞧见那辆卡车了吗?"

埃蒂一个问题也没回答,只是笑着点了点头,继续拉着齐普顺着罗兰的足迹跑进去。他们这是向哪儿逃?怎样才能逃出生天?埃蒂一丁点儿概念都没有。他唯一确定的是凯文·塔不在这儿。应该说这是个好消息。这番猛烈炮火针对的或许是塔,也或许不是,但埃蒂毫不怀疑的一点是绝对和凯尔[①]脱不了干系。假设老凯尔没有——

突然,他的手臂上传来一阵针刺般的剧痛,埃蒂忍不住惊痛交加地呻吟起来。过了一会儿,他的小腿又疼了起来,右小腿,疼得简直撕心裂肺,他又忍不住大声呼痛。

"埃蒂!"罗兰冒险地扭过头,"你——"

"还行,快跑!快跑!"

这时他们来到了一扇廉价的纤维板搭起的后墙前,墙上开了三扇门,一扇写着**男士**,一扇写着**女士**,最后一扇写着**员工专用**。

"**员工专用!**"埃蒂大叫。他低下头,看见自己右腿膝盖上面三寸左右的血窟窿。子弹并没有炸碎他的膝盖骨,不幸中的万幸,可是,噢,我的妈呀,真是疼死了,简直疼到了骨髓里。

突然,一只灯泡在他头顶爆炸,碎玻璃撒下来落到了埃蒂的头上肩上。

---

① 凯尔是对凯文·塔的简称,下同。

“我买了保险，可是上帝才晓得这样的事情保险公司会不会赔，”齐普仍旧一副唠家常似的腔调。更多的血顺着他的脸淌下来，他拭去血水，用力地甩在地板上，斑斑血迹看上去就像罗夏克墨迹测验[①]。子弹从身边嗖嗖穿过，一颗贴着齐普的领子飞过去。他们身后杰克·安多里尼——丑陋的老家伙——正用意大利语声嘶力竭地吼叫。没由来的，埃蒂猜想他喊的肯定不是撤退。

罗兰和那名身穿法兰绒衬衣的顾客推开**员工专用**门，埃蒂在肾上腺素的刺激下奋力拖着齐普紧随其后。门后是一间不小的储藏室，里面混杂着多种谷物的气味，有些像浓郁的薄荷，更多则像咖啡味道。

现在打头阵的换成了法兰绒衬衣先生，罗兰跟在后面很快走到储藏室的中间通道。两边的货架上满满当当堆的都是罐头。埃蒂不屈不挠地拖着店主一瘸一拐紧随其后。老齐普脑袋一侧的伤口让他流了不少血，埃蒂一直以为他会昏过去，但是实际上齐普表现得……呃，怎么说呢，更加喋喋不休。他不停追问罗丝·毕墨和她妹妹出了什么事儿。如果他问的是店里的那两名妇女（埃蒂相当确信他就是在说她俩），埃蒂倒希望齐普还是不要太快恢复记忆的好。

储藏室后面还有一扇门，法兰绒衬衣先生打开门正要出去，罗兰一把拽住他的衣角把他拖了回来，猫下身子自己先走了出去。埃蒂让齐普靠在法兰绒衬衣先生身边，自己站在他们俩身前。这时他们身后几颗子弹穿透了**员工专用**门，一瞬间储藏室被照得透亮。

---

① 罗夏克墨迹测验（Rorschach Inkblot），是由瑞士精神病学家罗夏克在二十世纪二十年代创立的一种著名的心理投射测验。他在大量筛选基础上选定了十张墨迹图作为刺激材料进行测试。

"埃蒂!"罗兰轻声叫道,"到我这儿来!"

埃蒂瘸着腿赶出去,发现门外是一处装卸站台,再后面还有一大块恶心的垃圾场,约摸一公顷大小。站台右面零零散散地放着几个垃圾桶,左面还有两个超大的垃圾箱。不过在埃蒂·迪恩看来,显然这儿的人没什么公德心,没有什么不应该随手乱丢垃圾的概念,垃圾丢得到处都是,旁边还有好几堆垒得高高的啤酒罐,大得简直能称得上是古代贝冢了。埃蒂心下琢磨,一天辛苦的劳作之后如果能靠在门廊上放松放松,真是快乐似神仙呵。

罗兰举起枪,对准了另一个油泵。比起店前面的那几个,眼前这个又旧又锈。油泵上只有一个词。"柴油,"罗兰念道,"是不是一种燃料? 我猜得没错吧,啊?"

"没错儿,"埃蒂说,"齐普,这个柴油泵还能用吗?"

"当然,当然,"齐普听上去仿佛事不关己,"许多人都在这儿加油。"

"我会用,先生。"法兰绒衬衣说,"你最好让我来——它的脾气可有些怪。你和你的兄弟能掩护我吗?"

"没问题,"罗兰回答,"把柴油灌到那里面去。"说着他的大拇指指了指储藏室。

"嘿,不要!"齐普吓了一跳,抗议起来。

时间过去多久了? 埃蒂不知道,根本没法确定。现下他唯一感觉得到的是一种曾经经历过的透明感:那种当时与单轨火车布莱因猜谜竞赛时经历的透明感。他的小腿还在疼,子弹可能已经打碎了胫骨,可那种透明感甚至湮没了深沉的疼痛。他闻到储藏室里的腐败气息——腐肉、发霉的农作物、一千种啤酒发酵的味道混合在一起,再掺杂着一股子什么都不在乎的慵懒——四散在店外马路上的木材散发出的清香也往鼻孔里钻。

他听见远处天际飞机嗡嗡飞过，清楚明白自己那么喜欢法兰绒衬衣先生是因为他在现场，和他们在一起，因为短短几分钟已经让他们三个紧密地联系在一起。可是到底过去多久了？不，他一点儿也说不上来。离罗兰下达撤退的命令肯定不会超过九十秒钟，否则无论有没有翻倒的重型卡车他们都早已一命呜呼。

罗兰向左边一指，自己立刻转向右边。他和埃蒂相距六英尺，分立在装卸站台两侧，两人把枪都举在脸边，仿佛马上就要进行决斗。法兰绒衬衣先生从装卸站台上向前纵身一跃，敏捷得就像一只蚂蚱，一把抓住旧柴油泵一侧的金属曲柄，开始快速旋转。油泵上方的窗口显示数字开始回跳，不过没等归零却在0019停了下来。法兰绒衬衣先生努力想再继续转动曲柄，可怎么都动不了，他只好耸耸肩，用力把喷嘴拉了下来。

“约翰，不要！”齐普大声阻止道。他仍旧站在储藏室的通道上，高举双臂，一只干干净净，另一只却已经全浸在了鲜血里。

“快让开，齐普，否则你会——”

对面两个人朝着埃蒂这侧的店门冲了过来，身上都穿着法兰绒衬衣和牛仔裤，但是和齐普的旧衬衫不同，他们的衬衫看上去只在袖口有些褶皱，其他部分都像崭新的一样。肯定是专门为了今天这个特别的场合而买的，埃蒂暗猜。其中一名歹徒也是埃蒂见过的熟面孔，他们在凯文·塔的曼哈顿心灵餐厅打过照面。而且埃蒂曾经杀死过他一次，十年后的未来，如果你能相信的话，在巴拉扎开的斜塔酒吧里，连用的枪都是他现在手里拿的这把。他的脑海中倏地闪过一段鲍勃·迪伦唱过的歌词，好像说的是为了避免两次经历同样的事情必须付出多大的代价。

“嘿，大鼻子！”埃蒂大叫道（他每次遇见这个人渣都是这么打招呼的），“你怎么样，哥们儿？”事实上，乔治·比昂迪的样子一点儿都不好。其实即使在他状态最好的时候，连他自己的妈妈都不会觉得他这副样子能拿出去见人（天，那个鼻子真是硕大无比），更不要说现在了。他脸上又黑又紫，肿得非常厉害，双眼间的乌青块尤为严重。

是我干的，埃蒂想着，就在凯文·塔的书店里。事实确实如此，但是感觉上这好像是一千年前的事儿了。

“你，”乔治·比昂迪一怔，连枪都忘了举。“你，在这儿。”

“我，在这儿，”埃蒂附和道，“而你，应该待在纽约。”话音刚落，他一枪轰掉了比昂迪的脸，连同他同伙的脸。

法兰绒衬衣先生用力挤压柴油泵的握把，黑色的柴油随即从喷嘴里喷了出来，正巧浇了齐普一身。他愤怒地大声嚷嚷起来，忙不迭躲到装卸站台边。“太过分了！”他大叫道，“老天呀，简直太过分！快停下来，约翰！”

约翰置若罔闻。又有三名歹徒向罗兰这侧的店门冲过来。他们瞥见枪侠平静而可怕的脸色，想要撤退，可是还没等他们新买的运动鞋鞋跟着地，他们已经一道下了地狱。埃蒂想到了停在马路对面的六七辆汽车和大型的探险家房车，心里犯起嘀咕，巴拉扎到底派了多少人来执行这次任务。肯定不只他自己的人。那么他买这些杀手的钱又是从哪里来的？

他根本没必要，埃蒂随即想通了，肯定有人给了他大把钞票，他只要负责雇人就行，城外的小混混，他能雇来多少就雇多少。那人肯定不知用了什么办法让他坚信他们的目标绝对值得这样的牺牲。

这时沉闷的撞击声从店内传来，随后一团黑烟从烟囱里冒出来，很快同侧翻卡车激起的浓云混成一团。埃蒂猜，有人引爆了手榴弹。储藏室的门被炸飞，伴随着浓烟飞过来掉在通道上。很快扔手榴弹的人会再扔一个出来，可是此刻储藏室的地板上已经积了约一英寸深的柴油——

“尽量拖延他，”罗兰说，“里面还不够湿。”

“拖延安多里尼？”埃蒂问道，“我该用什么办法？”

“用你三寸不烂之舌！”罗兰大声回答。这时埃蒂眼前出现了让他振奋的精彩一幕：罗兰咧开嘴。几乎是在笑着。与此同时，他转向法兰绒衬衣——约翰——右手做了一个旋转的手势：继续抽。

“杰克！”埃蒂大叫起来。他不知道此时此刻安多里尼会藏在哪儿，只好扯开嗓门大叫。即使他从小在布鲁克林闹哄哄的街道上长大，现在的喊声也已经算很响的了。

枪火稍稍一顿，然后停了下来。

“嘿，”杰克·安多里尼回应道，听起来颇为惊讶，但并没着恼。埃蒂怀疑他根本一点儿都不惊讶，并且确信杰克想要的就是报仇。他在凯文·塔书店的储货区受了伤，但这点还不是最糟的。他还受到了羞辱。“嘿，小滑头，你是不是就是那个威胁敲碎我的脑袋，把枪抵在我下巴的家伙？老天，枪印子还在呢！”

埃蒂能够想象他一边假装可怜，一边肯定在做手势让他的手下各就各位。还有多少人？八个？十个？上帝知道他们已经解决了不少。那还剩多少？两三个埋伏在杂货店左边，还有两三个埋伏在右边。扔手榴弹的还有几个。等杰克一准备好，那些家伙就会冲进来，正好一头栽进新造的柴油湖里。

起码埃蒂是这么希望的。

“今天我手里拿的还是那把枪！”他冲着杰克叫道，“这回我可以用它捅你的屁股，听上去怎样？”

杰克大笑起来，听起来很放松。假惺惺，不过装得不赖。杰克此时心里肯定非常紧张，心跳一百三，血压升到了一百七。决战的时刻马上就要到了，不仅仅是为了报复某个胆敢攻其不备的臭小子，而且这绝对是他整个杀手生涯中最重要的一役，堪比超级碗[①]。

无疑下达指令的是巴拉扎，但是杰克·安多里尼才是现场指挥，最高长官。这次的任务可不仅仅是把付不起赌资的醉汉痛打一顿，也不是说服雷诺克斯大街上某个犹太裔珠宝店主他需要保护；这回是真正的战争。杰克相当聪明——至少同埃蒂当年跟着亨利嗑药鬼混时碰到的大多街头混混相比——但他同时也很愚蠢，与智商无关的那种愚蠢。正在大肆嘲笑他的那个家伙曾经不费吹灰之力打得他满地找牙，但是杰克·安多里尼想方设法地忘记了那段屈辱。

柴油慢慢流过装卸站台，在储藏室破旧的地板上漾起微微波纹。约翰，令人尊敬的法兰绒衬衣先生，疑惑地看了罗兰一眼。罗兰起先摇摇头，接着又用右手做了个旋转的手势：继续。

“书店里那家伙跑哪儿去了，小滑头？”安多里尼听上去和刚刚一样开心，只不过现在声音靠得更近，说明他已经穿过马路，成功地被埃蒂引到了杂货店门外。可惜柴油的爆炸力还不够。“塔跑哪儿去了？把他交给我们，我们就暂时放你和另外那家伙一马。”

当然啦，埃蒂暗想。突然他想起苏珊娜常会说的一句话（用黛塔·沃克怒气冲冲的腔调）表示她完全不相信：*我又不会强迸你的嘴巴、扯你的头发*。

埃蒂几乎能肯定这场伏击是专门针对枪侠布置的，这帮坏蛋也许知道凯文·塔到底在哪儿，也许不知道（杰克·安多里尼的狗嘴里吐不出象牙，一个字都不能相信），但是肯定有人事先

---

① 超级碗（Super Bowl），美国职业橄榄球联盟的冠军总决赛，一般是每年一月份的最后一个或是二月份的第一个星期天举行。超级碗是比赛双方所争夺奖杯的名字，亦是比赛的名字。

就得知找不到的门会把他和罗兰送到的年代地点、甚至具体时间，而且透露给了巴拉扎。你想抓住那个让你手下难堪的年轻人吗，巴拉扎先生？那个没等凯文·塔屈服双手呈上你想要的东西就把他从杰克·安多里尼和乔治·比昂迪手上救走的年轻人吗？没问题。他马上闪亮登场。他和另一个。顺便说一句，你的钱确实很多，还给一帮雇佣兵买了新鞋。不过也许还不够，年轻人可不好惹，他的兄弟更是个狠角色。你也许会走一回好运，逮着我们两个。但即使你不够走运，即使让那个叫罗兰的家伙杀了你的手下后逃脱……年轻人落到了你手里，可一切才刚刚开始而已。永远都会有更多的枪侠，不是吗？他们遍布世界各个角落，各个世界。

杰克和卡拉汉不知道怎么样了。是不是也有一场盛大的接风宴正等着他们？他们是不是去了二十二年后的未来？假如他们是去追他的妻子的话，空地围墙上的打油诗暗示的就是这个年代。打油诗是这样写的——苏珊娜-米欧，一体双姝，在一九九九年来到了迪克西匹格。要是真的有一场盛大的接风宴，那么他们现在还活着吗？

但是埃蒂始终坚信：假如卡-泰特中任何一位成员——苏珊娜、杰克、卡拉汉，甚至奥伊——有什么三长两短，他和罗兰一定会有感应。假如他这么想只是浪漫的错觉，那他宁愿这么错下去。

## 3

罗兰瞥见穿法兰绒衬衣的男人投过来的眼神，抬手在脖子边做了一个手势。约翰点点头，立刻放开了油泵的挤压手柄。

店主齐普就站在装卸站台旁边,大部分的脸孔都被鲜血染红,而干净的地方则呈现一片死灰。罗兰猜想他很快就要晕倒,不过没什么损失就是了。

“杰克!”枪侠大叫道,“杰克·安多里尼!”这个意大利名字从他嘴里吐出来特别动听,脆生生的。

“你是小滑头的兄弟吗?”安多里尼有些被逗乐了,反问道。听起来又靠近了一些。罗兰已经把他引到了店门外,也许就是刚刚他和埃蒂进门的地方。他马上就会采取下一步行动;这里虽然是乡下,但还是有人来往的。人们也许已经发现了运木材卡车翻倒激起的滚滚浓烟。很快他们就会听见消防车的鸣笛。

“我想你可以把我叫做他的发言人,”罗兰边说边指指埃蒂手里的枪,又指指储藏室,最后指指自己:等我的信号。埃蒂点点头。

“你干吗不把他交出来,我的朋友?他没必要成为你的负担,只要把他交给我,你就能走了。小滑头才是我想好好聊聊的人,撬开他的嘴绝对是件乐事。”

“你永远抓不到我们,”罗兰愉快地回答,“你已经忘记了你父亲的脸。你不过是长了四条腿的屎袋子。你只会为你的老板巴拉扎舔屁股。人人都知道,没有人不在笑你。‘快看杰克,舔屁股只让他变得更丑。’”

对方稍稍一愣,紧接着:“你的嘴还真够刻薄,先生。”安多里尼语气并没有什么起伏,可是原先伪装的好脾气、干笑声已经踪迹全无。“但你肯定听过这句谚语,棍子石头打得疼,刻薄话伤不了人。”

终于,远处传来警车鸣笛。罗兰先冲着约翰(后者一直警觉地盯着他)然后再朝埃蒂点点头。快了,他仿佛在说。

“即使你的骨头在野坟里化成灰,巴拉扎还是会继续建造他的黑道王国，杰克。有些人能梦想成真，可不是你。你的永远只会是白日梦。”

“闭嘴！”

“听见警车了吗？你的时间马上就用完——”

“快冲！”杰克·安多里尼大叫道，“冲啊！去抓他们！给我把那个老家伙的脑袋带回来，听见没有？我要他的脑袋！”

一个黑色圆球缓缓地从被炸开的**员工专用**门飞过来，在空中划出一道弧线。又是一个手榴弹，罗兰正等着呢。他把枪放低在臀部位置，扣动扳机。手榴弹顿时在空中炸开花，储藏室和饭厅之间的那堵薄墙旋即崩塌，碎木条四散飞了出去，又惊又痛的尖叫从那个方向传来。

“现在，埃蒂！”罗兰大声命令，开始朝柴油开火。埃蒂迅速加入。起初罗兰以为什么都不会发生了，但是随后一小簇蓝色火苗从柴油中部懒洋洋地蹿出，顺着后墙边缘蜿蜒过去。还不够！上帝，要是这是他们所说的汽油该多好！

罗兰取出左轮枪的弹膛，弹壳儿哗啦啦掉在了他的靴子四周。他重新装好子弹。

“你右边，先生，”约翰提醒道，语调平淡得仿佛在谈天。罗兰刚趴下身，一颗子弹嗖地从他原来站的位置穿过去，紧接着第二颗又飞过来，擦过他的长发发梢。时间只够他装上三发子弹，可是他还需要一发。两个一模一样的窟窿出现在偷袭他的两个歹徒的眉心，两人的身体瞬间被震得向后飞出去。

这时，又一个不怕死的家伙朝埃蒂一侧店铺的墙角猛冲过来，却发现埃蒂早就等着他了。埃蒂浸在鲜血里的脸一笑，那家伙立刻丢下枪举起双手。不过还没等他的手举到肩膀，埃蒂已经砰的一枪打穿他的胸膛。*他正在学*，罗兰暗想，*众神保佑，他的确学得很快。*

“火势还太小，我可觉得不够劲，哥们儿，”约翰说罢跳上了装卸站台。刚爆炸的手榴弹释放出滚滚浓烟，几乎遮住了整个店铺，不过枪弹还是一发连着一发穿透浓烟飞过来，但显然约翰根本不在意。罗兰不禁感谢命运能在这个紧要关头给他们送来这么好的同伴。这么强的同伴。

约翰从裤子口袋里面掏出一个银色的方形物体，翻开盖子，拇指转动了一个小轮盘模样的装置，一小簇火苗噗地蹿上来。他放低手，把这个冒着小火苗的东西扔进储藏室。轰的一声，火苗蹿得到处都是。

“你们都怎么了？”安多里尼兀自尖叫，“快去抓他们！”

“你有本事自己上啊！”罗兰一边高声回应，一边抓住约翰的裤腿。约翰反身一跃，跳上装卸站台，可脚下一个踉跄，幸好罗兰扶住他。可偏偏就在这个节骨眼儿上店主齐普选择晕倒，直挺挺地向那堆垃圾扑过去。他微微呻吟了一声，声音小得几乎像一声叹息。

“对啊，快来啊！”埃蒂也煽动道，“快来啊，滑头，怎么啦，滑头，你难道没听说过，别派个乳臭未干的小子来干大人的活儿？你一共派了多少人，一打？瞧，我们还是活得好好的！快来啊！快上来，有种自己来抓我们啊！还是说你以后一辈子都想为恩里柯·巴拉扎舔屁股？”

浓烟烈火里飞来更多的子弹，但显然店铺里的那帮歹徒没显示出穿过眼前的火阵的兴趣。而且也没人再绕到店铺这边来了。

罗兰朝埃蒂左小腿受伤的地方指了指，埃蒂朝他竖起大拇指。不过他牛仔裤的裤腿感觉很满——肿得厉害——只消轻轻一动高筒靴就会咯吱作响。起先的锐痛变成了一种持续的痛楚，随着心脏的跳动突突生疼。不过他逐渐开始相信也许没伤到骨头。但也许，同时他也承认，只是因为我愿意这么相信。

又有两三辆警车或消防车加入了赶赴现场的行列，越来越近。

“快！”安多里尼此刻听上去几乎歇斯底里，“快，你们这些狗娘养的杂种，快进去抓他们！”

罗兰心下琢磨，安多里尼的手下在几分钟前——甚至三十秒之前——可能还会发动进攻，如果安多里尼自己身先士卒的话。但是现在正面进攻的路已经被锁死，安多里尼必定明白如果他带领手下从两侧围攻，罗兰和埃蒂肯定会不费吹灰之力把他们打死。剩下只有两条策略可行：守在外面，或者绕路进入树林再从那儿进攻。可是无论杰克·安多里尼选哪一条，时间都已经来不及。如果他们继续留在原地守株待兔也会有很大问题，比方说，必须和当地警察或者消防员——要是他们先赶到的话——正面交锋。

罗兰把约翰拉到身边，低声说：“我们现在必须离开这儿，你能帮我们吗？”

“哦，好的，我想我能。”风向突然转了，一阵疾风从杂货店坍塌的后墙那儿吹过来，带来黑漆漆的柴油浓烟。约翰连连咳嗽起来，赶紧挥去浓烟。“跟我走。脚步轻一些。”

约翰匆忙穿过店铺后面硕大的垃圾场，敏捷地跨过一只破柳条箱，从生锈的焚化炉和一堆废铜烂铁中间穿过去。罗兰从这堆废铁中看见一个以前流浪时也见过的名字：**约翰·笛尔**。

罗兰和埃蒂走在后面掩护约翰，都倒着走，不忘时不时低头看路以免绊倒。罗兰到现在还在希望安多里尼会追过来发起最后的进攻，他就能趁此机会亲手结果那个家伙。在西海的海滩上他曾经杀死过他一次，而现在他又回来了，不仅回来，还年轻了十岁。

*可是我，罗兰感叹，感觉上已经老了一千岁。*

不过这并非事实。是的，他现在的确生了病——终于——老人终究是要生病的。但是这一次他又有一个卡-泰特需要保护，可不是随随便便的一个卡-泰特，而是枪侠组成的卡-泰特。一切再次变得有意义，不再仅仅是黑暗塔，而是所有这一切。所以他希望安多里尼追过来。因为他觉得如果他能在这个世界里杀死安多里尼，他一定不会再复活。这个世界很特别，和其他的不一样。他在这儿能感觉到一种振动，每一根骨头，每一寸神经都能感觉到，而在其他世界，甚至他自己的世界，都不曾有这种体会。罗兰抬起头，不出意料地看见天上的云朵全排成了一条直线。垃圾场的后部出现了一条小路，蜿蜒到了树林里面。路口一对相当大的花岗岩石矗立在小路旁。就在那儿枪侠看见了错综交叉的暗影，样式复杂却指向同一个方向。在纽约，他们在空地上找到那个空袋子，苏珊娜看见了流浪的死魂灵，而就同纽约一样，现下的世界也是真实的，这里的时间只是沿着同一个方向线性延续。要是能找到门也许他们真的能去到未来，他肯定杰克和卡拉汉就是这样(因为罗兰也记起围墙上的那首诗，现在至少已经明白了部分)，不过他们永远不能回到过去。在这个真实的世界，骰子不能重投，覆水不能重收。他们如今身处这个离黑暗塔最近的世界，仍然站在光束的路径上。

约翰领着他们进入了树林。很快，滚滚的浓烟和逼近的警车鸣笛都被抛到了他们身后。

## 4

他们走了还不到四分之一里地，埃蒂就看见了树木间闪烁的点点蓝色。小路上铺满松针，有点儿滑。等他们最终来到一处山坡时——山坡下出现一条狭长的湖泊，景色简直美不胜收——埃蒂发现有人沿山坡造了一排桦木栏杆。水中有一个小船坞，船坞上拴着一艘摩托艇。

“那是我的，”约翰告诉他们，“我过来买点儿东西，吃顿午饭。没想到还能碰上这么刺激的事儿。”

“呵呵，你可说到点子上了。”

“是啊，的确是这样儿。这段路千万要当心，如果你不想把屁股摔成两半的话。”说完约翰抓住栏杆保持平衡，敏捷地跑下山坡。事实上，他几乎是滑下去的。他脚上那双已经磨旧的工作靴要是放在中世界，肯定特别适合在家里穿，埃蒂暗想。

他自己跟着也下去，尽量不用受伤的腿。罗兰断后。突然他们身后传来巨大的爆炸声，尖锐清脆，就像高性能来复枪的枪响，只不过要大声得多。

“肯定是齐普的丙烷，”约翰说。

“什么？你说什么？”罗兰疑惑不解。

“煤气，”埃蒂平静地解释，“他指的是煤气。”

“对，煤气。”约翰附和道。他一脚跨进船里，抓住启动绳，用力一拉。引擎立刻就像二十马力的缝纫机突突转动起来。“快上来，哥们儿，我们赶快撤，”他低声催促。

埃蒂先上了船，罗兰却在岸边停了一会儿，伸手轻敲了喉头三下。埃蒂以前见过，每次他渡过水面前都会进行相同的仪式，他提醒过自己别忘了问问罗兰原因，不过他一直没找到机会；还没等这个疑问再次划过脑际，他们已经与死神擦肩而过。

## 5

小艇几乎没发出一点儿声音，在夏日最澄明的碧蓝天空下优雅地划过水面，划过自己在水中的倒影。他们身后，浓烟越升越高，迅速染黑了一方蓝天。湖边站着几十个人，大都穿着短裤或泳衣，手搭凉棚遮住阳光，齐刷刷朝黑烟方向张望，几乎没人注意到小艇划过。

“这是基沃丁湖，我是说假如你们想问的话，”约翰说完向前面指了指。前面从岸边伸出一个灰色的船坞，旁边是一间用来停船的小屋。小屋外墙绿白相间，开着天窗。他们靠近时，罗兰和埃蒂都看见一艘独木舟和一艘橡皮船绑在一起，停在里面。

“船屋也是我的，”穿着法兰绒衬衣的先生补充说。他发船屋的船字时很奇怪，不是很容易听明白，不过他俩还是一下就听出来了。和卡拉人的发音方式一样。

“看上去维护得不错，”埃蒂随口说了一句。

“哦，是啊，”约翰回答，“我常打扫卫生，时不时过来看看，还做些木匠活儿。要塌的船屋可就派不上用场了，不是吗？”

埃蒂微微一笑。“可不是嘛。”

“我住的地方离湖还有半里地。我的名字叫约翰·卡伦。”他向罗兰伸出右手，另一只手继续握着船舵。小艇笔直向前开，离滚滚浓烟越来越远。

罗兰握了握他的手。粗糙但很舒服。“我叫罗兰·德鄯，来自蓟犁。祝天长夜爽，约翰。”

埃蒂也伸出手。“埃蒂·迪恩，从布鲁克林来。很高兴认识你。”

约翰轻轻握了握他的手，仔细打量了埃蒂一番。等他松开手，他说：“年轻人，刚才是发生什么事儿了，对不对？”

“我也不知道，”埃蒂并没据实相告。

“小伙子，你很久没回布鲁克林了吧？”

“没上过学堂没读过书，”埃蒂·迪恩说道。倏忽之间，他仿佛捕捉到一丝印象，忙不迭说出口：“米阿把苏珊娜锁了起来。

她们现在在一九九九年。苏希终于能脱身去道根，不过去了也无济于事。米阿把所有的控制权都攥在手上，苏希什么都没法儿做。她被绑架了。她……她……”

他停了下来。一瞬间，一切变得如此清晰，就像刚醒来还残留在脑海里的梦境。接着，如同梦境一样，印象开始变得模糊。他甚至不知道这一切到底是苏珊娜传送给他的讯息，抑或仅仅是他自己的想象。

年轻人，刚才是发生什么事儿了吧？

这么说，卡伦也感觉到了。那就不是想象。应该更可能是某种心灵感应。

约翰略等了一会儿，发现埃蒂还是没什么反应，转而问罗兰。“你的朋友是不是时常会这么滑稽？”

“不是经常，先生……卡伦先生。我很感激你在这么紧急的情况下帮助我们。非常非常感激。如果我们还想要求更多，那我们真是天下最无礼的人了。不过——”

“但你还是想要求，呵呵，我猜到了。”约翰微微调整了一下小艇的路线，朝岸边的船屋开过去。罗兰估计再有五分钟他们就能靠岸。他没什么意见，而且对乘坐这么一艘小摩托艇也没什么意见（尽管三个大男人在上面，小艇吃水已经比较深了），但是基沃丁湖的水面太开阔，太容易暴露目标。如果杰克·安多里尼（或者接替他位子的人，假设他被接替的话）问问驻足岸边的人们，他肯定最终能找到看见一艘小艇载着三个男人划过的人。至于绿白相间的船屋，那些目击者会说，那是约翰·卡伦的屋子。最好的情况是等那些家伙追上来时，他们已经沿着光束走得很远，而约翰·卡伦也已经收拾好东西躲到了安全的地方，当然罗兰心目中的“安全的地方”应该在离这儿大约一百轮距以外的地方。卡伦在关键时刻出现救了他们的命，对此他没有丝毫怀疑，所以他最不愿意看到的就是这个男人丢了性命。

“好吧，我会尽力的，早就打定注意了，不过趁现在这会儿，我想问你一个问题。”

埃蒂和罗兰交换了一下眼色，罗兰回答：“我们会尽量回答。我的意思是说，东斯通翰姆的约翰，如果我们认为答案不会给你带来灾难的话。”

约翰点点头，显然他已经完全恢复平静。“我知道你们不是鬼魂，因为在杂货店里我们所有人都看见你们。而且刚刚握手的时候我也碰到了你。我还能看见你们的影子。”他指了指船板上的影子。“绝对是真的。所以我的问题是：你们是不是时空闯客？”

“时空闯客，”埃蒂重复了这四个字，望了望罗兰，但是罗兰脸上毫无表情。埃蒂又转头看向坐在船尾掌舵的约翰·卡伦。“不好意思，我不明——”

“过去几年里来了好多这样的人，”约翰接着说，“沃特福德、斯通翰姆、东斯通翰姆、洛威尔、瑞典镇……甚至在布里奇屯和丹麦镇。”最后那个镇子在约翰的缅因口音中听起来像丹马镇。

另外两人仍旧一头雾水。

“时空闯客就是那些凭空出现的人，”他继续解释道，“有时候他们穿着过时的衣服，就像来自……古代，我猜你们会这么说。有一次一个人全身赤裸，走在五号公路的中间，被小埃斯特朗瞧见。有时候他们说的语言根本听不懂。有一次一个人走进沃特福德的唐尼·卢赛特家，直接坐在了他家厨房里！唐尼是范德比尔特大学退休的历史教授。那个家伙说了一会儿话，唐尼把他全录了下来，然后那家伙就进了洗衣间。唐尼本来以为那个人是想去卫生间，所以就跟了进去想提醒他，结果发现他消失了。根本没有门能出去，他就这么蒸发了。

“唐尼把那卷磁带带到了范德比尔特大学的语言学系，放给每个人听,可是没人能听出来是什么语言。有人说肯定是完全人造的语言,就像世界语似的。哥们儿,你们听说过世界语吗?”

罗兰摇摇头。埃蒂说(小心翼翼地):“好像听过,但不是很清楚是干什么——”

“有时候,”约翰压低了声音,此时小艇已经驶进船屋的阴影下。“有时候他们身上有伤。甚至是畸形。被毁得一塌糊涂。”

罗兰突然站起身,动作猛烈得几乎让小艇晃了起来,差点儿侧翻。“什么?你说什么?再说一边,约翰,我想再听一遍。”

显然约翰以为罗兰只是没听清楚他的话,这次他十分费力地尽量把每个字都发得字正腔圆。“被毁得一塌糊涂,就像核战争的幸存者,或者被辐射过的。”

“突变异种,”罗兰喃喃说道,“我想他说的是突变异种。在这座镇子里。”

埃蒂点点头,脑海中浮现出剌德城的戈嫘人和障猷布人,畸形的蜂巢和深谷里的巨型爬虫。

约翰熄灭发动机。他们三个就这么坐在船上,听着水波静静拍打在金属船身上。

“突变异种,”老兄弟重复了一遍,仿佛在细细品尝这四个字。“是啊,我猜这个名字再适合他们不过了。但不仅是他们,还有一些动物,那种我们这一带从没见过的鸟儿。不过让人们谈论得最多的、最担心的还是时空闯客。唐尼·卢赛特给他在杜克大学的一个熟人打了电话,那个熟人又去咨询了他们灵异研究的专家——真有意思,一所正宗大学里面居然会有这种机构,不过显然就是有——灵异研究的一位女士说那些人应该被称做时空闯客。如果他们又突然消失的话——他们总是就这么消失了,除了一个家伙最后死在了东斯通翰姆的村子里——他们就叫做出走者。那个女士说许多研究这种现象的科学家——

我猜你们会叫他们科学家，不过我知道很多人可不以为然——相信他们是来自别个星球的天外来客，太空船把他们送下来，后来又把他们接回去，但是大多数人认为他们穿越时空来到这里，或者来自于我们这个世界平行存在的其他世界。”

“这种事情有多久了？”埃蒂问，“这些时空闯客从什么时候开始出现的？”

“噢，两三年了吧，而且愈演愈烈。我自己亲眼见过一对这样的时空闯客，还见过一个秃顶女人，额头中央长着第三只眼，不断向外冒血。但他们都离得太远。你们俩是最近的。”

约翰双膝跪地，向他们前倾过去，一对眸子（同罗兰的一样蓝）闪着精光。水波拍打着船身，埃蒂有一股强烈的冲动，想再抓住约翰的手看看还会发生什么。迪伦还有一首歌名叫《约翰娜的幻觉》，虽然埃蒂企盼的并非约翰娜的幻觉，不过至少名字够接近了。

“是啊，”约翰还在说，“你们俩绝对是近距离大特写。现在，我会尽力帮助你们，因为我一点儿都不觉得你们是坏人（虽然我也要坦白说，我可从没见过刚才那样的枪战），但是我还是想知道：你们到底是不是时空闯客？”

罗兰和埃蒂再次交换了眼神，最后罗兰答道：“是的，我想我们是。”

“上帝啊，”约翰轻唤出声。敬畏的表情让他那张刻满皱纹的脸变得孩子气。“时空闯客！那你们是从哪儿来的，能告诉我吗？”他看向埃蒂，得意地笑了起来：“可不要告诉我是布鲁克林。”

“可我真的是从布鲁克林来的，”埃蒂说。只不过并不是这个世界的布鲁克林。他已经领悟，在他原来的世界里，《小火车查理》的作者名叫贝丽尔·埃文斯，而在这儿作者变成了克劳迪娅·y.伊纳兹·巴克曼。贝丽尔·埃文斯听起来如假包换，可克劳迪娅·y.伊纳兹·巴克曼给人感觉就像一张三美元的纸币,假得不能再假了,然而埃蒂越来越相信巴克曼才是真正的名字。为什么呢?因为那名字来自这个世界。

"但我真的是从布鲁克林来的。只是……怎么说呢……不是同一个。"

约翰·卡伦仍然一脸孩童般的好奇,目不转睛地盯着他俩。"其他那些家伙呢?伏击你们的家伙?他们是……?"

"不是,"罗兰打断了他,"他们不是。没时间解释了,约翰——现在不行。"他小心地抬起脚,轻微的疼痛让他微微退缩,接着他抓住头顶的横梁,离开小艇上了岸。约翰跟着上了岸。埃蒂最后,靠另外两人把他拉上去。他右腿的疼痛减轻了一些,但还是很麻木,不能弯曲。

"我们先去你的地方,"罗兰说,"我们急着找一个人。希望你能帮我们找到他。"

也许他能帮我们的不仅仅是找人,埃蒂边琢磨边一瘸一拐地跟着他们重新走回阳光下,腿上的疼痛让他忍不住咬紧牙关。

那一刻埃蒂心中只有一个念头,他甚至愿意为了几粒阿司匹林亲手杀死一名圣徒。

唱:考玛辣——面包——发酵!
他们先下地狱再上天堂!
扳机扣动,硝烟正浓,
你就得把它戳进烤箱。
和:考玛辣——来——七遍!
加点盐让面包发酵!
烘得火热再降温变凉,
最后把它戳进烤箱。

第八章

# 投掷游戏

# 1

一九八四年到一九八五年的那个冬天，埃蒂在海洛因的泥潭里陷得越来越深，起初吸毒只是玩玩，后来却逐渐演变成难戒的毒瘾。就在那段日子，亨利·迪恩遇见了一个女孩儿，迅速坠入情网。在埃蒂看来，希尔薇娅·古德欧弗是个臭醺醺的姑娘（腋下散发着狐臭，两片活脱脱像米克·杰格[①]的厚唇喷出令人作呕的口气），不过他什么都没说，因为亨利觉得她貌美如花，埃蒂可不愿伤亨利的心。那个冬天，这对年轻的恋人大多时间都花在在康尼岛的海边吹风，或者坐在时代广场电影院的最后一排大嚼着爆米花或花生米卿卿我我。

埃蒂对新闯入亨利生活的这个人倒也看得挺透；如果亨利能忍受她的口臭，和希尔薇娅·古德欧弗舌齿相缠地深吻，那么也没有容他置喙的余地了。在那最灰暗的三个月，埃蒂就一个人躲在迪恩家的公寓里嗑药。他没一点儿不自在；事实上，还挺喜欢就这么一个人待着。要是亨利在的话，他肯定坚持要看电视，还会不断地揶揄埃蒂喜欢的故事片。（“噢上帝！埃蒂又要开始看他的小故事了，精灵啊，半兽淫，还有可爱的侏儒！”）亨利总是把半兽人说成半兽淫，总是把树人叫做“那些会走路的大素，”他觉得这些编造出来的垃圾非常奇怪。有时候埃蒂还试着告诉他下午电视里放的那些货色也真实不到哪里去，但是亨利

① 米克·杰格（Mick Jagger，1943— ），滚石乐队（the Rolling Stones）的主唱。

充耳不闻；他只对《综合医院》里那对恶毒的双胞胎和《指路明灯》[①]里同样恶毒的后母津津乐道。

在许多方面，亨利·迪恩伟大的罗曼史——最终结局是希尔薇娅·古德欧弗从亨利的皮夹子里面偷了九十美元，留下一张写着对不起，亨利的纸条后和前男友远走高飞——对埃蒂是一种解脱。他就坐在客厅的沙发上，放着约翰·吉尔古德导演的电影，读托尔金的《魔戒》三部曲，跟着佛罗多和他的朋友山姆深入黑暗森林和魔瑞亚矿洞。

他一直很喜欢霍比特人，觉得如果自己余生能在霍比特村度过肯定会非常幸福，那里最多只有烟草，也没有一直以欺负弟弟为乐的大哥哥。令人惊讶的是，约翰·卡伦坐落在树林里的小木屋倏地把他拉回到过去那段与毒品为伴的黑暗日子，大概是因为小木屋让人感觉就是霍比特人的家。客厅里家具不多，但非常整洁：一张沙发，两张软凳，扶手和椅背上覆着装饰用的白纱。墙上挂着镶金边的镜框，里面黑白照片上肯定是卡伦的兄弟，对面墙上挂着的照片上则肯定是他的祖父母。墙上还挂着东斯通翰姆志愿者消防队颁发的感谢状。笼子里有一只小鹦鹉，壁炉边躺着一只猫。他们进屋的时候小猫微微抬起头，一对碧绿的眼珠子冲来人盯了一会儿，然后一溜烟跑进了后面的卧室。卡伦的安乐椅旁放着一个烟灰缸，里面有两只烟斗，一只是玉米棒子做成的，另一只则是欧石楠木做成的。屋里有一台老式的收录机（那种有多频率刻度盘和一个调频大旋钮的收录机），但是没有电视。房间散发出烟草和肉香混合的气味。虽然小屋干净整洁，但只消一眼你就能看出住在这里的男主人没有

---

① 《综合医院》(*General Hospital*，1943—　)和《指路明灯》(*Guiding Light*)均为美国著名的肥皂剧。

结婚，约翰·卡伦的客厅几乎正在高唱单身贵族的欢乐。

“你的腿怎么样？”约翰问，“看起来血已经不流了，不过你的伤口很深啊。”

埃蒂笑了起来。“的确疼得厉害，但是我还能走。应该还不算太倒霉。”

“里面有卫生间，如果你想洗洗的话，”卡伦指指里屋。

“唔，最好洗洗。”埃蒂回答。

洗伤口很疼，但也让他的心放了下来。腿上伤口确实很深，但肯定没伤到骨头。胳膊上的伤更没什么大问题；子弹从正中穿了出去，感谢上帝。埃蒂在卡伦的药箱里找到一瓶双氧水，把双氧水倒在子弹穿出的洞里，顿时痛得龇牙咧嘴。接着他趁自己的勇气还没消退，继续用药水处理了腿上的伤口和头部的刮伤。他努力回忆佛罗多和山姆有没有面对过双氧水这样的恐怖疼痛，哪怕近似的。噢，不过当然，有精灵替他们医治，不是吗？

“我有样东西，大概能帮你，”等埃蒂出来，卡伦说。老兄弟闪身走进旁边的房间，不一会儿拿出一个棕色的药瓶，里面有三个药片。他把药片倒进埃蒂手心，说，“这是去年冬天我在冰上摔断锁骨后开的药剩下来的。羟考酮，它叫。不知道有没有过期，不过——”

埃蒂脸色一亮。“羟考酮，啊？”还没等约翰·卡伦答话，他就一口把药片吞了进去。

“你难道不要喝点儿水吗，小伙子？”

“不用，”埃蒂兴奋地嚼着药片，“我搞得定。”

壁炉边的方桌旁立着一个玻璃柜，里面整齐地排列着棒球，埃蒂走过去凑近一看。“噢上帝啊，”他大叫起来，“你居然有梅尔·帕诺签名的棒球！还有莱弗提·格洛！真他妈的！”

“那没什么大不了的，”卡伦拿起烟斗，答道。“你再看看顶上那层。”他从边桌的抽屉里拿出一撮阿尔伯特王子牌的烟草，塞进烟斗。他瞥见罗兰正盯着他。“你也抽烟?”

罗兰点点头，从衬衫口袋里拿出一片烟叶。“也许我可以自己卷一只。”

“哦，我的招待可会比这个好，”卡伦说完又离开了房间。里面是一间书房，还没储藏室大。尽管摆放的书桌算得上迷你型，卡伦还是得侧着身子才能走进去。

“真他妈的，”埃蒂看着卡伦说的那个棒球，“竟然是贝贝·鲁斯的亲笔签名。”

“嗯哼，”卡伦回应道，“而且在他加入纽约扬基队之前，扬基的签名我还看不上呢。那时鲁斯还在为波士顿红袜队效力……”他突然打住。“在这儿，我就知道我还有。我妈妈常说，可能有些陈，不过总比没有的好。给你，先生。我侄子留在这儿的，不过反正他也还没到能抽烟的年纪。”

卡伦递给枪侠一盒装满四分之三的香烟。罗兰若有所思地来回翻转烟盒，指着盒子上的商标问道:“图上画的是单峰驼，不过上面写的不是这个词，对不对?”

卡伦对罗兰笑笑，有些谨慎，有些好奇。“不，”他答道，“那个词是骆驼，不过意思都一样。”

“哦，”罗兰努力表现出明白的神色。他抽出一根香烟，仔细打量了滤嘴一番，最后把烟草那头儿放进嘴里。

“不，反过来。”卡伦连忙提醒。

“真的?”

“当然。”

“上帝，罗兰！他竟然还有巴比·多尔……两个泰德·威廉姆斯签名的球……一个强尼·佩斯基……一个弗兰克·梅尔隆……”

“这些名字对你来说没有任何意义，是不是?”约翰·卡伦问罗兰。

“嗯，”罗兰说，“我朋友……谢谢你。”他接过卡伦递过来的火柴，点燃香烟。“我朋友好久没回来了。我猜他一直很牵挂这一切。”

“上帝啊，”卡伦感叹，“时空闯客！我家里来了时空闯客！简直不敢相信！”

“怎么没有杜威·伊文斯？”埃蒂问，“你没有杜威·伊文斯签名的棒球。”

“什么？”卡伦反问，带着浓重的缅因口音。

“哦，也许他们这时还没开始这么叫他，”埃蒂几乎是自言自语，“德怀特·伊文斯呢？那个右外野手？”

“噢。”卡伦微微颔首，“我只收集最棒球员的签名，难道你不知道吗？”

“杜威绝对出类拔萃，相信我，”埃蒂说，“也许现在他还没有资格进约翰·卡伦的名人堂，但是再等几年，等到一九八六年。顺便说一句，约翰，同是棒球迷，我想告诉你两个词，想听听吗？”

“当然，”卡伦回答。他发这两个字的方式和卡拉人一模一样。

与此同时，罗兰深吸了一口香烟，缓缓吐出一口气，然后皱起眉头，仔细打量起手里的香烟。

“罗杰·克里门斯，”埃蒂说，“记住这个名字。”

“克里门斯，”约翰·卡伦重复了一遍，一头雾水。这时在基沃丁湖的对岸，更多警车鸣笛尖啸而过。“罗杰·克里门斯，好的，我记住了。他是谁？”

“你会想要他的签名的，就放在这儿，”埃蒂边说边敲了敲柜子，“也许就放在贝贝·鲁斯的同一层。”

卡伦眼睛一亮。“透给我点儿消息，小伙子。红袜队最终到底赢没赢？他们有没有——”

“这根本不是香烟，不过是些混浊的气体，”罗兰责备地看了卡伦一眼。那种眼神如此不像罗兰，把埃蒂逗笑了。“根本毫无味道可言。这儿的人真的就抽这个？”

卡伦把香烟从罗兰指间抽出来，掐掉滤嘴，又递还给他。“现在再试试，”他说完又转向埃蒂。“啊？我刚刚帮你们脱离了险境，所以你欠我一个人情。到底有没有拿到冠军？至少到你的年代为止？”

笑容从埃蒂脸上隐去，换上颇为严肃的表情。“如果你真想知道，约翰，我可以告诉你，但你真的想吗？”

约翰吐了口烟，沉吟了一会儿，答道，“不想。知道了就没意思了。”

“可以告诉你一件事儿，”埃蒂显得有些兴奋。约翰给他的药片开始起作用，他觉得兴奋了起来。有点儿。“你一定要活到一九八六年，会有大惊喜。”

“是吗？”

“绝无虚言。”说完埃蒂转身对枪侠说，“我们的包袱怎么办，罗兰？”

直到此刻，罗兰才想起这回事儿。他们的所有家当，包括埃蒂从图克的百货店买的小刀，和罗兰的旧杂物袋，那个在时间的另一端他父亲送给他的小袋子，都在进杂货店店门前，具体说，是在被扔进店里之前，扔在了外面。枪侠隐约感到，他们的包袱现在还应该躺在东斯通翰姆杂货店门前的地上，但他也记不太清了；当时他一门心思就是怎么让埃蒂和自己在被那些家伙的来复枪轰掉脑袋之前脱离险境。想到长久以来陪伴他们的物品已经在吞噬了杂货店的大火里付之一炬，他心里不禁一抽，但这样的结局总比落到杰克·安多里尼手里要好。瞬间，罗兰的脑海中浮现出一幅生动的场景，他的旧杂物袋挂在安多里尼的皮带上，就像一只烟袋（或者更像敌人的头皮），来回摇摆。

“罗兰？我们的——”

“我们的枪还在，其他的都不需要，”罗兰的语气比他自己想象的更加生硬，“杰克有那本小火车的书，如果需要我也可以再做一个指南针。否则——”

“但是——”

“如果你是说你的包裹，小伙子，我可以在适当的时候帮你打听打听，”卡伦提议，“但是现在，我想你的朋友说得对。”

埃蒂也明白他的朋友说得对。他的朋友几乎总是对的，这也是埃蒂始终痛恨的一点。他妈的，他想拿回他的包袱，不是为了里面的干净牛仔裤和两件干净衬衫，也不是为了多余的弹药或者那把小刀，尽管那把刀确实很好。袋子里面装着苏珊娜的一束头发，到现在还萦绕着她的气息。那才是他真正想要的。但是已经不可能了。

“约翰，”他问，“今天是几号？”

约翰灰色的眉毛微微一扬。“你说真的？”埃蒂点点头，他回答：“七月九号。公元一九七七年。”

埃蒂撅起嘴，吹了一声口哨。

罗兰指间捏着渐渐燃尽的骆驼牌香烟的烟屁股，走到窗边向外张望。房子后面除了树林什么都没有，卡伦口中的“基沃丁”在树木间闪出点点亮蓝。但是那柱浓烟继续向天空蹿升着，仿佛在提醒他，这里的一派静谧给他的平静感不过是错觉。他们必须尽快离开这儿。无论他多么担心苏珊娜·迪恩，现在他们既然来到这里，就必须找到凯文·塔，了结双方的事情。而且必须尽快。因为——

仿佛读透了他的心思似的，埃蒂替他把下半段的念头说出口："罗兰？越来越快。这一边的时间正走得越来越快。"

"我明白。"

"也就是说，无论我们要做什么，必须一次性成功。在这个世界时间不会倒转，一切不能重来。"

这点，罗兰也明白。

## 2

"我们要找的那个人从纽约来，"埃蒂告诉约翰·卡伦。

"嗯哼，夏天这儿有很多从纽约来的人。"

"他的名字叫凯文·塔。他的朋友亚伦·深纽应该和他在一起。"

卡伦从收藏棒球的玻璃柜里拿出一只有卡尔·亚斯特詹斯基签名的棒球，签名的字体很奇怪，似乎只有职业运动员才写得出来（据埃蒂以往的经验来看大多是因为那帮人有拼写困难）。他把棒球从右手掷到左手，又从左手掷到右手。"六月一到，外地游客成群涌到这儿来——你们也知道的吧？"

"我知道，"埃蒂此时已经感到有些绝望，甚至觉得凯文·塔可能已经落到了老丑怪安多里尼的手里。也许杂货店的那场伏击不过是杰克的餐后甜点。"估计你不能——"

"如果我不能，那他妈的我还不如退休呢，"卡伦显得兴致勃勃，顺手把棒球扔给了埃蒂。埃蒂右手接住棒球，用另一只手的指尖细细摩挲着红色的签名标记。出乎意料地，他觉得喉咙口像被什么东西堵住似的。倘若一只这样的棒球都不能证明你回了家，还有什么能？可是这个世界已经不再是他的家。约翰说得对，他的确是个时空闯客。

“此话怎讲？”罗兰问。埃蒂把球扔给了他，罗兰伸手接住，目光并没离开约翰·卡伦。

“我一般不记人名，但每个来到镇子上的人都逃不过我的眼睛，”他解释道。“我能记住他们的脸。每个称职的看守人都有这种本事，我猜，你起码得弄明白你的地盘上有些什么人。”一番话说得罗兰深有同感，连连点头。“跟我说说这家伙长什么样儿。”

埃蒂说：“他大概身高五尺九，体重……呃，我会说大概两百三十磅。”

“这么说是个大块头。”

“没错儿。还有，他脑袋两侧的头发基本上掉光了。”埃蒂抬起双手把自己的头发统统向后捋，露出两侧的太阳穴（其中一侧撞在找不到的门上，差点儿要了他的命，伤口直到现在还在渗血）。这个动作触及左臂的伤口，疼得他微微一缩，不过幸好血已经止住。让埃蒂最担心的还是腿上的伤。卡伦的羟考酮暂时止住了疼痛，但如果弹片还在里面——埃蒂相信应该还在——他终究得把它弄出来。

“多大年纪？”卡伦又问。

埃蒂朝罗兰看看，罗兰只是摇摇头。罗兰见过凯文·塔没有？此时埃蒂反倒记不清了。可能没有。

“我猜五十出头。”

“他收集旧书，对不对？”埃蒂蓦然闪现的惊讶表情落在卡伦的眼里，他大笑起来。“我告诉过你，夏天到镇上来的人没一个能逃过我的眼睛。你永远不会预先知道哪个会欠债不还，哪个会在这儿顺手牵羊。八九年前，一个从新泽西来的女人到了我们这儿，结果她竟然是个纵火犯。”卡伦摇摇头。“她长得就像小镇图书馆员，慈眉善目，谁都没想到她竟然放火烧毁了斯通翰姆、洛威尔和沃特福德的所有粮仓。”

“那你怎么知道他是个书商的?”罗兰边问边把球扔回给卡伦。卡伦立刻又掷给埃蒂。

“那个我倒不知道，”他说，“只晓得他收集书，因为他告诉了简·萨古斯。简在五号公路和蒂米提大街交界的地方经营一家小店，在这儿往南一英里左右。实际上那个男的和他的朋友就落脚在蒂米提大街，如果我们说的是同一个人。我猜是同一个。”

“他的朋友叫深纽，”埃蒂边说边把棒球扔给了罗兰。枪侠接过球，又转投给卡伦，然后走到壁炉旁把最后一截香烟弹进炉子里的柴堆上。

“别跟我提名字，我告诉过你的。但他的朋友很瘦，大概七十多岁，走起路来好像臀部很疼的样子，还带着一副镶金边的眼镜。”

“对，就是他。”埃蒂连忙肯定。

“简妮经营的是一家乡村寄售处，卖些家具，梳妆台、大衣柜什么的，不过特色是被子、玻璃器皿和二手书。反正她店门上的广告上是这么写的。”

“所以凯文·塔……什么？他就这么进去开始借书?”埃蒂简直不敢相信自己听见的，可同时又不得不相信。塔当初倔强地不肯离开纽约，甚至连杰克和乔治·比昂迪威胁要当他面烧毁所有珍贵藏书都毫不退让。等他和深纽一到这儿，这个蠢家伙就跑到邮局办理了存局候领的业务——或者至少他的朋友深纽。反正对那帮坏蛋来说，抓到一个就等于抓到一对。卡拉汉给他留了一张便条，提醒他不要再大肆宣扬自己在东斯通翰姆。还有比这更傻的行为吗？这是神父对塔先生说的最后一句话，不过似乎对方的回应是弄出更大的动静。

“是啊，”卡伦答道，“而且他做的远不只随便看看而已。”他的双眸同罗兰的一样湛蓝，闪闪发光。“他花了几百块钱买了些书，用旅行者支票付的账。然后他让她给出一张附近其他二手书店的清单。这样的书店还挺多的，要是你算上挪威镇的‘观念’书店还有弗雷伯格的‘你的垃圾，我的宝藏’书店。而且他还让她写下了当地几个家有藏书偶尔会在院子里摆书摊的家伙的名字。简可是兴奋极了，把这件事儿在镇子上到处讲。”

埃蒂伸手按住自己的额头，不禁呻吟起来。那正是他见过的男人，正是凯文·塔。他的脑子里到底都在想些什么？难道他以为到了波士顿北部他就脱离危险了吗？

“你能不能告诉我们怎么才能找到他？”罗兰问。

“噢，我的消息可比你要的更多，把你们直接带到他们的落脚点。”

罗兰本来还在左右手互掷棒球，听到卡伦的话，立刻停了下来，摇摇头。“不行。你必须到其他地方去。”

“哪儿？”

“任何能让你安全的地方，”罗兰回答，“而且我也不想知道你会去哪儿，先生。我们俩都不想知道。”

“真他妈的，我可不喜欢这个主意。”

“没关系。因为时间不多了。”罗兰沉吟了一会儿，接着问，“你有大车吗？”

卡伦刚开始一脸迷惑，随即笑了起来。“当然，一辆大车，一辆卡车。我钱很多的。”那个“多”字听起来就像是“都”。

“那么你开一辆把我们带到凯文·塔在蒂米提大街的住所，然后埃蒂……”罗兰稍稍顿了一下，“埃蒂，你还记得怎么开车吗？”

“罗兰，你太伤我的心了。”

从来没有表现出过任何幽默感的罗兰这次还是没有笑。相反，他把注意力重新转回到卡给他们送来的丹泰特——拯救者——身上。“等我们一找到凯文·塔,你就赶快离开,约翰。只要不跟我们一条路就成。就当是去度个假。两天应该足够了,两天后再回来。”罗兰希望日落之前就能完成他们在东斯通翰姆的任务,不过他不愿意说出口,生怕一说出来就弄砸了。

“我想你可能不明白现在是忙季,”卡伦伸出手,罗兰把球掷给了他。“我有一间船屋等着油漆……一间粮仓需要铺房顶——”

“要是你跟我们待在一起,”罗兰打断了他,“可能你再也不会为粮仓铺屋顶了。”

卡伦双眉纠结在一起,一动不动地盯着罗兰,明显在掂量罗兰的话到底有几分认真。显然,权衡的结果并不是他希望看到的。

与此同时,埃蒂的思绪又转回到刚才的那个问题,罗兰到底有没有亲眼见过凯文·塔?蓦地,他领悟到刚刚他的答案错了——罗兰的确见过。

*他当然见过。把装满凯文·塔珍贵的头版书的箱子拉进门口洞穴的人正是罗兰。当时罗兰正看着他,尽管他看见的影像会有些扭曲,但是……*

他的思绪变得有些混乱,经过一系列的联想之后,埃蒂的思路转到了塔那些珍贵的头版书上,例如小本杰明·斯莱特曼写的《道根》的稀有版,还有斯蒂芬·金写的《撒冷镇》。

“我去拿钥匙,马上就上路吧,”卡伦说完正要转身,埃蒂把他叫住:“等一下。”

卡伦疑惑地看看他。

“我觉得我们还有些事儿要弄明白。”说着他抬起手,准备接球。

“埃蒂,时间不多了。”罗兰说。

“我知道。”埃蒂回答。也许知道得比你还清楚,毕竟时间不多的是我的女人。“如果可以,我宁愿把混账家伙凯文·塔留给杰克，全力以赴救回苏珊娜。但是卡不让我这么做。该死的卡。”

“我们必须——”

“闭嘴。”他从来没有这样对罗兰说话，但这两个字就这么脱口而出，他也并不打算收回。埃蒂的脑海中隐隐回荡起卡拉古老的歌谣：来吧来吧考玛辣，聊天还没结束呢。

“你在想什么？”卡伦问他。

“一个叫做斯蒂芬·金的家伙，你听过这个名字吗？”

卡伦的眼神告诉他，他听过。

## 3

“埃蒂，”罗兰的语气温柔得有些不寻常，这个年轻人从没听到过。他和我同样不知所措。可这层认知却不能带来丝毫安慰。“安多里尼可能还在找我们。更重要的是，他也许还在找凯文·塔。如今我们也许逃出了他的掌心……可是就像卡伦先生清楚地说的那样儿，塔让自己暴露在光天化日之下。”

“听我说，”埃蒂回答，“也许你可以说这只是我的直觉，可我觉得没那么简单。我们遇到过本·斯莱特曼，他在另一个世界写了一本书。凯文·塔的世界。这个世界。而且我们还遇见了唐纳德·卡拉汉，结果他竟然是一本小说里的人物，来自另一个世界的小说。又是这个世界。”埃蒂接过卡伦扔过来的球，用力地低手投给罗兰。枪侠轻而易举地接住球。

“也许这一切看起来没什么大不了，但是我们身边实际上一直出现着各种各样的书，不是吗？《道根》、《绿野仙踪》、《小火车查理》，甚至杰克的期末作文。而如今又来了《撒冷镇》。我想如果这个斯蒂芬·金真的存在——”

“噢，他的确存在，”卡伦插口说，把目光投向窗外的基沃丁湖，侧耳听着湖对岸的警笛声。黑色的烟柱此时已经散去，湛蓝的天空被染上一团墨意。随后他抬手做了个接球的姿势。罗兰把球高高抛出，棒球紧贴着天花板划出一条柔和的弧线。“那本让你这么激动的书我读过，在布克兰，的确很精彩。”

“关于吸血鬼的故事。”

“嗯哼，我在广播里听他聊过，他说灵感来自《吸血伯爵德拉库拉》的传说。”

“你在广播里听过那个作者聊天，”埃蒂忍不住感叹。刹那间，一股爱丽斯漫游险境似的恍惚感油然而生，他试着把这种感觉归咎为羟考酮。却不成功。蓦地，他觉得一切变得怪异而虚幻，几乎就像一眼就看透的荫蔽……呃，怎么说呢……只有一张书页那么薄的荫蔽。即使意识到此时此地的世界，在坐标的时间纵轴上处在一九七七年夏天，这儿比其他任何一个时间、任何一个空间——甚至包括他自己的——都要真实，却又有什么用呢？那毕竟是一种全然个人的感觉。说到底，谁又能肯定他们不是某位作家笔下的人物，不是某个开车的蠢货脑中一闪而过的念头，不是上帝眼中一刹那的尘埃？这种想法本身就是疯狂的，想得太多也会把你逼疯。

但是……

叮叮当，当当叮，你有钥匙别担心。

钥匙，我的拿手好戏，埃蒂心想，金就是一把钥匙，对不对？卡拉，卡拉汉。血王，斯蒂芬·金①。说不定斯蒂芬·金正是这个世界的血王！

罗兰平静了下来。埃蒂心里明白这对他来说肯定不简单，

---

① 斯蒂芬·金(Stephen King)的“金”(king)英文中意为“王”。

但是克服困难向来是罗兰的拿手好戏。“你有问题就问吧。”说完罗兰右手在空中绕了一圈，做了一个邀请的姿势。

“罗兰，我不知道该怎么说。脑中的概念太庞大……简直……我不知道，简直太他妈的可怕……”

“那么最好长话短说。”罗兰接过埃蒂扔过来的棒球，不过显然已经对这个投掷游戏有些不耐烦。“我们真的必须抓紧时间。”

埃蒂怎么不知道？他完全可以在路上再问，假如他们能三个人同乘一辆车的话。可是不行呵，罗兰从来没开过车，所以埃蒂和卡伦不可能坐在同一辆车里。

“好吧，”他说，“他是谁？我们先从这个问题开始。斯蒂芬·金是什么人？”

“一个作家，”卡伦睥睨地看了埃蒂一眼，仿佛在说你是傻瓜吗，年轻人？“他和他的家人住在布里奇屯。我听说人还不错。”

“布里奇屯离这儿多远？”

“噢……二十、二十五英里。”

“他多大年纪？”埃蒂还在摸索。他急切地意识到关键点就在那儿，只不过还不清楚到底是什么。

约翰·卡伦双眼微眯，仿佛在计算。“不是很老，我觉得。最多三十刚出头。”

“这本书……《撒冷镇》……是不是畅销书？”

“不晓得，”卡伦回答，“只能说这一带很多人都读过。因为场景放在缅因。而且你知道，电视里播了广告。他的处女作还被改编成了电影，不过我从没看过。好像太血腥了。”

“那本书叫什么？”

卡伦想了一会儿，摇摇头。“记不大清了。只有一个词，我有印象是个女孩儿的名字，但只有这么多。也许过会儿就能想起来。”

"他是不是时空闯客,你觉得呢?"

卡伦笑了起来。"他可是土生土长的缅因人,我猜叫他时空住客还差不多。"

罗兰的眼神显得越来越不耐烦,埃蒂决定放弃。这比玩问答游戏难得多。但是,他妈的,卡拉汉神父是真实的,而且也是这个叫金的家伙写的小说里的人物。金住的地方又像磁石一样吸引了许多卡伦口中的时空闯客,其中一个在埃蒂听来与血王的仆人非常相似。约翰描述说,那个女人脑袋光秃,前额正中长着滴血的第三只眼。

是该放下这个话题去找塔的时候了。凯文·塔也许是有些气人,可他拥有一块空地,全宇宙最珍贵的野玫瑰就生长在那儿。而且他知道关于珍稀书籍和作者的一切事情。很有可能他也知道《撒冷镇》这本书的作者,比卡伦先生知道得多。该放下了。但是——

"好吧,"他边说边把球投回给小镇看守人,"把球锁起来,我们去蒂米提大街吧。不过还有最后两个问题。"

卡伦耸耸肩,把球放进了柜子。"尽管问吧。"

"我知道,"埃蒂说……突然,自从他来到这里以后苏珊娜第二次出现了。他看见她坐在一间布满古旧的监视器的房间里。杰克的道根,毫无疑问……只是那肯定是苏珊娜想象出来的。他看见她对着话筒正说些什么,虽然他听不见。他看见她隆起的肚皮,一脸惊恐。无论她在哪里,现在看上去明显身怀六甲,肚子大得仿佛随时都会爆裂。他清楚地感应到她说的话:*快,埃蒂,快来救我,埃蒂,救我们两个人,否则就太迟了。*

"埃蒂?"罗兰说,"你脸色怎么一下这么灰。是不是你的腿?"

"是啊,"埃蒂回答,尽管他的腿此时一点儿都不疼。他再次回忆起当时削钥匙的情景。此时他又处在相同的境地。他已经抓住了一丝线索，他知道就在他手里……但到底是什么？“是啊，我的腿。”

他抬起胳膊擦了擦前额的汗。

“约翰，关于那本书的名字，《撒冷镇》。实际应该是《耶路撒冷镇》，对不对？”

“嗯哼。”

“那是书中一个小镇的名字。”

“嗯哼。”

“斯蒂芬·金的第二本书。”

“嗯哼。”

“他的第二本小说。”

“埃蒂，”罗兰打断了他，“够了。”

埃蒂朝他挥挥手，牵动了胳膊上的伤口，疼得他微微一缩。他目不转睛地盯着约翰·卡伦。“耶路撒冷镇，并没有这个地方，对不对？”

卡伦瞪着埃蒂仿佛在瞪着一个疯子。“当然没有，”他说，“这是个虚构的故事，小镇、人物全是作家虚构的。是关于吸血鬼的。”

是的，埃蒂暗想，但是如果我告诉你我有理由相信吸血鬼的确存在……更不要说那些隐形魔鬼、水晶球，还有女巫……你肯定会以为我已经疯了。

“你知不知道斯蒂芬·金是否一直就住在布里奇屯？”

“不是。他和他的家人大概是两年、也许三年前搬过来的。我想他们刚搬到北方来的时候是住在温德罕的，要么是雷蒙德，反正是大色罢哥区两个镇子中的一个。”

“那我们能不能说那些你提过的时空闯客都是这个人搬过来以后出现的？”

卡伦双眉一挑，接着又纠成一团。此时从湖面上传来有节奏的喇叭声，听起来像浓雾警报。

“你瞧，”卡伦回答，“你也许说到点子上了，年轻人。兴许是巧合，兴许不是。”

埃蒂点点头。他觉得自己已经筋疲力尽，就像一名律师刚刚经历完长时间盘问证人的痛苦过程。“我们赶快出去吧，”他对罗兰说。

“也许是个好主意，”卡伦顺着有节奏的喇叭声眺望过去，“那是泰迪·威尔逊的船，他是小镇警察，也是监狱看守。”这回他扔给埃蒂的不再是棒球，而是一串车钥匙。“提醒你一句，以防你真的生疏了，卡车是手动挡的。你跟着我，有麻烦的话赶紧揿喇叭。”

“没问题，”埃蒂回答。

他们跟着卡伦出去的路上，罗兰说：“刚才是不是又是苏珊娜？所以你的脸才一下子那么白。”

埃蒂点点头。

“我们会尽力救她的，”罗兰说，“但现在也许是回到她身边的唯一办法。”

埃蒂心里明白这点。他也知道，等他们赶到她身边时，也许已经太晚了。

唱：考玛辣——卡——卡特<br>命运已经控制了你。<br>无论是真还是假，<br>时间快要来不及。<br>和：考玛辣——来——八遍！<br>时间快要来不及！<br>无论投下何荫蔽，<br>命运已经控制了你。

第九章

# 埃蒂的忍耐

## 1

在齐普·麦卡佛伊店前枪战大约两周前，卡拉汉神父去了一趟东斯通翰姆当地邮局。在那儿，这位来自耶路撒冷镇的教区牧师匆匆写了一张纸条。尽管信封上写了亚伦·深纽和凯文·塔两个人的名字，可信的内容完全只针对塔一人，语气并不是非常友善：

6/27/77

塔——

我是把你从安多里尼手里救下来的那个人的朋友。无论你现在在哪儿，你必须赶快离开。找一间粮仓，没人的营地，甚至如果实在不行，废弃的木屋也行。你可能会觉得不舒服，但记住一点，不听我的话只有死路一条。我每个字都是认真的！你别把落脚的地方的灯关掉，车就停在车库里或者车道上。把你的新地址写在纸条上，再藏在副驾驶位脚下的地毯下面，或者门廊的楼梯下面。我们会来找你的。记住，能帮你卸下负担的人只有我们，但是如果你想得到我们的帮助，你必须先帮助我们。

卡拉汉，艾尔德的后裔

**以后不要再来这个邮局了，还有比这更傻的行为吗???**

卡拉汉冒着生命危险留下了那张纸条，而埃蒂，在黑十三的魔力下，也和死神擦肩而过。可这一切的结果又是什么？结果就是凯文·塔逍遥自在地在西缅因到处寻觅绝版图书。

埃蒂开着车，罗兰坐在他身边，闷声不响。他们跟着约翰·卡伦开上五号公路，随后转进了蒂米提大街。开着车，埃蒂的愤怒逐级攀升，几乎临近爆发的红色警戒。

*看来非得把手插进口袋、咬舌忍耐了*，埃蒂暗自寻思，但是此时此刻，他甚至怀疑这种老办法都不一定有用。

## 2

沿五号公路下去大概两英里左右，卡伦的福特 F-150 型车向右拐进了蒂米提大街。转弯处生锈的铁杆上支着两块路牌，一块上写着**罗奇特路**，下面还有块牌子(锈得更厉害些)，宣传的是**沃莫尔湖旁的水景小屋**。罗奇特路比林间小道好不了多少，为了避开他们新朋友的老爷车掀起的阵阵土雾，埃蒂只得与卡伦保持一段距离。他开的这辆“大车”实际上也是一辆两门福特，具体车型埃蒂叫不上来，除非特地去查看车后的印记或者使用手册上的说明，但他笃信这辆车性能还很好，感觉仿佛不只一匹而是几百匹快马夹在两腿间，只消右脚轻轻一使力就会脱缰奔出。远处的警笛声越来越遥远，这也让他心里略安。

很快，浓密的绿荫吞噬了他们，冷杉和水晶兰散发出既清甜又强烈的气味。“景色很美啊，”枪侠这时说。“很容易让人放松。”一句评论而已。

卡伦的卡车穿过了好几条标有号码的车道，每个号码下面都挂着一块小牌子，做的是**杰弗兹租赁**的广告。埃蒂突然想到卡拉也有一个杰弗兹，算是熟人，本来打算指给罗兰看的，最后还是作罢。指了也只是徒增烦恼而已。

他们经过十五，十六，十七，最后来到十八号木屋前。卡伦停了一会儿后伸出手臂，冲他们做了个继续向前的手势。不过即使在卡伦做手势之前埃蒂已经打算继续走了，他清楚地知道十八号木屋肯定不是他们要找的。

卡伦在下一个车道转了进去，埃蒂紧随其后。路上铺了厚厚一层的松针，车轮从上面压过发出咯吱轻响。树丛间重新跳跃出一抹抹亮蓝，当他们最终到达十九号木屋前时，一片水面跃入眼帘。不过与基沃丁湖不同，眼前充其量只是块小池塘，也许比足球场都宽不了多少。木屋从外观上看只有两间房，临水的前廊装着一扇拉门，还放着几张有些破但样子很舒服的摇椅。一根锡制的烟囱从屋顶戳出来。这儿没有车库，屋前也没停车，不过埃蒂直觉上应该有车停过，只不过满地的落叶让他也一时吃不准具体停在哪儿。

卡伦熄灭了卡车引擎，埃蒂跟着照做。此时此刻，除了湖水拍打岩石、清风在松林间叹息、鸟儿婉转低鸣，四野阒寂。埃蒂向右一瞥，看见枪侠正安静地坐在位子上，修长的手指交叉在一起放在膝盖上。

“你有什么感觉?”埃蒂问。

“宁静。”吐字中带着浓重的卡拉口音。

“有人吗?”

“我想有。”

“有危险吗?”

“有，就在我身旁。”

埃蒂双眉微皱，盯着他。

“你，埃蒂。你想杀了他，对不对?”

埃蒂沉吟片刻，最终选择承认。他从未试图掩饰自己本性里单纯又野蛮的一面。有时他也会烦恼，但他从不会否认这一面的存在。归根结底,又是谁引出这一本性,让它变得如此犀利?

罗兰微微颔首。“我一个人在沙漠流浪多年,孤苦伶仃,突然一个吵吵嚷嚷、以自我为中心的年轻人闯进了我的生命。他唯一奢求的是那些除了让他流鼻涕想睡觉之外其他一无是处的毒品。他头脑愚蠢、装腔作势、自私冲动,毫无可取——”

“但外表英俊,”埃蒂插口说,“别忘了这点。他可是性感型男呐。”

罗兰看看他,脸上没有一丝笑意。“当时我能忍住不杀你,纽约的埃蒂,你现在也能忍住不杀凯文·塔。”说完,罗兰打开车门下了车。

“好吧,就听你的吧,”埃蒂在卡伦的车里小声咕哝了一句,跟着也下了车。

## 3

罗兰和埃蒂陆续来到卡伦的车门外,卡伦还坐在车里。

“我琢磨这地方没人,”他说,“但厨房里亮着灯。”

“嗯哼,”埃蒂回答,“约翰,我有——”

“不要告诉我你又有问题了。我知道唯一一个比你问题还多的人是我的侄孙子艾丹。他刚过三岁。好吧,你问吧。”

“你能不能具体说说这几年出现时空闯客的具体地点?”埃蒂不知道自己为什么要问这个问题,但刹那间它变得至关重要。

卡伦沉吟了一会儿,答道:“洛威尔的龟背大道。”

“听起来你似乎很肯定。”

“是的。你还记得我提过的那个朋友,唐尼·罗赛特,范德比尔特大学的历史教授吗?”

埃蒂点点头。

“呃，自打他第一次撞见时空闯客之后就对这个现象着了迷。写了好几篇文章，但是他说无论他的例证多么严谨，却没有一家正规杂志愿意刊登。他还说自从他写了在西缅因州出现时空闯客的文章之后，他学到了一条没想到一大把年纪还能学到的真理：有些事情人们无论如何就是不肯相信，即使你能证明他们也拒绝相信。他还引用了一位古希腊诗人的话：‘真理之柱上出现了漏洞。’

“无论如何，他把七个镇子的地图挂在了自己书房的墙上：斯通翰姆，东斯通翰姆，沃特福德，洛威尔，瑞典镇，弗雷伯格，和东弗雷伯格。每个报导过时空闯客出现的地点上都插了一根大头钉，你明白吗？”

“明白，谢谢，”埃蒂回答。

“所以我说……没错儿，中心就是龟背大道。因为沿路就钉了好几个大头钉，不是六个就是八个；整条大道还不足两英里长，只不过是七号公路延伸出来的一条环路而已，围着柯撒湖绕了一圈以后又回到七号公路。”

罗兰的视线从木屋转移到左边，伸手握住了左轮枪的檀木枪把。“约翰，”他说，“很高兴认识你，但现在你得离开了。”

“是吗？肯定？”

罗兰点点头。“马上回来的那两人全是傻瓜。这儿有傻瓜的气味，我能闻得到，那种没有进化的气味。但是你和他们不一样。”

约翰·卡伦微微一笑。“最好不是，”他说，“但还是要谢谢你的称赞。”他略一停顿，挠了挠满头银发。“如果能算作称赞的话。”

“不要再走大路，忘记我说过的每一个字，甚至就当我们压根儿没出现过，一切都是你在做梦。千万别回你自己的家，连件衬衫都别拿。那儿再也不安全了。去躲躲，能走多远走多远。”

卡伦闭上眼睛，仿佛在计算。“我现在五十多了。我在缅因州立监狱做了十年狱警，悲惨的经历。”他说，“不过在那儿我遇见了一个天底下最善良的人，叫——”

罗兰摇摇头，伸出右手两根手指放在了唇上。卡伦点点头。

“好吧，我忘了叫什么，但他住在佛蒙特州，只要我一开车过新罕布什尔州界线，我肯定就能想起来——甚至连具体地址也能想起来。”

他的话在埃蒂听来有些不对劲，可埃蒂又说不清到底哪儿出了问题。最后只好怪自己疑神疑鬼。约翰·卡伦非常正直……不是吗？“祝你们一切顺利，”埃蒂握了握老人的手。“祝天长，夜爽。”

“你们也是，”卡伦回答，说完握住罗兰仅剩三根手指的右手，停了一会儿。“当时是不是上帝救了我的命？我是说第一颗子弹飞过来的时候？”

“是啊，”枪侠回答，“如果你愿意这么想。愿上帝与你同在。”

“至于那辆旧福特车——”

“要么在这儿，要么就停在附近，”埃蒂回答，“你肯定能找得到，或者别人也会发现的。甭担心。”

卡伦咧嘴一笑。“我要说的正是这个。”

“*愿上帝与你同在*，”[①]埃蒂说。

卡伦又笑了笑。“你也是，年轻人。不过你们千万得提防那些时空闯客。”他略一停顿。“其中一些人不是很友好。很多报

---

① 原文为西班牙语。

导都这么写的。”

卡伦踩下油门，绝尘而去。罗兰目送卡车远去，吐出三个字，“丹-泰特。”

埃蒂附和地点点头。丹-泰特。拯救者。很适合形容约翰·卡伦——此刻，他就像河岔口的老人一样，已经永远离开了他们的生命。的确离开了，不是吗？尽管他说起那个在佛蒙特的朋友时有点儿不对劲……

疑神疑鬼。

只是疑神疑鬼罢了。

埃蒂连忙把这个念头从脑中挥去。

## 4

没有车，自然就没有副驾驶座位下的地毯。所以埃蒂决定先在门廊楼梯下试试运气。但他还没来得及朝那个方向迈出步子，罗兰便一把抓住了他的肩膀，另一只手指向远处。可是埃蒂只看见通向湖面的葱茏山坡和另一座船屋铺满干松针的绿瓦屋顶。

“有人在那儿，”罗兰嗫嚅道，双唇几乎没动。“说不定是两个傻瓜中比较聪明的那个，正看着我们。快举起双手。”

“罗兰，这样安全吗？”

“安全。”罗兰说着自己举起双手。埃蒂本想问他凭什么这么肯定，但不问他都知道答案肯定只有两个字：直觉。那是罗兰的特长。轻叹一声，埃蒂的双手举过肩膀。

“深纽！”罗兰冲着船屋的方向大声喊道，“亚伦·深纽！我们是你的朋友。时间不多了！是你的话赶快出来！我们得好好聊聊！”

停顿片刻后，一个老人的声音喊道：“你叫什么名字，先生？”

“罗兰·德鄯，祖籍蓟犁，艾尔德的后裔。我觉得你应该知道。”

“你做什么生意的？”

“我做铅弹生意！”罗兰回答。与此同时，埃蒂感觉鸡皮疙瘩爬上他的胳膊。

更长的停顿。接着：“凯文被他们杀死了吗？”

“至少我们还没听说，”埃蒂大声答道，“如果你知道些我们不知道的事情，为什么不现身，亲口告诉我们？”

“你们是不是就是在凯文和讨厌的安多里尼讨价还价时出现的那些人？”

讨价还价这个词让埃蒂腾地火冒三丈。这个说法显然扭曲了当时在凯文·塔房间里的真实情况。“讨价还价？他这么跟你说的？”还没等亚伦·深纽做出任何回答：“是的，我就是那个人。快出来，我们谈谈。”

没有回答。二十秒又滑了过去。埃蒂深吸口气，正准备再叫一次深纽，罗兰却拉住了埃蒂的胳膊，冲他摇摇头。又过去了二十秒。就在这时，拉门吱呀一声打开，船屋里走出一个瘦削的高个男人，猫头鹰似的眨着眼睛。他把一支黑色的自动手枪举过头顶。“没上子弹，”他说。“我只有一发子弹，藏在卧室的袜子里面。上了子弹的枪让我紧张。这总可以了吧？”

埃蒂翻了翻眼睛。这俩乡亲真是，按亨利的话说，最糟糕的灌肠剂。

“好吧，”罗兰回答，“继续走过来。”

显然，奇迹似乎从未停止——深纽真的听从了罗兰的话。

## 5

他煮的咖啡比他们在卡拉·布林·斯特吉斯喝过的所有咖啡都更香醇,甚至好过罗兰当年在眉脊泗尝过的。还有草莓,深纽说是人工培植的,从商店买来的,但真的甜到了埃蒂的心坎里。他们三个就这么坐在杰弗兹租赁置业十九号小木屋的厨房里,啜一口咖啡,拿起硕大的草莓蘸点儿糖再送进嘴里。到他们谈天结束时,每个人看起来都像是杀人犯,指尖滴着被害者的鲜血。深纽没上膛的手枪就随随便便地搁在窗台上。

当枪声大作时,深纽正在罗奇特路上散步。清晰的枪声先传来,接着是爆炸的巨响。他赶紧奔回木屋(当然以他现在的状况,再快也快不到哪儿去,他说)。不过当他看见南面黑烟直蹿天空时,他决定回到船屋应该是明智的选择。当时他几乎已经能确定就是那个意大利混蛋,安多里尼,所以——

"你说你回到船屋是什么意思?"埃蒂问。

深纽挪了一下脚。他脸色非常差,眼睑下两块黑青,头上的头发所剩无几,稀稀拉拉的就像蒲公英的花絮。埃蒂记得凯文·塔提过,深纽几年前得了癌症。他今天状态很不好,但埃蒂还见过——尤其在刺德城里——状态糟糕得多的人。杰克的老朋友盖舍恰好是其中一位。

"亚伦?"埃蒂继续追问,"你是什么意思——"

"你的问题我听见了,"他有些着恼,"有人在邮局给我们留了一封信,或者具体说是留给凯尔的,信上建议我们立刻离开木屋搬到旁边的什么地方,而且要保持低调。信尾署名是卡拉汉。你们认识他吗?"

罗兰和埃蒂都点点头。

"这个卡拉汉……可以说是他把凯尔带到了简陋的木棚。"

凯尔,卡拉,卡拉汉,埃蒂想着,叹了口气。

"凯尔在大多方面是个很好的人,但是可不喜欢住在木棚里。我们的确在船屋里住了几日……"深纽顿了一下,仿佛在努力回忆。接着他继续说,"具体说是两天。只有两天。后来凯尔说我们都疯了,潮气太重,弄得他风湿病加剧,而且他也听见我开始打喷嚏。'下面我就得把你送到远在挪威的破医院,'他说,'又是肺炎又是癌症。'他还说安多里尼根本不可能在这儿找到我们,只要那个年轻人——你"——他抬起沾满草莓渍的手指指向埃蒂——"闭上他的大嘴。'那些纽约的混蛋要是没有指南针肯定会在韦斯特波特找不着北,'他说。"

埃蒂不禁呻吟起来,他生命中第一次开始憎恨其他人把他看得那么准。

"他还说我们可以非常小心。但我说,'可是,还是有人找到了我们,这个卡拉汉就找到了我们。'凯尔说,当然,"他再次指了指埃蒂,"肯定是你告诉了卡拉汉先生怎么看邮政编码,后面一切就很简单。接着凯尔说,'而且他最多只能找到邮局,不是吗?相信我,亚伦,我们在这儿很安全,没有其他人知道我们在这儿,除了租房给我们的中介,而她人在纽约。"

深纽浓眉下的一对眼睛紧紧盯着他俩。他拿起一颗草莓蘸了点儿糖,咬下半口。

"你们是不是这样找到这儿来的?通过租房中介?"

"不是,"埃蒂否认,"一个当地人把我们带过来的,亚伦。"

深纽靠回椅背。"哎唷。"

"哎唷就对了,"埃蒂说,"所以你们搬回到木屋,凯尔没有躲在这儿看书,而是又踏上他的寻书之旅。我没说错吧?"

深纽低下头看看桌布。"你必须理解凯尔非常投入。书就是他的生命。”

“不对,”埃蒂平静地反驳,“凯尔不是投入,他是着了魔。”

“我知道你是一名状师,”进屋以后这是罗兰首次开腔。他又点了一根卡伦给他的香烟(照着看守人的示范掐掉了滤嘴),可是埃蒂从他抽烟的样子却看不出一丝满足。

“状师?我不……”

“就是律师。”

“噢。好吧,我是。可我早就退休了——”

“我们只需要你重操旧业一小会儿,帮我们起草一份文件就好,”罗兰说完后开始解释文件的具体要求。枪侠刚刚开始,深纽就点点头,埃蒂猜测凯文·塔已经把这段前因后果告诉了他的朋友。很好。不过让他不舒服的是老人脸上的表情。但深纽还是让罗兰说完了,看起来,无论有没有退休,他还是没忘记对待潜在客户的基本礼节。

当深纽确定罗兰说完之后,他开口道:“我觉得我应该告诉你,凯尔决心再继续保留那块地产一段时间。”

埃蒂小心地抬起右手,按了按没受伤的那侧脑袋。他的左臂越来越僵硬,右腿膝盖和脚踝之间重新抽痛起来。他暗忖,这个亚伦老兄弟的旅行小药箱里也许会有效果奇强的止痛片,心下暗暗提醒自己待会儿别忘了问。

“对不起,”埃蒂道歉,“我抵达这座美丽小镇的时候头被撞了一下,所以好像听力出了点儿问题。我以为你说那位先生……塔先生决定不把那块地卖给我们了。”

深纽脸上挤出一丝疲倦的笑容。“我说了什么你听得很清楚。”

“但是他应该卖给我们!他的曾曾曾祖父斯蒂芬·托仁留给他的信里正是这么写的!”

“凯尔的说辞可不一样，”亚伦温和地答道，“再吃颗草莓吧，迪恩先生。”

“不用了，谢谢！”

“再吃一颗吧，埃蒂。”罗兰说着递给他一颗草莓。

埃蒂接过草莓，把草莓当场在亚伦嘴上砸烂的念头在脑子里一闪而过。他把草莓放进盛奶油的碟子里轻轻蘸了一下，然后又蘸了点儿糖。草莓放进了嘴里，噢，见鬼，当你满嘴都泛滥着甜味儿时根本无法再说出一句恶言苦语。罗兰（还有深纽）肯定早就预料到了这点。

“凯尔的版本是，”深纽开口说，“斯蒂芬·托仁留给他的信里除了这个名字以外其他什么都没有。”他把快秃光的脑袋向罗兰侧倾过去。“托仁的遗嘱——古时候叫做‘死信’——早就不见了踪迹。”

“我知道肯定在信封里，”埃蒂说，“他问过我的，我知道的！”

“他跟我提过。”深纽面无表情地扫了他一眼，“他说那不过是些街头艺人都会耍的障眼法。”

“那他有没有告诉你他答应过我们，如果我能说出他的名字，就把地卖给我们？他妈的他答应过？”

“他说当时的承诺是在一定的压力下做出的。这点我也相信。”

“难道那狗娘养的以为我们打算赖账不还吗？”埃蒂反问。头两侧的太阳穴因为愤怒突突跳动。他以前有这么愤怒过吗？只有过一次，他想，就是当罗兰为了赢取战斗胜利（这样他能拔得头筹）拒绝把他送回纽约的时候。“他竟然这么认为？我们根本不会的。他想要多少钱我们照单全付，一分钱都不会少。我以祖先的名义发誓！以我首领的良心发誓！”

“仔细听我说，年轻人，这很重要。”

埃蒂瞥了一眼罗兰，罗兰把烟头在鞋跟掐灭，略微颔首。埃蒂怒目圆睁地再看向深纽，一言不发。

“他说这正是问题所在。你们会象征性地付给他一笔很少的钱——通常这种情况下是一美元——剩下的就会不了了之。他还说你试图对他催眠让他相信你有超能力，或者说能获得超能力……更不要说能获得霍姆斯牙医技术公司的百万美元……不过他没有上当。”

埃蒂的眼睛睁得更大。

“凯文是这么说的，”深纽以平静的语气继续说道，“但不一定他真的就这么相信。”

“见鬼你到底什么意思?”

“凯文不是个特别能放得下的人，”深纽回答。“搜罗各地稀有的古董书是他的长项，你瞧——藏书领域的夏洛克·福尔摩斯——他甚至有些强迫症，非得得到那些书不可。我见过他为了想要的书对书主人死缠滥打——不好意思，我觉得在这里没有其他词更适合——直到书主人受不了决定卖书，我肯定有时候他们只是希望凯尔别再打电话去骚扰他们。

“天时地利，再加上他在二十六岁生日时继承了可以完全支配的一大笔遗产，凯尔应该能成为纽约甚至全国最成功的旧书交易商。他的问题不在于买进，而在于卖出。一旦他费尽心机得到一样东西，他就很难再放弃。我记得旧金山有个收藏家，几乎和凯尔一样执著，终于说动凯尔把一本签名的《白鲸》第一版卖给他。这一笔生意让凯尔净赚七千美元，可同时他一个礼拜没合眼。

“他对第二大道和四十六街的那处空地也是同样想法，毕竟那是除了他的藏书以外仅剩的唯一财产了，更何况他一直认为你们想偷走这块地。”

众人皆沉默不言，最后罗兰开口："那他心底里是不是更明白？"

"德鄱先生，我不懂——"

"噢，你懂的，"罗兰打断了他，"他心底里明白吗？"

"是的，"深纽最终回答，"我相信他是明白的。"

"他心底里明不明白我们是守信重诺的人，除非我们死，否则绝不会欠他一分钱？"

"也许。但是——"

"他明不明白，如果他把空地的产权转让给我们，而且如果我们清楚地让安多里尼的首领——他的老板，叫巴拉扎的家伙——"

"我听说过他，"深纽干涩地说，"他经常上报纸。"

"知道转让的事儿，那个巴拉扎就会放过你的朋友？我是说如果他被迫接受你的朋友再也没法儿出售空地，任何针对塔先生的报复反而会造成他自己的巨大损失？"

深纽双臂交叠在瘦弱的胸前，没有说话，只是若有所思地望着罗兰。

"简而言之，如果你的朋友凯文·塔把地卖给我们，所有麻烦就会离他而去。你认为他心底里明不明白这一点？"

"他是明白的，"深纽回答，"只不过他就是这么……这么一个放不下的人。"

"起草一份文件，"罗兰说，"对象，两条街街角的废弃空地。卖家，塔。买家，我们。"

"买家就写泰特集团，"埃蒂插话说。

深纽听罢直摇头。"我可以起草，可你们没办法说服他的。除非有一个多礼拜的时间，我是说，假设你们不反对用热铁烙他的脚底板，或者睾丸也行。"

埃蒂低声咕哝了几句。待深纽追问他说的是什么的时候，埃蒂回答没什么。而实际上他说的是听起来很不错。

“我们会说服他的，”罗兰回答。

“我可没那么肯定，我的朋友。”

“我们会说服他的，”罗兰又重复了一遍，语气极度干涩。

屋外，一辆不知名的小汽车(赫兹租赁公司的，埃蒂以前见过)缓缓驶进空地，停了下来。

忍住，一定要忍住，埃蒂告诫自己。可当凯文·塔轻松地开门下车(漫不经心地瞥了一眼屋外停着的陌生车辆)，埃蒂觉得自己的太阳穴几乎都要暴出来。他双拳紧握，指甲戳进了掌心，疼得他不禁苦笑。

塔打开新租来的切诺基，搬出了一个大袋子。最新收获，埃蒂心猜。塔抬头望了一眼南方天空的黑烟，耸耸肩，朝木屋走过来。

好吧，埃蒂暗忖，好吧，你这个杂种，不过是什么地方着了火，又关你什么事儿呢？他顾不得受伤手臂传来的疼痛，更用力地握紧双拳，指甲戳得更深。

你不能杀他，埃蒂，这时突然传来苏珊娜的声音。你知道的，不是吗？

他真的知道吗？即使他知道，他会听苏希的吗？他会听从理智的声音吗？埃蒂也不知道。他唯一清楚的是真正的苏珊娜已经失踪，她背着那只叫米阿的母猴消失在了未来的无底洞。而另一方面，塔赫然就在眼前。不过其中也有些道理的，埃蒂曾经读到过核战争最可能的幸存者是蟑螂。

没关系，蜜糖，你只要咬住舌头、记住忍字当头。罗兰会处理的。你不能杀他！

是的，埃蒂知道不能。

至少在塔还没在合约上签字之前。但是……事成之后……

## 6

“亚伦!”塔踏上门廊的台阶,兴高采烈地喊道。

罗兰攫住了深纽的眼神,举起一根手指放在唇边。

“亚伦,嘿,亚伦!”塔中气十足的声音听起来兴致高昂——一点儿不像在逃亡,反倒像正在度假。“亚伦,我去了东弗雷伯格那个寡妇的家里,上帝啊,她竟然有赫尔曼·沃克[①]写的每一部小说!我本来以为是图书俱乐部版本,结果竟然是——”

吱呀一声,生锈的拉门被拉开,随后沉重的脚步声跨过了门廊。

“——双日出版社的第一版!《马乔丽的晨星》!《凯恩舰哗变》!希望湖对面那家人最好保了火险,因为——”

他走进屋,看见亚伦,接着瞥见了坐在深纽对面的罗兰。罗兰的蓝眼睛周围刻着几道深深的鱼尾纹,向他投来直勾勾的眼神,他心里一惊。最后他瞧见了埃蒂。不过埃蒂倒没看见他,因为此时,埃蒂·迪恩把绞握在一起的双手放低在双膝之间,低下头,视线锁定在那双手和手下的地板上。他真的咬住了自己的舌头。右手拇指处还沾着两滴血,他就强迫自己、强迫自己的所有注意力集中在那两滴血上,因为如果他看见了欢快嗓音的主人,他一定会忍不住杀了他。

看见了我们的车,却视若无睹。甚至没有问他的朋友来了

① 赫尔曼·沃克(Herman Wouk),一九一五年生于美国纽约,凭借《凯恩舰哗变》获得一九五二年的普利策文学奖,代表作包括《战争风云》、《战争与回忆》等。

什么客人，也没问一切是不是都好，亚伦是不是很好。满脑子都是那个叫赫尔曼·沃克的家伙，不是图书俱乐部版本而是真正的第一版。无忧无虑，啊？大概连杰克·安多里尼都早忘到了九霄云外。你和杰克，真是一对儿肮脏的蟑螂，在宇宙的地板上乱跑乱窜。只顾着看奖品了，啊？只顾着看那些该死的奖品。

“是你！”先前所有的愉快兴奋从塔的话音里抽离，“那个——”

“那个凭空出现的家伙，”埃蒂压根儿没抬眼，“那个在你马上就要尿裤子的时候把杰克·安多里尼从你身上拉走的家伙。而看看你是怎么报答我的。你就是这么忘恩负义，对不对？”话一说完，埃蒂立刻咬紧牙关，咬住了舌头，交握的双手微微颤抖。他希望罗兰能说两句——他肯定会的，埃蒂绝不可能一个人和这个自私的混蛋打交道，他不行的——但是罗兰什么也没说。

塔哈哈大笑起来，尽管笑声难掩紧张与脆弱，就像他刚进屋时发现谁坐在厨房里时的声音一样。“噢，先生……迪恩先生……我想你真的有点儿夸大了当时的情况——”

“我可没忘记，”埃蒂还是没有抬起眼，“当时的汽油味。我扣动了扳机，想起来了吗？幸亏当时没有烟，我射对了地方。他们把你书桌那块儿撒满了汽油，威胁要把你那些珍贵藏书统统付之一炬……我能不能说它们是你最好的朋友？你的家人？因为它们对你来说就是朋友、家人，对不对？还有深纽，见鬼他是什么人？不过是生了癌症的老家伙，陪你逃到北方来的一个旅伴罢了。如果有人送给你一本莎士比亚的头版或者海明威的特别纪念版，你肯定会弃他于不顾、任由他自生自灭。”

“胡说！”塔高声反驳，“我碰巧知道了大火把我的书店烧成了平地，而且一时疏忽我忘了买保险！一切都毁了，而这全怨你！你给我赶快滚出去！”

"去年你没付保险费是为了从克莱伦斯·牟弗德书店买那些漫画,"亚伦·深纽温和地提醒,"你对我说保险的断档只是暂时的,但是——"

"的确是暂时的!"塔又惊又怒,仿佛从没想到自己人竟会倒戈。也许他确实没想到。"真的是暂时的,他妈的!"

"——但是你全怪在这个年轻人头上,"深纽照旧保持温和又略带遗憾的语气,"是非常不公平的。"

"你们全滚出去!"塔冲埃蒂吼道,"你和你的朋友!我根本不想和你们做生意!如果原来给你们造成了这样的印象,那全是……误解!"最后一个词仿佛他费了好大劲儿才找到,几乎是吼出来的。

埃蒂的拳头握得更紧了。腰间别的那把枪给了他前所未有的存在感,沉甸甸的,仿佛散发出恶意的生命力。汗水涔涔而下,他能闻到。鲜血从他的手掌里流出来,滴在了地板上。他甚至感觉到牙齿开始陷进舌头里。这的确是个忘掉腿上疼痛的好办法。不过埃蒂还是决定暂时放过自己的舌头片刻。

"我非常清楚地记得我拜访你——"

"我还有书在你那儿,"塔说,"把它们还给我。我坚持——"

"闭嘴,凯尔。"深纽打断了他。

"什么?"塔这回真的受到伤害;他震惊得连气都喘不上来。

"别折腾了。你的确应该被责备,你自己也明白。如果幸运的话挨一顿责备也就算了。所以赶紧闭嘴,一辈子就这么一次像个男人吧。"

"好好听他说,"罗兰毫无感情地附和道。

"我清楚地记得,"埃蒂继续说,"你被我对杰克说的话——要是他不投降的话我和我的朋友们就会让大将军广场上躺满尸体,包括妇女和儿童——吓得瑟瑟发抖。你不愿意那样儿,但是你知不知道，凯尔？杰克·安多里尼就在这儿，在东斯通翰姆。”

“你撒谎！”塔倒抽一口凉气，尖声喊出这三个字。

“上帝，”埃蒂答道，“我倒宁愿是在撒谎。两个无辜的女人就在我眼前丢了性命，凯尔，在杂货店。安多里尼安排了一场伏击。如果你信上帝——我猜你不信，除非你觉得那些珍贵的头版书遭到威胁，但是假设你信——你应该双膝跪下，向你们这些自私固执、贪婪残忍、背信弃义的书店店主们信奉的上帝祈祷，祈祷向巴拉扎那帮人透露我们抵达地点的人是那个叫米阿的女人，是她而不是你。因为如果是你把他们引到了那儿，那么那两条人命就应该算在你的头上！”

埃蒂声音渐渐提高。他双眼仍然死死盯着地面，但全身忍不住颤抖起来，他能感觉自己的眼珠几乎要爆出眼眶，颈后青筋暴突，甚至连一对睾丸都收缩提起，又小又硬像两只桃核。最糟糕的是，一股强烈的冲动攫住他的心神，他想踮起脚尖、像芭蕾舞者似的奔到房间对面，然后伸出双手紧紧掐住凯文·塔又白又肥的脖子。他等待罗兰的干涉——希望罗兰能介入——可枪侠仍然缄默不言。埃蒂越叫越大声，终于演变成愤怒的咆哮。

“其中一个女人直接倒地毙命，而另一个……她还撑了几秒钟。一发子弹，我猜是机关枪射出的子弹，轰掉了她的天灵盖。临死之前她还站了几秒钟，就像一座火山，唯一不同的是从她脑袋里喷出的是鲜血而不是岩浆。好吧，也许真的是米阿告的密，我有预感，虽然不是很理性，但很强烈。算你走运。米阿为了保护她的小家伙利用了苏珊娜知道的事情。”

“米阿？年轻人——迪恩先生——我不认识什么——”

“闭嘴！”埃蒂怒斥，“闭嘴，你这个叛徒！你这个背信弃义的卑鄙小人！你这个贪得无厌的败类！你干吗不在大马路上贴几块广告牌？**嗨，我是凯文·塔！我在东斯通翰姆的罗奇特路！**

**我和我的朋友亚伦欢迎各位光临！别忘了带枪！”**

埃蒂缓缓抬起头，双颊上流满泪水。塔后退到屋角，背抵着门，圆睁的双眼蒙上了一层雾气，眉毛上挂着几滴汗珠。装有新买的书的袋子捧在他手里，像盾牌似的护在胸前。

埃蒂紧紧地盯着他，鲜血从紧握的双手间滴落下来，在手臂部位衬衫上的血渍蔓延开，左边嘴角上此时也挂着一道鲜血。他觉得他现在明白罗兰为什么如此沉默了。这是埃蒂·迪恩的责任，因为他了解凯文·塔，从里到外，不是吗？非常了解。就在不久以前，他自己不也是满脑子除了海洛因其他一切都无关紧要吗？不也是坚信这个世界上除了海洛因其他什么都一文不值吗？不是差点儿出卖自己的亲娘只为了换取下一针毒品吗？这不正是他如此愤怒的原因吗？

“第二大道和四十六街的那块空地从来就不属于你，”埃蒂接着说，“也不属于你的父亲，你父亲的父亲，甚至不属于斯蒂芬·托仁。你们只是监管人，就像我只是我佩带的这把手枪的监管人。”

“我否认！”

“真的吗？”亚伦反问，“那真是奇了！我听你说起过那块空地，用的是同一个词——”

“亚伦，别说了！”

“——还说了许多遍。”深纽平静地把话说完。

噗的一声。埃蒂惊得跳起来，牵动了小腿上的痛处。原来是火柴。罗兰又点了一根烟。滤嘴躺在罩桌子的油布上，旁边还有两个，看起来就像小药片。

“你当时的确是这么对我说的。”埃蒂接着说。瞬间，他平静了下来，所有愤怒都离他而去，就像从蛇咬的伤口中抽出了所有毒液。除了流血的舌头与手掌，他非常感激罗兰给了他这么做的机会。

“我说的所有话……当时压力很大……害怕你会杀了我！”

“你说你有一个标有一八四六年三月的信封。你说信封里还有一张纸，上面写着一个名字。你说——”

“我否认——”

“你说如果我能说出信纸上的名字是什么，就把空地卖给我。开价一美元。而且，让我们这么说吧，从现在到……一九八五年，你还能获得更多的钱——几百万美元。”

塔大笑起来。“你何不把布鲁克林大桥卖给我？”

“你答应了我们，而现在你竟然想违背承诺。”

凯文·塔尖叫抗议：**“我否认你说的每一个字！”**

“否认个头，”埃蒂接着说，“现在你仔细听我说，凯尔，我要说的都是我心底的话。你吞下的是一个苦果。你不知道，是因为别人告诉你那是甜的，而你的味蕾已经麻木。”

“我不知道你在胡说什么！你疯了！”

“不，”亚伦插口说，“他没疯。如果你不听他说，你自己才是那个疯了的人。我觉得……我觉得他正在给你一个补偿你所作所为的机会。”

“别固执了，”埃蒂说，“哪怕一辈子就这么一次，听从你心灵的天使，而不要恶魔的呼唤。恶魔只会让你丧命，凯尔。相信我，我知道的。”

整个房间陷入了沉默。湖面上传来水鸟的啼叫，令人心慌的警车鸣笛在湖对岸呜呜作响。

凯文·塔舔了舔嘴唇，说：“你说安多里尼到镇上来了，是不是真的？他真的在这儿吗？”

“是的，”埃蒂回答。此刻他听见直升机隆隆划过天际。电视台的直升机？这种高级设备是不是提早了五年出现，尤其是在像这样的穷乡僻壤?

书店店主的视线转向了罗兰。刚才他太过惊讶,而且被复仇和内疚俘虏了神智,但现在已经渐渐镇静下来。埃蒂能看出来,暗自感叹(并非第一次)如果每个人都固守第一印象而不改变,那么生活将变得简单许多。他不想浪费时间把塔看做一个勇敢的人,也不想认为他几乎是个好人,但是也许两者都不错。真见鬼。

"你真的是蓟犁的罗兰?"

隔着淡淡的烟雾,罗兰看着他。"没错儿。"

"艾尔德的罗兰?"

"对。"

"斯蒂文之子?"

"对。"

"阿莱里克之孙?"

罗兰的眼睛里闪出一丝惊讶。埃蒂自己也十分诧异,不过更多的是疲惫与安慰。塔的问话能说明两件事。其一,他不仅听说过罗兰的名字和他的身份,而且知道得更多。其二,他又找回了理智。

"是的,阿莱里克的孙子,"罗兰回答,"红发的阿莱里克。"

"我不知道他头发什么颜色,但我知道他为什么会远赴伽兰。你知道吗?"

"去杀死恶龙。"

"那结果呢?"

"没有,他去迟了一步。伽兰的最后一头恶龙被另一位国王杀死,那位国王后来也被人谋杀。"

这时,更让埃蒂大吃一惊的是,塔开始断断续续地用另一种语言同罗兰说话,传到埃蒂耳里变成了*你有没有西罗拉,发西特*

枪，发西特哈克，发哈德枪？

罗兰点点头，用同一种语言作答，吐字缓慢谨慎。他话音刚落，塔便软绵绵地斜靠在墙上，一捧书砰地掉在了地上。“我是一个傻瓜。”他喃喃地说。

没人表示疑义。

“罗兰，我们能不能出去一步说话？我需要……我……需要……”塔哭了起来，接着又用那种非英语的语言说了些什么，每句话都以升调结尾，好像在问问题。

罗兰没有回答，站起身。埃蒂跟着也站了起来，腿上的伤口再次让他吃痛。里面有子弹，他能感觉到。他抓住罗兰的胳膊，把他拉低，在枪侠耳边轻声说：“别忘了四年以后，塔和深纽会去海龟湾自助洗衣店赴一个约会。告诉他在四十七街，第一大道和第二大道之间。也许他知道那地方。塔和深纽以前是……现在是……也将会是唐·卡拉汉的救命恩人。我几乎能肯定。”

罗兰微微颔首，向塔走过去。塔刚开始迟疑了一下，接着吃力地挺直腰板，由罗兰按照卡拉人的习俗拉住他的手，带着他走出门外。

等他们走出去后，埃蒂对深纽说：“起草合同。他会卖了。”

深纽仍然满腹狐疑。“你真的这么认为？”

“当然，”埃蒂回答，“真的。”

## 7

起草合同花不了多长工夫。深纽在厨房找到一本笔记本（每页上都画着一只卡通海狸，抬头印着**要做的重要事情**一行字)，就直接写在了上面，间或停下来问埃蒂一两个问题。

写完合同，深纽看看满脸汗水的埃蒂，说道："我有一些止痛片，要来点儿吗?"

"那还用问?"埃蒂连声答道。假如他现在先吃几片，他觉得——希望——能够在罗兰回来以前做好准备。子弹还在伤口里，几乎能肯定。必须把它弄出来。"四片行吗?"

深纽疑惑地瞪了他一眼。

"我知道我在做什么，"埃蒂答道。接着又加了一句："非常不幸。"

## 8

亚伦在厨房的医药柜里找到了两个儿童用的创可贴(一个上面印着白雪公主，另一个则是小鹿班比)。他洒了一些消毒水在埃蒂上臂的伤口上，然后贴上了创可贴。为了让埃蒂吃药，他又倒了一杯水，随口问了问埃蒂老家在哪儿。"因为，"他说，"尽管你有枪，一副很权威的样子，但你的口音更像我和凯尔，反而不大像罗兰。"

埃蒂咧嘴一笑。"理由很简单，我从小在布鲁克林长大。合作城。"接着他陷入了沉思：*如果我告诉你，事实是我现在就在那儿，你会怎么想? 埃蒂·迪恩，世界上最冲动的十五岁少年，正在满大街乱跑，因为对那个埃蒂·迪恩来说，全天下最重要的事情就是找个小妞鬼混。什么黑暗塔的坍塌、什么血王，在我眼里什么都不算——*

突然，他瞥见亚伦·深纽的眼神，迅速从自己的思绪中回过神来。"怎么了? 我鼻子上挂着鼻屎吗?"

“合作城不在布鲁克林，”深纽仿佛在纠正小孩子的错误。“合作城在布朗克斯区。一直就在那儿。”

“简直太——”荒唐二字刚要脱口而出，他眼前的世界似乎摇晃起来。再一次，虚弱的感觉扑面而来，仿佛整个宇宙（所有宇宙的统一体）并非由钢铁铸成，却是由水晶搭成。这种感觉没法用逻辑解释，因为现下发生的一切均无道理可言。

“这个世界之外，还有其他的世界，”他说。“这是杰克临死前对罗兰说的最后一句话。‘去吧——在这个世界之外，还有其他的世界。’他肯定是对的，因为他又回来了。”

“迪恩先生？”深纽一脸关切，“我不明白你在说什么，可你脸色非常苍白。我觉得你得赶紧坐下来。”

深纽扶着埃蒂从厨房走回了客厅。他明白自己在说什么吗？亚伦·深纽——几乎在纽约住了一辈子的老纽约——怎么能如此肯定地断言合作城在布朗克斯，而埃蒂却记得它在布鲁克林？

他并不全都明白，但是仅仅明白的一点已经让他非常害怕。其他世界，也许无数个世界，都围绕着黑暗塔的中轴存在。它们非常相似，但仍然有区别。流通纸币上印着的伟人头像不同，汽车构造不同，棒球联盟球队的名称不同。其中一个世界曾被一种叫做超级流感的瘟疫肆虐，在那儿你能随便穿越时空，从过去到未来，因为……

*因为在一些关键方面，它们并不是真实的世界。或者说即使它们是真实的，也并非是关键的。*

对，答案呼之欲出。他非常确信，他自己就来自其中一个非真实的世界。苏珊娜也是。还有杰克一号和杰克二号，前者跌落了悬崖，而后者被他们从怪物的口中救了出来。

而此时此地他身处的却正是关键的世界。这点他心知肚明，因为他天生就擅长造钥匙：叮叮当，当当叮，你有钥匙别担心。

贝丽尔·埃文斯？不是真的。克劳迪娅·Y.伊内兹·巴克曼？真的。

合作城在布鲁克林？不是真的。合作城在布朗克斯？真的。千真万确。

一个念头闪进他的脑海：在卡拉汉开始他的逃亡生涯很久以前就已经从真实的世界进入到一个非真实的世界，只是连他自己都没意识到。他以前说起过，他主持了一个小男孩的葬礼，自那以后……

"自那以后，他说，一切都变得不一样了，"埃蒂边说边坐了下来，"一切都变得不一样了。"

"是啊，是啊。"亚伦·深纽拍拍他的肩膀，"好好坐一会儿吧。"

"神父离开波士顿的神学院到了洛威尔，那是真的。撒冷镇，不是真的，全是那个作家杜撰的，那个名叫——"

"我去帮你拿一个冰袋。"

"好主意，"说完埃蒂闭上双眼，脑子却还在不停运转。真的，不是真的。实际的，虚幻的。约翰·卡伦的那个朋友说得一点儿没错：真理之柱确确实实出现了一个洞。

不知道有没有人能告诉我那个洞到底有多深，埃蒂好奇地想。

## 9

十五分钟后，凯文·塔和罗兰一起回到房间。塔就像换了一个人似的，变得安静自制。他问深纽是否已经起草好售地的合同，深纽点点头。塔什么也没说，也点点头，走到冰箱那儿拿出几罐蓝带啤酒，递给众人。埃蒂没有要，不想吃了止痛片再喝酒。

塔没有说任何祝酒词，只是仰头一口气喝掉半罐啤酒。“并不是每天我都有机会被那个保证我会成为百万富翁、保证帮我解除心灵负担的人骂做人渣的。亚伦，这份文件有法律效力吗？”

亚伦·深纽微微颔首，埃蒂察觉出一丝遗憾。

“那么，好吧，”塔回答。他顿了顿，又说：“好吧，让我们赶快做个了断。”可是，他仍然没有签下名字。

罗兰用另一种语言对他说了一句话，塔身子猛一缩，立刻刷刷两笔在文件上签下大名，双唇紧紧抿成一条细线，几乎都看不见了。埃蒂代表泰特集团也签了名。重新握起钢笔给了他很奇怪的感觉——他几乎已经记不起上次拿笔是什么时候了。

等一切了结，当初那个塔先生又回来了——他瞪着埃蒂，扯开嗓子大声嚷嚷起来：“瞧！我成乞丐了！快把一美元给我！你们答应给我一美元的！我现在突然想大便，正好要纸来擦屁股！”

话音刚落他就双手覆在脸上，跌坐在椅子里。罗兰把签好的文件折起来（深纽是整个签字过程的目击证人），放进口袋。

过了一会儿，塔把手放了下来。此时他的眼睛很干，脸色恢复镇静，甚至原先死灰的双颊上还多出两块红晕。“我觉得我的确感觉好了一些，”他说。接着他转向亚伦。“你认为这两个家伙说的有可能是对的吗？”

“很有可能，”亚伦微微一笑。

与此同时，埃蒂想出办法来证明眼前这两人是否就是卡拉汉的救命恩人——把他从希特勒兄弟手中救了下来。其中一个人说过……

"听着，"他说。"有一句俗语，应该是犹太人说的意第绪语。Gai cocknif en yom。知道这是什么意思吗？你们俩？"

深纽仰头大笑起来。"哈哈，确实是意第绪语，以前我妈妈生我们气的时候常说这句话。意思是去海里拉屎。"

埃蒂朝罗兰点了点头。若干年以后，眼前两人中的一个——有可能是塔——将买回一枚刻有*藏书票*一词的戒指。也许——听上去太疯狂了——恰恰是埃蒂·迪恩自己把这个念头灌输进凯文·塔的脑中。而塔——这个偏执贪婪、爱书成痴的塔——手上戴着这枚戒指，救下卡拉汉神父的性命。他会被吓得屁滚尿流（深纽也是），但他会救下他。而且——

就在这时，埃蒂偶然地瞥见塔用来签字的笔，一支普通的比克牌钢笔。刹那间，一项伟大的事实似一道锐光划过脑际。他们成功了。他们拥有空地了。是他们，而不是索姆布拉公司。*他们拥有了玫瑰！*

他感觉仿佛脑袋被狠狠敲了一下。玫瑰现在属于泰特集团了，德鄯、迪恩、迪恩、钱伯斯和奥伊组成的公司。无论结局如何，玫瑰已经成为他们的责任。这个回合以他们的胜利告终，虽然这不能改变子弹还在他腿里的事实。

"罗兰，"他说，"我想请你帮个忙。"

## 10

五分钟后，埃蒂穿着那条卡拉·布林·斯特吉斯式样荒唐的及膝短裤躺在了木屋的地毯上，一手拿着亚伦·深纽的一条旧皮带，旁边放着一个盛满深棕色液体的脸盆。

子弹击中了膝盖以下大约三英寸的地方，胫骨的右侧。伤口周围的皮肉微微隆起，像座微型火山，只是火山口积满了亮晶晶的暗红色血块。埃蒂的小腿下面垫了两块叠好的毛巾。

“你要对我催眠吧？”他问罗兰。接着他看了一眼手上的皮带，知道了答案。“啊，他妈的，你不打算催眠我了，是不是？”

“没时间了。”罗兰在水池左边的抽屉里翻找了一通，一手拿着镊子，一手举着一把削皮刀，走回埃蒂身边。在埃蒂看来，这两样物件真是天下最丑陋的组合。

枪侠在他身边单膝跪下。塔和深纽并肩站在客厅里，瞪大眼睛旁观。“小时候，柯特曾经教过我们一个本领，”罗兰说，“你想听吗，埃蒂？”

“如果你觉得有用，当然。”

“疼痛是会上升的，从心底直到头顶。把亚伦先生的皮带对折，放进你的嘴里。”

埃蒂听从了罗兰的话，又觉得愚蠢又有些害怕。这样的场景他在多少部西部片里看到过？有时候是约翰·韦恩咬住一根木棍，有时候是克林特·伊斯特伍德咬住一粒子弹，他还记得在有些电视剧里罗伯特·卡尔普咬的就是皮带。

*但是毫无疑问，我们必须取出子弹，*埃蒂暗自琢磨，*要是没有这样的场面，故事就不会完整，起码得有一场——*

突然，一段炫目的往事闪电般划过他的脑际。他不禁叫了起来，皮带从嘴里吐出来。

罗兰正要把简陋的手术器具放进盛满消毒水的脸盆里。他停下来，关切地看看埃蒂。“怎么了？”

一瞬间埃蒂甚至没法答话。他几乎喘不过气来，肺部变得就像又扁又旧的内胎。他想起来的是他小时候和他哥哥一起在家里电视上看过的一部电影，在

（布鲁克林）

（布朗克斯）

合作城的家里。亨利仗着自己个头大、年纪长，总是能决定他们看什么节目。埃蒂并不经常反对；他把哥哥看做偶像一般。（假如他反对得太多，很可能会被亨利掐脖子或结实地打一顿。）亨利喜欢的是西部片，那种片子里面主角迟早会需要咬住木棍、皮带甚至子弹。

"罗兰，"他虚弱地说，"罗兰，听我说。"

"我仔细听着呢。"

"以前有部电影。我跟你提过电影的，对不对？"

"会动的图片，有故事情节。"

"有时候亨利和我会待在家看电视里放的电影。基本上电视就是家庭的电影放映机。"

"有人会说是垃圾放映机，"塔插口道。

埃蒂没理会他。"我们看过一部电影，讲的是一帮墨西哥农民——乡亲，如果你喜欢用这个词——如何请枪侠帮他们抵抗每年劫掠他们村庄、抢夺粮食的匪帮的故事。你有没有想起什么？"

罗兰严肃的眼神中闪过一丝悲哀。"嗯。"

"那个村庄的名字。我一直觉得很耳熟，只是不明白原因。现在我明白了。顺便说一句，那部电影叫做《七侠荡寇志》。罗兰，那天在壕沟里迎战狼群的一共多少人？"

"拜托你们俩能不能告诉我们你们在说什么？"深纽问道，但尽管他问得十分礼貌，罗兰和埃蒂还是置若罔闻。

罗兰沉吟了一会儿，说："你，我，苏珊娜，杰克，玛格丽特，扎丽亚，还有罗莎。当然还有其他人——塔维利兄妹和本·斯莱特曼的儿子——但是战士只有七名。"

“没错儿。而这一切与这部电影的导演之间的关系我想不太明白。在拍电影时，必须由导演控制一切。他就是首领。”

罗兰点点头。

“《七侠荡寇志》的首领是一个叫做约翰·斯特吉斯的人。”

罗兰坐在那儿，沉思片刻后，说：“卡。”

话音刚落，埃蒂捧腹大笑起来。罗兰总能找到答案。

## 11

“你想控制住疼痛的话，”罗兰说，“就得在感到疼痛的那一刹那咬住皮带。明白了吗？那一刹那。用牙齿紧紧咬住。”

“明白了。拜托动作快点儿。”

“我会尽量。”

罗兰先后把镊子和削皮刀蘸进消毒水。埃蒂躺在地上，皮带横放在嘴里。是的，当最基本的模式显现在眼前时，你根本不能假装看不见，不是吗？罗兰扮演的英雄、那种两鬓斑白的年长战士在好莱坞的版本中通常都是由那些老当益壮的明星扮演，比如保罗·纽曼，甚至伊斯特伍德本人。而他自己则是初出茅庐的小伙子，非正当红的人气明星比如汤姆·克鲁斯、埃米里奥·埃丝泰威兹，或者罗伯·洛之流莫属。现下的场景大家都很眼熟，树林里的一间木屋，而所表现的情形也是我们看了很多遍仍然津津乐道的取枪子儿的一幕。唯一缺少的是远处隐约传来的鼓点声。不过埃蒂领悟到，也许没有鼓声是因为那个桥段他们早就经历过：上帝之鼓，结果证明那只是刺德城街角的扩音喇叭里不停播放的Z.Z.托普合唱团的一首歌曲。相比之下，他们现在的处境更加诡谲：他们变成了别人故事中的人物。整个世界——

我不相信。我拒绝相信只是因为某个作家的失误让我变成从小在布鲁克林长大，这个错误一定会在第二版更正。嘿，神父，我和你站一边儿——我拒绝相信我是小说中的人物。他妈的这是我自己的生活！

“快，罗兰，”他催促道，“赶紧把那该死的玩意儿取出来。”

枪侠在埃蒂的腿上倒了一些消毒剂，用刀尖拨开伤口上的血块，随后拿起镊子。“埃蒂，准备好，咬紧牙关，”他喃喃地说。片刻之后，埃蒂果然咬紧了牙。

## 12

罗兰很明白自己在干什么。他以前做过同样的事儿，而且子弹并不是很深。整个过程不出九十秒，但对埃蒂来说，他度过了生命中最长的一分半钟。当一切结束后，罗兰用镊子碰了碰埃蒂紧握的拳头。埃蒂终于展开手指，罗兰镊子一松，弹片掉进了他的手心里。“留作纪念，”他说，“差点儿就伤到骨头了。所以当时你听见了摩擦声。”

埃蒂瞥了一眼炸裂的弹片，一指把它弹了出去。弹片像玻璃珠似的蹦到了房间另一头。“不想要，”他边说边擦了擦眉毛。

塔不愧是收藏家，忙不迭地捡起被扔掉的弹片。与此同时深纽一脸着迷地审视着皮带上的牙印，怔怔地一句话都说不出来。

“凯尔，”埃蒂双肘撑起身体，“箱子里你有一本书——”

“我要求你把书还给我，”塔立刻回答，“你最好完璧归赵，年轻人。”

“我肯定它们都保存完好，”埃蒂再次提醒自己一定要咬舌忍住。实在要是连咬舌都不顶用的话就再夺过亚伦的皮带放在嘴里。

“那最好，年轻人；现在除了那些书，我已经一无所有了。”

“没错儿，不过别忘了还有四十多本分藏在许多银行贵重物品保险库里，”亚伦·深纽接口说，对他朋友射来的杀人眼光视若无睹。“最值钱的应该是那本作者签名的《尤利西斯》，不过另外几本莎士比亚的对开本也不赖，还有全套作者签名的福克纳——”

“亚伦，你能不能安静一会儿？”

“——那本《哈克贝利·费恩历险记》随便哪一天都能换回一辆奔驰，”深纽自顾自地把话说完。

“不管怎么样，里面有本书叫做《撒冷镇》，”埃蒂说，“作者是——”

“斯蒂芬·金，”塔接着说完下半句。他瞥了子弹一眼，最后把它放在了厨房桌上糖碗的旁边。“听说他就住在附近。我买过两本《撒冷镇》，还有三本他的处女作《魔女嘉莉》。我一直想去布里奇屯一趟，找作者签个名，不过现在不可能了。”

“真不懂签名有什么值钱的，”埃蒂说，接着，“哎唷，罗兰，很疼的！”

罗兰正在检查埃蒂腿上的代用绷带。“别动，”他说。

塔对罗兰和埃蒂的对话置若罔闻，全副注意力再次被埃蒂牵引到他最爱的话题，他的执著目标，他的亲亲宝贝。埃蒂心猜若是换作托尔金小说里的古鲁姆，他肯定会把这些书称作“他的珍宝。”

“迪恩先生，你还记得我们讨论过《霍根》那本书吗？或者你喜欢叫做《道根》的？我说过，稀有书籍的价值——就像稀有的邮票或硬币——可以由不同方式决定。有时候是因为有亲笔签名——”

“你的那本《撒冷镇》可没有。”

“对，因为当时那个作者太年轻，还没出名。他也许会永载青史，也许不会。”塔耸耸肩，仿佛在说一切任凭卡决定。“但那本书……第一版只印了七千五百本，几乎只在新英格兰出售。”

“为什么？难道是因为作者住在新英格兰？”

“的确。一本书的价值常常决定得非常偶然。当时一家当地连锁店决定大力推广，甚至制作了电视广告，这在当地的零售行业还前所未闻。事实证明效果很好，只缅因书城就预定了第一版的五千本——约摸占了七成——而且近乎全部售罄。和《霍根》的情况相似，书上有印刷错误，只不过不在题目，而是在封面上。只要看《撒冷镇》封面另外别上去的定价——因为最后一分钟，双日出版社决定把单价从七块九毛五提到八块九毛五——还有封面上神父的名字，你很容易判断是不是真正的第一版。”

罗兰抬眼问：“神父的名字怎么了？”

“书里是卡拉汉神父，封面上却被写成了科迪神父，那实际上是镇上医生的名字。”

“就因为这个，一本书就能从九块钱涨到九百五十块。”埃蒂惊叹。

塔点点头。“就因为这个——印数少，另外别上去的封面定价，印刷错误。但是收藏稀有图书这门投机生意里还有一点让我觉得……特别兴奋。”

“词儿选得不错。”深纽语气干涩。

“比如说，想象一下那个叫金的作者要是出名了，虽然我承认几率很小，但要是他真的出名了，会怎么样？他第二本小说的第一版在市面上流传那么少，我手里的版本将不止值七百五十元，涨上十倍都不止。”他冲埃蒂皱起眉头，“所以你最好别给我弄坏咯。”

“别担心，”埃蒂暗自好奇，要是凯文·塔得知其中一本书就躺在书中人物虚构的教堂的书架里，他会作何感想？要是告诉他这座教堂所在的小镇几乎是尤·伯连纳和霍斯特·巴克霍尔兹[①]共同出演的一部电影中那座小镇的翻版，前者扮演的角色同罗兰相当，而后者更像是埃蒂，他会怎么反应？

他肯定会觉得你疯了。

埃蒂站起来，身子一晃，连忙扶住厨房桌子。片刻之后，他稳住身形。

“你能走吗？”罗兰问。

“之前都能走，不是吗？”

“之前没人在那儿挖挖采采。”

埃蒂试探地迈出几步，点点头。每次当他把身体重量挪到右腿上，小腿的伤口就火辣辣作痛，不过还行——还能走路。

“剩下的止痛片全给你，”亚伦说，“我还能再弄点儿。”

埃蒂刚想说，好啊，当然，再多弄点儿，却瞥见罗兰的眼神。如果埃蒂接受深纽的提议，枪侠不会出声阻止，不会让埃蒂丢脸……但是，他的首领正看着呢。

埃蒂想起刚刚他对塔做的那番义正词严的演讲，那些关于凯文正在吞咽苦果的颇具诗意的说法。但很明显，他自己正将苦果放在了嘴边。先是几片羟考酮，接着再来些止痛片。

---

① 尤·伯连纳（Yul Brynner）、霍斯特·巴克霍尔兹（Horst Buchholz）共同出演了《七侠荡寇志》（*The Magnificent Seven*），这是于一九六〇年出品的美国电影。

不久以后他就不会再满足于这些替代品而开始寻找真正的麻醉剂。

“我觉得止痛片还是不用了，”埃蒂最终说，“我们打算去布里奇屯——”

罗兰一怔。“是吗？”

“是的。路上我可以买几片阿司匹林。”

“阿斯丁。”罗兰说这三个字时流露出一种亲切之情，埃蒂绝不会看错。

“你肯定？”深纽追问。

“是的，”埃蒂回答，“很肯定。”他顿了一顿，又补充了一句：“对不起。”

## 13

五分钟之后，他们四个站在了满地松针的院子里。远处警笛尚未停止，黑烟却已经慢慢散去。埃蒂上下抛着约翰·卡伦的福特车的钥匙，显得有些不耐烦。罗兰问了他两次有没有必要去布里奇屯，埃蒂回答了两次非常必要。第二次时他又加了一句（几乎满怀希望的），罗兰作为首领可以否决他的提议，如果他愿意。

“不。如果你认为我们应该去见见那位作者，那就去吧。我只希望你明白原因。”

“我有预感，只要我们一到那儿就会全明白的。”

罗兰点点头，不过依旧不太满意。“我很清楚你和我一样焦急，想尽快离开这个世界——黑暗塔的这一层。你想与之抗争，你的直觉就必须异常强烈。”

的确，但是还有另外一层原因：他再一次听见了苏珊娜从她的道根发送过来的信息。她被囚禁在了自己的身体里——至少埃蒂认为她试着传达的是这个意思——不过她依然身处一九九九年的时空，一切还好。

他感知到信息的同时罗兰正在感谢塔和深纽的帮助。埃蒂本来走进卫生间，想上个厕所，可一瞬间，一切都被抛之脑后。他垂着头，紧闭双眼，坐在马桶盖上，努力想发给她一条回信，努力想告诉她如果可能尽量拖住米阿。他从她那儿感觉到了阳光——纽约的午后阳光——情况不妙。杰克和卡拉汉是在晚上穿越找不到的门到达纽约的；那是埃蒂亲眼所见。也许他们能成功救出她，前提是她必须拖住米阿。

*尽量拖延时间，他努力地发送出信息，你必须在她到达分娩地点之前尽量拖延时间。你听见了吗？苏希，你能听见吗？听见的话快回答我！杰克和卡拉汉神父已经去救你了，你一定要顶住！*

*六月，传来的回答夹着叹息，一九九九年的六月。街上的女孩儿都露着肚皮——*

突然罗兰的敲门声打断了信息。他在门外问埃蒂什么时候能上路。天黑之前他们得赶到洛威尔的龟背大道——据约翰·卡伦说那里的时空闯客最近出现得特别频繁，所以现实的力量相对而言就比较虚弱——但他们得先去一趟布里奇屯，最好能碰见那位创造了唐纳德·卡拉汉和撒冷镇的作家。

*倘若金跑到加利福尼亚创作电影剧本去了的话就滑稽了*，埃蒂心下琢磨，不过他不太相信那会发生。他们仍在沿着光束的路径、命运的征途前进。所以理论上说，金先生也不例外。

“你们俩别太紧张，”深纽叮嘱道，“附近肯定会有许多警察，更别提杰克·安多里尼和他的敢死队了。”

“说到安多里尼，”罗兰说，“我觉得你们俩现在最好去别的地方先躲一阵。”

不出埃蒂意料，塔神色一凛。“现在？你一定在说笑！附近还有十几个收藏家我要拜访——买卖交易。有些还算头脑精明，但另一些……”他做了个用刀砍的手势，仿佛在给一头隐形绵羊剪羊毛。

“佛蒙特州也会有人在后院卖旧书的，”埃蒂说，“你可别忘了我们不费吹灰之力就找到了你。是你自己暴露了行迹，凯尔。”

“他说的没错，”亚伦插口说。凯文·塔默不作声，只是一脸悻悻地低头盯着自己的脚尖。深纽看看埃蒂。“不过要是当地警察把我们拦下来，至少凯尔和我能出示驾照。我猜你们俩谁都没有。”

“说的没错，”埃蒂回答。

“我也非常怀疑你们无法出示任何携带枪支的许可证。”

埃蒂瞥了一眼别在臀部的那把巨大的——而且古老得不可思议的——左轮手枪，笑盈盈地转向深纽。“也没错，”他说。

“小心驶得万年船。反正你们要离开东斯通翰姆了，应该没什么问题。”

“多谢，”埃蒂边道谢边伸出手，“祝天长，夜爽。”

深纽握握他的手。“多谢你的祝愿，年轻人，不过恐怕最近我夜里过得都不太爽。而如果近期医学界还没有什么新突破的话，那么估计我的日子也不会太长了。”

“肯定会比你想象的要长，”埃蒂说，“我有充分的理由相信你至少还能再活四年。”

深纽伸出手指放在唇边，接着指了指天空。“天机不可泄漏。”

趁着罗兰同深纽握手的当口,埃蒂转向了凯文·塔。埃蒂原以为书店店主会不愿意同他握手,不过终究他还是握了。心有不甘地。

"祝天长,夜爽,塔先生。你的选择是正确的。"

"我是被迫的,你明明知道,"塔说,"店没了……地没了……十年以来第一次要去真正地度个假……"

"微软,"这两个字突然从埃蒂嘴里蹦出来。接着:"柠檬市场①。"

塔不解地眨眨眼:"你说什么?"

"柠檬市场。"埃蒂重复了一遍,然后大笑起来。

## 14

当亨利·迪恩废物一般的生命快走到尽头时,这位伟大的智者兼著名的瘾君子最享受两桩事情:一是吸毒,二是边吞云吐雾边大谈如何在股市大赚一笔。说到投资,他一向认为自己资格堪比 E. F. 赫顿②。

"有样东西我绝对不会投资,兄弟,"在埃蒂启程去巴哈马群岛运送可卡因之前不久,一次他们坐在屋顶时亨利对他说,"我绝对不会投一分钱的东西就是那堆电脑垃圾,微软、苹果、三洋、三共、奔腾那堆破玩意儿。"

---

① 柠檬(lemons)一词在美国俚语中表示"次品"或"不中用的东西"。"柠檬市场"主要用来描述当产品的卖方对产品质量比买方拥有更多的信息时,低质量产品将会驱逐高质量商品,从而使市场上的产品质量持续下降的情形。该理论提出者乔治·阿克洛夫、麦克尔·斯宾塞曾是微软总裁比尔·盖茨的老师。

② E. F. 赫顿(Edward Francis Hutton, 1875—1962)于二十世纪初创立了美国赫顿证券公司,旗下包括信托、银行和保险公司等。

“好像那些东西还挺流行的，”埃蒂斗胆说。并不是因为他真的在意，只不过，管它呐，毕竟是在闲聊。“尤其是微软。大有前途。”

亨利放纵地大笑起来，做了个猥亵的手势。“我的老二才更有前途。”

“可是——”

“对，对，我知道，所有人都拥上去抢那些垃圾，抬高了股价。这些行为在我眼里就像，你知道像什么吗？”

“不知道。像什么？”

“柠檬！”

“柠檬？”埃蒂反问。他本以为自己能跟得上亨利的思路，但终究还是犯了迷糊。当然，那天黄昏的日落让人心醉，他肯定被迷惑得不轻。

“你听见了！”亨利明显挺喜欢目前的话题，“该死的柠檬！他们没教过你吗，兄弟？住在瑞士什么地方的一种小动物，每隔一段时间——我印象里是十年，不敢肯定——就会集体跳崖自杀。”

“噢，”埃蒂紧紧咬住腮帮子才好不容易忍住大笑，“那些柠檬。我还当你说的是榨柠檬汁的柠檬呢。”

“见鬼。”亨利诅咒了一句，不过语气特别和善，仿佛一个自诩伟大的人正屈尊降贵地教导渺小无知的学生。“不管怎么样，我的重点是那些人一拥而上地投资微软和苹果，还有那个什么快速拨号芯片，他们所做的一切只不过填满了该死的比尔·盖茨和见鬼的史蒂夫·乔布斯的腰包。这些电脑垃圾在一九九五年就会一钱不值，专家都这么预测，而那些投资人呢？该死的柠檬，集体跳下悬崖，跳进他妈的大海。”

“真是该死的柠檬。”埃蒂附和道，顺势平躺在暖洋洋的屋顶瓦片上，以免让亨利瞅见他快憋不住要狂笑起来。脑海中浮现出一幅图景：成千上百万的加州柠檬齐步走向悬崖，每个都套着红色的慢跑短裤和小小的白色运动鞋，就像M&M巧克力的电视广告。

“是啊，可要是一九八二年我买进了该死的微软股票就好了，”亨利说，“你知道吗？当时每股只卖十五块钱，现在已经涨到了三十五！噢，上帝！”

“柠檬，”埃蒂望着天边的日落红云渐渐褪色，梦幻地重复了一声。那时距离他在他的世界——那个合作城一直位于布鲁克林的世界——的生命终结只有一个月，而亨利只有不到一个月好活了。

“嗯，”亨利在他旁边躺下，“哥们儿，但愿我能回到一九八二年。”

## 15

此时，埃蒂仍旧握着塔的手，对他说：“你知道我是来自未来，对不对？”

“我知道他说你来自未来，”塔朝罗兰努努嘴，试着把手抽回来。埃蒂握得很紧。

“听我说，凯尔。如果你听我的而且照我说的做，你就可以赚回你那块空地市价的五倍、甚至七倍的钱。”

“你自己身无分文，还敢说这样的大话，”塔闷哼一声，再次试着抽回手。埃蒂仍旧握得很紧，本来他以为握不住了，但现在他力气很大，意志坚强。

“从未来回来的人敢说这样的大话，”他更正道，“而未来是电脑的，凯尔。未来是微软的。你能记住吗？”

“我能，”亚伦接过话茬，“微软。”

“从没听说过。”塔嘟哝道。

“没错儿，”埃蒂表示同意，“我认为它现在不存在。但是很快它就会诞生，迅速壮大。电脑，每个人都有了电脑，起码这是他们的计划。将会是他们的计划。负责的那个家伙叫比尔·盖茨。他一直都只叫比尔，从来不叫威廉①。”

突然他想到一桩事情，眼前这个世界同他和杰克长大的世界——是克劳迪娅·y.伊内兹·巴克曼而非贝丽尔·埃文斯的世界——是不一样的，说不定这个伟大的电脑奇才不再是盖茨，而换成一个叫钱好福的家伙。但是埃蒂也明白，这种可能性很小。眼前这个世界同他自己的非常相近：车型、品牌（还是可口可乐和百事可乐，而不是诺茨阿拉），包括纸币上的头像都一样。他觉得应该可以确信，只等时机成熟，比尔·盖茨（更别提史蒂夫·乔布斯了）将会横空出世。

实际上他也根本不在意。凯文·塔从许多方面来讲都是个十足的混蛋，但是从另一方面说，塔一直坚持没把空地卖给安多里尼和巴拉扎。现在卖地的合同已经装在罗兰的口袋里，他们毕竟欠了给塔公平的回报，这与他们是否喜欢他没有关系。也许这对老凯尔倒是件好事。

“微软的股票，”埃蒂继续说，“你可以在一九八二年以十五块钱买进。到一九八七年——就是我开始永久度假的时候，你可以这么说——每股已经涨到了三十五。百分之百的收益率都不止。”

“你说说而已。”塔终于把手抽了回来。

---

① 比尔（Bill）是威廉（William）的昵称。

"如果他这么说,"罗兰说,"就一定是真的。"

"多谢。"埃蒂回答。蓦地,他领悟到一点,这项对塔来说颇冒险的投资建议竟然是基于一个瘾君子的观察,不过他觉得应该还是可行的。

"快,"罗兰做了个手势,"如果我们想和那作家见面,得赶紧上路了。"

埃蒂滑进卡伦汽车的驾驶座位上,突然想到今日一别就再也见不到凯文·塔或亚伦·深纽了。除了卡拉汉神父,他们所有人都不会再见面。分离已经开始。

"一切顺利,"他对他们俩说道,"万事如意。"

"你们也是。"深纽回答。

"是啊,"此时塔第一次没有再显得不情愿,"也祝你俩好运。怎么说来着,祝你们天长夜欢,管它呢。"

位置正好,他们不用倒车就能掉头,埃蒂很高兴——正好他也没准备好倒车,至少暂时。

埃蒂开回了罗奇特路,罗兰转头招招手。对他来说这个举动相当不寻常,埃蒂一脸疑惑。

"现在到游戏的终局了,"罗兰解释,"这么多年来努力与等待,终于快要结束了。我有预感。你呢?"

埃蒂点点头,这种感觉仿佛是在一曲交响乐的最后,所有乐器都加入进来,共同推向不可避免的高潮。

"苏珊娜?"罗兰问。

"还活着。"

"米阿?"

"还在控制中。"

"杰克和卡拉汉神父呢?"

埃蒂停在了路口,左右看了看,转了个弯。

“还没消息,”他说。“你呢?”

罗兰摇摇头。杰克,只有一个前天主教牧师和一头貉獭保护,尚未传来丝毫音讯。罗兰希望男孩儿千万别出事儿。

此时此刻,他亦无能为力。

唱:考玛辣——我——我的
你必须沿路走下去。
东西终于到了手,
让你换上了好心情。
和:考玛辣——来——九遍
让你换上了好心情!
可倘若你要得到手
必须沿路走下去。

第十章

# 苏珊娜-米阿，一体双姝

## 1

“今天下午约翰·菲茨杰拉德·肯尼迪在帕克兰纪念医院去世。”

播报讣闻的声音饱含哀伤:原来是沃特·克朗凯,恍惚得如同梦魇。

“美国最后一名枪侠永远辞世。噢,迪斯寇迪亚!”

## 2

当米阿离开纽约君悦酒店(马上就会改名成富豪联合国大酒店,归入索姆布拉/北方电子的麾下,噢,迪斯寇迪亚)的1919房间,苏珊娜昏睡过去,陷入了充斥着疯狂新闻的野蛮梦境。

## 3

接下来《亨特利-布林克利脱口秀》的主持人之一切特·亨特利播报新闻。可同时听起来——无法理解地——却和她的司机安德鲁如出一辙。

“吴庭艳和吴庭儒①终于也死了,”那声音缓缓说道,“战争

① 激进的天主教徒吴庭艳(Ngo Dinh Diem, 1901—1963),一九五四年起为南越总统兼总理兼国防部长。吴庭儒(Ngo Dinh Nhu)是总统的特别顾问。吴家兄弟在南越当政时,敌视佛教,实行镇压政策,侮辱、逮捕、刑囚、杀害僧尼,僧人纷纷自焚抗议,吴家兄弟的做法令世界震惊,美国行政当局也强烈不满,后遭肯尼迪抛弃,吴氏兄弟最终死于政变中。

造成了无数破坏，悲哀凄惨四处蔓延。血腥与罪恶铺就了通向界砾口山的大路。啊，迪斯寇迪亚！杀人树，来吧，庆祝丰收！”

*我到底在哪儿？*

她四下张望，映入眼帘的是一堵涂满名字、标语和淫秽图画的水泥墙。墙面正中在每个人都能看见的地方写着一句问候：**黑鬼们，欢迎来到牛津镇，在这儿就别指望能见到明天的太阳了！**

她裤裆湿漉漉的，内裤全湿透了。蓦地她明白了原因：尽管已经通知保释他们的律师，警察仍在故意拖延时间，幸灾乐祸地忽视大家要求上厕所的呼声。牢房里没有厕所、没有马桶，甚至连痰盂都没有。你不用参加竞猜游戏都能明白，他们*就应该*尿在裤裆里，像动物一样。最终她只得投降，*她*，奥黛塔·霍姆斯——

不，她心里否认，*我是苏珊娜，苏珊娜·迪恩。又被抓起来投进了监狱，但我还是我。*

隔壁牢房里吵吵嚷嚷，从那些对话中她大概琢磨出现在的处境。她觉得别人希望她认为这些声音是从监狱办公室的电视里传出来的，但肯定是陷阱，要么就是个恶劣玩笑。否则为什么弗兰克·麦基会说肯尼迪总统的弟弟鲍比死了？为什么“今天”脱口秀的主持人戴维·甘若威会说肯尼迪的儿子小约翰·肯尼迪死于飞机失事？当你坐在臭气熏天的南部监狱里、湿透的内裤紧贴着裤裆时听到这样的谎言会作何感想？为什么“胡迪·都迪[①]”秀里的“野牛”鲍勃·史密斯会大喊“卡乌邦嘎，孩子们，马丁·路德·金是不是死啦？”而孩子们全都尖叫着回答，“来吧

① 胡迪·都迪(Howdy Doody)是美国联合制片公司在一九四七年代创造的卡通人物形象。其典型表达兴奋的感叹词是“卡乌邦嘎”(Cowabunga)。

来吧考玛辣！我们爱死你说的话！天底下仅存的一个好黑人都已经死了，让我们今天就再杀个黑鬼吧！”

保释他们的人马上就到，那是她的希望。

她走向前紧紧抓住牢房的栅栏。是的，这儿的确是牛津镇，再次回到了牛津镇。月光光，心慌慌，两人丧命调查忙。但她一定能离开这个鬼地方，远走高飞回到家乡。很快，她会去一个全新的世界，找到全新的爱人，改头换面变成另一个人。来吧来吧考玛辣，旅途才刚刚开始啦。

噢，但那是谎话。旅途几乎已经结束，她心里知道。

走廊尽头一扇门砰地打开，嗒嗒的脚步声回荡在走廊上。她伸长脖子寻声望去——焦虑地盼望是保释她的人，或者是挂着一串钥匙的狱警——但令她失望的是，她看见一名黑人女子，脚踏一双偷来的鞋子款款走来。那是原来的自己，奥黛塔·霍姆斯，上过哥伦比亚大学、咖啡屋的常客、去过悬崖上的城堡的奥黛塔·霍姆斯。

“听我说，”奥黛塔开口说，“除了你自己没人能把你救出来。”

“你还是趁着有腿的时候好好享受吧，蜜糖！”她听见从自己嘴里讲出的粗嘎声音虽说表面上冲味十足，却难掩恐惧。那是黛塔·沃克在说话。“你很快就会失去它们！硬生生被A线列车轧断！传说中的A线车！被那个叫杰克·莫特的家伙从克利斯托夫大街的站台上推了下去！”

奥黛塔平静地看着她，说：“A线车在那儿没有车站，从来都不停的。”

“你他妈的在说什么，贱人？”

愤怒与咒骂并未让奥黛塔退缩。她心里明白她在对谁说，也清楚她在说什么。真理的柱子上有了一个洞。那不是留声机里传出的声音，而是我们死去的朋友，游荡在毁灭的房间里的鬼魂留下的话语。“快回道根去，苏珊娜。牢牢记住我说的话：只有你才能救你自己，脱离出迪斯寇迪亚的幻境。”

## 4

此刻又换成戴维·布林克利在说话。一个叫斯蒂芬·金的人在西缅因小镇洛威尔的家附近散步时被一辆小面包撞死。金今年五十二岁，他说，写了多部小说，其中最著名的是《末日逼近》、《闪灵》和《撒冷镇》。啊，迪斯寇迪亚，布林克利感叹道，世界变得愈发黑暗。

## 5

奥黛塔·霍姆斯，曾经的苏珊娜，指着牢房外走了过去。她又说了一遍：“救出你的人只有你自己。武器既是毁灭又是救赎；最终两者没有区别。”

苏珊娜转过身，顺着她手指的方向望去。刹那间，眼前的图像让她极度惊恐：*血！上帝，全是血！*盛满鲜血的碗里躺着一具可怕的尸体，是个婴儿，明显不是人类。难道是她亲手杀了那婴儿？

“不！”她尖叫起来，“不，绝不会！*绝对***不会是我！**”

“那么枪侠只有死路一条，黑暗塔终将坍塌，”脚踏特鲁迪·德马士革鞋子的可怕女人站在走廊上说，“的确就是迪斯寇迪亚。”

苏珊娜闭上双眼，她能不能再次昏睡过去？能不能昏睡过去，然后脱离这间牢房、这个恐怖的世界？

她终于成功，和着温柔的机器声再次跌入墨黑当中，听到的最后一句话是沃特·克朗凯在叨叨述说吴庭艳和吴庭儒死了、宇航员艾伦·谢泼德死了、林登·约翰逊死了、理查德·尼克松死了、猫王普莱斯利死了、纽约的杰克死了、整个世界死了，所有的世界全死了。黑暗塔倒塌，千亿宇宙融化，一切都走向了毁灭与终结、迪斯寇迪亚。

## 6

苏珊娜睁开双眼，慌乱地环视一周，几乎连气都喘不上来，差点儿从椅子上跌下。那张椅子尚能前后摇动，正对面是一排亮着灯的仪器表盘，头顶放置着许多台黑白电视屏幕。她又回到了道根。牛津镇

（吴庭艳和吴庭儒死了）

的一切不过是在做梦，更确切地说，是梦境中的梦境。眼下虽然还是梦境，但已没那么可怕。

上次播放着卡拉·布林·斯特吉斯画面的电视屏幕此刻要么是一片雪花要么显示正在测试。但其中一个播放的却是君悦酒店十九楼走廊。摄像机缓缓调转方向，对准电梯。苏珊娜蓦地领悟到，她正透过米阿的双眼看着这一切。

我的眼睛，她暗自纠正。此时她胸中的愤怒已经变得淡薄，但还有感觉，能够宣泄出来，必须宣泄出来，如果她打算正视梦中的那一幕，那个在牛津镇监狱一角满碗血里的东西。

那是我的眼睛。被她抢了去。

另一台电视屏幕上，米阿走进了电梯大厅，对着按钮琢磨了一会儿以后按下标有向下箭头的那个。*我们出发去找接生婆*，苏珊娜一脸阴沉地凝视着屏幕，冷笑了起来。*哦，我们出发去找接生婆，奥兹国伟大的接生婆。因为因为因为因为***因为**……*因为她精彩的所作所为！*

这儿是她当时费了好大工夫重新设置的刻度盘——噢，那种疼痛。**情感温度**仍然维持在72，标有**小家伙**的拨动开关扳向**睡眠**那一边。上方的黑白屏幕上小家伙毫无异常：让人不安的蓝眼睛仍然紧闭。那个荒唐的**阵痛强度**刻度盘还是指向二级，但她发现上次在这儿看见的琥珀色小灯此刻已变成了红色。地板上出现了更多裂缝，角落里那具古代战士的尸首已经分了家：那颗头颅被越来越沉重的机器震动震掉下来，此刻正躺在地上对着天花板的荧光灯露出一抹诡异的笑容。

**苏珊娜-米阿**刻度盘上的指针已经进入黄色区域；就在苏珊娜凝视的当口，指针向红色区域逼近。*危险，危险，吴庭艳和吴庭儒都死了。海地独裁者杜瓦利埃死了。杰姬·肯尼迪也死了。*

她把所有控制键挨个试下来，却只更加确定她所已知的：全被锁住了。米阿也许不能改变设置，但如她所愿锁定所有设置还是她力所能及的。

头顶的喇叭里突然噼啪响了一声，吓得她差点儿跳起来。接着，她听见浓重的静电干扰声中传来了埃蒂的声音。

“*苏希！……间！……见了吗？拖……间！一定赶在……孩子……之前！你听见了吗？*”

显示米阿视野的屏幕上，中间那座电梯的门打开，米阿走了进去，可苏珊娜几乎没注意到。她一把抓起话筒，拨过开关。“埃蒂！”她大叫，“我在一九九九年！街上的女孩儿都露着肚皮，胸罩带子也露在外面——”上帝，她尽在胡说些什么呀？她镇定心神，清理了一下思绪。

“埃蒂，我听不懂你在说什么！再说一遍，蜜糖！”

那一瞬间除了静电干扰和断断续续神经质似的回音，似乎什么声音都没有。她正准备冲着话筒再喊一遍，埃蒂的声音再次响起，这回清楚了一点儿。

“拖延……时间！杰克……神父卡拉……坚持住！拖延……一定赶在她……生下孩子之前！如果你……明白！”

“嗯，听明白了一点儿！”她的手甚至在发抖，用力地抓住银色话筒，大声喊道。“我在一九九九年！可我不知道你怎么样了，亲爱的！再告诉我一遍你到底好不好！”

可是埃蒂走了。

她又喊了五六次，但除了静电干扰什么回答也没有，只好失望地放下话筒。他到底想告诉她什么？她翻来覆去地琢磨着这个问题，可她也非常高兴，至少埃蒂还能尝试告诉她些什么。

“拖延时间，”她喃喃重复。至少那句话听得非常清晰。“拖延时间。消磨时间，也就是说。”她觉得自己的猜测应该没错，埃蒂希望苏珊娜拖住米阿，也许因为杰克和卡拉汉神父正在赶过来？她还吃不准，而且不管是不是，这个消息可不是她乐意听到的。没错儿，杰克已经成了一名枪侠，可他还是个孩子。苏珊娜可以想见迪克西匹格餐厅那儿，绝对个个都是阴险卑鄙之徒。

与此同时，她透过米阿的双眼望出去，电梯门再次开启，抢劫犯米阿踏入了大厅。就在这一刹那，所有关于埃蒂、杰克、卡拉汉神父的一切都被苏珊娜抛至脑后，取而代之的是当时米阿如何拒绝浮出，即使在那双她俩共有的双腿即将消失的危急关头。一切只是因为，借用一首古诗里的句子，她身处陌生的世界，忧心忡忡，惧意凛凛。

她居然会害羞。

上帝啊，当米阿躲在楼上等电话的时候，君悦酒店的大堂变得不一样了，非常不一样。

胳膊肘撑在道根的仪器表盘上，苏珊娜双手托腮，身体前倾。

也许马上就有好戏上演。

## 7

刚一踏出电梯米阿就立刻想躲回去。但相反，她重重地靠在了门上，咬紧牙关。她迷惑地四周张望了一圈，十分不解小小的电梯间怎么就这样凭空消失了。

*苏珊娜！到底怎么回事儿？*

苏珊娜没吱声，不过米阿发现她实际上也并不需要答案。她能看见门开开关关，假如她再按一下按钮的话，很可能又会开开。一股回到1919房间的强烈冲动充盈在她体内，但她必须按捺住。那里她已经没什么事儿需要做，真正等待她完成的任务在大堂的门外。

她怔忡地朝大门望去，懊恼地咬住嘴唇。此刻只消一句冒犯的言语或一个眼神，懊恼肯定就会迅速升级成恐慌。

她在楼上待了一个多小时。大堂里午后的倦怠早已一扫而空。酒店门口一溜烟停着好几辆从拉瓜地亚机场和肯尼迪机场开过来的出租车，后来又开来一辆旅游巴士，从纽沃克机场刚接回一个日本旅行团。团里五十对日本游客，全来自札幌，在君悦酒店预定了房间。此刻，大堂里到处是唧唧喳喳的日本人。他们大多头发深黑，同样深黑的眼睛斜斜上翘，每人脖子上都挂着方形的东西，时不时还会举起那东西对准其他人，在一阵亮光后众人边笑边喊着“*Domo*！*Domo*①！”服务台前排了三条队，刚才比较清闲的时候接待米阿的只有一个漂亮的前台小姐，现在又加进来两名，三个人忙得不可开交。笑声、闲聊声回荡在挑高的大堂里，在米阿听来那种奇怪的语言仿佛鸟语似的。大块大块的玻璃幕墙让整个大堂显得大了两倍，更加重了米阿的眩晕感。

米阿向后一退，乱了方寸。

“请向前！”大堂接待摇了摇铃铛，大声喊道。铃声仿佛一支银箭倏地穿透米阿已经迷糊不堪的脑袋。“请向前一步！”

一个男人——黑发紧贴头皮，黄皮肤，眼角上吊，鼻梁上架着一副圆眼镜——满脸堆笑地向米阿这儿冲过来，手里端着方形会发光的东西。米阿迅速做好准备，只等他一攻击就迅速结果他。

“请照张相片我和我的太太？”

说着他把会发光的东西递过来，想让她给他们照张相。米阿向后退了一步，担心这东西会有辐射，伤害了胎儿可麻烦了。

*苏珊娜！我该怎么办？*

沉默。当然是沉默，她自己也不敢指望在发生了这么多事情之后苏珊娜还能再伸出援手，但是……

那个男人坚持把发光机器朝她递过来。他脸上闪过一丝疑惑，不过倒一点儿没被吓着。“照相，请？”说完径直把东西搁在了她手上，后退几步，伸出胳膊环抱住另一位女士。那位女士跟他长得很像，甚至连眼镜都一色一样，唯一不同的是她一头润泽的黑发齐齐贴着额头，让米阿联想到乡下姑娘。

“不，”米阿嗫嚅道，“不，对不起……不。”威胁迫在眉睫，仿

---

① 日语中表示“谢谢”的意思。

佛炫目的白色漩涡还喋喋不休地说着什么

(你照照片,我们就杀死你的孩子)

瞬间米阿有股冲动想把方形的东西砸在地板上。但万一砸碎了,可能会释放出里面的恶魔,发出那道亮光。

一转念,她小心地把那东西放下,冲着那对满脸惊愕的日本夫妻(那个男的仍然环抱着自己的妻子)抱歉地笑了笑,匆忙穿过大堂向小店走过去。此时连钢琴弹奏都从原先舒缓的旋律换成了狂暴的不和谐重音,每个音符仿佛都重重地敲在她的头上。

我必须换件衬衫,这件上面沾了血。一买好衬衫我就去迪克西匹格餐厅,六十一街和莱克星沃斯……我是说莱克星顿,莱克星顿……然后孩子就会出生,所有困惑就会结束,到时候若是回想起我曾经这么害怕肯定会大笑不止。

可小店里挤满了日本女游客。她们趁着丈夫们办理入住手续的当口,纷纷挤在小店里挑选纪念品,时不时操着一口鸟语互相唧唧喳喳一番。米阿看见有个柜台上堆满了衬衫,但被顾客围得里三层外三层,甚至连收银台前面也排了一条长队。

苏珊娜,我该怎么办?你一定得帮帮我!

依旧沉默。米阿有感觉,她就在里面,但就是不愿帮忙。说真的,她心中暗忖,倘若换作是我,我会愿意吗?

呃,怎么说呢,换作是她她会愿意的。对方得给她一点儿好处,那是自然,但是——

我唯一想要的好处就是事实真相。苏珊娜冷冷地说。

有人轻轻碰了碰站在店门前的米阿。米阿倏地转过身,抬起双手,做好准备,如果对方是敌人、威胁到她的小家伙,她就把他的眼珠子挖出来。

"对不起,"一个黑发女子笑着说。和刚刚那个男人一样,她递来那个方形会发光的东西,中间有一个圆形的玻璃眼睛直勾勾地盯着米阿。她看见了自己的脸，又小又暗，满脸困惑。“帮照相，请你？我和我的朋友照相？”

那个女人在说什么，她到底想怎么样，那发光机器是做什么的？米阿没有一点儿概念，唯一知道的是这儿嘈杂混乱，到处都是人。透过窗户米阿看见酒店外面的马路上同样挤满人，许多黄色汽车和装有不透明车窗的(但毫无疑问里面的人肯定能看见外面)黑色长轿车也停在外面。两位身穿绿色制服的人站在街上，嘴里含着银色的口哨，附近传来突突的震动声。对从没见过手提钻的米阿来说，电钻声简直就像机关枪，可是街上没有人倒地，甚至没人显出一丝惊讶。

她自己该怎么去迪克西匹格餐厅？理查德·P. 赛尔说过苏珊娜肯定能帮她，可苏珊娜现在坚持一言不发，米阿觉得自己几乎濒临崩溃的边缘。

这时苏珊娜再次开口。

如果我现在帮个小忙——把你带到个安静的地方让你喘口气，换件衬衫——你能不能跟我实话实说？

说什么？

说说这个婴儿，米阿；说说他的母亲，你自己。

我说过了。

我可不这么认为。你说你自己是魔头，可我觉得你甚至还没我像……我要的是真相。

为什么？

我要的是真相。苏珊娜最后重复了一遍，再度缄默，拒绝再回答米阿的任何问题。当又一个矮个男人拿着又一个发光机器朝她走来时，米阿终于崩溃了。单单穿过酒店大堂这一件事儿她一个人都完成不了，更何况单枪匹马赶到迪克西匹格餐厅？这么多年以来她一直在

(法蒂)

(迪斯寇迪亚)

(悬崖边的城堡)

现在却突然置身人群中,她真想尖叫。为什么不把她自己知道的告诉这个肤色黝黑的女人?毕竟她——米阿,无父之女,一子之母——才是真正的控制者。来点儿真相又能有多少损失?

好吧,她终于答应,照你说的做,苏珊娜、奥黛塔、管你到底是谁,只要你帮帮我,让我赶紧离开这个鬼地方。

## 8

钢琴的角落旁有一座酒吧,旁边有一间女盥洗室。两个黄肤黑发、眼角上翘的女士站在水池前,一个在洗手,另一个梳理头发,互相用鸟语唧唧喳喳聊着天,没一个注意到一位美国妇女经过她们走进小隔间。片刻之后,她们走了出去,终于留给她一丝安静。当然,并非全然寂静,轻盈的旋律从头顶的扬声器里缓缓流泻出来。

米阿琢磨了一会儿,弄明白了门闩的用途,关上了隔间门。她正要坐下来时苏珊娜命令道:把里面翻出来。

什么?

我是说衬衫。把里面翻出来,看在你父亲的面上!

米阿愣在当场,一时没回过神儿来。

她身上这件衬衫用粗布织成,属于农耕地区秋凉下来以后男女皆宜的套头衫。领口的样式照奥黛塔·霍姆斯的话说叫做船领,没有扣子,所以,对啊,很容易反过来穿,可是——

苏珊娜明显有些不耐烦了：你是不是打算一整天就这么呆站在这儿？快把里面翻出来！把衬衫塞进裤腰。

为……为什么？

换个造型，苏珊娜迅速回答，可那并非真正的理由。其实她是想看看自己腰际以下变成了什么样子。如果两条腿是米阿的，那就非常有可能见到两条白腿。想到自己竟然变成了黑白混血，她忍不住惊讶(甚至有些恶心)。

米阿顿了一会儿，伸出手指尖使劲揉搓起左胸心脏上最深的那块血渍。把里面翻出来！当时在大堂里时她的脑海里闪过至少一打主意(用小乌龟雕像迷惑商店里的人或许只是其中最接近可行的之一)，但她做梦都没想过能把这件该死的衬衫反过来穿。这大概也能有力地证明她当时的确手足无措。可现在……

现在她身处的城市同城堡里的寂静房间和法蒂的安宁街道可是大相径庭，这儿闹闹哄哄，几乎人满为患。可她是不是真的需要苏珊娜？需要她带着她们从这儿走到六十一街和莱克星沃斯大道？

莱克星顿，困在她体内的那个女人更正道，莱克星顿。你怎么老是说错？

是，的确，她总是说错这么简单的一个词儿，实在找不到任何借口。也许因为她从来没上过学堂，可是她并不愚蠢。那又为什么——

干吗？突然她质问道，你偷偷笑什么？

没什么，体内的那个回答……可米阿能感觉到她还在笑，嘴咧得愈发开了，她非常不高兴。刚才在 1919 房间里苏珊娜还惧怒交加，尖叫着指责她背叛了她的爱人和首领。米阿的确觉得有些羞耻，也并非情愿，可她宁愿体内的那个女人咒骂哭泣、情绪失控，此时的微笑反而让她紧张，让她觉得这个黝黑肤色的女人想要扭转乾坤；也许她甚至觉得自己已经扭转了乾坤。当然那是不可能的，她有血王的保护，可是……

告诉我你到底在笑什么！

噢，没什么，答话的人换成了米阿更厌恶，甚至有些害怕的那个叫做黛塔的女人。没什么，小甜心，只不过以前有个叫西格蒙德·弗洛伊德的家伙——一个混账白鬼，不过倒还算聪明。他说过如果有人不停地忘记一件事儿，很可能是因为那个人刻意想要忘记。

荒唐，米阿冷冷地反驳。就在这心灵对话进行的同时，盥洗室的门又被推开，走进两位女士——不，至少三位、甚至四位，唧唧喳喳地说着鸟语，夹杂着咯咯的笑声。米阿紧咬住牙关。我为什么要刻意忘记那个我能找到帮手顺利分娩的地方？

呃，那个弗洛伊德——抽雪茄的维也纳混账白鬼——据他说，我们的意识下面还有一个意识，被他称作无意识、潜意识什么的，反正是一种见鬼的意识。我不是说真的有，只是他说有罢了。

（尽量拖延时间，埃蒂告诉她。她很肯定他要说的就是这个意思，也一定会尽力，只是她暗暗祈祷希望不要因为她这么做却最终导致杰克和卡拉汉丢了性命。）

那个老家伙弗洛伊德，黛塔继续道，他说很多情况下这个潜意识或者无意识比上面的那个聪明百倍，可以更快地理解复杂情况。也许你的那个意识同意我一直对你说的话，你的朋友赛尔只不过是个谎话连篇的混蛋，他最终会偷走你的孩子。说不定会把他活生生撕成两半喂给那群吸血鬼，让他们美餐一顿——

闭嘴！你快给我闭嘴！

隔间外面那群唧喳不停的女游客突然暴出一阵尖锐的笑声，米阿感觉自己的眼珠子都在颤动，仿佛快要在眼眶中融化了似的。她有一股冲动想冲出去猛揪住她们的脑袋狠狠向镜子砸过去，一遍接着一遍，直到连天花板都溅满鲜血。她们的脑浆——

忍耐，忍耐，体内的那个女人这时又换成了苏珊娜。

她说谎，那个贱人**说谎**！

不对，苏珊娜唇边镇定地吐出简单的两个字，宛如一支恐惧之箭倏地插进米阿的心脏。她怎么想就怎么说。不要试图争辩，她根本没有说谎。米阿，现在赶快把衬衫反过来。

那群女游客最后又大笑了一阵，终于离开。米阿把衬衫脱了下来，暴露出苏珊娜的双乳，深棕的肤色就像掺了点儿牛奶的咖啡。原本浆果一样娇小的乳头如今变大了许多。等待婴儿吮吸的乳头。

衬衫里子上的血迹淡了许多，米阿重新套上衬衫，解开牛仔裤的扣子把衣角塞进去。苏珊娜着迷地盯着自己的大腿根部，那儿的皮肤变得像掺了一点儿咖啡的牛奶。下面那两条白皙的大腿明显属于在城堡幻境遇见的那个白种女人。苏珊娜可以想象，假如米阿一路脱下裤子，她肯定能看见在米阿——真正的米阿——身上见到的疤痕累累的小腿。当时米阿正站在迪斯寇迪亚眺望远方那片标志着血王城堡的赤霞红光。

这番景象让苏珊娜异常害怕，她思索片刻，想通了原因。如果米阿只是单纯补上当初奥黛塔·霍姆斯被杰克·莫特推下站台而失去的一双小腿，那么白的只应该是膝盖以下的部分。但现在她的大腿已经是变成了白色，连腹股沟也正在变白。这种换肤变身术简直匪夷所思！

她在偷你的身体，黛塔在一旁幸灾乐祸，很快你会有一个白肚子……白胸脯……白颈子……白脸颊……

快别说了！苏珊娜警告她，可黛塔·沃克在意过她的警告吗？在意过任何人的警告吗？

然后，最后一步，你会换上一副白脑子，姑娘！一副米阿的脑子！太有趣了，可不是嘛！他妈的，你就完全变成了米阿！到那时即使你想跑出来驾驶汽车也没有人会搭理你！

米阿把衬衫放下来，遮住臀部，重新扣上牛仔裤，一屁股坐在了马桶上。正前方门板上胡乱涂写着一行字：班戈·斯干克期盼血王到来！

这个班戈·斯干克是谁？米阿问。

我也不知道。

我想……很困难，但米阿强迫自己继续说下去。我想我欠你一句谢谢。

苏珊娜瞬时冷冷地抛出回答。用真相谢我。

那你先告诉我你为什么会帮我，然后我才……

这回轮到米阿说不下去了。她一直以为自己勇气过人——至少在保护小家伙的时候——但这回她真的说不下去了。

在你背叛我的爱人、投靠了血王的走狗之后？在你说出只要能保护你的宝贝杀死我也无所谓的那种话之后？你还想知道为什么？

赤裸裸的指控在米阿听来非常刺耳，但她还是忍了下来。不得不忍下来。

是的，女士，请告诉我。

接着回话的又换成了另一个，那声音——尖酸粗嘎，带着胜利的笑意，同时恨意正浓——比起那群唧唧喳喳的女游客发出的尖锐笑声更加可怕。可怕得多。

因为我的哥儿们逃了出来，这就是为什么！他妈的，他们还真强！伏击他们的家伙全被炸成了碎片！

一阵不安袭上米阿心头。不管到底是真是假，这个坏笑的女人显然一门心思相信这是事实。而假如罗兰和埃蒂真的还活着，那有没有可能血王并非像她听说的那样强大、天下无敌？有没有可能一切都是误导——

停下，快停下，你不能那么想！

我帮你还有另一个原因。尖酸的那个消失，原来的又回来了。至少暂时。

什么？

它也是我的孩子，苏珊娜说，我不想它没命。

我不信。

但实际上她是相信的。因为体内的这个女人说的没错：蓟犁和迪斯寇迪亚的莫俊德·德鄯同时属于她们俩。那个坏女人也许不在乎，但这个，苏珊娜，能清楚地感受到胎儿的脉动。如果她对等在迪克西匹格餐厅的赛尔和其他人的所料不错……如果他们真的在骗她、诱惑她……

停下！快停下！除投奔他们我没有任何地方可去。

你有的，苏珊娜迅速更正她，你有黑十三，哪儿都能去。

你不明白。他会跟着我，跟着这个孩子。

没错儿，我是不明白。事实上她心里明白，起码认为自己是明白的，不过……拖延时间，他说过。

好吧，我会尽量解释。只不过我并不理解这一切——还有些事情我自己也没搞明白——但是我会把我知道的全告诉你。

谢谢——

苏珊娜还没来得及道完谢就再次开始跌落，就像爱丽丝跌进兔子洞，穿过马桶、穿过地板、穿过地板下的水管，来到了另一个世界。

## 9

这回跌落的地方没有城堡。罗兰曾对他们说起过他流浪旅途中的一些故事——吸血鬼护士、伊露利亚的小医生们、东唐恩会行走的水，当然还有他以悲剧结尾的初恋逸事——而现在感觉就像跌进了其中一个故事的场景。或者，换个说法，就像跌进了ABC电视台播放的西部电影：泰·哈丁演的《好脚头》、詹姆斯·加纳演的《赌城风云》，或者——奥黛塔·霍姆斯的最爱——克林特·沃克的《夏安勇士》。（奥黛塔曾经给ABC电视台写过信，提议他们做一档以南北战争结束后流浪的黑奴为主人公的节目，这样既能有所突破又能开拓新的观众群，但是她从没得到任何回音。琢磨着开始写信本身就已经荒谬无比，根本是浪费时间。）

眼前有一个畜栏，外面挂着个写有**塔克便宜修补**的广告牌。旅馆顶上也挂着广告牌，上面的广告承诺**环境怡人、床铺舒适**。旁边至少五家沙龙，其中一家外面站着个生锈的机器人，步伐沉重、脑袋乱晃，举着扩音喇叭在空旷的小镇中心卖力地招揽顾客："姑娘，姑娘，花儿一般的姑娘！有些是真人有些是电子人，但是谁在乎，根本区别不出。她们从不抱怨，满足您的所有要求，字典中从没有'不行'二字，一举一动都能让您销魂！姑娘，姑娘，姑娘！有些是电子人，有些是真人，可您亲手来摸都区别不出！她们满足您的所有要求！她们满足您的所有要求！"

一个年轻漂亮的白种女人和苏珊娜并肩走过**法蒂好时光沙龙，酒吧，舞蹈中心**华丽的大门。她肚皮外凸、满腿疤痕，一头乌黑秀发刚及肩膀，身穿褪色的麻织上衣凸现出她身怀六甲，浑身散发出一种神秘气质，仿佛预示着世界末日即将来临。在城堡幻境时穿的那双绑带凉鞋此刻换成了一双磨旧了的高筒靴。她俩穿的都是高筒靴，鞋跟踩在木板路上哒哒作响，回荡在空旷的街头。

远处一间废弃的酒吧里断断续续传来快节奏的爵士乐，一句诗句瞬间在苏珊娜脑畔划过：一群男孩儿在爱斯基摩沙龙里欢唱庆贺①！

透过半开的房门，她毫不惊讶地看见**赛维斯的爱斯基摩沙龙**一行字。

她放慢脚步，朝门里仔细张望，一架钢琴正在自动弹奏，沾满灰尘的琴键上下起伏。原来只是一个机械的音乐盒罢了，肯定又是北方中央电子公司的杰作。除了一个已死的机器人和藏在远处角落的两具行将腐烂的骷髅，房间里只剩下这架钢琴唯我独尊。

一堵城墙屹立在小镇唯一一条街道的尽头，又高又厚，几乎遮住了整片天空。

毫无预兆地，苏珊娜重重敲了一下自己的脑袋，又把手伸在胸前用力打起了响指。

"你在干吗？"米阿很疑惑，"求求你，告诉我。"

"确定我真的在这儿。"

"你本来就在。"

"看起来的确这样儿。怎么可能呢？"

米阿摇摇头，表示自己也不清楚。至少在这点上苏珊娜还是愿意相信她的，黛塔也没表示反对。

"这和我期望的完全不同，"苏珊娜环顾四周一圈，又说，"根

---

① 该诗句选自美国诗人罗伯特·赛维斯(Robert Service)的诗歌 *The Shooting of Dan McGrew*。

本就不是我期望的。”

“不是吗?”米阿反问(并不特别热心)。她走路的样子十分奇怪,就像只鸭子,但即将临盆的孕妇大概都是这么走路的。“那么你期望的是什么呢,苏珊娜?”

“更接近中世纪风格的地方吧,我猜。更像那个。”她指向远处的城堡。

米阿耸耸肩,仿佛说随便你,接着又问:“另一个人在吗?刻薄的那个?”

她指的是黛塔,毫无疑问。“她总是和我在一起,她是我的一部分,就像你的小家伙是你的一部分。”可为什么明明是苏珊娜被强奸却最终米阿怀孕?苏珊娜非常渴望知道原因。

“我马上会生出我的孩子,”米阿说,“可你会不会生出她?”

“应该不会,”苏珊娜诚恳地回答,“她回来最主要的原因,我觉得,是为了对付你。”

“我恨她。”

“我知道。”苏珊娜更知道米阿害怕黛塔。害怕得要命。

“只要她开口,聊天就结束。”

苏珊娜耸耸肩。“她想来就来,爱说就说,不需要我的允许。”

她们前面出现一道拱门,上面一张告示写道:

**法蒂火车站**

**单轨火车帕特里夏停止运行**

**指纹识别器暂停使用**

**请出示车票**

**北方中央电子公司感谢您的耐心**

不过这张告示倒没有引起苏珊娜多大兴趣，引起她注意的反而是丢弃在破旧站台上的两样东西：一个烂得只剩头和一条胳膊的洋娃娃，以及一个小丑面具。尽管看起来那面具是金属质地，但大部分竟然像血肉似的腐烂了，咧开的嘴唇暴露出一排参差犬齿。眼睛是玻璃造的，苏珊娜确信一定也是北方中央电子公司荣誉出品。几绺流苏和绿色破布碎片四散在面具周围，无疑曾经是这玩意儿的帽子。苏珊娜轻而易举地把眼前的破洋娃娃和狼群联系了起来；她亲爱的妈妈，就像黛塔常向别人（尤其是路边酒吧停车场的那些白种家伙们）炫耀的那样，养的可不是傻瓜。

“它们就是把孩子们带到这儿来的，”她说，“狼群从卡拉·布林·斯特吉斯偷走的那些双胞胎就是被带到了这儿。就在这儿被它们——那些东西——改头换面。”

“可不止卡拉·布林·斯特吉斯一个地方，”米阿一副事不关己的语气，“等它们偷来那些孩子，就把他们带去那儿。你一定会认出那个地方的，我肯定。”

她指向法蒂大街的对面。远处一幢活动房屋突兀地矗立在大街尽头的城墙前，拱形的屋顶爬满锈迹，四周的铁皮墙壁都起了皱。四周的窗户全钉上了木板，屋前造了一溜的拴马围栏。苏珊娜发现围栏上拴了约莫七十匹马，一溜的灰色。许多四脚朝天地躺在地上，其中一两头听见了她们的声音，便扭头寻声望了过来，一看见她俩登时冻住了似的。这可不像正常马儿的行为，但是当然，它们也并非真正的马匹，而是机器人、电子人什么的，随便拣一个罗兰常用的词儿来形容都行。大多看起来已经毫无力气，油尽灯枯。

那幢房子外面也立着一块生锈的金属牌，上面写着：

**北方中央电子有限公司**

法蒂总部

电弧 16 实验站

最高级警戒

**请提供语音进入密码**

**并进行角膜识别**

“那儿是另一处道根，对不对?”苏珊娜问道。

“呃，既对也不对，”米阿回答，“实际上这儿是所有道根中的道根。”

“狼群把孩子们就带来这儿。”

“哎，没错儿，而且以后还会继续，”米阿答道，“等一平息你那些枪侠朋友制造的麻烦，血王的计划就会继续执行。对此我一点儿不怀疑。”

苏珊娜着实感到好奇。“你怎么能一边说出如此残忍的话又能这么平静?”她问，“他们把孩子带来这儿，然后把他们的脑子像……像葫芦似的挖空。都是些孩子啊，从没伤害过任何人!等他们被送回去的时候个个都成了白痴笨蛋，痛苦地长大、痛苦地死去。米阿，要是你自己的孩子被这样劫走、哭叫着向你伸出双臂，你还能这样若无其事吗?”

米阿脸腾地红了，但仍然迎向苏珊娜的注视。“每个人都要循着卡决定的道路前行，纽约的苏珊娜。我的使命就是生下我的小家伙，抚养他长大，结束你的首领的旅程、结束他的性命。”

“真有意思，所有人似乎都觉得自己明白卡是什么，”苏珊娜说，“你难道不觉得这很神奇吗?”

“你嘲笑我，只因为你害怕了。”米阿话语中没有任何感情，

“如果这样能让你好过点儿，那么好吧，继续。”她摊开双臂，不无讽刺地鞠了一躬。

她们走到一家标有**女帽女装**广告的商店前，对面就是法蒂的道根。苏珊娜暗暗琢磨：*拖延时间，别忘了这是你在这儿的任务之一。消磨时间，让厕所间里身藏两个灵魂的女人尽可能地多待一会儿。*

“我不是在开你玩笑，”苏珊娜解释，“我只是希望你能把自己放在那些孩子的母亲的位置上，替她们想想。”

米阿听罢显得十分生气，愤愤地甩了甩头，墨黑的长发在耳边飞舞，掠过她的肩膀。“她们的命运又不是我决定的，女士，而且她们也不能决定我的。谢了，不过我可不想浪费眼泪。你到底想不想听我说故事？”

“想的，请讲。”

“那么我们先找地方坐下，我的腿很酸。”

## 10

在她们一路经过几家摇摇欲坠的商店，终于在**松子酒-宠物沙龙**前面找到几张勉强能坐的椅子，可她俩都对散发着死亡气息的沙龙毫无兴趣。她们把椅子拖到了外面的人行道上，米阿坐了下来，长舒一口气。

“很快，”她说，“很快你就要生了，纽约的苏珊娜，我也是。”

“大概吧，可我现在全糊涂了。特别不明白的是你明明知道那个叫赛尔的家伙是血王的走狗，为什么还急匆匆要赶到他那儿去？”

“嘘！”米阿赶紧说。她坐在椅子上，双腿叉开，硕大的肚皮挺在身前，两眼望向远处空旷的街道。“因为赐给我这个完成我生命中唯一使命的机会的就是血王的人。不是赛尔，而是比他厉害得多的一个人，赛尔不过是他的手下。他叫沃特。”

听到罗兰宿敌的名字让苏珊娜吓了一跳。她的反应落在米阿眼里，米阿冷酷地一笑。

“你听过这个名字，我看出来了。好吧，那倒可以省点儿力气了。上帝知道，我已经说得太多；我可不是为了说这么多话而活的，而是为了生下我的小家伙，抚养他长大。不多不少，仅此而已。”

苏珊娜没有作答。消磨时间是她的任务，此时只要东拉西扯就行。可事实上，米阿头脑简单得可怕，她已经觉得厌烦。

仿佛感觉到苏珊娜所想，米阿接着说：“我就是我，非常满意。别人不满意跟我又有何干？我鄙视他们！”

*那语气简直和黛塔·沃克发火时一模一样*，苏珊娜暗想，但还是没有作答。三缄其口看起来是更安全的策略。

停顿片刻后，米阿又说。“可是如果说站在这儿没让我想起过去，那是说谎。是的！”出乎意料的，她大笑起来。而且更出乎意料的，那笑声居然悦耳动听。

“说你的故事吧，”苏珊娜终于开口，“是该和盘托出的时候了。产痛再次开始之前我们还有足够的时间。”

“你真的这么认为？”

“是的。快说吧。”

刚开始，米阿只是怔怔地望着满地尘土的街道。整条大街死气沉沉，笼罩在一股被抛弃的悲情气氛当中。在等待故事开始的当口，苏珊娜第一次捕捉到了法蒂这个地方静止忧郁的气息。周围的景色清澈无影，甚至连天上都没有挂着在城堡幻境看见的月亮，但她仍旧觉得把此刻称作白天不合适。

这儿根本无所谓白天黑夜，她听见自己体内一个声音低声喃喃——不知道是谁的声音。这儿是中间地带，苏珊娜；在这里，影子无处可躲，时间停住脚步。

接着，米阿娓娓道来。故事实际上比苏珊娜想象的要短（而且鉴于埃蒂要求她拖延时间的指令，也比她希望的短），但是很多疑问、甚至多于苏珊娜的期望的疑问，都纷纷得到解答。她越听忍不住越生气。怎么能不生气？在通话石圈的石林骨屑当中，她不仅仅被强奸，而且还被抢劫——世界上所有女人能遇见的最古怪的抢劫。

故事是这样的。

## 11

“如果可以的话，向那儿看，”坐在苏珊娜身边的大肚孕妇说道，“向那儿看，你能看见最原始的米阿，还没得到这个名字之前的米阿。”

苏珊娜把视线投向街道，刚开始除了废弃的车轮、皴裂（而且早就干涸）的水槽、一个牛仔马刺上掉下来的银色小齿轮模样的东西以外，什么都没看见。

然后，慢慢地，一个模糊的身影渐渐成形。是个裸体女人，漂亮得让人目眩——即使在她还没完全现形之前，苏珊娜就能感觉到。年龄一时说不准，黑发齐肩，小腹平坦，小巧可爱的肚脐引得世上任何一个正常男子都迫不及待地想伸舌品尝。苏珊娜（抑或是黛塔）不禁暗叹，上帝，连我都想尝尝了。一道诱人的小沟藏在幽灵两腿间，散发出别样的诱惑魔力。

“那是我刚到这儿来时的样子。”坐在苏珊娜身边那个身怀六甲的米阿说,讲话的语气仿佛是在展示她度假时的照片。那是我在大峡谷,那是我在西雅图,那是我在大库利水坝;那是我在法蒂大街上,如果你想这么说。身边的大肚孕妇也很漂亮,但却不似街上那个影子美得那么古怪。比方说,大肚孕妇能看出年龄——近三十岁——生活在她的面孔上已经刻下印记。大多是痛苦的印记。

“我曾经说我是个大魔头——和你的首领做爱的那个——但其实我说了谎。我觉得你也是怀疑的。但是我说谎不是为了得到什么,而只是……我也不知道……只是出于一种心愿,我猜。我希望这样这个孩子就能属于我——”

“从一开始就属于你啊。”

“哎,从一开始——你说得没错儿。”裸体女人在街上走来走去,摇摆的双臂拉动了颀长后背上的肌肉,臀部随着每个令人窒息的动作左右摆动,从一侧到另一侧。而泥土上却没有留下任何脚印。

“我曾经说过,当纯贞世界退去时,无影世界的那些生物被留了下来。像搁浅在沙滩上的鱼儿、暴露在异域空气下的海兽一样,大多都活不成。可总有一些能适应环境,我就是那些倒霉家伙中的一员。我一直在流浪,只要碰到男人,我就变成你看见的样子。”

街上的女人就像T形台上的模特(而且恰巧忘记穿上本该展示的巴黎当季新款),手放在腰间摆出半月形的姿势,臀部优雅地收紧,立在脚跟上转了一圈儿,然后转身走了回去。笔直的乌发没有任何饰物,随着身体的摆动轻拂过她的耳垂,藏在齐刷刷刘海下的那对眼眸只是直勾勾地望着远方的地平线。

“只要是个男人我就和他交媾,”米阿说,“这倒是和那个开始想勾引你的小兄弟后来转向攻击你的首领的大魔头有共同之处，可能就是因为这个你才相信了我的谎话，我猜。而且你的首领还真是不赖。”说最后一句话时她的声音喑哑下来，其中透出的欲望让苏珊娜体内黛塔的那部分觉得尤为性感。苏珊娜体内的黛塔咧开嘴了然一笑。

“我和他们做爱，要是他们没本事挣脱，我就做到他们死。”仍旧一副就事论事的腔调。参观完大库利水库之后，我们将去约塞米蒂国家公园。“如果下次你有机会再见你的首领，苏珊娜，你能不能帮我带个口信？”

“哎，行啊。”

“他以前认识一个——一个混蛋——叫阿莫・德佩普的家伙，就是那个和眉脊泗的艾尔德雷德・乔纳斯私奔的罗伊・德佩普的弟弟。你的首领一直以为阿莫・德佩普是被毒蛇咬死的，或许这么说没错……我就是那条毒蛇。”

苏珊娜一言未答。

“我既不是为了性，也不是为了要他们的命才和他们做爱。他们临死时，阳物像融化的冰棍儿似的从我身体里滑出来，不过我一点儿都不在乎。老实说，我自己都不知道为什么要和他们做爱，直到我来到这儿，法蒂。很久以前，在红死病摧毁这儿的一切之前，还有许多男人女人。小镇的尽头的裂谷已经存在，但上面的桥还结实好用。那些人相当固执，拼命想留在这儿，即使开始有谣言说迪斯寇迪亚城堡里面闹鬼。火车班次照常，虽然班次已经不太规律——”

“孩子们？”苏珊娜插口问道，“双胞胎们？”她顿了一顿。“狼群吗？”

“不是，你说的都是二十多个世纪之后的事情了。现在好好听我说：法蒂有一对夫妻生下一个婴儿。你肯定不能想象，纽约的苏珊娜，一个正常的婴儿是多么神奇珍贵。在那时候这儿大多数人就像大魔头一样不能生育，即使还能生，生出的要么是缓型突变异种，要么是畸形的怪物，一出生就被它们自己的亲生父母杀死。大多都活不下来。但是，噢，那个婴儿！”

她拍了拍手，双眼散发着光彩。

“圆圆的，粉粉的，脸上连一颗痣都没有——简直就是完美——我只看了一眼就立刻明白了我生存的意义。我做爱根本不是为了性，也不是因为交媾的时候我能感觉到自己是活着的，更不是为了要对方的命，而是为了能够拥有一个像迈克那样的孩子。”

她微微低下头，说：“你瞧，我其实可以把他偷走的。我可以去找那个男人，和他做爱，直到他发疯，然后再悄悄地在他耳边告诉他应该杀死他的妻子。等她一上黄泉路，我就把他弄死，然后那个婴儿——漂亮粉嫩的小婴儿——就是我的了。你明白吗？”

“唔，”苏珊娜霎时觉得有些恶心。她俩前面的街道中央，幽灵模特又转了个圈儿走了回来。更远处招徕生意的机器人还在没完没了地喊着：*姑娘，姑娘，花儿一般的姑娘！有些是真人有些是电子人，但是谁在乎，根本区别不出。*

“我发现我根本无法接近他们，”米阿继续说，“仿佛他们周围有一道魔圈。我觉得是因为那婴儿。”

“后来爆发了瘟疫，红死病。有人说是因为城堡里的一个罐子被打开，里面装的全是邪恶的毒素，本该永远封住。其他人说瘟疫是从峡谷里散发出来的——那儿被他们称作魔鬼的屁股。不管什么原因，法蒂的末日、迪斯寇迪亚边界的末日终于降临。很多人要么走路、要么坐车，拖家带口地逃命去了，可是小婴儿迈克和他的父母却留了下来，希望能等来火车。每一天我都盼着瘟疫感染他们——等着小迈克红彤彤的脸蛋上、胖墩墩的胳膊上长出红点——但是相反，他们三个没一个得病。也许他们真的有魔圈保护。然后火车来了，单轨火车帕特里夏。你知道吗——”

“是的，”苏珊娜回答。单轨火车布莱因的同伴，当年它一定是在这儿和剌德之间运行。

“哎，他们上了火车，我站在月台上，流着泪、几乎泣不成声，眼睁睁看着他们带走了亲爱的小宝贝……那时候他大概才三四岁，已经会走会说话。他们就这么离开了。我本来想跟着他们的，可是苏珊娜，我不能，我被囚禁在了这里，只因为我知道了生命的目的。”

苏珊娜听罢很纳闷，但还是决定暂不评论。

“成百上千年眨眼就过去了。法蒂除了机器人，就只有死于红死病的尸体，腐烂成骷髅、最终化作一抔黄土。

“再后来，很多人来到这儿，可我不敢接近他们，因为他们是他的手下。”她顿了一下，“它的手下。”

“血王的手下。”

“哎，没错儿，前额正中都有一个血窟窿。他们去了那儿。”她指了指法蒂的道根——电弧 16 实验站。“很快，那些可憎的机器又开始重新运转，仿佛他们相信机器能够支撑整个世界。但是，你瞧，他们的真正目的恰恰相反！恰恰相反！他们造出很多床——”

“床！”苏珊娜吓了一跳。街上的幽灵又立在脚跟上优雅地转了一圈儿。

“哎，为那些孩子准备的，尽管直到许多年以后狼群才陆续把他们带来这儿，又过了很多年以后你成了你首领的传奇的一部分。但大概就是那段时间，沃特来这儿找到我。”

“你能不能让街上那个女人消失？”苏珊娜突然有些愠怒，“我知道她只是你以前的样子，我明白的，可她让我……我也说不上来……觉得紧张。你能不能让她消失？”

“哎，随你便吧。”米阿撅起双唇吹了一口气，那个美得让人炫目的女人——无名无姓的幽灵——一阵青烟似的没了踪影。

米阿沉默了好一会儿，仿佛想理清思路。接着她说：“沃特……能看见我。不像其他的男人。那些被我弄死的男人看见的要么是他们想看见的、要么是我想让他们看见的。”她微微一笑，沉浸在那些并不愉快的回忆中。“其中有些，我让他们以为在和自己的妈妈做爱！你真该瞧瞧他们的表情！”笑容渐渐隐去。“但是沃特能看见我。”

“他什么样子？”

“很难说，苏珊娜。他的头藏在兜帽里，脸上总是挂着笑——他是这么一个爱笑的人——他和我聊天，就在那儿。”她手指轻颤，指向法蒂好时光沙龙。

“可他的额头上没有血窟窿，对不？”

“嗯，肯定没有，因为他并非卡拉汉神父口中的低等人，那些家伙只是些断破者，仅此而已。”

愤怒渐渐在苏珊娜心中蒸腾，尽管她还在竭力掩饰。米阿能够阅读她所有的记忆片断，这就意味着他们的卡-泰特里最隐私最底层的秘密全被她洞悉，仿佛一个强盗破门而入，不仅偷了你的钱、翻看你所有的私人书信，还试穿你的内衣。

简直糟糕透了。

“我猜沃特就是你们说的血王的首相。他常常易容，在其他的世界叫另外的名字，但是他总是在笑——”

“我跟他打过照面，”苏珊娜说，“那时他叫弗莱格。真希望再见他一面。”

“你要是真的了解他就不会这么想了。”

“你说的那些断破者——他们在哪儿？”

“啊？……在雷劈，阴影之地，难道你不知道？干吗问？”

“没什么，好奇罢了，”苏珊娜回答。恍惚间她听见埃蒂在说：问她问题，引她回答。尽量拖延时间。这样我们才有机会赶过来。她希望此刻她们这样分开，米阿不会看透她的想法，否则就只有同归于尽一条路了。“再回过头讲讲沃特吧。我们能说说他吗？”

米阿显得十分疲惫，不过还是答应了，苏珊娜反倒惊讶得难以置信。什么时候米阿表现过讲故事的意愿？苏珊娜猜，从来没有。那些苏珊娜问出口的问题和疑问……其中一些也许曾在米阿的脑海中一闪而过，不过肯定只被当做亵渎，第一时间就被驱逐出去。但是，嘿，她可不是蠢货。除非你太过着迷，你才会变得愚蠢。当然苏珊娜认为后者的可能性更大。

“苏珊娜？怎么了，貉獭叼了你的舌头啦？”

“没有，我只是在想他来找你的时候你肯定非常欣慰。”

米阿沉吟片刻，露出一丝微笑。笑容让她变得不一样，仿佛变成了一个纯真羞涩的小姑娘。苏珊娜不得不提醒自己绝对不能轻信这副表情。“是的！是的！当然非常欣慰！”

“在发现你自己的目的却又被囚禁在这儿之后……在看见狼群做好准备偷来孩子做实验之后……在这一切之后，沃特来了。事实上他是个魔鬼，可至少他能看见你，至少他能倾听你的悲伤心事。而且他提出了一个提议。”

“他说血王能够赐给我一个孩子，”米阿温柔地把双手放在隆起的肚子上，“我的莫俊德，终于快要出生了。”

## 12

米阿再次指向电弧16实验站，她口中所有道根的道根。一缕残存的笑意还挂在嘴角，但喜悦已经被全然抽离。恐惧——或许——还有敬畏映得她的双眸灼灼发亮。

“他们就在那儿改变了我，让我变成人类。以前有很多那样的地方——肯定有很多——但我敢发誓那边那个是所有内世界、中世界和末世界仅剩的一个，既神奇又恐怖。我就是被带到了那儿。”

“我不明白你到底什么意思。”苏珊娜的脑海中浮现出她的道根，当然是以杰克的道根作为蓝本的。无疑，那儿的确非常奇怪，到处亮着灯，一台连着一台的电视屏幕，却谈不上可怕。

“那儿的下面有条通道直接通向城堡，”米阿说，“通道的尽头有一扇门，打开就是雷劈与卡拉的交界，黑暗的边缘地带。狼群发动进攻时就是从那扇门出去的。”

苏珊娜点点头。这的确解答了许多疑问。“他们偷回孩子后原路返回吗？”

“不，女士；像许多其他的门一样，那扇从法蒂通向雷劈与卡拉交界处的门只是单面开启的。当你在另一边时，它根本就不存在。”

“因为是一扇魔法门，对不对？”

米阿笑着点点头，拍了拍膝盖。

苏珊娜越来越兴奋。“又是个成对映射。”

“你这么认为吗？”

“是的。只是这次的成对映射变成了科学与魔法、合理与不合理、理智与非理智。无论你用什么名词，那绝对是一对该死的成对映射。”

“哎！是吗？”

“当然！魔法门——就像埃蒂发现的那扇、你把我带到纽约来的那扇——两面都能开。可是北方中央电子在纯贞世界消退、魔法枯萎之后制造的替代品……只能单面开启。我说的对不对?”

“我猜没错儿。”

“估计他们还没来得及想出怎么让这种时空运输双向运行，世界就转换了。反正无论怎么样，狼群是穿过那扇门去雷劈靠卡拉的那面，然后乘火车回到法蒂。对不对?”

米阿点点头。

也许这不仅是为了消磨时间的闲聊，这些信息很有可能以后会派上用场。“血王的手下，就是被卡拉汉神父称作低等人的那帮家伙把孩子的脑子掏空后接下来又怎么做呢？是不是把孩子从那扇门——城堡地下的那扇——送回到狼群的补给站，最后乘着火车再回家。”

“哎，没错儿。”

“那么他们干吗那么麻烦把孩子送回去?”

“这个我也不知道，女士。”说完米阿突然压低嗓音，“迪斯寇迪亚城堡下面还有一扇门，在毁灭之堂里。那扇门通向……”她舔舔嘴唇。“通向隔界。”

“隔界？……这个词我听到过，但我不明白有什么可怕的——”

“你的首领没说错，确实存在无数个世界，但即使那些世界一个紧挨着另一个——比方说平行的几个纽约——它们之间也有许多空间。如果不明白，可以想象一下一幢房子的内墙和外墙。那些地方永远漆黑一片，可是没有亮光不代表空无一物。你说呢，苏珊娜?”

隔界的黑暗中全是怪物。

这话是谁说的？罗兰吗？她记不清了，可又有什么关系！她明白过来米阿说的话，立时觉得毛骨悚然。

“墙壁里全是大老鼠，全是黑蝙蝠，苏珊娜，墙上还爬满无数种虫子，让人恶心作呕。”

“行了，别说了，我明白了。”

“城堡地底的那扇门——我敢肯定是他们误造的——就通向这样的夹缝，各个世界之间的黑暗隔界。不过可别以为是空的。”她继续压低声音。“那扇门专门为血王最痛恨的敌人保留，他们被直接丢进黑暗之中，在那里他们能活上很多年——什么都看不见，没有目的，直到变疯。但最后，他们会被一种超越我们任何最狂野的想象的怪物抓住，被生吞活剥。”

苏珊娜试着在脑海中想象出一扇那样的门，试着想象藏在门后的世界。并不是她真的想，压根是情不自禁。她的嘴变得很干。

米阿继续压低嗓门，神秘兮兮的语调营造出恐怖的气氛，“以前的人造了很多试图把科学和魔法结合起来的场所，但那里是仅剩的一个。”她朝道根努努嘴，“沃特就把我带到了那儿，把纯贞世界在我身上的影响尽数祛除，我变成了人类。

“变成了像你一样的人类。”

## 13

米阿并不明白一切，但是至少苏珊娜已经领悟到，沃特/弗莱格实际上同这个后来成为米阿的幽灵做了一回交易，浮士德般的交易。如果她愿意放弃能永生却没有肉体的生命而变成普通女人，她就能够孕育自己的孩子。事实上，沃特也很坦白，相比较她放弃的一切，她的所得几乎微不足道。那个婴儿不可能像普通婴儿一样——不会像迈克那样在米阿爱怜的注视下长大——她最多只能抚养他七年，可是，噢，即使只有七年也一定会美妙得无法言喻！

除此之外，狡猾的沃特再没说一个字，只是任由米阿一径沉溺在自己的幻想中：如何给他喂奶，给他洗澡，连膝盖和耳后的一小处褶皱都不落下；如何一遍遍亲吻他幼嫩的肩胛；如何拉着他的双手陪着他蹒跚学步；如何给他讲故事、指着天空熠熠发光的古恒星和古母星告诉他罗斯提·萨姆偷走寡妇最好的面包的故事；当他学会说话，喊出第一声妈妈的时候，她会如何流着感激的泪水紧紧抱住他。

苏珊娜听着米阿兴高采烈的叙述，同时一股怜悯与鄙视混合的感情从心底升起。很明显，沃特不费吹灰之力就让她全盘相信，而且完全是让她自己如此相信。就像撒旦一样，他甚至提出了适宜的所有权期限：七年。*只要签上你的名字，夫人。千万别介意我身上地狱的气味；我只是没法儿把那味道从衣服上弄走。*

尽管苏珊娜明白那桩交易的所有条款，还是很难真正接受。眼前的这个女人居然放弃了永生，而换回的是什么呢？怀孕的晨吐，肿胀作疼的乳房，到妊娠最后六个礼拜几乎每十五分钟就要上一趟厕所。等等，还不只那么多！之后整整两年半需要整天和浸满屎尿的尿布打交道！婴儿长第一颗牙的时候夜里疼得大哭你也不得不起来哄他（振作些，妈妈，如今只剩下三十一颗牙要发了）。还有第一次呕吐！更别提在你帮他换尿布时他一时忍不住第一次把热辣辣的小便喷得你满鼻子满脸！

是的，一切确实奇妙。即使她自己从没有过孩子，苏珊娜也明白只要孩子是爱情的结晶，每一块脏尿布、每一场哭闹都自有奇妙之处。但一想到生下这个孩子、当他越长越大逐渐开始懂道理的时候却又被夺走，被带到血王的领地，她只觉得毛骨悚然。难道米阿是太沉浸在将为人母的喜悦当中而没意识到她手中本来就已非常渺小的承诺如今更已经大打折扣?红死病横扫法蒂之后,沃特/弗莱格答应过她能抚养她的儿子七年。可在君悦酒店的电话里,理查德·赛尔却说最多只能五年。

无论如何,米阿已经答应了魔鬼的条款,而且说实话,对方根本就没花什么心思就让她乖乖就范。毕竟她就是为了做母亲而生的,带着这样的使命从纯贞世界中重生。在看见完美的人类婴儿——小男孩迈克——的那一瞬间,她就清楚地明白了自己的使命。即使只能三年、抑或只有一年又如何?难道能指望犯了瘾的吸毒者拒绝伸到眼前的针管,哪怕只有一根?

沃特有时把自己称作末世界的沃特,有时又叫全世界的沃特。他满脸堆着讽刺的(无疑还十分可怕的)笑容,把米阿带进了电弧16实验站,还带着她参观了一圈。那些房间里放满了床,只等孩子的到来;她看见每张床头都有一个不锈钢的帽子,后面连着一根长管子,却根本不愿意去琢磨这装备是做什么用的。沃特还带她参观了悬崖城堡下面的几条通道,包括那些充斥着令人窒息的死亡气息的角落。她——当时一片红色的黑暗,她——

"变成了人类?"苏珊娜问,"听起来好像是这个意思。"

"正在变,"她回答,"沃特把它称作变化过程。"

"好吧,继续说。"

但米阿的那段回忆变得一片模糊——并非是像隔界那儿的漆黑一片,但一点儿也不愉快。是一种失忆状态、红色的失忆状态。难道这位孕妇从幽灵变成凡人——变成米阿——也通过了某种隔界吗?她自己仿佛都不清楚,她只知道一段黑暗——大概是失去了一会儿意识——之后,她醒了过来"……就变成了你现在看到的样子。当然那时还没有怀孕。"

据沃特说，米阿即使变成了凡人也还是不能真正受孕。怀孕，可以。受精，不行。所以血王就请那个大魔头帮了一个忙，魔头女性的那部分从罗兰那儿偷来精子，又通过男性的部分把精子种在了苏珊娜的腹中。当然还有另一层原因，沃特没有直说，可米阿心里明白。

"另一层原因就是那则预言，"她眺望着法蒂荒凉无影的街道。马路对面有一家法蒂咖啡屋，门上做着**美味便宜的**广告，一个酷似卡拉的安迪的生锈机器人默默地站在门前。

"什么预言？"苏珊娜问。

"'艾尔德族裔的最后一个成员将和自己的姐妹或女儿乱伦，生下一个有红色脚跟的孩子，在他的手上最后一名武士将永远停止呼吸。'"

"喂，我不是罗兰的姐妹，也不是他的女儿！也许你根本都没注意过我们俩最基本的区别，肤色就完全不一样，他是白人，我是黑人。"可实际上打心底里她是明白预言指的到底是什么的。组成家庭的方式有很多，血缘只是其中一种。

"他难道没有告诉过你首领这个词是什么意思吗？"米阿问。

"当然，就是头儿的意思。如果他领导的三个舞枪弄弹的家伙换成整个国家，那就是国王。"

"首领，国王，你说得没错儿。现在，苏珊娜，你是不是还想争辩预言的措辞有问题？"

苏珊娜没有作声。

米阿点点头，突然一阵产痛袭来，疼得她一缩。等阵痛过去后她接着说："精子是罗兰的。我相信，先人的科学技术让精子在魔头变性的过程中得以保存，但是那还不是最重要的。最重要的是，它存活下来，正如卡注定的那样，和它的另一部分结合。"

“我的卵子。”

“你的卵子。”

“在通话石圈被强奸的时候。”

“没错儿。”

苏珊娜坐下，沉吟片刻后，抬起头。“看来我当初说得不错。当时你不乐意听，现在同样不会喜欢，但是——姑娘，你只是个保姆罢了。”

这回她的话没有激起任何愤怒。相反，米阿只是笑笑。“那到底是谁一边孕吐一边还来月事？是你呵！而到底谁隆起了大肚子？是我。如果非要说谁是保姆的话，纽约的苏珊娜，是你才对！”

“这怎么可能呢？你知道吗？”

答案是肯定的。

## 14

沃特告诉她这个婴儿将会被逐个细胞逐个细胞地传输到米阿身上，如同逐行传真文件一样。

苏珊娜本来想说她不懂传真是什么，但终究合上双唇什么都没说。她明白米阿想说的重点，已经足够让她觉得既敬畏又愤怒。她曾经怀过孕，而且此时此刻她也正怀着。但是婴儿正在被

（传真）

传输给米阿。是先快后慢还是先慢后快？她猜答案是后者，因为随着时间的推移，怀孕的感觉越来越淡薄而非越来越强烈，原本微微隆起的腹部如今再次恢复平坦。此刻她也懂得为

什么她与米阿两人对这个小家伙怀有同样强烈的感情:实际上它确实属于她们俩,那种传输就像……就像输血似的。

唯一不同的是如果他们要抽你的血输给别人,他们会征得你的同意。我是说假设他们是医生而不是卡拉汉神父碰到的那帮吸血鬼的话。可是米阿,你更像吸血鬼,对不对?

"科学还是魔法?"苏珊娜问,"到底是哪一样让你能偷走我的孩子?"

苏珊娜的问话让米阿的脸微微一红,但当她转过来时,她照样理直气壮地直视苏珊娜的眼睛。"我不知道,"她答道,"也许两者都有。你可别这么自以为是,它在我的肚子里,不是你的。它喝的是我的骨髓我的血,不是你的。"

"那又怎么样?你以为能改变什么吗?你找了个肮脏的魔法师做帮凶,从我这儿偷走了它。"

米阿狂乱地摇头否认,头发在脸前猛烈甩动。

"不是吗?"苏珊娜继续反问,"那怎么吞下池塘里的青蛙的人不是你?大嚼猪圈里的小猪的人不是你?上帝知道还有无数的事情你自己都不能做。你为什么要编造那些城堡盛宴的谎话,方便你自己假装能吃下东西?总之一句话,蜜糖,为什么你的小家伙需要的营养要从我的喉咙里进去?"

"因为……因为……"泪水在米阿的眼睛里打转,"因为这儿是被诅咒的土地,连一块净土都不剩。这儿是迪斯寇迪亚的边缘,红死病肆虐的地方!我不能在这里喂养我的小家伙!"

答得好,苏珊娜暗赞一声,但她并没有说出全部原因。米阿自己心里也明白,因为小婴儿迈克,完美的小迈克,在这里诞生在这里茁壮成长。米阿最后一次见他的时候他也非常健康。可如果她真的确信无疑,为什么她的双眸已经被泪水浸湿?

“米阿，他们全在说谎。”

“你什么都不知道，别让我恨你！”

“我知道。”她的确知道，只是没有证据，真见鬼！如此强烈的感情该怎么证明？

“弗莱格——沃特，如果你更喜欢这个名字——他承诺你七年。赛尔说你能有五年的时间。但如果等你到了迪克西匹格餐厅，他们递给你一张卡片，上面写着**盖章后养育有效期三年**，你又打算怎么办？”

“不可能！你和另一个一样恶心！给我闭嘴！”

“你竟敢说我恶心！是谁等不及的要生下一个将会手刃他亲生父亲的孩子来着？”

“我才不管！”

“你真是太糊涂了，姑娘，把你想要发生的和将要发生的事情混为一谈。你怎么知道他们不会在他刚发出第一声啼哭时就杀死他？把他碾成肉末喂给那些断破者？”

“闭……嘴！”

“美味佳肴，一口就吃得精光，啊？”

“闭嘴，我警告你，快闭嘴！”

“关键是你自己都不知道，什么都不知道。你不过是个保姆，看小孩儿的。你明明知道他们说谎，明明知道他们只管骗人、说话从不算数，可你还是盲目继续。现在你竟然想让我闭嘴。”

“是的！是的！”

“我不会闭嘴的，”苏珊娜抓住米阿的肩膀，冷酷地说。隔着衣服，苏珊娜感觉到米阿的肩膀全是骨头，但很烫，像是发着高烧似的。“我不会，因为它属于我，你自己知道。猫能在烤箱上生小猫，姑娘，可它永远都烤不出松糕。”

好吧，终究她们还是没能避免激烈的冲突。米阿面孔扭曲，愤恨的表情几乎是恐怖的。苏珊娜从米阿的双眸中看见了那个曾经被无尽的渴望与悲伤折磨的灵魂，除此之外，还有一丝火花，只要给机会就能迸发成信念的火花。

"那我来让你闭嘴，"米阿回答。突然间，法蒂的大街就像幻境一样从中裂开，裂缝中瞬时涌出大团大团的黑暗。但不是空的，噢，不是，苏珊娜清晰地感觉到。

她们跌了进去，是米阿把她们推下去的。苏珊娜努力想把她俩拉回来，却只是白费力气。在她们翻滚进浓墨的黑暗中时，一段歌声一遍遍盘旋在脑海中：噢苏珊娜-米欧，一体双姝的灵魂，舞台在——

## 15

迪克西匹格一切准备就绪，时间就是——

还没等这段恼人的(同时又万分重要的)旋律唱完最后一节，苏珊娜-米欧共同的脑袋就被重重撞了一下，眼前顿时爆出一团团金星。等到视线清晰，三个大字映入眼帘：

**干克等**

她略略向后挪了一点儿，只见厕所隔间的门背后胡乱涂着**班戈·斯干克等待国王！**一行字。门，各种各样的门一直在困扰她的生活——似乎自从密西西比牛津镇的牢房铁门哐啷一声关上的那一刻起——但是这扇门还紧闭着。很好。她已经渐渐相信紧闭的门带来的麻烦比较少。不过很快这扇门也会开启，到时又会产生新的问题。

米阿：我已经把我知道的统统告诉你了。现在你是帮我赶到迪克西匹格餐厅,还是说我自己去?实在不行我一个人也行,尤其我手里还有小乌龟。

苏珊娜:我帮你。

虽然米阿得到的帮助在一定程度上取决于此刻的时间。她们在里面待了多久?她的两条腿膝盖以下全麻了——屁股也是——应该已经过了很长时间,但亮堂堂的日光灯下,苏珊娜觉得真正过去的时间也许只有猜测的一半。

为什么你那么在意?米阿生出一丝狐疑。你为什么那么在意现在几点了?

苏珊娜慌忙拼凑出合理的解释。

因为胎儿。你应该晓得我所做的一切只能让它暂时不出来,对不对?

当然。所以我现在就出发。

好吧。先数数我们的老朋友马特留给我们多少钱。

米阿从口袋里掏出一卷钞票,一脸迷茫。

把印着杰克逊头像的那张抽出来。

我……尴尬。我不识字。

那让我出来,我能识字。

不行!

好吧,好吧,别着急,就是那个把又长又白的头发统统向后梳的家伙,长得有点儿像猫王艾尔维斯的那个。

我不认识什么艾尔维斯——

算了,就是那张最上面的。很好。剩余的放进口袋,收好。那张二十块钱放在手心里。好,现在我们可以离开这个冰棍儿摊①了。

---

① 离开冰棍儿摊(let's blow the pop-stand),英语俚语,意为离开这个无趣的地方。

什么是冰棍儿摊？

米阿，闭嘴。

## 16

当她们重新进入大厅时——两条腿还麻刺麻刺的，所以走不快——苏珊娜看见屋外已经黄昏，微微松了一口气。虽说看来她没能消磨掉整整一天，但总算完成了大部分任务。

大厅里人还是不少，但已经不像刚刚那么拥挤。先前帮她/她们办入住手续的漂亮混血儿已经下班。门前走廊上两个身着绿色制服的年轻人正为客人叫出租车。很多客人身穿燕尾服或者缀满亮片的晚礼服。

去参加晚会，苏珊娜说，要么就是去戏院。

苏珊娜，我可不在乎。我们是不是非得通过那些穿绿衣服的人才能弄到一辆黄汽车？

不是。我们可以在街角叫到车的。

真的吗？

噢，别再疑神疑鬼的了。我肯定你再这么拖下去不是胎儿死就是你死。我知道你是好心，而且我也一定会说话算话。好了，真的，不骗你。

好吧。

米阿什么都没再说——当然更别指望有道歉——走出酒店，右拐，沿着第二大道向哈马舍尔德广场，循着玫瑰美丽的歌声向前走去。

# 17

一辆褪色的红色货车停在第二大道和四十六街的街角，那段路牙被漆成黄色。一个身穿蓝色制服的男人——从他的袖章看出来是个巡逻街警——好像正和一个白胡子的高个老头争执着什么。

米阿的体内突然涌起一股震惊。

苏珊娜？怎么了？

快看那个人！

巡逻街警吗？他吗？

不，看那个白胡子的老头！他几乎长得和韩契克一模一样！曼尼的韩契克！你瞧见没？

米阿没看见，也毫不在意。那个白胡子老头明明知道黄色路牙边上不准停车却不肯把车移开，反而照旧支起画架，放上图画。米阿有一种感觉，他们两人之间的争执已经不是第一次了。

“我得给你一张罚单，教士。”

“该怎么做就怎么做，班兹克警官。上帝爱你。”

“好吧。很高兴听到这话。至于罚单，你会把它撕了，对不对？”

“恺撒的事归之恺撒，上帝的事归之上帝①。《圣经》上这么写着，上帝保佑圣书。”

“这个我倒是同意的，”班兹克警官说。他从口袋里掏出一个小本子，在上面写了起来，一派例行公事的样子。“可你听我说，哈里根教士——迟早你的所作所为会传到市政厅那儿，到时

① 出自《圣经·新约全书》的《马太福音》。

候他们一定会好好收拾你。我唯一的愿望就是那时候我能在现场。”

他从本子上把单子撕了下来，朝货车走过去，把罚单贴在了玻璃车窗上黑色刮雨器下面。

苏珊娜不禁觉得有趣：他得了一张罚单，而且看来还不是第一次。

米阿也暂时关心起她身外的事情：他的马车车身上写的是什么，苏珊娜？

苏珊娜浮出的时候，米阿略微感到一丝眩晕，就像脑袋深处被挠了一下痒痒。

苏珊娜的答话盈满笑意：上面写着**神圣上帝炸弹教派**，厄尔·哈里根教士。还有“此刻捐款一分，天堂回报一份”。

天堂是什么？

就是道路的尽头。

噢。

班兹克警官双手背在身后慢悠悠地踱步离开，蓝色制服裤将就裹住肥硕的臀部。他的任务完成了。与此同时，哈里根教士忙着调整他的画架，其中一幅图画上一个身穿白袍的家伙把另一个人放出了牢房，那个白袍客的头上闪着一圈光环。另一幅图画上白袍客扭过头不理睬一头红皮长角的怪兽，那头怪兽正冲着白袍客巨熊似的张牙舞爪。

苏珊娜，那个红色的怪物是不是就是血王在这个世界的人眼中的样子？

苏珊娜：大概吧。那是撒旦，要是你想知道的话——地狱的统治者。让那个教士帮你叫辆出租车好了。用乌龟就成。

再一次，半信半疑地（显然米阿是情不自禁）：真的吗？

真的！当然真的！上帝啊，你这个女人！

好吧，好吧。米阿听上去颇为尴尬，她从口袋里拿出乌龟雕像，举在手里朝哈里根教士走过去。

## 18

电光火石间，苏珊娜领悟到她应该做点儿什么。她撇下米阿一个人（如果这个女人有了魔法乌龟的帮助还叫不到出租车，那真的就没希望了），闭上双眼在脑海中想象出道根。等她再次睁眼时，已经在那儿了。她一把抓过刚才用来呼唤埃蒂的话筒，按下开关。

"哈里根！"她冲着麦克风大叫，"厄尔·哈里根教士！你在不在？能听见我的话吗，亲爱的？能不能听见我的话？"

## 19

哈里根神父停下手中的活儿，目不转睛地看着一个黑人女子——姿态优美的甜妞儿，感谢上帝——钻进了出租车。出租车扬尘而去。夜晚布道开始之前他还得做许多准备工作——刚才同班兹克警官的周旋不过是序曲而已——可他仍旧站在原地，目送着出租车的尾灯渐渐消失。

刚刚是不是有什么事儿发生在他身上？

是不是……？有没有可能……？

哈里根教士扑通一声跪在了人行道上，对路上来往的行人视若不见（当然大多行人对他同样视若无睹）。他虔诚地合上双手，举到下巴位置。《圣经》上说过祈祷是一件私密的仪式，最好在自己的房间里完成，他从没忘记过，而且大多数时候也都谨遵照做的。但他同样相信上帝也希望人们偶尔见识一下真正的祈祷，因为大多数人——上帝！——早已忘记了。况且除了这里，第二大道与四十六街的街角，再没有更好更恰当的地方能与上帝对话。这儿一直萦绕着歌声，干净、甜美的歌声，让人心旷神怡、头脑清醒……而且，顺便说一下，还能保持皮肤光洁。这不是上帝的声音，哈里根教士可没愚蠢到把这歌声同上帝的声音混为一谈，但他一直相信那是天使在歌唱。是的，上帝啊，上帝炸弹，那是一群六翼天使在歌唱。

“上帝，你是不是刚刚在我身上扔了一颗上帝炸弹？请告诉我刚才我听见的声音到底是你的还是我自己的？”

没有回答。总是得不到任何回答。只能待会儿再细想了，现在他必须准备接下来的布道，或者说一场街头秀，要是你想粗俗点儿的话。

哈里根走向自己停在黄色路牙的货车，打开后车门，拿出一叠丝绸封面的小册子。待会儿等他布道的时候会把小册子放在旁边。他又拿出一只木盒，这样他就能站得高一些大喊哈利路亚了。

噢，是的，兄弟，你没说错，那能不能说是一声阿门？

唱：考玛辣——来——知道
另一个又再出现。
或许熟悉名字熟悉脸，
但还是要当心被她骗。
和：考玛辣——来——十遍
你要当心被她骗！
千万别让她靠近，
否则又把你劈两片。

第十一章

# 作　家

## 1

他们终于来到布里奇屯镇上的购物中心——一间超市，一家洗衣店，还有一间大得惊人的杂货店——此时相同的感受同时击中罗兰与埃蒂：萦绕四周的不只是歌声，还有一股强大的力量正在澎湃激荡，仿佛带着他们乘着快得难以想象的电梯一下子直冲云霄。埃蒂的脑海中浮现出小仙女的魔法粉末，小飞象的魔法羽毛。这座新英格兰的小镇并没有散发出任何神圣的气息，但有什么事儿正在发生，力量变得异常强大。

从东斯通翰姆一路开车过来，在一个又一个的路标带领下转过一个又一个的弯道，另外一种感觉也在埃蒂心中油然而生：这个世界有一股难以置信的*清爽活力*。夏日翠绿的松树林散发出的勃勃生机是他从没感受过的，甚至想都没想过。从天空径直飞过的鸟儿让他惊叹得几乎不能呼吸，而那还只是些最普通不过的麻雀而已。地上的层层绿茵宛如厚重的丝绒，仿佛只要你愿意，就能弯腰捡起，像一块地毯似的夹在胳膊下面带走。

埃蒂问罗兰是否也有同样的感觉。

“有，”罗兰回答，“感觉到、看到、也听到……埃蒂，还触摸到了。”

埃蒂点点头，他自己也是同样。这个世界比真实还真实，是……反隔界的，最多只能想到这个词儿了。埃蒂感到他们此刻就身处光束的中心，光束仿佛一条湍急的河流卷着他们向悬崖边的瀑布冲去。

“可是我很害怕，”罗兰说，“我感觉我们正在接近一切的中心——甚至黑暗塔本身。就好像，这么多年来追寻黑暗塔已经成了我的唯一目标，此时越接近终点心里反而越发慌。”

埃蒂点点头，暗暗附和。他自己当然也觉得害怕。假如这种巨大的力量不是来自黑暗塔，那么一定是来自某种可怕强大的东西，应该和玫瑰相似却又并不完全相同。难道是玫瑰的成对映射？很有可能。

罗兰朝车窗外的停车场望出去。大朵厚云在夏日的天空中缓缓移动，而在这片天空下来来往往的人群仿佛并没有意识到充斥在周围的强大歌声，也没意识到云朵都正在沿着古老的路线飘移。他们甚至没意识到本身的美。

这时，枪侠说：“我以前一直觉得最恐怖的事莫过于到达了黑暗塔却发现顶层的房间空无一人。统辖所有宇宙的神或者已经死了，或者根本就不曾存在。但现在……埃蒂，万一这样的统辖者真的存在，而实际上却是一个……”他说不下去了。

埃蒂接了下去。“宇宙的统辖者实际上却是一个无赖？你是不是想这么说？神没有死，却愚蠢邪恶？”

罗兰点点头。事实上这还不是他真正害怕的，但埃蒂的猜测已经相当接近了。

“怎么可能呢，罗兰？考虑到我们现在感觉到的？”

罗兰耸耸肩，仿佛在说什么事儿都有可能。

“无论如何，我们还有其他选择吗？”

“没有，”罗兰神色黯淡下来，“一切为光束服务。”

无论这个强有力的歌声到底是什么，它隐约从购物中心西侧通向树林的那条马路传过来。路标上标明那条路叫堪萨斯路，埃蒂不禁联想到《绿野仙踪》里的多萝西、托托，还有单轨火车布莱因。

他踩下福特车的油门，缓缓向前开去。心咚咚直跳，惊叹涨满胸膛。当摩西走进上帝藏身的燃烧荆棘时，是不是也是同样的激动难耐？当雅各醒来看见浑身散发光彩的陌生人——后来跟他摔跤的天使——站在他的帐篷里时是不是也有相同感受？也许是的，他想，而且他很肯定，这段旅程即将走到尽头——答案就在前方。

上帝住在缅因州布里奇屯的堪萨斯路上？这种想法本该显得疯狂、难以置信，实际上却不是。

*只要别夺去我的命，埃蒂边想边向西侧转弯，我还得回去救我的甜心，所以求求你，不论你是谁、是什么，千万别夺去我的命。*

“老兄，我真的非常害怕。”他说。

罗兰伸出手，握了握他的。

## 2

从购物中心开出三英里左右他们来到一个岔路口，一条小土路从大路左侧岔出去延伸进茂密的松林。前面也有过几个岔道，不过埃蒂都毫不犹豫地开了过去，丝毫没有放慢一直保持的三十英里时速。可在这儿，他停了下来。

前面的两扇车窗都摇了下来，林中风声呼呼，乌鸦粗嘎乱叫，福特车的引擎隆隆作响，不远处还传来机动船的突突声。除了千万股歌声汇合在一起的合唱，这些是他们听见的全部声响。转弯处竖着一块路标，但是上面除了写着**私人车道**以外再无其他。不过埃蒂还是点点头。

“就是这儿了。”

“是的，我知道。你的腿怎么样？”

“还疼着。不过不用担心。我们真的要过去吗？”

"必须,"罗兰回答,"幸亏你当初坚持要过来。我们在这里要做的事情是这个的另一部分。"他拍了拍口袋里那份空地所有权转让给泰特集团的合同。

"你觉不觉得那个叫金的家伙就是玫瑰的成对映射?"

"没错儿。"听见自己想出来的词儿,罗兰不禁微微一笑,可是在埃蒂看来再没有比这微笑更哀伤的了。"我们已经带上了卡拉人的口音,对不对? 刚开始是杰克,接着是我们所有人。不过很快就会消失。"

"还有很长的路要走。"埃蒂叹道。

"哎,前路危机重重。可是……也许没有一个比得上我们即将遭遇的。上路吧?"

"等一分钟,罗兰。你记不记得苏珊娜提起过一个叫莫斯·卡佛的人?"

"一点点……他也有许多故事,霍姆斯先生死后是他接管了她父亲的生意,我没记错吧?"

"嗯。他还是苏希的教父。她说过可以全心信任他。还记得当时我和杰克提出他可能偷了公司的钱时她有多生气吗?"

罗兰点点头。

"我信任她的判断,"埃蒂说,"你呢?"

"我也是。"

"如果卡佛先生的确诚实可信,也许我们可以把在这个世界的事务交给他来负责。"

和充盈埃蒂身边的力量相比,这完全微不足道,但埃蒂还是觉得非说不可。也许他们还有最后一次机会保护玫瑰不让它凋零,但一点儿岔子都不能出。这就意味着,埃蒂心里明白,他们必须遵从卡的意志。

简而言之,一切皆定数。

“苏希说过在你把她从纽约拖出来的时候霍姆斯牙医诊所的市价已经值八百万甚至一千万美元了，罗兰。假如卡佛同我希望的一样好的话，那么那家诊所现在应该值一千两百万、甚至一千四百万。”

“很多吗?”

“当然，”埃蒂张开手向上举起来，罗兰点点头。“说实话用生产假牙的利润来拯救世界的确很滑稽，但这正是我要说的。牙齿仙女留给她的这笔钱还只是刚刚开始。别忘了，还有微软，你还记得我跟凯文·塔提过这个名字吗?”

罗兰点点头。“慢点儿说，埃蒂。求求你，*别激动*。”

“对不起，”埃蒂深深吸了一口气，“这儿就是我们要找的地方。那歌声。那些面孔……你看见藏在树丛中的那些面孔了吗? 影子里面的?”

“一清二楚。”

“我都觉得自己有些疯了。对不起。我想说的是，我们可以合并霍姆斯牙医和泰特集团，然后利用未来的信息把它变成历史上最富有的公司，资源能与索姆布拉公司抗衡……甚至能和北方中央电子抗衡。”

罗兰耸耸肩，抬了抬手，仿佛在问埃蒂怎么能够被如此强大的力量包围还能自在地大谈赚钱。这股力量沿着光束的路径充盈壮大，穿透他们的身体、让他们汗毛倒竖、鼻孔发痒。树林方寸间的影子仿佛都变成一张张凝视的面孔……宛如成百上千的观众聚集在一块儿，专为目睹他们主演的这出戏剧中最残酷的一幕。

“我知道你的感受，但真的*很重要*，”埃蒂仍旧坚持，“相信我，真的。比方说也许我们能迅速壮大，赶在这个世界的北方中央电子公司强大之前就把它买下来。罗兰，我们也许能改变它。

就像最宽阔的河流在源头也许只是条狭窄的小溪，一铲子土就能彻底改变它的命运。”

这句话让罗兰的眼中闪过一道精光。“收买过来，”他接下去说，“变它为我们所用，而不再为血王服务。对，确实有可能。”

“无论有没有可能，可别忘了，我们赌的不只是一九七七年、我自己的一九八七年、或者苏希去的一九九九年。”此刻另一层领悟划过埃蒂的脑海：那个年代亚伦·深纽肯定早已撒手人寰，甚至凯文·塔或许都已不在人世，他们在整个黑暗塔的魔幻大片中扮演的戏份——从希特勒兄弟手中救下唐纳德·卡拉汉——早已画上了句号，同盖舍、胡兹、本尼·斯莱特曼、苏珊·德尔伽朵

（卡拉，卡拉汉，苏珊，苏珊娜）

和滴答老人、甚至单轨火车布莱因和帕特里夏一道，永远地退出了舞台，走向道路的尽头。迟早，罗兰和他的卡-泰特也将走向同一个终点。等万物归为终结——前提是他们异常幸运，且有自我牺牲的强大勇气——将只剩黑暗塔屹立于天地间。可如果他们能把北方中央电子扼杀在襁褓之中的话，也许能救回所有已经折断的光束。即使失败，两根光束，纽约的那朵玫瑰和缅因的这个名叫斯蒂芬·金的人，也可以支撑黑暗塔。埃蒂并没有足够的证据来证明这些猜测……可他的心这么相信。

“我们赌的是岁月，罗兰。”

罗兰点点头，捏起拳头在约翰·卡伦的老福特车落满灰尘的仪表盘上轻轻敲了一下。

“有没有意识到任何事儿都可能在那块空地发生？任何事儿。楼房、公园、纪念碑，甚至国家留声机研究中心。但只要玫瑰还在。这个卡佛能让泰特集团合法，或许同亚伦·深纽合作——”

“嗯，”罗兰插口道，“我喜欢深纽，是条汉子。”

埃蒂表示有同感。“不管怎么样，他们能起草法律文件保护玫瑰——无论发生什么，那朵玫瑰能永远存在下去，我有预感。二〇〇七年，二〇五七年，二五二五年，三七〇〇年……见鬼，甚至一九〇〇〇年……它永永远远都会在那儿。也许它非常娇嫩，但我相信它永不会凋谢。可我们必须抓住机会，一点儿岔子都不能出，因为这里是关键的世界，在这儿，钥匙转不动可没机会再削削尖。在这儿没什么能够重来。”

罗兰沉吟了一会儿，指向那条通往藏着面孔的树林的小土路。树林里千万种声音汇集成和谐的歌声，回荡在林间。歌声唱出的是真理，是对白界①的颂扬，让生命充满了价值与意义。“那么，埃蒂，住在这条路尽头的那个男人呢？我是说如果他是男人的话。”

“我觉得他是，不仅因为约翰·卡伦说的，而且我有预感。”埃蒂拍了拍自己的胸脯。

“我也是。”

“真的吗，罗兰？”

“哎，真的。你觉得他是不是长生不老？这么多年来我见了许多，听到的传言更多，但从来没有一个男人或女人能真的永生。”

“我觉得他没必要永生，他所需要做的只是写出合适的故事。因为有些故事才真正能不朽。”

一丝了然点亮了罗兰的双眸。终于，埃蒂暗想，终于他明白了。

可他自己是花了多长时间才全心接受这个真相的？上帝知

---

① 白界（the White），小说中指的是善良的力量。

道，经过那么多奇迹之后本该更加顺利，可他仍然一直跨不出最后一步。甚至直到发现卡拉汉神父是从一部叫做《撒冷镇》的小说里跳出来的人物，他都还没能走出这关键的一步。而最终促成他幡然省悟的是他发现合作城不在布朗克斯，而在布鲁克林，至少在这个世界，这个唯一重要的世界。

“也许他不在家，”罗兰说此时他周围的整个世界都在等待，“也许创造我们的这个人不在家。”

“你知道他在的。”

罗兰点点头。此刻他的双眸重又恢复了古老的光彩，就像一小簇永不熄灭的火焰，指引着他从蓟犁沿着光束的路径一路向前。

“那么，继续开吧！”他沙哑地喊道，“继续开，看在你父亲的分上！要是他真的是神——创造我们的神——那我就要看着他的眼睛，亲口问他该怎么走到黑暗塔！”

“难道你不会先问问该怎么找到苏珊娜？”

问题一出口，埃蒂就后悔了，暗自祈祷枪侠千万不要回答。

果然罗兰没有作答，只是伸出右手做了个请的手势：快，快。

埃蒂踩下油门，拐进土路。汽车载着两人开进了强大的歌唱力量，那股力量仿佛一阵风穿透他们的身体，让他们变得像思想一样虚幻，仿佛某尊沉睡的天神脑中的梦境。

## 3

开了四分之一里地左右，他们又来到一个岔路口。埃蒂向左拐了进去，虽然路标上写的是**罗丹**而非**金**。从后视镜可见车轮过处扬起一片尘土，甜蜜的歌声像美酒一般倾注入他的身体。

他的头发根根倒竖，甚至肌肉还不禁颤抖。埃蒂有一种感觉，即使他拔出手枪很可能都拿不稳，甚至如果他好不容易拿稳了，也不可能瞄准。他简直不能想象马上要见到的那个人怎么能如此靠近这样的歌声，还能一边饮食睡眠，更别提创作小说了。但当然，金不仅仅是靠近歌声；如果埃蒂没猜错，金就是歌声的源头。

*但他家里人怎么办？又或者他的邻居呢？*

这时他们面前右边出现一条车道，而且——

"埃蒂，停下。"那是罗兰的声音，可是听起来一点儿都不像他，不容忽视的卡拉口音就像覆在整片苍白上一层薄薄的古铜。

埃蒂停下来。罗兰伸手摸索身侧的门把手，却怎么都打不开，只好大半个身子探出窗外（埃蒂听见他的皮带扣碰到车窗内侧的铁皮），然后开始大口呕吐起来。当他重新坐回座位时，脸上既疲惫又兴奋，迎上埃蒂视线的眼睛闪着湛蓝的光泽。"继续开。"

"罗兰，你确定——"

罗兰只是又做了个继续的手势，双眼透过福特车灰蒙蒙的挡风玻璃直视着前方。*快，快。看在你父亲的分上！*

埃蒂发动了汽车。

## 4

房产中介会把眼前的房屋称作平房，这倒没出埃蒂的意料，但让他有些惊讶的是这儿竟然如此朴素。他赶紧提醒自己并非所有的作家都*腰缠万贯*，也许对年轻的作家来说更是如此。无意之间的印刷错误让他的第二部小说成为收藏家的抢手货，但是埃蒂怀疑金根本就从没亲眼见过一分钱佣金，或者用他们惯用的行话来说，版税。

不过车道转角处停了一辆崭新的切诺基吉普车，车身上贴了一长条漂亮的条纹图案，印第安风格，起码说明斯蒂芬·金艺术品味还不赖。房前的院子里有一个木质攀爬架，下面散放着许多塑料玩具。埃蒂的心一沉。卡拉教给他们一则绝妙的教训，就是孩子会让事情变得更复杂。从玩具来看，住在这儿的都是些很小的孩子，而一对荷枪实弹的枪侠即将到来，且此刻精神状况并非全然正常。

埃蒂熄灭了引擎。乌鸦嘎嘎叫了起来，机动船——从引擎判断比他们先前听见的那艘还要大——突突作响。房前，明媚的阳光撒在湛蓝的湖水上，所有的歌声齐齐唱着：来吧，来吧，考玛辣。

罗兰打开车门，缓缓转身下了车：毕竟他臀部有伤，还有风湿。埃蒂也下了车，两条腿麻得一点儿感觉都没有了。

"塔比，是你吗？"

房屋的右侧有人喊道。就在此时，埃蒂看见来人、也就是声音的主人身前投下了一块阴影，顿时心中充斥着恐惧，同时又觉得万分奇妙。他非常肯定：创造我们的人正在走过来，就是他，哎，一点儿没错儿。歌声变得愈发高亢：考玛——来——三遍，他就是我们的创造者。

"落了什么东西了，亲爱的？"最后一个词儿拖得很长，约翰·卡伦也是这种口音。接着，房屋的主人出现在他们眼前，一看见他们，看见罗兰，立刻停下脚步。合唱声也随之戛然而止。一瞬间，仿佛整个世界都变得悄然无声。紧接着那个人转过身撒腿就跑，但他有如雷击的惊恐表情还是落在了埃蒂的眼里。

罗兰身形一闪，快步追了上去，灵巧得宛如一只追捕鸟儿的黑猫。

## 5

不过金先生终究是人而不是鸟。他不能飞，也无处可逃。草坪的斜坡过去有一块巴掌大的水泥地，大概之前是一口水井或是什么抽污水的装置。草坪再过去是一小块沙滩，上面丢了更多的玩具，然后就是湖水了。那个人奔到湖边，被湖水溅了一身，连忙笨拙地转过身，还差点儿绊倒。

罗兰奔到沙滩猛地刹住脚步，和斯蒂芬·金面对面相互打量着。埃蒂站在罗兰身后约十码的地方，望着另外两个人。歌声和机动船的嗡鸣再次响起，也许那声音根本从未停止过，不过埃蒂还是更相信自己的感觉。

站在水边的那个人孩子气地举起手蒙住双眼。“你不在那儿。”他说。

“不，我在，先生。”罗兰温柔的声音里透出一丝尊敬，“别用手遮住眼睛，布里奇屯的斯蒂芬先生。把手放下，好好看看我。”

“我大概精神错乱了。”站在水边的那个人边说边放下双手。一副酒瓶底似的黑框眼镜架在鼻梁上，一角还用透明胶粘了起来。他的头发不是黑色就是深棕色，而漆黑的胡须里掺杂的一绺白须显得特别扎眼。他上身套着一件T恤衫，上面印着**雷蒙斯乐队**①、**火箭射向俄国**，还有**伽巴—伽巴—嘿**几行字，下身穿着一条牛仔裤，身型算不上胖，不过已经略微中年发福。个头很高，脸色同罗兰一样灰白。埃蒂发现实际上斯蒂芬·金长得很像罗兰，可并不惊讶。当然年龄上的差距让人们不会误会他们

① 雷蒙斯乐队(The Ramones)，一九七四年成立于纽约，美国著名的朋克摇滚乐队。成名曲包括《火箭射向俄国》(Rocket to Russia)和《伽巴—伽巴—嘿》(Gabba-Gabba-Hey)。

是双胞胎，但父亲和儿子呢？很有可能。

罗兰伸手敲了自己喉头三次，左右摇了摇头。可这些都还不够。远远不够。枪侠双膝一弯，跪在了亮晃晃的塑料玩具撒了一地的沙滩上，双手抬到齐眉位置。埃蒂在一旁目睹这一切，既着迷又有些手足无措。

“日安，编织故事的人，”他说，“来到你面前的是蓟犁的罗兰·德鄯和纽约的埃蒂·迪恩。我们向您敞开心扉，您能不能也同样对待我们？”

金大笑起来。罗兰的每字每句都铿锵有力，这让金的笑声在埃蒂听来尤其刺耳。“我……上帝，这肯定不是真的。”他接着又喃喃补了一句，“不是吗？”

罗兰仍然跪在地上，仿佛站在水边的人既没笑也没说话，继续说道。“您有没有看出我们是谁？知道我们来此的目的吗？”

“要是你们是真的，应该是枪侠。”透过酒瓶底似的厚镜片，金朝罗兰斜睨过去。“枪侠追寻黑暗塔。”

没错儿，埃蒂暗想。此刻歌声愈发高亢，阳光撒在湛蓝的湖面上，跃动着一片明亮。*真是一语中的。*

“您说得没错儿，先生。我们是来寻求帮助的，布里奇屯的斯蒂芬。您会施以援手吗？”

“先生，你的这个朋友我不敢说，但是至于你……上帝，你是我创造的。你根本不应该站在那儿，因为你应该藏身的地方只有这儿。”他捏起拳头敲了敲自己的前额，仿佛在模仿罗兰刚刚的动作。接着他指向自己的房子，那座平房。“还有那儿，你也应该在那儿，我猜。要么在书桌的抽屉里，要么在车库的纸箱里。你是还没完成的作品，我好久都没想起你了，有……有……”

话音渐渐沉了下去。这时，他仿佛隐约听见美妙的乐声，身体不由自主颤抖起来，膝盖一弯，跌了下去。

“罗兰!”埃蒂飞身向前扑了过去,大叫道,“这哥们儿他妈的心脏病犯了!”幸好情况如他希望的并没那么糟糕,因为歌声仍旧高昂,树影横斜间的面孔仍旧清晰。

枪侠弯下腰,扶住了金——他的身体开始微微抖动起来。“他不过是暂时晕了过去。可谁能怪他呢?帮我把他抬进屋里去。”

## 6

房屋的主卧临湖,望出去一片旖旎风光,可是屋内地板上却铺了一块俗气的紫色地毯。埃蒂坐在床上,透过浴室的门看见金脱掉湿透了的运动鞋和外衣,赤脚站在浴室的瓷砖上,换掉湿透的内衣套上了干净的。他并没阻止埃蒂跟他进浴室。自从清醒过来以后——实际上他真正晕过去只有三十秒——他的表现平静得几乎诡异。

他出了浴室走到衣柜跟前。“是不是恶作剧?”他边问边翻找出一条干净的牛仔裤和T恤衫。在埃蒂看来,屋内每一处都体现出主人家底甚丰——至少有一些钱。上帝知道这些衣服还能体现出什么。“这是不是麦柯·米克卡森和弗洛伊德·凯德伍德想出来的鬼把戏?”

“我不认识你说的这两个人,这也不是恶作剧。”

“也许不是,可那家伙绝对不可能是真的。”金套上牛仔裤,平静了下来,语气变得理智。“我是说,他是我写的!”

埃蒂点点头。“我也这么想,但他的确是真的。我一直跟随他,已经有——”多久了?埃蒂自己也一时说不上来。“——有好一会儿了,”他说,“你写了他,可没写我吗?”

“你是不是觉得有点儿失落?”

埃蒂笑了起来,可事实上,这的确是他此时的感受。有一点儿。也许金还没写到他,可即使真的如此,并不代表是安全的,不是吗?

“怎么一点儿都不觉得我自己精神错乱了,”金喃喃说道,“不过我猜要是真正精神错乱了就根本不会有感觉。”

“你没有精神错乱,我想我明白你现在的感觉,先生。那个人——”

“罗兰。蓟犁……的罗兰?”

“没错儿。”

“我记不得有没有写到蓟犁那部分了,”金说,“得回头去查查,假如还能找得到的话。不过,很好,就像‘蓟犁之内无香膏。’”

“我不大明白你说的话。”

“算了,我自己也不大明白。”金在衣柜里找到一盒香烟,抽出一根点燃。“继续说你的吧。”

“他把我从这个世界拽进了他的世界,当时我也感觉自己精神错乱了。”当然埃蒂被拽离的并非眼前的这个世界,非常接近但仍然不同,而且那时候他自己吸毒成瘾——难以自拔——不过当下情况复杂,还是不要提这些细节了,以免添乱。不过在他们出去找罗兰开始真正的谈话之前,他还有一个问题要问。

“问你个问题,金先生——知不知道合作城在哪里?”

金从湿了的那条牛仔裤口袋里掏出硬币和钥匙,放进新换裤子的口袋里。香烟叼在嘴角,烟雾熏得他眯缝起右眼。听到埃蒂的问题,他停下手中动作,双眉一挑,朝埃蒂瞥了一眼。“是不是脑筋急转弯?”

“不是。”

"要是我答错了你不会用你腰里别的枪打死我吧?"

埃蒂微微一笑。金并非一个十恶不赦的恶棍,感谢上帝。可他几乎立刻想起来,上帝派了一个醉酒的司机杀死了他的小妹妹,还有他的哥哥亨利。上帝创造了恩里柯·巴拉扎,活活烧死了苏珊·德尔伽朵。笑容从嘴角隐去,答道,"这儿没人会被打死,先生。"

"那么,合作城在布鲁克林。从你的口音判断,你就是从那儿来的吧。猜谜节的大白鹅是不是该归我了?"

埃蒂仿佛被针刺了一下儿。"什么?"

"没什么,我母亲常常这么说。每次我哥哥戴维和我做好了所有家务,她总会说'男孩儿们,猜谜节的大白鹅归你们了。'玩笑而已。那么我是不是答对了,有没有奖品?"

"有,"埃蒂回答,"当然有。"

金点点头,熄灭了雪茄。"你是个好人。我不喜欢的是你的伙计。从来就没喜欢过,我猜这就是我决定放弃写那部小说的部分原因。"

埃蒂听了再次一惊,蓦地从床上站起来掩饰自己的惊讶。"放弃?"

"是呵。书名叫《黑暗塔》,本来能成为我的《魔戒》、我的《戈蒙哈斯特》①,我的……随你想象。只有二十二岁的优势在于你永远不会缺乏雄心壮志,不过没过多久我就发现这个雄心太大了,我的小脑袋里装不下。太……怎么说呢……异想天开?我猜这个词儿非常恰当,而且,"他又补充了一句,"我把故事大纲弄丢了。"

---

① 《指环王》(*The Lord of the Rings*)英国作家托尔金的长篇魔幻巨著。《戈蒙哈斯特》(*Gormenghast*),英国作家默文·皮克的长篇三部曲。

“你把什么弄丢了?”

“听上去很疯狂,对不对?不过写小说本来就是个疯狂的活儿。你知不知道厄内斯特·海明威曾经在火车上掉了整整一本短篇小说集?”

“真的?”

“当然。而且还没有备份,一张都没有。就这么,咻地一声,没了。这事儿竟然也被我碰上。一天晚上我喝得酩酊大醉——或者是吃了迷幻药,记不得了——我给这本五千甚至一万页的史诗巨著写了一个大纲,写得很好,我觉得。小说基本成形,感觉也出来了。然后我就把它弄丢了。大概是在我骑摩托车从见鬼的酒吧回家的路上从车后座掉了下去,以前从没发生过类似的事儿。我对自己的小说还是很细心的。”

“嗯哼。”埃蒂应了一声,心里想问他:*那你有没有凑巧在附近,你丢东西的附近,看见一些开着超炫跑车、衣着鲜艳的家伙?有没有看见前额有一个血窟窿的低等人?有没有任何蛛丝马迹显示是有人偷了你的大纲?也许有人希望确保《黑暗塔》永远不被写完?*

“我们赶快去厨房吧,得好好谈谈。”此刻埃蒂只希望知道他们到底应该谈什么。无论怎样,这儿容不得丝毫差错,因为这是真正的世界,覆水难收,永不能回头。

## 7

面对时尚的咖啡机,罗兰一时不知如何是好。不过他在厨房的架子上找到一个旧咖啡壶,同当年三个男孩儿去眉脊泗清点货物时阿兰·琼斯随身带的那个咖啡壶很像。金先生的炉子用的是电，可三岁小儿也能琢磨出怎么打开开关。当埃蒂和金走进厨房时，咖啡壶已经烧得嘟嘟作响了。

“我不喝咖啡的，”金边说边走向冰柜（对罗兰敬而远之）。“而且一般五点以前我也不喝啤酒，但是今天我想可以破一次例。迪恩先生？”

“我喝咖啡就行了。”

“蓟犁先生？”

“我姓德鄯，金先生。我也是咖啡就行了，不过谢谢你。”

作家拉动罐头上面一个内置的铁环，打开罐头（这个装置让罗兰不禁觉得表面上很聪明，实际上低能又浪费）。伴随着嘶的一声，一股怡人的香气

（来吧来吧考玛辣）

混杂着酵母与啤酒花的味道扑鼻而来。金仰起脖子，一口气喝掉一半，擦掉胡须上的泡沫后把啤酒罐放在了厨房台子上。他的脸色依旧苍白，但起码看上去已经镇静下来。枪侠心里琢磨，至少迄今为止他的表现还不错。有没有可能在他的脑海深处、心灵的一角，金实际上正盼着他们的来访？一直在等着他们？

“你的妻子孩子，”罗兰说，“他们到哪儿去了？”

“塔比有亲戚住在北部，班戈附近。我女儿上个礼拜一直待在她爷爷奶奶家。塔比带着老小——欧文，刚生下来的小不点儿——一个小时之前就出发了。再过……”他看了看表。“再过一小时我就应该去接我另一个儿子——乔。我本来想写点儿东西的，所以现在我们得赶紧。”

罗兰沉吟片刻。也许他说的是实话，但几乎可以肯定金也是在委婉地告诉他们，要是他出了什么意外，一定很快就会被人发现。

“我简直不能相信发生的一切。我有没有说什么惹你们生气的话。反正这一切就像我自己写的小说全变成了现实。”

“比方说,《撒冷镇》,”埃蒂补充道。

金抬抬眉毛。“噢,原来你知道。你来的地方是不是也有文学公会?”他一口气喝完剩余的啤酒。罗兰心猜他一定天生就挺能喝的。“几个小时以前,湖那边儿全是警车,还有滚滚浓烟。我从办公室就看见了,我还当哈里森或者斯通翰姆的草场着了火,不过现在我有点儿怀疑,是不是你们俩脱不了干系?啊,对不对?”

埃蒂说:“他果然在写小说,罗兰。或者说曾经写过。他说他停了下来,但是小说题目就是《黑暗塔》。所以他知道了。”

金咧嘴一笑,但在罗兰看来,撇开最初在屋外拐角处乍见到自己笔下人物时显露出的惊讶不说,这是金第一次显示出深沉的恐惧。

*难道我真的只是他笔下的人物吗?*

这种感觉既正确又荒唐,只消一闪念就让罗兰的头隐隐作痛,连胃里都七上八下。

“‘他知道了,’”金回答,“我可不喜欢这句话。小说里要是有人说‘他知道了’,下面一句通常就接着‘我们必须杀了他。’”

“请相信我,”罗兰特别加重了语气,“我们从来都不曾想过要杀了您,金先生。您的敌人也是我们的敌人,帮助您的人也是我们的朋友。”

“阿门。”埃蒂接口道。

金打开冰柜,又拿出一罐啤酒。罗兰瞥见冰柜里还有许多啤酒,像士兵似的排列得整整齐齐。“要真是那样儿,”他说,“那你最好叫我斯蒂芬。”

# 8

“说说有我的那部分故事吧。”罗兰提出。

金倾过身子，倚在厨房的台子上，一缕阳光正好照在他的头上。他啜了一口啤酒，仔细思量罗兰的提议。就在此刻，埃蒂第一次看见了那东西，非常模糊——也许是因为阳光的对比。金笼罩在一圈灰蒙蒙的黑影之中，非常模糊，几乎看不见，但是存在，就像穿越隔界时无意瞥见的藏在角落里的阴影。是那种东西吗？埃蒂即刻否定了自己的猜测。

几乎看不见。

但的确存在。

“你瞧，”金终于开口，“讲故事可不是我的强项，听上去有点儿自相矛盾，但真的不是；这就是为什么我总是把它们写下来。”

*他说话到底像谁，罗兰还是我？*埃蒂心下琢磨，说不出所以然。很久以后他才逐渐意识到金说话的方式像他们所有人，甚至包括卡拉汉神父在卡拉的女仆罗莎·缪诺兹。

接着金的脸上绽放出一朵笑意。“对了，干吗不去找找手稿？楼下有五六箱没完成的书稿，《黑暗塔》肯定就在其中一箱里。”*没完成的。没完成的书稿。*这几个词让埃蒂感到特别不舒服。“我去接我儿子的时候你们可以找找看。”他咧嘴一笑，露出几颗七扭八歪的大牙。“也许等我回来的时候你们就已经消失了，我可以继续工作，就当你们压根儿没来过。”

埃蒂朝罗兰投去一瞥，罗兰轻轻摇摇头。炉子上的玻璃咖啡壶里冒出了第一串泡泡。

“金先生——”埃蒂说道。

“叫我斯蒂芬。”

"好吧,斯蒂芬。我们现在必须谈正事儿了。撇去信任的问题不谈,我们真的非常需要赶时间。"

"噢,是的,是的,和时间赛跑。"金说完大笑起来,笑声傻乎乎的却又挺吸引人。埃蒂暗暗怀疑大概是酒精开始起作用。这个人会不会是个酒鬼?接触的时间太短,还不能太早下结论,但埃蒂还是捕捉到一些迹象。高中英语课学的内容已经没记得多少,但他还记得老师曾经说过作家真的都很喜欢喝两杯。海明威、福克纳、菲茨杰拉德、写《乌鸦》[①]的那家伙。作家真的都喜欢喝酒。

"我不是在嘲笑你们俩,"金辩解道,"老实说,嘲笑腰里别枪的人一向不是我的原则。只是我写的小说里人们几乎总是在和时间赛跑。你们想不想听听《黑暗塔》的开场白?"

"当然,要是你还记得的话,"埃蒂说。

罗兰一言未发,不过染霜的双眉下一对眸子闪闪发光。

"噢,当然记得。几乎是我写过的最棒的开场白。"金把啤酒放在一旁,左右手各举起两根手指,弯曲下来,摆出双引号的姿势。"'黑衣人逃进了茫茫沙漠,枪侠紧随其后。'其他我也许还有些吹牛,但是,老天,这句话可不掺杂质。"他放下双手重拿起啤酒,"再问你们第四十三遍,这一切是真的吗?"

"黑衣人是不是叫沃特?"罗兰问。

金的手一歪,洒出一些啤酒,弄湿了他刚换上的衬衫。罗兰点点头,似乎这就是他想要的答案。

"别再当我们面晕过去,"埃蒂嘲弄地说,"一次就足够让我记住了。"

金点点头,又喝了一小口啤酒,看样子重新镇定下来。他瞥

---

① 《乌鸦》(The Raven),埃德加·爱伦·坡所作著名长诗,发表于一八四五年。

了一眼时钟。“你们两位还让不让我去接儿子?”

“让。”罗兰答道。

“你……”金顿了一顿,思索片刻,微微一笑。“保证吗?”

罗兰并没有微笑应答,只是说:“我保证。”

“好吧,那么,《黑暗塔》,读者文摘简写版。只要别忘了讲故事不是我的强项,我会尽力的。”

## 9

罗兰仔细倾听,仿佛所有的世界都悬于这一线之间,而他心下明白事实也确实如此。故事从营火旁那段开始说起,罗兰颇为高兴,因为这段故事终究确认了沃特本质上确是人类。金娓娓道来,故事从那儿回溯到罗兰来到沙漠边缘的那一段。在那儿,他遇上了住在当地的年轻农民布朗。

给你的庄稼生命,这么多年以来罗兰又听到了这句话,给你自己生命吧。他早就忘记了布朗,对布朗的宠物乌鸦佐坦也毫无印象,但眼前的陌生人却仍旧记得一清二楚。

“我最喜欢的,”金说道,“就是故事回溯的方式。单从技巧角度上讲就非常有意思。刚开始我把你放在了沙漠,然后倒回到你和布朗、佐坦初遇的时候。顺便说一句,佐坦是缅因大学一个乡村歌手和吉他手的名字。不管了,从布朗的小屋里故事又跳跃到了你来到特岙镇的那段……这是一个摇滚乐团的名字——”

“杰赛罗·特岙,”埃蒂大叫起来,“他妈的,果然!我就说这名字怎么那么耳熟!那 Z. Z. 托普呢,斯蒂芬?你知不知道他们?”埃蒂盯着金,金却只是一脸茫然,埃蒂随后笑了起来。“大概还没到他们粉墨登场的时候。要么就是你自己还没想到。”

罗兰又做了个手势：快，快，继续。他斜睨了埃蒂一眼，仿佛警告他别再打岔。

“不管怎么样，罗兰到了特岙以后，故事又跳回到食草人诺特死后沃特让他复活的那段。你们现在知道我为什么说有意思了吧？故事的第一部分全是倒叙，就像开倒车似的。”

罗兰对金津津乐道的写作技巧倒没有表现出任何兴趣；毕竟他们正在讨论的是他的生活，他的经历，对他来说可没什么倒叙可言，至少到他到达西海从门里把他的旅伴拽出来为止全是按顺序发展的。

不过看起来斯蒂芬·金对那些门还一无所知。他写到了罗兰在驿站初遇杰克·钱伯斯；他写到他俩来到山前穿过大山；他写到杰克渐渐开始信任、敬爱罗兰，却终被背叛。

讲到这段时，罗兰的头垂了下来。金注意到他的动作，语气带上了一种不寻常的温柔。“德鄯先生，没有必要感到惭愧。毕竟我才是始作俑者。”

可罗兰不禁又一次感到怀疑。

故事继续下去：罗兰在墓地白骨中与沃特的对话，塔罗牌的预言以及出现在天空的种种可怕的幻象；在这预言长夜之后，罗兰醒了过来，却发现自己老去许多，沃特早已化作一堆白骨。最后，金说道，在他笔下，罗兰来到了海边，坐在那里。“你说：‘我爱你，杰克。’”

罗兰恳切地点点头。“我现在仍然爱他。”

“你说话的样子好像他真的存在似的。”

罗兰直视他的眼睛。“我真的存在吗？你呢？”

金没有回答。

“后来怎样了？”埃蒂问道。

"后来，先生，笔搁了下来——或者说我害怕了——没再写下去。"

埃蒂同样希望他别再说下去。夕阳投射进屋里的影子越拉越长，他心急如焚，只想赶紧去救苏珊娜，否则就真的来不及了。他和罗兰心里都挺明白该如何离开现在这个世界，也猜测兴许斯蒂芬·金自己就能把他们引到现实相对比较薄弱的洛威尔——至少约翰·卡伦是这么说的——这段日子以来那儿的时空闯客一直比较多。也许金也会很乐意帮他们指路，很乐意摆脱他们，但即使埃蒂的耐心已经快达到上限，他们现在还是不能一走了之。

"你没再写下去，因为你把大纲弄丢了。"罗兰说。

"大纲。哦，不，并不完全是这样。"金打开第三罐啤酒。难怪这个人的啤酒肚已经出来了；他喝下的卡路里几乎相当于吃了一个面包，而现在开始向第二条进军。"我写小说几乎从来不按大纲。事实上……那份大纲大概是我唯一写过的一份，太庞大，太奇怪，而且你也成了个大问题，先生，哎呀，反正不管你怎么称呼自己。"金做了个鬼脸，"不管这个称呼是什么，反正不是我想出来的。"

"还没想出来而已。"罗兰插嘴说。

"刚开始的时候你就像瑟吉欧·莱昂的《赏金三部曲》里面的人物。"

"意大利西部片，"埃蒂大叫，"天哪，我就知道！我在电影院里起码看了一百部，亨利在家我就和亨利一道去看。要是亨利不在，要么和我的哥们恰基·柯特一道去，要么自己一个人去看。男人都喜欢看那种片子。"

"是呵，"金笑着说，"不过我太太也很喜欢。"

"她真酷呵！"埃蒂大声叫道。

"是的，塔比的确很酷。"金回头望了罗兰一眼，"至于那部《赏金三部曲》——克林特·伊斯特伍德的杰作——刚开始你还挺正常，一起搭档很有意思。"

"很有意思？你这么想的？"

"当然。但渐渐地你变了，就在我的笔下。后来我都不能说你到底是英雄还是枭雄，或者根本什么都不是。直到你让那孩子掉下去，我再也受不了了。"

"你刚才还说你才是始作俑者。"

金直视罗兰的眼睛——和着无尽的歌声，蓝色与蓝色相互碰撞——终于开口："我骗你的，兄弟。"

## 10

话音落下，室内陷入一片沉默，三人都默默思量。过了片刻，金说道："你开始让我害怕，所以我决定不再写下去，把你装在了盒子里放进抽屉，动笔开始写一系列的短篇小说，卖给好几家男性杂志。"他沉吟一会儿，点点头。"在我决定放弃你之后，朋友，我反而开始走运了。我的小说卖了出去，塔比答应嫁给我，不久以后我开始写另一部小说《魔女嘉莉》。不是处女作，却是第一本卖出去的小说，我一下子成了畅销作家。所有一切都发生在和你说再见之后。可瞧瞧现在！六七年之后的一天，我转过自家屋子的墙角，竟然看见你们就站在他妈的车道上。真是活见鬼，要是我妈妈还在肯定会这么说。我该怎么办？最乐观的状况也只能是把你们当作过度工作产生的幻觉。呸，我才不相信。怎么能叫我相信？"金的声音越抬越高，变得尖锐，不过埃蒂并没误以为他害怕了。愤怒才对。"我亲眼看见你们的影子、腿上的血迹——”他指了指埃蒂，“还有脸上的污垢，这些怎么能叫我相信?”这回他转向罗兰，“你们见鬼的让我根本没有选择，我能感觉到我的神智……怎么说……倾斜了？这词儿对吗?大概吧。倾斜了。”

“你并没有真正放弃，”罗兰根本没有理会金的最后几句话，权当他是自言自语的疯话。也许事实上也确是如此。

“没有?”

“我觉得写小说也许就像推东西，顶着反创造的力道推出去。某一天在你写作的过程中你会体会到推回来的那股力。”

金沉吟了好一会儿后微微颔首。“也许你说得对。并不只是通常那种才思枯竭的感觉，我很肯定。那种感觉我很熟悉，尽管并不经常出现。就像……我也不知道，突然有一天，你坐在那儿打字的时候觉得没什么意思了，不再能看得清晰，构思故事情节的时候也不再有什么乐趣。接着，更糟糕的发生了，你突然又有了全新的灵感，就像刚从陈列台下来的瓷器般崭新透亮，没有一丝刮痕，一点儿还没被糟蹋，至少暂时。然后……呃……”

“然后你就体会到了那股反推的力道。”罗兰的语调照样没有丝毫起伏。

“唔。”金的声音变得很低，埃蒂几乎快听不见了。**“高压区域，切勿靠近，禁止进入。”**他顿了一顿。“甚至也许**生命危险**。”

*你可不会喜欢绕着你转的那团暗影，埃蒂思忖，黑云罩顶呵，先生，我真觉得你一点儿都不会喜欢。我到底看到的是什么？香烟？啤酒？还有什么让你上瘾的东西？某个晚上酒后开车发生了车祸？会是多久以后？还有几年？*

他瞥了一眼厨房饭桌上的钟，发现时间已经是下午四点差一刻，顿时非常沮丧。“罗兰，时间已经晚了，他得去接孩子了。”*而我们必须赶在米阿的孩子诞生之前找到苏珊娜，赶在她对血*

王失去利用价值之前。

罗兰回答："再等一小会儿。"说罢他低下头，什么都没说，仿佛在考虑该问什么问题才是对的，也许只问一个问题。埃蒂心里也明白，这非常重要，因为他们永远不能再回到一九七七年的七月九日。也许在另一个世界他们还能回来，但在这个世界绝对不可能了。在其他的世界里也能找到斯蒂芬·金吗？也许不能，埃蒂想。很可能不能了。

趁着罗兰沉吟的当口，埃蒂随口问了问金布莱因这个名字对他有没有特殊含义。

"没有。没什么特别的。"

"那剌德呢？"

"就像勒德分子吗？一个仇恨机器的宗教团体，应该是十九世纪，要是我没记错的话，或许更早。我记得好像十九世纪的时候那帮人捣毁了工厂，砸毁了所有机器。"他咧嘴一笑，又露出一排歪歪扭扭的牙齿。"我猜换做今天他们就成绿色和平主义者了。"

"贝丽尔·埃文斯呢？有没有想起什么？"

"没有。"

"韩契克？曼尼的韩契克呢？"

"没有。曼尼是什么？"

"太复杂了，一时不好解释。那么克劳迪娅·y.伊纳兹·巴克曼呢？有没有什么意——"

金突然大笑起来，吓了埃蒂一跳。显然从他的表情来看他自己也被吓了一跳。"迪克的妻子！"他大叫道，"见鬼你怎么会知道她的名字？"

"我不知道。迪克[1]是谁？"

---

① 迪克(Dick)是理查德(Richard)的昵称。

“理查德·巴克曼[1]。我以前出版过几本简装小说，笔名就是巴克曼。有一天我晚上喝多了，编出了一整段作者生平，甚至连他怎么与白血病抗争都编出了。好样儿的迪克。不管怎么样，克劳迪娅是他的妻子，克劳迪娅·伊内兹·巴克曼，而那个字母 y……这个我就不知道了。”

埃蒂感觉仿佛一块大石头突然滚过他的胸膛，滚出了他的生命。克劳迪娅·伊内兹·巴克曼，只有十八个字母[2]。所以有人又加了一个字母 y，可为什么要这样？当然是为了凑成十九个。克劳迪娅·巴克曼只是一个名字而已，可是克劳迪娅·y. 伊内兹·巴克曼……她却是卡-泰特的一员。

埃蒂现在知道，他们这趟总算没有完全白跑。是的，斯蒂芬·金创造了他们，至少他创造了罗兰、杰克和卡拉汉神父。其余的他还没写到。他笔下的罗兰就像棋盘上的一枚棋子儿：去特岙，罗兰，同爱丽睡觉，罗兰，横穿沙漠追赶沃特，罗兰。可是就在他在棋盘上移动自己棋子儿的时候，金自己也被移动了。他为自己笔名编造出的妻子名字里多出来的字母 y 就是凿凿铁证。有人想要让克劳迪娅·巴克曼变成十九个字母。所以——

“斯蒂芬。”

“怎么，纽约的埃蒂。”金扯出一丝笑意。

埃蒂能够感觉到自己的心脏如擂鼓咚咚直跳。“十九这个数字有什么特别含义吗？”

金沉吟下来。屋外树林间风声飒飒，机动船嗡嗡作响，一两只乌鸦嘶哑地叫着。很快湖边的烧烤晚宴就要开始，也许接下来再到镇上听一场广场音乐会。世界上最美的享受莫过于此。

---

① 斯蒂芬·金曾用理查德·巴克曼(Richard Bachman)的笔名发表过几部作品，如《长路漫漫》(*The Long Walk*)、《布莱泽》(*Blaze*)等。

② 原文的名字是 Claudia Inez Bachman，共有十八个英文字母。

或者可以说最真实的享受。

最终，金摇了摇头，埃蒂长舒了一口气。

“对不起，只不过是一个质数，我最多只能想到这个。我一直对质数挺感兴趣的，自从在里斯本高中上了索耶查克先生的几何上册之后。要么我就是在十九岁遇上我妻子的，不过她可能会反对。她天生喜欢抬杠。”

“那么九十九呢？”

金把指甲里的脏东西挑出去，想了一会儿。“能活到这么老真算长寿。‘九十九年在岩石堆上。’有首歌儿就叫做——我记得——‘九十九号的沉没。’不对，好像是叫‘长庚星号的沉没’。‘墙上有九十九罐啤酒，我们拿下一罐，众人手中传，墙上还剩九十八罐。’然后就是，当当，背景乐起。”

这回轮到金瞥了一眼时间。

“要是我不赶快出发，贝蒂·琼斯肯定要打电话来问我是不是已经忘记我还有儿子。等我接到乔以后我还要向北开一百三十里路才能到。要是我能把啤酒戒了倒也好，不过要是厨房里没有站着两个腰里别着枪的幽灵的话那就更棒了。”

罗兰点点头，伸手从枪带里摸出一颗子弹，漫不经心地在拇指和食指之间来回转动。“最后一个问题。问完以后我走我的阳关道，你走你的独木桥。”

金点点头。“那么问吧。”他瞅了一眼手上的第三罐啤酒，然后倒进了水池，流露出一丝懊悔的神情。

“写《黑暗塔》的是不是你？”

这个问题在埃蒂听来简直没有什么意义，可金的双眸却一亮，脸上绽放出灿烂的笑容。“不是！”他说，“如果我以后写一本关于写作的书——很有可能，我以前就是教这个的，不过后来退下来转行写小说——我会这么说的。那本不是，每本都不是，并不真是我写的。我知道有些作家能真正称得上写书，可我不能算。老实说，只要灵感枯竭，开始不得不采用故事情节，我写出来的故事就非常难看。”

“我一点儿不明白你们到底在说什么，”埃蒂问道。

“就像……嘿，这很棒啊！”

弹壳在枪侠的拇指、食指间滚动，毫不费力地蹦到了他的手背上，仿佛在罗兰凹凸起伏的关节上翩翩起舞。

“嗯，”罗兰附和道，“是很棒，可不是嘛？”

“在驿站的时候你就是这么催眠杰克的，让他记起是怎么被车撞死的。”

*还有苏珊，埃蒂心下暗暗补充，他同样就这么催眠了苏珊，只不过你现在还不知道，金先生。不过也许实际上你的心灵深处是知道的。*

“我也试过催眠，”金说，“是我小时候有一次在陶善集会上，有个家伙把我叫上舞台，想让我学母鸡咯咯叫，不过没起作用。就是巴迪·霍利、大爵士乐迷和里奇·瓦伦斯飞机失事的那一年。死神光环！噢，迪斯寇迪亚！”

突然他摇了摇头，仿佛要清醒一下，视线从跃动的弹壳移到了罗兰的脸上。“我刚刚是不是说了什么？”

“什么都没说，先生。”罗兰低头紧盯着弹壳——从前到后，再从后到前——自然金的眼神也随之左右移动。

“你是怎么编故事的？”罗兰接着问，“比方说，*我的*故事。”

“它就这么出现，”金仿佛陷入了回忆，话音渐低。“突然出现在我的脑海中——这还算好的——然后我只要移动手指故事就自然出来了。从来不是从脑子里出来的，而是从肚脐或是什么其他地方。以前有个编辑……我记得叫麦克斯威尔·柏金斯……他把托马斯·沃尔夫称作——”

埃蒂很清楚罗兰正在催眠，也知道如果现在打断肯定不是个好主意，但是他实在忍不住。“一朵玫瑰，”他脱口而出，“一朵玫瑰，一块石头，一处找不到的门。”

金的脸庞倏地亮了起来，一脸喜悦，不过视线一直没离开过在枪侠手背上灵巧跳跃的弹壳。“事实上是一块石头、一片树叶、一处找不到的门，”他说，“不过我更喜欢玫瑰。”

他的神智已经完全被控制，埃蒂觉得甚至能听见他的理智汩汩流出的声音。他突然意识到，任何意外、甚至一阵突如其来的电话铃声，都可能改变一切发展的轨迹。他站起身——拖着僵硬的伤腿——向挂在墙上的电话轻悄悄地走过去，伸手缠住电话线，一使劲，电话线就断了。

“一朵玫瑰、一块石头、一处找不到的门，”金附和道，“好吧，的确可能是沃尔夫的主题。麦克斯威尔·柏金斯把他称作‘神圣的风铃。’哦，失去的，在风中哀声叹息！所有被忘却的脸孔！哦，迪斯寇迪亚！”

“那么故事是怎么进入到你脑海中的呢，先生？”罗兰平静地追问。

“我可不喜欢东方神秘主义的那一套……那种水晶闪烁……一切皆虚空的论调……不过他们口中的灵媒导引倒是有点儿像，就像……那感觉……就像在隧道里向着光……”

“或者说沿着一根光束？”罗兰追问。

“一切为光束服务，”这句话从金的口中蹦出，接着他叹了口气，其中蕴含的哀戚竟然让埃蒂的背后起了一波鸡皮疙瘩。

## 11

午后灰蒙蒙的一缕阳光洒在斯蒂芬·金的身上，照亮了他一侧的脸颊、左眼眼角和嘴边的酒窝，连左半边胡子里夹的每根白须都变成了一道亮光。他就这么站在阳光里，笼罩在头顶的那圈阴影被衬得愈发明显。呼吸变得很慢，几乎每分钟才吸三四口气。

“斯蒂芬·金，”罗兰说，“你能看见我吗？”

“嗨，枪侠，看得很清楚。”

“那你第一次见到我是什么时候？”

“今天就是第一次。”

罗兰脸上闪过一丝惊讶，还夹杂着一缕挫败，明显这并非他期望听到的答案。接着金又继续说道。

“我见过库斯伯特，但没见过你。”他顿了一顿，“你和库斯伯特撕碎了面包，撒在了绞刑架下。这部分我已经写完了。”

“哎，我们的确这么干过。厨师海克斯被绞死的时候。我们当时也只是孩子。是不是伯特告诉你的？”

但是金没有回答。“我还看见了埃蒂，一清二楚。”顿了一顿，“库斯伯特和埃蒂是双胞胎。”

“罗兰——”埃蒂轻呼一声，罗兰猛地摇摇头打断他，把刚才用来催眠金的弹壳放在了桌子上。金还是直勾勾地盯着弹壳原来的地方，仿佛还能看见弹壳跳跃，也许他的确能看见。细微的尘埃绕着他乱蓬蓬的黑发在空气中漂浮舞动着。

“你在哪儿见到库斯伯特和埃蒂的？”

“在谷仓里。”金突然没了声音，双唇开始微微颤抖。“阿姨把我关在里面，因为我们想逃跑。”

“谁？”

“我和我哥哥戴维。被他们抓了回去。他们说我们是坏孩子。”

“所以你必须进谷仓。”

“对，还得锯木头。”

“这是对你的惩罚。”

“嗯。”金的右眼眼角沁出一滴眼泪，顺着脸颊滑到了胡子边。“小鸡全死了。”

“谷仓里的小鸡吗？”

“嗯，是的。”更多眼泪滴落下来。

“是谁杀了它们？”

“沃伦姨夫说它们得了禽流感。它们眼睛全睁着……有点儿吓人。”

也许不仅仅是有点儿，埃蒂暗忖，否则不会有这么多泪水，脸色也不会这么苍白。

“你不能离开谷仓吗？”

“锯完木头才能走。戴维干完活儿，轮到我了。小鸡的身体里，它们的肚子里，有红色的蜘蛛，非常小的红色蜘蛛，就像辣椒粉似的。如果它们爬到我身上，我就会得病，然后死掉。只有那时我才能回来。”

“为什么？”

“我会变成吸血鬼，成为他的奴隶，他的抄写员、他的专属作家。”

“谁的？”

“蜘蛛王，血王，锁在黑暗塔里。”

“上帝啊，罗兰，”埃蒂轻声惊叹，浑身都在颤抖。他们发现了什么惊天秘密？“金先生，斯蒂芬，你当时——现在多大？”

“七岁。”顿了一顿，“我尿裤子了。我不想让那些红色的蜘蛛咬我。不过后来你来了，埃蒂，我自由了。”灿烂的笑容瞬间点亮了带泪的面孔。

“你睡着了吗，斯蒂芬？”罗兰问。

“哎。”

“睡得再深一点儿。”

“好的。”

“我会数到三。到第三下的时候你就尽量睡得更深。”

“好的。”

“一……二……三。”话音刚落，金的脑袋耷拉下来，下巴抵在胸口，一串口水从嘴角流了出来，像钟摆似的挂在嘴边。

“现在我们知道一些事儿了，”罗兰对埃蒂说，“也许是关键信息。他小时候碰见过血王，但看来我们最终把他赢了过来。或者说是你把他赢了过来，埃蒂。你和我的老朋友伯特。反正无论如何，他相当特别。”

“要是我记得我的英勇事迹的话感觉会更好，”埃蒂说，“你有没有意识到这哥们儿七岁的时候我甚至还没出生？”

罗兰微微一笑。“卡就像一个车轮。你一直沿着车轮转动，不过用的名字不同罢了。看起来库斯伯特就曾经是其中之一。”

“那血王被‘锁在黑暗塔里’又怎么解释？”

“一点儿概念都没有。”

罗兰转过身，对斯蒂芬·金说道：“你觉得迪斯寇迪亚的主人有多少次想杀了你，斯蒂芬？杀了你，让你停笔，封上你惹祸的嘴？如果把你阿姨、姨夫的谷仓里的那次算做第一次的话。”

金计算了一会儿，摇摇头。“很多次。”他说。

埃蒂和罗兰交换了一下眼色。

“那么是不是总有人会插手救你呢？”

“没有，先生，想都没想过。我并不是一点儿办法都没有，有时候我能躲过去。”

这句话逗得罗兰大笑起来——笑声就像被折断的干木。“你知道你是谁吗？”

金摇摇头，嘴巴高高撅起，像个赌气的孩子。

“你知道你是谁吗？”

“首先是父亲，其次是丈夫，再次是作家，最后是兄弟。下面我就说不出来了。这样总行了吧？”

“不行，完全不行。你知道你是谁吗？”

很长的停顿。“不知道。我知道的全告诉你了，别再逼我。”

“等你说实话我才不逼你。你知道——”

“好吧，好吧，我知道你什么意思了。满意了吧？”

“没有。告诉我你——”

“我是乾神①，或者说被乾神控制，我也不知道到底是哪个，不过也许根本没什么区别。”金扯开嗓子喊出最后一句话，沉默的泪水滚滚而下，模样十分骇人。“但它不是迪斯，我一直都在躲避迪斯，痛恨迪斯。本来应该已经足够，可并非如此，卡永远都不满足，贪婪的卡。她就是这么说的，对不对？苏珊·德尔伽朵，在被你、或者我、或者根本是乾神杀死之前这么说的。‘贪婪的卡，我是多么恨它。’不管到底凶手是谁，这句话反正是我让她说的，因为我也痛恨卡。永不顺从卡的鞭策，直到我咽气的那一刻。”

罗兰坐在桌边，苏珊的名字让他脸都白了。

“然而卡仍然朝我而来，从我这儿喷涌而出。转化它的人就是我，却是被迫的。卡就像缎带似的从我的肚脐里喷出去。我不是卡，也不是缎带，可它就是从我的身体里喷了出去。我好恨！小鸡肚子里面爬满蜘蛛，你明白吗，爬满了蜘蛛！”

“收起你的眼泪。”罗兰说（在埃蒂听来几乎有些不近人情），金听罢身子一僵。

---

① 乾神（Gan），全世界和黑塔所有塔层的主神，即宇宙的创造力量。

枪侠低头思量了一会儿，抬起头。

“我到西海以后你为什么不写下去了？”

“你是傻子吗？因为我不愿意变成乾神！我想方设法避开了迪斯，也应该可以避开乾神。我爱我的妻子，我的孩子，也爱写小说，可我就是不愿意写你的故事。我一直非常害怕。他在找我，魔王之眼。”

“你停笔以后就不找你了？”罗兰追问。

“是的，我一停笔他就停止找我，看不见我了。”

“但是你必须写下去。”

金的脸孔仿佛因为疼痛扭作一团，旋即又展开，换成了刚刚沉睡的表情。

罗兰抬起残疾的右手。“你再开始动笔，从我怎么失去手指开始。记住没有？”

“大螯虾，”金接着说，“咬掉了你的手指。”

“你怎么知道的？”

金微微一笑，轻轻嘘了一声。“风儿告诉我的，”他说。

“乾神创造了世界，世界转换了，”罗兰答道，“你是不是想这么说？”

“哎，要是没有伟大的乌龟，整个世界早就陷入深渊，可是龟背撑起了世界。”

“我们也是这么听说的，所以心里充满感恩。那么你就从大螯虾咬掉我的手指开始写。”

“该死的大虾咬掉你的手指。”金重复说道，咯咯笑了起来。

“是的。”

“要是你死了，斯蒂文之子罗兰，我倒能省掉许多麻烦。”

“我明白。埃蒂和我的其他朋友也是。”枪侠的嘴角勾起一丝隐约的微笑。“大螯虾之后——”

"埃蒂来了,埃蒂来了。"金打断罗兰,梦游似的挥挥手,仿佛在说他什么都知道,要罗兰别再浪费时间。"囚犯、推者、影子女士。屠夫、面包师、错拿蜡烛的人。"他笑了笑。"我儿子乔总是这么说。什么时候?"

罗兰眨眨眼,一丝惊讶一闪而过。

"什么时候,什么时候,什么时候?"金抬起手,埃蒂惊讶地发现烤面包机、放满干净碟子的消毒柜都漂浮在阳光下。

"你是问我什么时候该重新动笔吗?"

"当然,当然,当然!"一把刀从碗碟消毒柜里飞了出来,径直穿过房间,砰地插进墙里,铮铮作响。接着一切又回到原地。

罗兰说:"聆听乌龟的歌声、巨熊的嚎叫。"

"乌龟的歌声,巨熊的嚎叫。帕特里克斯·欧布赖恩小说里的马图林,理查德·亚当斯小说里的沙迪克。"

"是的,可以这么说。"

"光束的守卫者。"

"是的。"

"守卫我的光束。"

罗兰凝视着他。"是吗?"

"嗯。"

"那么就这样,当你一听到乌龟的歌声或者巨熊的嚎叫时,就赶紧动笔继续写下去。"

"只要我对你的世界睁开眼睛,他就立刻能发现我。"顿了一顿。"它。"

"我知道。我们会尽力保护你,就像我们尽力保护玫瑰。"

金笑了起来。"我爱那朵玫瑰。"

"你见过吗?"埃蒂问。

"当然见过,在纽约,联合国大酒店的那条街,以前是家熟食店，汤姆与格里的风味熟食店。不过现在已经变成一片空地。”

“继续写我们的故事，直到你筋疲力尽，”罗兰说。“直到你才思枯竭，直到乌龟的歌声、巨熊的嚎叫轻不可闻，那时你才能休息。可是该再次开始时千万别犹豫。你——”

“罗兰？”

“嗯，金先生？”

“我会照你说的做。仔细倾听乌龟的歌声，只要在我有生之年听见就会继续动笔写你的故事。不过你也必须倾听，听*她*的歌声。”

“谁的？”

“苏珊娜。要是你们不赶快，婴儿会要了她的命。你一定要竖起耳朵仔细听。”

埃蒂惊恐地看向罗兰，罗兰点点头。该上路了。

“听我说，金先生，很高兴在布里奇屯和你见面，不过我们现在必须离开了。”

“好吧。”金毫不掩饰地松了一口气，连埃蒂都觉得好笑。

“你留在这里，哪儿都别去，再待十分钟。明白没有？”

“唔。”

“然后你会醒过来，感觉非常好。你根本不会记得我们曾经来过这儿，除了记忆的最深处。”

“除了记忆的泥洞。”

“好，照你说的，记忆的泥洞。不过表面上你只会觉得刚刚小睡了一会儿，睡得很香，醒过来神清气爽。然后你就去接儿子，再然后该去哪儿就去哪儿。你会感觉很好，继续你的生活，写很多小说，不过每一部或多或少都会与这部有关。明白吗？”

“明白。”这句回答简直和罗兰疲倦时的粗嘎声音一模一样，埃蒂背上再次一阵发麻。“因为已见不能当做未见，已知不能当做未知。”他顿了顿，“也许只有死亡才能终结一切。”

“是啊，也许吧。每次只要你听见乌龟的歌唱——假如对你来说是这样的话——你就再提笔写下去。这是你写的唯一真实的故事，我们会尽力保护你。”

“我很害怕。”

“我明白，但是我们会尽力——”

“不是那个。我害怕的是不能完成这个故事。”他放低声音，“我害怕黑暗塔终将倒塌，全都该怨我。”

“不能怪你，只能怪卡，”罗兰安慰他，“也不怪我。我自己已经想通了，现在——”他冲埃蒂点点头，站起身。

“等等。”金说。

罗兰抬起眉毛，看看他。

“我希望能有邮寄特权，一次就行。”

好像在战俘营里似的，埃蒂暗笑。接着他大声问：“谁能给你这个特权呢，斯蒂芬？”

金的眉毛纠成一团。“乾神？”他反问，“是乾神吗？”接着，仿佛阳光冲破团团晨雾，他平展双眉，绽出一朵笑容。“我想是我自己！”他说，“我可以给自己寄一封信……一个小包裹……不过只寄一次。”笑容变得愈发灿烂。“这一切……简直就像童话故事，对不对？”

“说得没错儿，”埃蒂脑海里浮现出堪萨斯边界上的玻璃宫殿。

“你想要怎么做？”罗兰问，“你打算寄给谁？”

“寄给杰克。”金脱口而出。

“那你信里打算写什么？”

金的声音变成了埃蒂·迪恩。不是接近，而是完全一模一样。埃蒂霎时全身发冷。

“叮叮当，当当叮，”金轻快地哼道，“你有钥匙别担心！”

他们以为他还会哼下去，不过似乎到此为止。埃蒂瞧瞧罗兰。这回换成埃蒂做出催促的手势，罗兰点点头，他们起身向门口走去。

“他妈的，简直让人毛骨悚然。”埃蒂说。

罗兰默不作声。

埃蒂碰了碰他的胳膊，罗兰停下脚步。“我突然又想起一件事儿，罗兰。趁着他被催眠的当儿，也许你该劝劝他戒烟戒酒。尤其得戒烟。说他是个老烟枪一点儿不过分。你看看这个地方，到处都是烟灰缸。”

罗兰被逗乐了。“埃蒂，等肺部完全成熟以后，烟草只会让你长寿，决不会缩短寿命。就因为这个原因，蓟犁的男女老少，除了最穷的，人人都爱抽烟。而且即使最穷的，他们也有自己的烟斗。其一，烟草让病患的浊气远离你；其二，烟草赶走危险的害虫。这一点蓟犁每个人都知道。”

“美国的公共卫生部长倒会很乐意听听这则蓟犁人人皆知的养生秘诀，”埃蒂不带任何感情地说，“那么，喝酒又怎么说？要是他某晚喝得醉醺醺，开翻了吉普车或者迎面撞上什么人，那又怎么办？”

罗兰沉吟片刻，摇摇头。“我已经按照计划干扰了他的意识——同时干扰了命运的设计。我敢做的也只有这么些了。后面几年我们只要时不时回头查看一次……你干吗冲我直摇头？故事是围绕他旋转的！”

“也许吧，但是之后的二十二年我们都没办法回头查看，除非我们决定放弃苏珊娜……而我永远不会这么做。只要我们去了一九九九年，就再没办法回来了，起码在这个世界不行。”

罗兰沉默下来，盯着斜倚在厨房台子边的那个人。他双眼圆睁，几绺头发落在眉毛边，酣睡正香。七八分钟以后，金会醒过来，届时关于罗兰与埃蒂的记忆将被尽数抹去……以为他们已经永远消失。埃蒂并不是真的以为枪侠会弃苏珊娜于不顾……但他毕竟让杰克掉了下去，不是吗？他曾经放手，任凭杰克跌进了深渊。

“那他必须自己一个人应付了。”罗兰终于回答，埃蒂松了一口气。“金先生。”

“是，罗兰。”

“记住——乌龟的歌声只要一响起，你必须放下手上所有的工作，提笔续写我们的故事。”

“我会的。至少会尽力。”

“很好。”

接着作家说：“那个球必须从架子上拿下来，砸碎。”

罗兰眉头一蹙，“什么球？黑十三吗？”

“要是它醒过来会变成全宇宙最大的威胁，而它正在醒来。在某个另外的地方，某个另外的时空。”

“谢谢你的提醒，金先生。”

“嗒嗒嘀，嘀嘀嗒，把球带到双层塔。”

罗兰不明所以，一言未发地摇摇头。

埃蒂捏起拳头，敲了敲自己的额头，微微俯下身。“再见了，语侠。”

金透出隐约的笑容，仿佛这个词用得非常荒唐，不过他什么都没说。

“祝你天长，夜爽，”罗兰对他说，“你不用再想那些小鸡了。”

一道几乎心碎的希望出现在斯蒂芬·金胡子拉碴的脸上。“你真的这么以为吗？”

“是的。希望我们在上天堂之前还能最后见一面。”枪侠说完转过身，迈开步子离开了金的家。

埃蒂向斜倚在厨房台子边瘦削的身影投去最后一瞥，心里不禁一片惆怅：*下次再见到你，斯蒂芬——如果还能见到——你将变得胡子花白，脸上全是皱纹……可我却仍旧年轻。你的血压怎么样，先生？还能再撑二十二年吗？希望如此。你的心脏呢？家里有没有癌症病史？如果有，那么有多严重？*

当然，此时没有时间一一深究这些问题，甚至任何问题。很快作家将会醒来，继续他的生活，而埃蒂将跟着他的首领重新踏入渐欲黄昏的暮色，背后的门永远关闭。他开始渐渐领悟到，当卡把他们送到了这里而非纽约时，它终究还是清楚它自己的目的。

## 12

埃蒂坐进约翰·卡伦汽车的驾驶座，瞟了一眼枪侠。“你瞧见他周围那一圈黑雾了吗？”

“死亡光环，是的，瞧见了。谢天谢地，光环还很淡。”

“死亡光环是什么？怎么让我想起隔界。”

罗兰点点头。“两个词是有点儿关联，原来的意思是尸袋。他已经被死神盯上了。”

“上帝啊，”埃蒂叹道。

“我告诉过你，还很淡。”

“但已经在那儿了。”

罗兰打开车门。“我们也无能为力。所有人的时间早已被卡标定。走吧，埃蒂。”

可当他们做好准备上路时，埃蒂突然又犹豫起来，觉得还没完全了解金先生。那圈黑雾让他的心有点儿乱。

“那龟背大道、时空闯客又怎么说？我本来想问问他——”

“我们可以自己去弄明白。”

“你肯定？因为我也觉得必须去一趟。”

“我也这么想。快，前面还有很多事情要做呢。”

## 13

旧福特车的尾灯消失在车道尽头，斯蒂芬·金睁开了双眼，第一件事儿就是看时间。快四点了。十分钟之前就该出门去接儿子了，但是刚刚一阵小睡真是十分酣甜。他感觉棒极了，神清气爽，心旷神怡。一个念头浮出他的脑海，倘若每次小睡都能有这种效果，那真应该把它定为国家法律。

也许吧，不过贝蒂·琼斯要是在四点三刻还看不见切诺基出现在车道上肯定会非常担心。金抓起话筒正想打个电话给她，视线却落在了桌上的便笺本上。便笺纸的抬头上写着**打电话给吹牛大王**。他一个小姨子送的。

金神色怔忡，顺手拿起便笺本和笔，弯下腰在纸上写道：

叮叮当，当当叮，你有钥匙别担心。

他顿了顿，凝神思索片刻，又接着写下：

咚咚叮，叮叮咚，仔细瞧钥匙变红。

他又顿了顿，最后写下：

嗨哟哟，哟哟嗨，塑料钥匙给男孩。

他仔细盯着写下的几行字，心中溢满感情，几乎可以说是爱。万能的上帝啊，他的感觉好极了！这几行字什么意思都没有，可是写下来却让他感到如此满足，心神荡漾。

金把便笺纸撕下来。

卷成纸球。

塞进嘴里。

纸球卡在了喉咙口，但很快——嗝！——吞了下去。太棒了！他走到挂钥匙的木牌那儿(本身就是钥匙的形状)，抓起

(叮叮当)

钥匙，走出屋子。他接到乔以后得赶快回来，收拾好行李，然后去米奇·基快餐店随便吃点儿晚饭。不对，应该是米奇·蒂。他能一个人吞下一个大汉堡，还有薯条。见鬼，他感觉好极了！

他开车转进堪萨斯路，向镇上开过去，顺手打开了收音机。广播里面在播放麦考伊乐队的成名曲《撑住，单桅帆船》——总是那么动听。和平时听广播时一样，他的思绪不知道飘到了什么地方，《黑暗塔》里面的人物又一个个从脑际划过。剩下来的已经不多了，他想起来大多数已经被他杀死，包括那个孩子。大概是实在不知道该如何安排他。这就是通常你把人物角色抛弃的原因，不知道还有什么其他的处理方法。他叫什么来着，杰克？哦，那是《闪灵》里面鬼魂缠身的父亲。《黑暗塔》里的那个孩子也叫做杰克，但拼写不一样[1]。这种带有西部主题的小说，取这个名字真是绝妙的选择，活脱脱韦恩·D. 沃弗侯瑟或者

---

① 《闪灵》中的杰克为 Jack,《黑暗塔》里的杰克为 Jake。

雷·霍根小说里的人物。有没有可能让杰克重新回来，兴许可以变成鬼？当然可以。创作这类超自然小说最妙的地方，金意识到，就是没有人会真正死去，他们永远能再回来，就像电视剧《黑暗阴影》里面的巴拿巴，巴拿巴·柯林斯变成了吸血鬼。

"兴许能让那孩子变成吸血鬼回来，"金自言自语，接着大笑起来。"罗兰，你可得小心了，你就要变成盘中餐！"但感觉又有些不对。下面该怎么写？想不出来。不过没关系，灵感总会来的，也许就在最没想到的一刹那，喂猫的时候、给婴儿换尿布的时候、或者在无聊散步的时候。奥登在他那首关于折磨的诗里就这么写过。

今天没有折磨，今天感觉棒极了。

是啊，你叫我小老虎托尼也成。

广播里麦考伊换成了特洛伊·商戴尔，《这一次》的旋律缓缓响起。

老实说，《黑暗塔》还挺有意思的，金暗忖，也许等从北部回来我该重新把它挖出来，再好好看看。

这主意还真不赖。

唱：考玛辣——来——电话<br>
问候创造我们的人，<br>
创造了男人和女人，<br>
创造了伟人和小人。<br>
和：考玛辣——来——电话！<br>
他创造了伟人和小人！<br>
可命运之手多强大<br>
操纵了我们所有人。

第十二章

# 杰克与卡拉汉

## 1

唐·卡拉汉无数次梦回故土，通常他的梦境总以自己在飘满被棒球手称作“天使”的棉絮似的云朵、天高气爽的沙漠晴空下醒来开头，偶尔场景会换作缅因州耶路撒冷镇教区住所里的床上。但是无论地点在哪儿，几乎每次他都感到异常宽慰，第一反应就是祈祷。噢，感谢上帝，感谢上帝一切只是一场梦，我终于醒过来了。

现在他的确醒了过来，毫无疑问。

他在空中翻滚了一整圈儿，掉了一只凉鞋，同时看见杰克在他前面连翻了几个筋斗。接着他听见奥伊狺狺狂吠、埃蒂怒声抗议、出租车叭叭鸣笛、纽约街头隐约的音乐，还混杂着传教士布道的话语。各种各样的声音萦绕在他周围，他的身体不由自主地在空中嗖嗖穿过，速度至少三档，甚至可以说是超速行驶。

卡拉汉一只脚踝狠狠撞上了找不到的门，钻心的痛登时蹿了上来，很快就变得麻木。震耳欲聋的隔界钟声在耳边响得一阵比一阵急，好似转速加快的唱片。一阵湍急的气流迎面扑来，猛然间，汽车尾气的浓烈味道取代了刚才门口洞穴的污浊空气，直钻进他的鼻子。先是街头音乐；现在又来街头尾气。

一瞬间他仿佛听见两个传教士在叫喊。身后的是韩契克，嘶声吼道“看，门打开了！”另一个则在身前，大叫“来，一起赞美上帝，兄弟们，很好，一起在第二大道上赞美上帝！”

更多的成对映射，这个词倏地划过卡拉汉的脑际——电光火石之间——紧接着身后门砰地关上，只剩下在第二大道上大喊上帝的家伙。卡拉汉心下暗说,欢迎回家,狗娘养的,欢迎回到美国。接着,他跌了下去。

## 2

他整个身子跌了下去,手和膝盖着地。牛仔裤撕破了,不过幸好对膝盖起了一定的保护作用。手掌感觉好像被人行道擦伤了。就在这时,他听见了玫瑰雄浑的歌声,宁静安详。

卡拉汉翻了个身,仰面朝天,不禁疼得大吼起来,连忙抬起流血的手掌仔细查看。左手的鲜血溅在了他的脸上,仿佛一滴红色的泪。

"见鬼你这又是打哪儿冒出来的,老兄?"一个身穿灰色工作服的黑人一脸吃惊,看来只有他一个注意到唐·卡拉汉重归故土的戏剧性登陆。他双眼圆睁,目不转睛地盯着躺在人行道上的卡拉汉。

"我从奥兹国来。"卡拉汉坐起身。

阵阵刺痛从手掌传来,脚踝也恢复了知觉,一波一波的疼痛随着心跳刺激着他的感官。"没事儿,哥们儿,你快走吧。我没事儿,别管我。"

"随便你,再会。"

裹在一身灰色工作服里的黑人兄弟——大概是下班的看门人,卡拉汉心猜——迈开步子。他最后瞥了卡拉汉一眼——惊讶尚未褪去,不过已经开始怀疑自己的眼睛——绕过聚在街头聆听布道的人群,片刻之后,消失在人海中。

卡拉汉站起身,踏上通向哈马舍尔德广场的台阶,四处搜寻杰克的身影。一无所获。转过头想找找不到的门,结果门也杳无踪影。

“现在听好了，朋友们！听我说，上帝，上帝之爱，大家一起高唱哈利路亚！”

“哈利路亚！”人群中有人喊了一声，可好像还不够投入。

“阿门，谢谢兄弟们！现在再听我说，美国正在经受**考验**，而且**失败**即将到来！这个国家需要一颗炸弹，当然不是核弹，而是一颗**上帝炸弹**，能一起高唱哈利路亚吗？”

“杰克！”卡拉汉大声唤道，“杰克，你在哪儿？杰克！”

“奥伊！”那是杰克在尖叫，“奥伊！**当心！**”

接着一阵狂吠，卡拉汉一下子就辨认出来。嘶……尖锐的刹车声。

嘀嘀叭叭。

砰。

## 3

刹那间，红肿的脚踝、刺痛的手掌全被抛至脑后，卡拉汉飞奔绕过聆听布道的人群（所有人齐刷刷向马路中心转过去，牧师也中途打住），只见杰克站在第二大道中央，一辆黄色的出租车车头稍偏，就在距离他双腿不足一英寸的地方急刹车，车后轮胎还冒着蓝烟。司机脸色苍白，被吓得嘴巴大张，脖子伸得很长。奥伊伏在杰克的脚上，看起来除了被吓坏了以外没什么其他问题。

砰，接着又砰的一声。是杰克。他挥着拳头使劲地砸出租车的车盖。“混蛋！”杰克冲着坐在车里目瞪口呆的司机大骂。砰！“你怎么不——”砰！“——看清楚——”**砰！**“——他妈的前面的路!”**砰—砰!**

“给他点儿颜色看看,小伙子!”马路对面一个人大喊道。大概三十多个人停下脚步,聚在街头看热闹。

车门打开,车子里出来一个大块头。他身穿一件花哨的西非风格的短袖衬衫,牛仔裤,脚蹬一双滑稽的大号运动鞋,鞋两侧还印着回旋镖的图案。头上扣着一顶穆斯林毡帽,大概因为这顶帽子他显得尤其高。不过当然他本来就很高,卡拉汉揣测,至少有六英尺五英寸。司机满脸络腮胡子,怒气冲冲地盯着杰克。卡拉汉心一沉,压根儿忘记自己还光着一只脚、每走一步就噼啪作响。眼看火药味越来越浓,街头的牧师也走了过去。出租车后面又开来一辆车,司机什么都不关心,一心只记挂着别误了晚上的约会,两只手狂摁汽车喇叭——**嘀嘀叭叭!!!**——身子探出窗外大声抱怨道:“快点儿,阿卜杜拉,别堵在路中间!”

杰克权当没听见,他简直气疯了。这回他抡起双拳,朝车盖狠命砸过去,那模样活脱脱就像《午夜牛郎》里面的骗子雷索——**砰!**“你几乎撞到我的朋友,你这个混蛋,难道你没长**眼睛**——”**砰!**“——不会**看路**吗?”

还没等杰克的拳头砸下去——明显他打算这么继续下去,直到满意为止——司机一把抓住他的胳膊。“住手,你这个小流氓!”他愤怒地大叫,声音尖锐得奇怪。“我跟你说——”

杰克向后退一步,用力甩脱司机。卡拉汉还没反应过来,那孩子迅雷不及掩耳地从胳膊下的枪带里掏出鲁格枪,抵在对方的鼻子上。

“跟我说什么?”杰克冲他大吼道,“啊?跟我说什么?说你开得太快差点儿撞死我的朋友?说你不想脑袋上多个枪眼儿当场死在大街上?跟我说什么?”

远处一位妇女要么是看见了手枪,要么是听见杰克杀气腾腾的威胁，尖叫了一声拔腿就跑。其他几个路人见状也连忙跑开。而剩下的人仿佛闻到了血腥味，聚得更拢。令人难以置信的是，人群中有人——一个反戴棒球帽的年轻人——兴奋地怂恿道："快动手，孩子！给这个骑骆驼的家伙脑袋上开个洞！"

司机睁大双眼，连向后退了两步，举起双手。"别开枪，孩子！求求你！"

"那么你道歉！"杰克咆哮道，"如果想活命，乞求我的原谅！还有他的原谅！*他的*！"杰克脸色惨白，颧骨上几颗红色的青春痘衬得更加明显，圆睁的双眼微微泛湿。唐·卡拉汉清楚地看见他托着鲁格枪的手正在微微颤抖，心下暗自担心。"说你对不起，开车太不当心，你这个狗娘养的！快说！*立刻说*！"

奥伊不安地叫了一声："杰克！"

杰克低头看了他一眼。就在这时，出租车司机猛地伸手夺枪。说时迟那时快，卡拉汉一记漂亮的右勾拳把他打翻在地，躺在了车子前面，帽子从头上掉了下来。两边的路已经让了出来，后面那辆车的司机本可以径直开走，可他照样使劲按喇叭，大喊道："*快起来，哥们儿，快起来*！"马路对面的几个旁观者竟然鼓起了掌，仿佛正在观看麦迪逊广场的现场拳击比赛。卡拉汉暗想：*怎么回事儿，这地方简直就像疯人院。是我忘了这点还是说我才刚刚发现？*

刚才在街头布道的满脸白须、一头及肩白发的牧师此时站在了杰克身边，杰克刚想再举起鲁格枪，他缓缓握住杰克的手腕。

"住手，孩子，"他温言劝道，"把枪收好，上帝保佑。"

杰克转过脸，眼前出现的恰是不久以前苏珊娜看见的景象：一张酷似曼尼的韩契克的面孔。杰克把枪插回枪带，弯下腰抱起奥伊。奥伊呜呜叫了几声，伸长脖子，湿漉漉的舌头向杰克脸颊舔了过去。

与此同时，卡拉汉扭住司机的胳膊，押着他回到出租车里。他从口袋里掏出一张十美元的钞票，捏在手心里。这几乎是他们为了这次小小探险准备的所有盘缠的一半。

“全结束了，”他语气缓和，试图尽量安抚对方。“没人受伤，你走你的阳关道，他走他的——”这时，司机身后那个狂按喇叭的家伙大声喊道：“够了，你这个蠢货，干吗不就这么算了，赶快开车走吧！”

“那个小杂种居然拿枪指着我。”出租车司机愤愤地说。他伸手摸摸头，却没找到自己的毡帽。

“只是一把玩具枪，”卡拉汉语气缓和，“是自己拼装的，连小石子都射不了。我可以保证——”

“嘿，兄弟！”牧师叫了一声。出租车司机抬起眼，接过牧师递过来的褪色红帽子，重新扣在了脑袋上。此时他显得愿意讲道理，当然当卡拉汉塞给他十美元时，他则愈发情愿了。

后面那个开着一辆旧林肯的家伙又开始猛按喇叭。

“你别惹我啊，正气着呢！”出租车司机冲着他大吼起来。卡拉汉几乎笑出声，朝林肯车里的那家伙走了过去，可当出租车司机试图跟着他一道过去时，卡拉汉伸手按住他的肩，阻止了他。

“让我来处理。我是个信徒，让狮子安分地躺在绵羊的身旁是我的责任。”

街头布道的牧师也走了过来，正好听见卡拉汉最后一句话。杰克已经退出了众人的视线，站在牧师停在街角的货车旁，仔细查看奥伊的腿有没有受伤。

“兄弟！”街头布道的牧师对卡拉汉说，“我能不能问问你的教派？你本人，哈利路亚，对万能的主是什么看法？”

“我是天主教徒，”卡拉汉回答，“所以，在我看来万能的主是男性。”

街头布道的牧师伸出一双骨节突出的大手，热情有力地握了握卡拉汉的双手，力道大得几乎要捏碎他的骨头。他抑扬顿挫的语调加上淡淡的南方口音，让卡拉汉想到了华纳兄弟卡通片里面的莱亨大公鸡。

"我叫厄尔·哈里根，"牧师一边自我介绍一边继续捏着卡拉汉的手指，"美国布鲁克林的神圣上帝炸弹教堂。非常荣幸认识你，神父。"

"我已经算半退休了，"卡拉汉说，"如果你非得叫我，那么神父就行。或者叫我唐。唐·卡拉汉。"

"赞美上帝，唐神父。"

卡拉汉叹了口气，心想这个称呼也许并非不能忍受。他朝林肯车走过去，出租车司机则启动了汽车，一溜烟开走了。

卡拉汉还没开口，那家伙自己先从车里出来了。怪了，今晚卡拉汉遇到的怎么全是大块头？眼前这位大概六英尺三英寸，腆着硕大的啤酒肚。

"全结束了，"卡拉汉对他说。"建议你还是回到车里，赶快离开这儿吧。"

"我没说结束就不算结束，"林肯车先生反驳道，"我有阿卜杜拉的车牌号；而你，老兄，最好告诉我那个带狗的孩子叫什么，住在哪儿。我还想仔细看看他的那把手枪——哎唷，哎唷！**哎唷！哎唷唷唷！**快放手！"

厄尔·哈里根教士毫无预警地抓住林肯车先生的手，反扭到背后，很有创意地对他的拇指做了些什么。角度不对，卡拉汉看不清具体细节。

"上帝如此爱你，"哈里根凑近林肯车先生的耳朵，轻声说，"而他想从你这个臭嘴笨蛋那儿得到的回报是你高唱一句哈利路亚，然后赶快滚。你高唱哈利路亚吗？"

“哎唷，哎唷唷，快放手！警察！警察！”

“唯一可能在附近执勤的警察是班兹克警官，他批准我晚上在这儿，早就离开了，这会儿他应该在丹尼斯餐厅大嚼核桃华夫饼和双层熏肉呢，赞美上帝，所以我希望你再好好想想。”啪一声轻响从林肯车先生的背后传出。卡拉汉咬紧牙关，并不希望那是林肯车先生拇指发出的声响，不过似乎也没有什么其他解释。林肯车先生仰起头，朝天吼出痛苦的咆哮——啊！

“你应该高唱哈利路亚的，兄弟，”哈里根教士建议道，“否则你只能，赞美上帝，把拇指装在口袋里回家了。”

“哈利路亚。”林肯车先生气若游丝，脸色变得土黄。也许部分是因为道路两旁橙色的路灯，卡拉汉心想。不知什么时候，其中许多已经从他自己时代的白色路灯换成了如今的橙色。

“很好！现在说阿门。两个字一出口你就会感觉好一些。”

“阿——阿门。”

“赞美上帝！跟我说，耶稣基督！”

“放开我……快放开我的手指——！”

“要是我放开，你会不会立刻离开这儿不再堵塞交通？”

“会！”

“不再多管闲事？”

“是的！”

哈里根朝林肯车先生倾过身子，嘴唇凑在他耳边，距离他耳朵里橘黄色的耳塞不到半英寸。眼前的景象让卡拉汉兴趣十足，他只顾着凝神观望，所有没解决的难题、没达到的目标暂时全被抛在脑后。他几乎相信，要是当时耶稣有厄尔·哈里根同他站在一边儿，很可能最后被钉在十字架上的人会换成了彼拉多①。

---

① 彼拉多(Pontius Pilate)，钉死耶稣的古代罗马的犹太总督。

“我的朋友，炸弹马上就会降落：上帝炸弹。你可以选择，到底是想成为在天上扔炸弹的，赞美上帝，还是做下面村子里的一员只等着被炸成碎片。我知道现在不是时候、也不是地方让你做出神圣的选择，但是你能不能至少答应我好好考虑一下这个问题，先生？”

对哈里根教士来说，林肯车先生的反应肯定是慢了一点儿，因为哈里根对林肯车先生别在背后的手又做了个小动作。一瞬间，林肯车先生尖声呼痛，几乎透不过气来。

“我说，你能不能好好考虑一下？”

“能！能！能！”

“那么快进去，给我滚。上帝保佑你。”

哈里根放开林肯车先生，林肯车先生转过身，圆睁着双眼，钻进车里。片刻之后，他沿着第二大道一溜烟地开走了。

哈里根转过身，对卡拉汉说：“天主教徒全会下地狱，唐神父。他们全在搞偶像崇拜，崇拜圣母玛丽亚。对了，还有教皇！提起他我的意见更大。不过我也认识几个很好的天主教徒，无疑你也是其中之一。也许我能改变你的信仰，也许能为你祈祷。”他扭过头朝哈马舍尔德广场前的人行道瞥了一眼。“看来我的信徒都已经走了。”

“对不起。”卡拉汉歉意地说。

哈里根无所谓地耸耸肩。“反正夏天大家也不会过来聆听耶稣的教诲，”他稀松平常地说，“他们逛逛商店，然后继续沉沦到罪孽的深渊。冬天才是最合适布道的季节……在寒冷的晚上，你可以站在商场前面，喝上一碗热汤，听上一段经文。”他低头看了看卡拉汉的脚，说，“看上去你掉了一只凉鞋，是不是去钓鱼来着？”又一辆出租车冲着他们按响了喇叭，外形相当时髦——卡拉汉猜想大概是原来大众七人座车的新车型，绕过他们尖啸而去。车内一名乘客冲着他们嚷嚷了一句,当然肯定不是“祝你生日快乐”。“要是不快撤,信仰可不能保住咱们的小命。”

## 4

“他没事儿,”杰克把奥伊放了下来,“我刚才发脾气了,是不?对不起。”

“完全可以理解,”哈里根教士安慰道,“这只小狗真有趣!我从来没见过这种样子的小狗,赞美上帝!”说着他朝奥伊弯下腰。

“是混血种,”杰克显得有些紧张,“而且他认生。”

而奥伊表现出的认生样子是耷拉下耳朵,伸长脖子,舔起哈里根的手来,满脸堆笑的模样仿佛他们已经认识了很久很久。卡拉汉连忙环顾左右。这儿是纽约,人们多是自顾自,不喜欢多管闲事,可是毕竟杰克刚刚掏出了手枪。卡拉汉不知道有多少人看见了,但他知道的是只要一个人举报,也许只消对哈里根刚才提到的班兹克警官说一声,他们就会立刻陷进难以摆脱的麻烦。

他看了看奥伊,心中暗暗祈祷,*帮帮忙,千万别说一个字,好不好?杰克说你是威尔士矮脚狗和博德牧羊犬的交配品种或许还能混过去,可是只要你一开口说话,肯定就得露馅。一定帮帮忙,千万别说话。*

“好孩子。”哈里根赞了一声。奇迹般地,杰克的小朋友并没有以“奥伊”一声作为回答。牧师站直身子,说:“我有样东西要给你,唐神父。请等一会儿。”

“先生，我们真的必须——”

“我也有样东西要给你，孩子——赞美耶稣，亲爱的主！但首先……不会耽搁你们太长时间的……”

哈里根朝他那辆违章停在路边的旧货车快步走过去，伸进车子开始翻找起什么东西。

卡拉汉忍耐了一会儿，时间一分一秒地过去，最后实在等不及了。“先生，对不起，但是——”

“在这儿呐！”哈里根高兴地喊道，右手食指和中指分别套着两只棕色旧平底鞋，拎出了车窗。“要是嫌十二码大，可以塞些报纸。不过如果嫌小，那只能说你不走运了。”

“十二码我穿正好，”卡拉汉连声道谢，也没忘赞美上帝。老实说十一码半的鞋子他穿起来最舒服，不过现在还能有什么奢求？他把脚伸进拖鞋，感激万分。“现在我们——”

哈里根转身对杰克说：“你们追的那个女人上了一辆出租车，就在刚刚差点儿出事儿的地方。就在不到半个小时之前。”听到这话杰克脸色大变——先是惊愕，随后眉开眼笑。哈里根咧嘴一笑。“她说做主的是另一个，我猜你们肯定知道她指的是谁，而且也应该知道另一个把她带到哪儿去了。”

“是的，她们去了迪克西匹格餐厅，”杰克回答，“莱克星顿大道和六十一街交界的地方。神父，也许我们还能追上她们，不过现在就必须上路。她——”

“不用，”哈里根说，“那个跟我说话的女人——她的声音就在我的脑海里，清晰有如铜铃，赞美耶稣——她说你们得先去一趟酒店。”

“哪间酒店？”

哈里根指向四十六街的君悦酒店。“附近只有这么一间……她也是从那儿过来的。”

“谢谢，”卡拉汉说，“她有没有说原因？”

“没有，”哈里根语气平静，“我猜她刚要说就被另一个发现了，只好噤声，乖乖地上了出租车。”

“我们真的得走了——”杰克插嘴说。

哈里根点点头，但仍然抬起手指，劝告道：“无论如何，一定得记住上帝炸弹很快就会从天而降。千万别相信恩惠福泽——那些都是卫理公会和圣公会教徒的胡说八道！炸弹很快会从天而降！两位！”

杰克和卡拉汉齐齐转过身。

“我知道你们俩和我一样，都是上帝的子民，因为我能嗅到你们身上的汗味，赞美耶稣。但是那位女士呢？她，我相信实际上是两个人。她们又是谁？”

“你碰到的那个是我们的朋友，”卡拉汉稍稍犹豫了一下，“她是个好人。”

“这点我有些怀疑，”哈里根说，“《圣经》上说——赞美上帝，赞美他的圣书圣言——要当心奇怪的女人，她的唇滴下的是蜜，可是双脚却深陷死亡，每一步都走向地狱。对她退避三舍，甚至不要靠近她的住所。”他举起粗壮的大手，做了一个祈福的手势，接着耸耸肩。“原话不是这样的，实在记不得原文了。年轻的时候我和我爸在南方布道时都能背出来的。不过我想你们应该明白大意。”

“《圣经》箴言。”卡拉汉说。

哈里根微微颔首。“第五章，赞美上帝。”说完他转过身，遥望耸入暗夜天空鳞次栉比的高楼，陷入了沉思。杰克抬腿想走，却被卡拉汉拦了下来……杰克疑惑地抬起眉毛，卡拉汉却只是摇摇头，他自己也不知道原因，但是他有感觉，他们和哈里根还没了结。

“这个城市充满罪恶，”牧师最终开口说，“索多玛城、俄摩拉城[①]，马上就要被碾成粉末，灰飞烟灭。准备好了，上帝炸弹很快会从天降落，哈利路亚，仁慈的耶稣，阿门。不过这里，就在这儿，是处好地方。绝妙的地方。你们俩有没有感觉到？”

“有。”杰克回答。

“听见了没有？”

“听见了。”杰克和卡拉汉齐声回答。

“阿门！我本来以为很多很多年前他们推倒熟食店的时候一切就会停止。可是并没有，那些天使的歌声——”

“沿着光束的路径，乾神的吟唱。”杰克打断了他。

卡拉汉瞥了杰克一眼，只见他脑袋微斜，平静的神色有些恍惚。

杰克又说：“乾神在吟唱，那是坎-卡拉，天使的歌声。乾神的内心纯净快乐，他反抗坎-托阿[②]，反抗血王，反抗迪斯寇迪亚。”

卡拉汉睁大双眼——眼神里写满恐惧——一眨不眨地盯着杰克，可哈里根只是稀松平常地点点头，仿佛以前早就听过。兴许他确实听过。“熟食店被推倒之后，那儿变成了空地，后来他们又盖了这个，哈马舍尔德广场。我本来以为，‘好吧，总该结束了，终于可以继续我的生活了，力量强大的撒旦，足迹深陷土地，那里没有鲜花能开放，没有庄稼能生长。’能和我一道喊西拉[③]吗？”他颤抖地抬起粗壮的双手，已明显能看出帕金森综合征的

---

① 索多玛城(Sodom)，俄摩拉城(Gomorrah)，《圣经》中的罪恶之城，后来都被上帝毁灭。

② 坎-托阿(Can-toi)，《黑暗塔》系列中这个词指的是血王手下的低等人(Low Men)。

③ 西拉(Selah)，基督教《圣经·诗篇》中一意义不明的希伯来词，大概是咏唱时指明休止的用语。

前兆，他向天空张开双臂，摆出自古以来就用来祈祷或投降的姿势。“但歌声没有停息，”话音落下，他放下双臂。

“西拉，”卡拉汉轻声说道，“你说得没错儿，我们感谢你。”

“那朵花儿真的存在，”哈里根接着说，“我曾经进去见到过，在大厅里，哈利路亚，在大门和电梯间的大厅里面。那些高楼里天晓得每天有多少肮脏的金钱交易。可就在大厅里有那么一个小花园，藏在华丽的廊柱后面，阳光透过天顶的玻璃窗照进来。外面挂着一个牌子，上面写着**泰特集团捐赠，向光束家族致意，蓟犁永垂不朽**。”

“真的吗？”真心的笑容点亮了杰克的脸庞，“你说的是真的吗，哈里根先生？”

“孩子，我要是说谎让我天打雷劈。噢，上帝一炸弹！而在那一簇鲜花的中央，长着一朵野玫瑰，如此美丽，我只看了一眼泪水就哗哗流个不停，如同巴比伦湍急的河水、锡安城奔腾的瀑布。许多人拎着公文包从大厅里进进出出，为撒旦的工作蝇营狗苟，但他们中很多人也在泪流满面。对，泪流满面，只不过哭完后会继续他们卑鄙的营生，仿佛他们什么都不知道。”

“他们知道的，”杰克柔声说，“你猜我怎么想的，哈里根先生？我猜玫瑰是他们每个人心底守护的秘密，如果有人威胁玫瑰，大多人都会奋起保护玫瑰，甚至牺牲生命也在所不惜。”他抬头看看卡拉汉。“神父，我们得走了。”

“唔。”

“的确，”哈里根附和道，“我看见班兹克警官已经朝这儿走过来，他到这儿时你们最好已经消失。很高兴你毛茸茸的小朋友没受伤，孩子。”

“谢谢，哈里根先生。”

“赞美上帝，他根本不是一只狗，对不对？”

“不是，先生，”杰克大笑起来。

“当心那个女人，两位。她把思想放进了我的脑子，我觉得那是巫术。而且她是两个人。”

“两个人，偶个人，哎。”卡拉汉接口道。紧接着（直到他做完他才意识到这么做的意义）他在胸前画了一个十字，当着牧师的面。

“谢谢你的祝福，无论你是不是上帝的信徒。”厄尔·哈里根显然非常感动。说完他转过身，兴奋地招呼起正走近的纽约警察，“班兹克警官！很高兴见到你。你的领子怎么沾了点儿果酱？赞美上帝！”

趁着班兹克警官检查领子上果酱的当口，杰克和卡拉汉悄悄溜走了。

## 5

“哇噻！”他们走进灯光璀璨的酒店门廊，杰克不禁轻声感叹。一辆白色的豪华轿车停在酒店门前，有杰克见过的所有豪华轿车两倍大（老实说这种车子他见过不少，当年他父亲甚至带他去参加过艾美奖颁奖）。许多衣着光鲜的男女从豪华轿车里鱼贯而下。

“是啊，”卡拉汉附和道，“感觉就像在过山车上似的。”

杰克回答：“我们甚至不应该来这里。这本该是罗兰和埃蒂的任务，我们的任务是去追凯文·塔。”

“显然某样东西不这么认为。”

“那么它起码应该再三思一下，”杰克沉着脸抱怨道，“小孩儿配神父，只有一把枪？开什么玩笑。要是迪克西匹格餐厅里全是无所事事的吸血鬼和低等人，我们又能有多少胜算？"

卡拉汉没有回答，尽管一想到他们要从迪克西匹格餐厅救出苏珊娜他就害怕得全身发冷。"刚才你说的乾神什么的又是怎么回事儿？"

杰克摇摇头。"我也不知道——几乎都不记得我说了什么。我猜也许是超感应的关系。神父，你觉得我是从哪儿得到这种感应的？"

"米阿？"

男孩儿点点头。奥伊乖巧地伏在杰克的脚边，长鼻头微微靠着杰克的小腿。"而且我还感觉到其他一些东西，眼前总是出现一个黑人关在监狱里，还有电台广播，说什么所有这些人已经全死了——肯尼迪兄弟，玛莉莲·梦露，乔治·哈里森，彼得·塞勒斯，伊扎克·拉宾，谁知道这人到底是谁。也许是密西西比州牛津镇监狱，奥黛塔·霍姆斯曾被关在那儿。"

"但是你看见的是个*男人*，不是苏珊娜，是个*男人*。"

"是的，嘴唇上蓄了一溜小胡子，还戴着一副镶金边的眼睛，活脱脱一个童话故事里的巫师。"

他们来到灯火通明的酒店入口，停下脚步。一个身穿绿色燕尾服的门童猛地吹了一声哨子，招来一辆黄色计程车。

"你觉得他是不是就是乾神？监狱里的那个黑人？"

"不知道。"杰克懊恼地摇摇头，"还有一些道根的画面。全混在一起。"

"也是感应到的？"

"嗯，但不是米阿或苏珊娜发过来的，也不是你我。我觉得……"杰克压低声音，"我觉得最好弄清楚那个黑人到底是谁，他对我们有什么意义，因为我有感觉，我看到的景象直接来自黑暗塔本身。"他严肃地盯着卡拉汉，"从某种程度上说，我们现在已经非常接近，正因为如此，我们的卡-泰特这样四分五裂真的非常危险。”

“从某种程度上说，我们几乎到了。”

## 6

从杰克抱着奥伊走出旋转门的那一刻起，他自然地成为当下这个小组的全权领导。他弯下腰把奥伊放在了大理石地面上。卡拉汉觉得这孩子甚至没意识到自己的领导地位，不过也许倒是一件好事儿；否则他或许会丧失所有的信心。

奥伊嗅了嗅自己在酒店绿色玻璃墙上映出的倒影，跟着杰克走向前台，爪子接触黑白相间的大理石地面时发出噼啪轻响。卡拉汉走在杰克身边，瞬间领悟到他眼前呈现的正是未来的景象，他尽量不让自己显得太过惊讶。

“她来过这儿，”杰克说，“神父，我几乎能看见她，她们俩，她和米阿。”

还没等卡拉汉答话，杰克已经到了前台。“乞求您的原谅，夫人，”他说，“我叫杰克·钱伯斯。有没有人给我留了口信，或者包裹什么的？应该不是苏珊娜·迪恩就是米阿小姐。”

女接待疑惑地低头打量了一番奥伊，奥伊抬起头，冲着她开心一笑，露出一口牙齿。也许正是这个让接待有些不安，她皱皱眉头，别过脸转向电脑屏幕。

“钱伯斯？”她问。

“是的，夫人。”最讨大人喜欢的乖巧语气。他已经很久没有用这种语气说过话了，但他还没忘记，很容易就找回感觉。

“是有样东西留给你，但不是一位女士留下来的。是一位叫斯蒂芬·金的先生。”她笑了笑，“我想应该不是那位有名的作家吧？难道你认识他？”

“不认识，夫人。”杰克回答，斜睨了卡拉汉一眼。他俩也都是最近才听说斯蒂芬·金的大名，但杰克明白为什么他的伙伴听到这个名字会如此惊愕。卡拉汉并没有表现得太明显，他只是把双唇紧紧抿成一条细线。

“好吧，”她说，“这个名字也许真的很普通，对不对？全美国有许多叫斯蒂芬·金的普通人，他们都希望……我也不知道……别再被骚扰。”她咯咯轻笑起来，显得很紧张，卡拉汉暗自揣测，难道是因为奥伊？看的时间越长越觉得他不是一只狗？也许吧，但卡拉汉觉得更可能是杰克，他身上的某种气质轻声诉说着“*危险*”二字，也许甚至是“*枪侠*”一词。毫无疑问，他身上有些东西让他和普通男孩儿不太一样。简直*大相径庭*。卡拉汉的脑海中又浮现出刚才的场景，杰克从枪套里掏出鲁格枪抵住那个倒霉司机的鼻子。*说你开得太快了差点儿撞死了我的朋友*，他尖声斥责，泛白的手指紧紧扣住扳机。*说你不想脑袋上多一个枪眼儿当场死在街上！*

普通十二岁大的孩子对一场擦肩而过的交通事故会有这么大的反应吗？卡拉汉不这么认为。看来女接待的紧张情绪也不无道理。至于他自己，卡拉汉突然觉得，他俩在迪克西匹格餐厅的胜算变大了一些。不是许多，但起码有一些。

## 7

也许杰克也感觉到有些不对劲，他咧开嘴，给了女接待一个最乖巧的笑容，不过在卡拉汉看来，这笑容和奥伊的非常相似：

露的牙太多了。

“请稍等。”她说完转过身。

杰克不解地瞅了卡拉汉一眼，仿佛在问她怎么了，卡拉汉只是耸耸肩，摊开双手。

接着女接待走向她身后的柜子，打开柜门，从里面的盒子里翻出一个信封，回到前台。封面上印着君悦酒店的标志。杰克的名字——还有其他一些字——工整地写在信封正面，半像手写半像打印：

杰克·钱伯斯

<u>这就是事实</u>

她把信递给杰克，小心避开杰克的手。

杰克拿起信封，仔细摸了摸，里面除了薄薄的一张纸，还有另外一样东西。一块硬片。他撕开信封，抽出信纸，一张白色的房间门卡夹在纸里。写信人用的是质量一般的便笺纸，抬头上印着“**打电话给吹牛大王**”一行字。内容本身只有短短三行：

叮叮当，当当叮，你有钥匙别担心。

咚咚叮，叮叮咚，仔细瞧钥匙变红。

杰克低下头，只见卡片瞬间染上颜色，一下子变得血红。

除非这行字被读出来，否则颜色不会变红，杰克暗自想道，忍不住被这个神奇的做法逗笑了。他抬起头，想看看接待员有没有发现门卡变色，可她好像被问讯台另一头什么事儿牵绊住，根本无暇分神。卡拉汉的视线放在了过往的漂亮姑娘身上。噢，他确实是个神父，杰克暗忖，可爱美之心还没退化。

杰克把便笺翻过来，看见最后一行字，连忙趁着字褪色之前读了出来：

嗨哟哟，哟哟嗨，塑料钥匙给男孩。

几年以前他的父母亲曾经送过他一整套化学百科丛书作生日礼物，他照着说明书竟然制造出一批透明墨水，用那种墨水写出来的字很快就会褪色，和眼前的这些字一样，不过透明墨水写的字只要你凑近看还是能辨认出来的。不像便笺上的，是真真实实地消失了。杰克明白原因，它的目的已经达到，不再有存在的必要。前面那行钥匙变红的字也是，肯定现在也已经完全褪去颜色。只有第一行还在，仿佛想要一直提醒他似的：

叮叮当，当当叮，你有钥匙别担心。

这到底是不是斯蒂芬·金留的字条？杰克十分怀疑。更可能是这场游戏里的其他队员——也许甚至是罗兰或埃蒂——冒用了这个名字，只为吸引他的注意。无论如何，他到达这儿以后遇上的两件事儿让他觉得万分鼓舞，其一，玫瑰还在歌唱，并且比以前的歌声更浑厚，即便空地上竖起了那座摩天大厦。其二，斯蒂芬·金显然在创造了杰克的旅伴们二十四年之后尚在人世，不仅是作家，还变成了名作家。

棒极了。至少暂时一切还在正轨上。

杰克抓住卡拉汉神父的胳膊，领着他朝礼品店和演奏着背景音乐的钢琴走过去。沿着墙根他们发现一溜排的电话。“电话一接通，”杰克说，“你就告诉接线员你想和苏珊娜·迪恩通话，或者她的朋友米阿。”

“她会问我房间号的。”卡拉汉有些担心。

“就说你忘了，但是在十九楼。”

“你怎么——”

“肯定是十九楼，相信我。”

“好吧。”卡拉汉答道。

电话铃响了两声之后听筒里传来接线员礼貌的问候。卡拉汉按照事先彩排好的台词照说了一遍，随后电话接通，十九楼的某间房间里的电话开始丁零作响。

杰克站在旁边侧耳倾听，嘴角挂着一丝浅笑。过了一会儿，卡拉汉挂了电话。“电话留言机！”他说，“他们竟然用这么一个玩意儿接电话，录留言！这发明真是棒极了！”

“是呵，”杰克表示同意，“反正现在我们能肯定她已经出去，她也没有请人在房间里看行李。但是，不怕一万就怕万一……”他拍拍藏在衬衫里的鲁格枪。

他们穿过大厅朝电梯间走去时卡拉汉问：“你想在她房间里找什么？”

“我也不知道。”

卡拉汉按住他的肩膀。“我觉得你知道。”

中间那架电梯的门缓缓打开，杰克迈了进去，奥伊跟在脚后，卡拉汉最后也跟了进来，不过杰克觉得他突然脚步慢了下来，有些犹豫。

“也许，”电梯启动时杰克开口说，“也许你也知道。”

蓦地，卡拉汉胃里一沉，仿佛刚刚饱餐一顿，估计是恐惧使然。“我本来以为我永远摆脱了它，”他接着说，“当罗兰把它带出教堂时，我真的以为已经永远摆脱了。”

“好事不长留，祸害遗千年。”杰克最后补了一句。

## 8

他已经做好准备，不得已的话就把那张特别的红色门卡在十九楼上一个个房间试过来，可在他们还没走到的时候杰克就已经意识到是1919号房间。卡拉汉也有这种感觉，额头上分泌出一层薄汗，烫得好像发烧。

甚至连奥伊都有了感觉，忐忑不安地呜呜起来。

“杰克，”卡拉汉说，“我们得再好好想想。那东西非常危险，而且更糟糕的是，异常邪恶。”

“所以我们才要把它取回来。”杰克耐心地解释。这时他已站在1919号房间门前，手指弹了门卡一下，塑料卡片铮铮作响。一阵阵让人心惊胆战的嗡鸣声从门后——甚至从门缝底下、穿过门——传来，听上去就像一个白痴在末日的独唱，其中还夹杂着变调的刺耳铃声。杰克非常明白，黑十三的法力足够把人送进隔界，在那个漆黑无门的空间里，永远迷失是再可能不过的结果。即使你摸索着走出去进入到另一个世界，那儿也可能永远笼罩在一种诡异的黑暗之中，总是即将开始日全食似的。

“你见过它吗?”卡拉汉问。

杰克摇摇头。

“我见过。”卡拉汉干涩地说，抬起胳膊擦去额上的汗。他的双颊变得死灰。“里面藏着一只眼睛，我想那就是血王的魔眼，血王的这部分永远被困在里面，已经发狂。杰克，你把那玩意儿带到充斥着吸血鬼和低等人——血王的奴仆——的地方，就等于把原子弹送给阿道夫·希特勒作生日礼物。”

杰克心里明白黑十三的法力足以造成巨大甚至无限的破坏，但他也明白另一桩事儿。

"神父,如果米阿把黑十三留在房间里自己去投奔他们,他们照样很快就会发现,然后开着炫目的跑车,在你还来不及眨眼时就把东西抢走。"

"那就不能留给罗兰吗?"卡拉汉凄惨地说。

"是的,"杰克回答,"是个好主意,就像把它带到迪克西匹格餐厅是个坏主意一样,但我们不能就这么把它留在这儿。"接着,还没等卡拉汉来得及再说什么,杰克就把血红色的门卡插进了门把上面的细缝里。咔嗒一响,门应声而开。

"奥伊,待在门外别动。"

"杰克!"他伏下身子,毛茸茸的长尾巴盘在脚边,焦虑不安地盯着杰克。

他们进门之前,杰克把冰凉的手放在卡拉汉的腰间,双唇微启,吐出一句恐怖的警告。

"管好你的神智。"

## 9

米阿离开的时候并没有关灯,可自她离开之后房间里就笼罩在一股诡异的黑暗中,杰克一下子就认了出来:是隔界里的黑暗。同时从柜子里面传来白痴的嗡嗡歌声和刺耳的铃声。

*它醒了,*杰克越来越沮丧,*它原来在沉睡——至少是打盹儿——但长途旅行把它唤醒。我该怎么办?盒子和保龄球袋子是不是足够安全?有没有其他东西能让它更安全?护身符或者神器什么的?*

杰克打开柜门的同时,卡拉汉用尽所有的意志力——还是相当可观的——才勉强压下自己逃跑的冲动。间或夹杂的几声刺耳铃声的嗡鸣没有任何调子，不断刺激他的耳膜、他的神智、他的心灵。他的脑海中浮现出当时在驿站时的场景，那个戴着帽子的男人打开盒子，他惊声尖叫。盒子里那玩意儿外面裹着红色的丝绒，异常光滑……然后它滚了出来，朝他投来了无形的一瞥，他却从那一个简单的眼神中看见了整个宇宙的邪恶与疯狂。

*我不会跑的，一定不会。那男孩儿能待下来，我也能。*

哎，可是那男孩儿已经是一名枪侠，和他根本不是一个重量级。他不仅仅是卡的儿子，更是蓟犁的罗兰的养子。

*难道你没看见他也一脸惨白？他和你同样害怕，看在基督的分上！现在，赶紧给我摄定心神，老兄！*

或许这么说有些恶毒，可看见杰克极度苍白的脸色反而让他镇定下来。此时一首歌词浅显的童谣划过脑际，他默默哼了起来，愈发镇静了。

“我们绕到了桑树丛，”他心里哼着歌，“猴子追逐黄鼠狼……猴子觉得很有趣……”

杰克轻轻打开柜门，里面有一只保险箱。他先试了试1919，没反应。等保险箱恢复原状，他颤抖地伸出双手擦了擦额头上的汗，又试了一次。这回他揿下1999四个数字。箱门哗地打开。

黑十三的嗡嗡歌声和隔界之铃的刺耳声音愈发高亢，就像十根冰冷的手指硬生生戳进他们的脑袋，乱搅一气。

*而且它能把你送到任何地方，卡拉汉心下转念，只要放松警惕……打开袋子……掀开盒盖……然后……噢，你可以去任何地方！砰，黄鼠狼跑了！*

尽管他非常明白情况有多么险恶，心底却希望、甚至渴望掀开盒盖。不只他有这种想法；只见杰克宛若跪在神坛前的信徒，跪在了保险箱旁。卡拉汉抬起胳膊，想要阻止他拿布袋，可胳膊重得几乎提不起来。

*无论你怎么样都只是徒劳而已*，一阵私语在他耳畔响起，催眠一般的声音极具说服力。但卡拉汉仍旧奋力抬起胳膊，麻得几乎僵硬的手指终于抓住了杰克的领子。

“不，”他说，“不要。”他拖拖拉拉地说，意志消沉、无精打采。杰克被他拽到一边，动作缓慢得就像慢动作，就像在水下那样。整个房间笼罩在昏暗的黄光下，仿佛黑云压城城欲摧。卡拉汉双膝一软，跪在了保险箱旁（感觉上整整过了一分钟双膝才着地），这时他听见了黑十三的声音，比以往任何时候都强烈。那声音唆使他杀了男孩儿，割开他的喉咙，用温热的鲜血喂它，而最后卡拉汉自己从窗户跳下去。

*一直掉到四十六街的马路上，你会感激我*，黑十三劝说道，声音理智清晰。

“动手吧，”杰克轻叹一声，“噢，来呀，快动手，谁会在乎。”

“杰克！”守在门口的奥伊吠叫起来，“*杰克！*”他俩置若罔闻。

当卡拉汉快够着布袋时，他突然记起自己最后在撒冷镇遇见巴洛，吸血鬼之王时——用他自己的说法就是第一型吸血鬼——的景象。当时在马克·佩特里的家里，他同巴洛当面对峙，马克的父母毫无生气地躺在吸血鬼的脚边，头骨碎裂，原来理智的脑子被搅成了一团糨糊。

*你跌下去的时候轻唤我王的名字*，黑十三低声说，*血王的名字*。

卡拉汉眼睁睁地看着自己的手抓住布袋——无论以前是什么样子，现在袋子一侧印着**中城保龄球馆，一击即中**的字样——就在此刻，他想起当时他拿起闪耀着圣光的十字架吓退了巴洛……但很快，圣光黯淡下去。

"快打开!"杰克焦急地催促,"快打开,让我看!"

奥伊叫得更急,走廊尽头有人大声抗议"快让狗别叫了!"但同样没人理睬。卡拉汉从布袋中取出鬼木木盒——这个盒子曾经安静地藏在卡拉·布林·斯特吉斯教堂的讲道坛下那么长时间,而现在他亲手掀开盒盖,顿时黑十三闪耀出邪恶的魔光。

紧接着,魔光黯淡下去。感谢上帝。

## 10

目睹信仰的堕落着实让人难过,吸血鬼柯特·巴洛说完这句话之后一把从唐·卡拉汉的手里抢过无用的黑色十字架。他怎么能这么干?因为——实际情况也颇为自相矛盾——卡拉汉神父自己无法把十字架扔掉。因为他始终没能想通一点,十字架不过是更伟大力量的符号而已,就像宇宙苍穹、或者是千万个宇宙之下的一条河流——

我不需要符号,卡拉汉暗忖,接着转念一想:难道这就是上帝让我继续活下来的原因吗?他是不是给了我改过自新的机会让我想通这个道理?

很可能,他边想边把双手放在盒盖上面。上帝非常善于给人改过自新的机会。

"喂,快让那条狗闭嘴!"打扫房间的女仆愤愤的抱怨声越来越近。她接着喊道:"圣母玛利亚,这儿怎么那么黑?怎么那么……那么……吵……吵……"

也许她想说怎么那么吵,不过她根本没机会说完。甚至连奥伊似乎都已经向魔球的嗡鸣投了降,放弃了抗议(同样也放弃了门前的岗亭),走进了房间。卡拉汉暗暗揣测,大概他想在末日降临之际和杰克在一起。

盒子里魔球的歌唱越来越高亢，神父双手指尖开始随之抽动。他聚集了所有力气，与自己想杀人的双手搏斗，终于他的手指平静下来，卡拉汉不禁暗暗庆幸，也算是小胜一个回合。

“没关系，我来。”女仆仿佛被下了药，声音里充斥着渴望。“我想亲眼看看它。上帝！我想亲手抱着它！”

杰克感觉自己的胳膊足足有一吨重，不过他还是强迫自己伸出双臂，拦住了女仆。这位拉丁裔的中年阿姨最多只有一百零五磅。

就像刚才奋力控制自己的双手，现在卡拉汉开始奋力祈祷。

上帝，这不是我的意志，而是您的。我不是窑匠，只是窑匠手中的黏土。如果最后走投无路，请让我能抱着它跳下窗户，永远毁灭这该诅咒的魔物。但如果是您的意志让它平静下来——让它重新沉睡——那么请赐给我您的力量，让我记住……

尽管也许被黑十三下了魔咒，但杰克仍然没有丧失感应能力。他感应到了神父脑中的想法，大声讲了出来，只不过把卡拉汉用的词换成了罗兰曾经教过他们的词。

“我不需要神器，”杰克说，“我不是窑匠，只是窑匠手中的黏土，我不需要神器！”

“上帝，”卡拉汉吐出两个字，如同岩石一般沉重，可当这两个字说出来，剩下的也倾泻而出。“上帝，如果您还在这儿，如果您能听见，我是卡拉汉。请让这魔物平静，主啊。请让它重新沉睡。以耶稣之名，我求求您。”

“以白界之名。”杰克插口说。

“白界！”奥伊跟着叫唤了一声。

“阿门。”女仆仿佛被下了咒。

鬼木盒里的嗡鸣又提了一个音阶，卡拉汉渐渐绝望，看来连万能的上帝都无法对抗黑十三。

可下一刻，它突然沉寂下来。

“感谢上帝。”他喃喃自语，蓦地意识到自己全身早已湿透。

猛地，杰克大哭起来，同时抱起奥伊。女仆也开始嚎啕大哭，不过没人安慰她。当卡拉汉拎起网状保龄球袋（袋子沉得非常诡异），把鬼木盒重新放进去时，杰克转过身对她说：“你得去打个盹儿，夫人。”

当时他脑子里只能想到这句话，想不到竟然奏效了。女仆转身朝床走过去，爬了上去，拉下裙摆遮住膝盖，然后陷入昏睡中。

“它会一直沉睡吗？”杰克低声问卡拉汉，“因为……神父……现在离得这么近，实在忍不住担心。”

也许吧，可突然，卡拉汉觉得自己的神智获得了自由——这么多年来第一次感到自由。或许是因为他的心灵被释放出来，无论如何，此时此刻他的思路异常清晰。他拿起放在保险柜外面的洗衣袋，套在了保龄球袋的外面。

屋后小巷里的一段对话在脑海中浮现出来。他，弗兰基·切斯和麦格鲁德边抽着香烟边讨论如何在纽约保护贵重财物，尤其是当你需要出去办事的时候。麦格鲁德说起纽约最安全的储物地点……一个绝对安全的地方。

“杰克，保险箱里还有一袋欧丽莎。”

“欧丽莎？”

“是的。带上它们。”趁着杰克把欧丽莎拿出来的当口，卡拉汉向躺在床上的女仆走过去，伸手摸进她的制服裙左手口袋里，掏出一沓子门卡，几串常用钥匙，还有一盒他从来没听过牌子的薄荷糖——Altoids。

他推了推她，她就像一具死尸似的翻过身。

“你在干什么?”杰克轻声问。他已经放下奥伊,把装欧丽莎的袋子挂在了肩膀上。分量不轻,但他感觉很舒服。

“还能干什么,抢她的钱呗。”神父有些懊恼,“神圣罗马天主教堂的卡拉汉神父正在抢一名酒店女仆的钱。如果她还有的话……啊!”

在另一个口袋里他摸到了想找的一小卷钞票。奥伊狂吠时她正在打扫房间,冲马桶、拉窗帘、叠被子,在枕头边为客人留下几颗祝愿好梦的糖果。有时候房客会留些小费。看来眼前这位收获颇丰,已经拿了两张十美元,三张五美元,还有四张一美元。

“如果以后有机会重逢我一定会还给你的,”卡拉汉对昏睡的女仆说,“否则就权当对上帝的贡献吧。”

“白界,”女仆含糊不清地吐出两个字,仿佛在说梦话。

卡拉汉和杰克交换了一个眼神。

## 11

卡拉汉把装着黑十三的布袋抱在胸前,杰克拎着装欧丽莎的袋子,走进电梯。钱藏在杰克口袋里,最后一共有四十八美元。

“会不会不够用?”听罢神父提出对魔球的处置方法之后,杰克只有这么一个疑问。按照神父的计划,他们又多了一个目的地。

“我也不知道,而且不在乎。”卡拉汉压低声音,仿佛正在阴谋策划什么,尽管电梯里面除了他俩没有其他人。“如果我能抢劫睡着的宾馆女仆,那么不给出租车车费也不算什么难事儿了。”

“是呵，”杰克应道，想到罗兰在他的追寻途中可不只抢劫无辜平民，甚至还杀了许多人。“我们赶快完成这件事儿，然后去找迪克西匹格餐厅吧。”

“你瞧，你不用这么担心的，”卡拉汉安慰道，“要是黑暗塔真的塌了，你肯定会第一时间感应到。”

杰克的眼光在卡拉汉身上下打量了一番。卡拉汉忍不住挤出一丝微笑。

“一点儿也不好笑，先生。”杰克说完他们迈入一九九九年初夏的夜色之中。

## 12

他们到达第一站时是九点差一刻，几道残光从哈得孙河对面照射过来。出租车计程器显示车费九块五毛钱，卡拉汉抽出一张十美元，递给了司机。

“老兄，当心别受伤，”司机带着浓重的牙买加口音，“我非常担心你可能会吃颗枪子儿。”

“孩子，你能拿到车钱已经很幸运了，”卡拉汉和蔼地说，“我们在纽约旅游的预算很少的。”

“我女人也有预算的。”出租车司机说完后就开走了。

与此同时，杰克抬起头。“哇，”他轻声说，“我猜我已经忘记这儿有多大了。”

卡拉汉循着他的视线望过去，说：“赶紧把事情了结吧。”他们快步走进去，“有没有从苏珊娜那儿感应到什么？任何消息？”

“一个男人在弹吉他，”杰克说，“正在唱歌……不知道。我应该能知道的，这是那些不是巧合的巧合之一，就像书店店主的名字叫塔，巴拉扎的据点叫斜塔一样……那首歌……我应该知道的。”

“还有其他什么吗？”

杰克摇摇头。“我最后从她那儿就感觉到这么些，就在我们走出酒店上出租车的时候。我觉得她已经进了迪克西匹格，现在已经完全失去联系。”他微微一笑。

卡拉汉朝着中心大堂的指路牌走过去。“让奥伊跟紧你。”

“别担心。”

不一会儿卡拉汉就找到了他要找的东西。

## 13

牌子上写道：

**长期寄存**

**10—36 个月**

**使用代币**

**领取钥匙**

**货物遗失，概不负责！**

告示下面的方框里写明了货物寄存条款，他俩一条条仔细读过来。地铁从地底经过，脚底下隆隆震动。卡拉汉已经将近二十年没来过纽约，不知道这是哪一趟车，开往哪里，也不知道这座城市的隧道到底挖了多深。他们已经下了两层自动扶梯，先是到了购物商店，再是这儿，而地铁站竟然还要再下去一层。

杰克把装欧丽莎的口袋移到另一侧肩膀，指着条款的最后一条。“我们包租下来的话还能打个折扣，”他说。

“折扣！”奥伊跟着附和。

“哎，年轻人，”卡拉汉表示同意，“倘若心愿是骏马，乞丐都能变骑手。我们不需要折扣。”

的确不需要。他们通过金属探测仪（欧丽莎没问题），走过一个坐在凳子上打盹儿的协管员。杰克决定那些最小的储物箱——长条大厅最左边的那排——足够放得下套住**中城小道**布袋的木盒。最长期租用一个小储物箱需要二十七美元。卡拉汉神父小心翼翼地把钞票塞进代币机的口里，做好了机器出故障的准备：虽然他刚回到这座城市，时间还很短，但已经目睹了许多奇观，当然也包括恐怖的事儿（包括出租车费居然降了两块钱），而眼前所见更是或多或少让人难以接受。能吃进纸币的售货机？机器暗棕色的外表和让顾客**面朝上塞进钞票**的指示后面肯定还藏着许多复杂技术！指示旁边配着一张图画，上面是脑袋朝左的乔治·华盛顿头像，但是卡拉汉塞进机器里的钞票无论头朝哪里，都没出现任何问题，只要画面朝上就行。不过机器最终还是出了一个小故障，退出一张过老过皱的纸币，卡拉汉反倒不禁松了口气。其余比较新的五元钞票被顺利吞了进去，机器一声没吭，就哗啦啦吐出许多代币。卡拉汉拿足了二十七美元，朝等在储物箱旁边的杰克走回去。但是他很快转回身，想弄清楚一件事儿。他看了看令人惊讶的（至少对他而言）会吞钞票的售货机，在最下面的一排金属版上找到了他想找的信息，上面写着 Change-Mak-R 2000 一行字，俄亥俄克利弗兰制造，当然上面还有许多公司的名字：通用电气，百得电气，舍沃锐电子，松下电气，最后，在最底部几乎看不见但无疑存在着一行小字，北方中央电子公司。

*真是老奸巨猾的东西，卡拉汉暗忖，创造我的家伙，斯蒂*

芬·金,也许只在一个世界存在,可是你敢不敢打赌所有世界都有北方中央电子公司的影子? 原因不言自明,因为那是血王的公司,就如同索姆布拉公司归他所有一样。他所追求的同历史上所有为权利疯狂的暴君需要的东西一样:无处不在,无所不有,基本上可以说控制整个宇宙。

“或者说让整个宇宙陷入无尽的黑暗。”他喃喃自语。

“神父!”杰克焦急地唤道,“神父!”

“来了。”他匆匆向杰克走过去,手里满是晶晶亮的金色代币。

## 14

杰克塞进去九个代币,883 号储物箱的钥匙弹了出来,不过他继续把代币塞进去,直到所有二十七块钱全部用光。这时候储物箱下面一块小玻璃窗变成了红色。

“最长租期,”杰克满意地说。他们现在仍然压低嗓子,一副不能把孩子吵醒的语气,长条大厅也的确非常安静。杰克心猜,也许周一到周五早八点、晚五点时这里人声鼎沸,人潮从下面的地铁站一波波涌上来,其中一些会把他们的个人物品暂时寄存在这里。不过现在只能隐隐约约听见有人在自动扶梯上说话,朝着为数不多还在营业的商店那儿走过去。除了这个,就是地底下隆隆的地铁声。

杰克在一旁焦急地看着卡拉汉把保龄球袋子塞进了储物箱,用力往里塞进去,接着关上门,杰克用钥匙锁上。“好了,”杰克把钥匙放进口袋。接着,他忧心地问:“它会一直沉睡下去吗?”

“我觉得会的,”卡拉汉回答,“就像它在我的教堂里那样。

倘若另一根光束折断它可能会醒过来给我们闯祸，但是到那时，要是另一根光束也断了——”

“要是另一根光束也断了，它闯什么祸也不打紧了，”杰克帮他说完。

卡拉汉点点头。“唯一一件事儿……呃，你知道我们要去哪儿的。你也知道我们在那儿会碰到什么。”

吸血鬼。低等人。也许还有血王的其他走狗，甚至沃特，总是戴着帽子的黑衣人，他有时会易容改装，把自己叫做兰德尔·弗莱格。甚至还有血王自己。

是的，杰克知道。

“如果你有感应能力，”卡拉汉继续说，“我们必须假设他们也有人会有。很有可能他们能从我们的思想里找到这个地方——获取储物箱的号码。我们马上要赶到那儿去，尽力把她救出来，但我们也必须意识到失败的可能性相当大。我一辈子从来没有开过枪，而你也不是——原谅我这么说，杰克，你也不是身经百战的老将。”

“起码经历过一两场。”杰克回答。他想起了和盖舍的那次，当然还有和狼群的搏斗。

“这回将很不一样，”卡拉汉说，“我只是说要是我们被活捉会非常糟糕。假如结果是那样儿的话。你明白吗？”

“别担心，”杰克安慰道，“别担心那个，神父，我们不会的。”

## 15

他们走出大厅，想拦一辆出租车。幸亏有女仆的小费，杰克估计正好够他们打车到迪克西匹格。而且他有感觉，一旦他们踏进迪克西匹格，就永远不会再需要现金——不会需要任何东西了。

“这儿有一辆。”卡拉汉奋力挥舞胳膊，同时杰克扭过头，最后望了一眼他们刚刚走出来的高楼。

“你肯定那儿安全吗?”他问卡拉汉。出租车朝他们开过来，冲着前面走路很慢的行人猛按喇叭。

“我的老朋友玛格鲁德先生说过，那是曼哈顿最安全的寄存地，”卡拉汉回答，“比宾州车站和中央车站还要安全五十倍，他说……而且在这儿我们还能选择长期寄存。当然，纽约肯定还有其他能存东西的地方，可等那些地方开门我们肯定要么已经离开，要么就已经消失。”

出租车靠边停了下来，卡拉汉为杰克拉开门，杰克钻进去，奥伊也灵巧地跳了上去，卡拉汉最后望了世界贸易中心的双子塔一眼，一猫腰钻进车里。

“直到二〇〇二年六月都不会有问题，除非有人闯进去偷走我们的东西。”

“或者那座高楼整个塌掉。”杰克说。

卡拉汉大笑起来，尽管杰克并不像开玩笑。“永远不可能。即使真的这样……呃，玻璃球压在一百零一层钢筋水泥下面?即使它充满魔力，也肯定全毁了。这倒会是处置那个邪恶玩意儿最好的办法。”

## 16

为了安全起见，杰克让出租车司机停在莱克星顿大道和五十九街街口。他望了望卡拉汉，征询他的意见，卡拉汉点头同意以后把最后的两美元递给了司机。

杰克走到莱克星顿大道和六十街街口，指着人行道边一堆烟头。“他刚刚就在这儿，”他说，“弹吉他的那个人。”

他弯下腰，捡起一个烟头，放在了掌心。过了一会儿他点点头，开心地笑了几声，同时调整了一下肩带，口袋里的欧丽莎撞出几声轻响。坐在出租车里时杰克已经仔细数过，不出意外地发现一共有十九个。

“难怪她停了下来，”杰克说完扔掉了烟头，在衬衫上擦了擦手。毫无预兆地，他唱起歌来，音调很低却非常动听：“我是一名男子……有着无尽的忧伤……我目睹不幸……日日年年……我必须走上……向北的旅程……也许我会跳上……下一班列车。”

卡拉汉本来已经很激动，此时感觉神经绷得更紧。他当然听过这首歌，那晚苏珊娜在亭子里轻声低吟的正是这首歌——也正是那天晚上，罗兰跳了一曲众人从未见过的最豪迈的考玛辣舞——只不过她把“男子”换成了“女子。”

“她给了他钱，”杰克仿佛在做梦，“她说……”他垂着脑袋站在那儿，咬紧嘴唇努力回忆。奥伊聚精会神地盯着他，卡拉汉也不敢打扰。此时他已经领悟到：他和杰克终将命丧迪克西匹格餐厅。他们会奋力一搏，但他们终究会在那儿丧命。

可他现在觉得死亡也许并不那么可怕，失去男孩儿，罗兰肯定会心肺俱碎……但他会熬过去的，只要黑暗塔仍旧存在，罗兰就会继续他的旅程。

杰克抬起头。“她说，‘记住那场斗争。’”

“苏珊娜说的？”

“是的，米阿让她浮了出来，她被歌声感动得哭了。”

“真的？”

“真的。米阿，无父之女，一子之母。而当米阿分神的时候，泪水模糊了她的眼睛……”

杰克环视四周，奥伊也跟着环视，大概不是真的在找寻什么，只不过是模仿他深爱的杰克。卡拉汉想起在亭子里的那一晚。灯火通明。奥伊后腿着地站了起来向乡亲们鞠了一躬，而苏珊娜在独自吟唱。灯火通明，载歌载舞，罗兰在彩色灯光的映照下、在白界力量的支撑下跳了一曲豪迈的考玛辣。永远的罗兰；即使到最后，所有人都倒下、在血腥的战役中一个一个牺牲，罗兰也会永远活下去。

*我坚信这点，卡拉汉心想，直到我死。*

“她留下了一样东西，可是却丢了！”杰克非常沮丧，几乎快哭出来。“肯定有人把它捡走了……也许是那个吉他手看见她扔掉那个东西就顺手拿走了……他妈的，这是什么鬼地方！每个人都在偷东西！*混蛋！*”

“别想了。”

杰克转过身，苍白的脸上全是疲倦与恐惧。他对卡拉汉说。“她留给我们的东西我们非常*需要！*难道你不明白我们的胜算有多小?”

“我明白。如果你害怕了，杰克，现在还来得及。”

杰克坚决地摇摇头，没有丝毫犹豫，卡拉汉不禁为他骄傲。“走吧，神父。”他说。

## 17

他们在莱克星顿大道和六十一街的街角又停了下来。杰克指指街对面，卡拉汉看见街对面一面绿色的遮雨篷，上面画了一只笑容可掬的卡通小肥猪，只不过已经被烤得全身通红。遮雨篷上挂着一个牌子,上面写着**迪克西匹格餐**厅。店前停了一排超长的黑色豪华轿车,黄色的小尾灯一闪一闪。卡拉汉这时才刚刚发现,莱克星顿大道上此刻正笼罩在水雾之中。

"就是这儿,"杰克把鲁格枪递给他,在口袋里翻出了两大把弹夹,在氤氲的橙色路灯下发出暗淡的金属光泽。"全放进你胸前口袋里,神父。到时候拿起来方便,啊?"

卡拉汉点点头。

"以前有没有开过枪?"

"没有,"卡拉汉照实说,"你有没有扔过欧丽莎呢?"

杰克咧嘴一笑。"本尼·斯莱特曼和我偷了一摞欧丽莎盘子在河边练习,有一天晚上还比赛来着。他不怎么样,不过……"

"等等,让我猜,你扔得很好。"

杰克耸耸肩,又点点头。盘子握在手上的感觉简直好得难以言喻,但也许这也很自然。苏珊娜也是特别自然就学会扔欧丽莎了,卡拉汉神父自己亲眼见识过。

"好吧,你有什么计划?"卡拉汉问。现在他已经决心一路坚持下去,非常乐意把领导权交给眼前的男孩儿,毕竟杰克是一名枪侠。

男孩儿摇摇头。"没有计划,"他答道,"基本上没有。我先进去,你跟在后面。一进门我们就赶快分开,无论怎么样我们之间必须保持十英尺的距离,神父——你明白吗?这样无论他们有多少人、无论靠得多近,我们都不会同时被他们抓住。"

卡拉汉意识到这是罗兰教过的,点头同意。

"我有超感应能一路跟着她,奥伊能闻出她的气味,"杰克接着说,"你和我们一起行动,我让你开枪你就开枪,千万别犹豫,明白吗?"

"哎。"

"要是你杀死的家伙手上有看起来能用的武器,拿过来,我是说来得及的话。我们不能停下来,必须抓紧时间,而且绝不能心软。你会不会尖叫?"

卡拉汉想了一下,点点头。

"冲他们尖叫,"杰克说,"我也会尖叫的,而且不会停下来。要么小跑,要么快步走。能不能保证每次我向右看的时候都能看见你的侧脸?"

"能,"卡拉汉暗暗补了一句:至少在被他们打中之前。"等我们把她救出来,杰克,我是不是就成为枪侠了?"

杰克笑笑,笑容里夹着残酷。他所有的疑虑与恐惧都抛至脑后。"楷覆功,命运,卡-泰特,"他回答,"瞧,可以走了。过街吧。"

## 18

头一辆豪华轿车里一个人也没有,第二辆驾驶座上面坐着一个带帽子穿制服的司机,但是在卡拉汉看来,那位先生正在打盹儿。第三辆车的副驾驶位上也坐着一个戴帽子穿制服的人,香烟袅袅地在他身侧画了个圈。他朝他们这儿瞥了一眼,没提起任何兴趣。又能看到什么?一个年近半百的老头,一个十几岁的少年,还有一条亦步亦趋的狗。有什么大不了?

他们过了街,卡拉汉瞥见餐厅前门竖了一块告示牌,上面写着:

**私人用途,暂停营业**

如果让你描述今晚迪克西匹格餐厅里将要发生的一切，你又会怎么说？卡拉汉也不知道。新生儿送礼派对？还是生日晚会？

“奥伊怎么办？”他低声问杰克。

“奥伊跟着我。”

短短五个字，却足以让卡拉汉相信杰克知道自己在干什么：今晚他们将会死在这里。卡拉汉也不知道他们进去的时候会不会披着荣耀的霞光，但是他们肯定得进去，他们三个。死神就藏在转角；他们三个肩并肩踏上不归路。尽管他并不愿意这么早就上天堂，但卡拉汉明白不这样情况会更糟糕。黑十三被塞在另一处黑暗的角落，会继续沉睡。如果在这场战斗之后，无论输赢，罗兰还能活着，他就一定会找到它，用合适的方式把它处理掉。与此同时——

“杰克，听我说句话，非常重要。”

杰克点点头，不过显得有些不耐烦。

“你明不明白死亡的危险正在逼近，你想不想为你的罪孽乞求原谅？”

男孩儿醒悟到，这是他最后的祷告。“想。”他回答。

“你是否为你的罪孽诚恳地忏悔？”

“是的。”

“后悔吗？”

“是的，神父。”

卡拉汉当着他的面划了一个十字。“以圣父、圣子、圣灵的名义——”

奥伊叫了起来，只有一声，却十分兴奋。叫声像被堵住了似的，原来他在下水道里找到了一样东西，叼给了杰克。杰克弯下腰，仔细看了看。

"什么东西?"卡拉汉问,"是什么?"

"正是她留给我们的东西,"杰克极为欣慰,心里几乎重燃起希望。"她趁着米阿走神、被那首歌感动得哭的时候,把这东西扔到地上。哦,老天——我们也许有机会了,神父。我们终于可能有机会了。"

他把东西放在了神父的手心。卡拉汉惊讶地发现那东西很轻,而且美得几乎让他无法呼吸。同杰克一样,他心里油然生出希望,也许很愚蠢,但也许真的有希望了。

他把小乌龟雕像举到眼前,用食指指腹细细摸了摸上面一处问号形状的刮痕。他盯着乌龟睿智祥和的双眼,说:"太可爱了,"吸了口气,"是不是乌龟马图林? 就是的,对不对?"

"我也不知道,"杰克说,"也许吧。她把他叫做斯杲葩达,也许对我们有用。不过它肯定杀不了正在里面等着我们的恶棍。"他朝迪克西匹格努努嘴,"我们别无选择,神父。你怎么说?"

"放心吧。"卡拉汉非常平静。他把乌龟雕像,斯杲葩达,放进胸前口袋。"我会一直开枪直到子弹用光或者我被打死。要是我还没被他们打死之前子弹就用光,我就用枪托打他们。"

"很好。那我们进去结果他们吧。"

他们走过告示牌,奥伊跟在两人中间,昂着头,咧嘴笑着。一行三人毫不犹豫地上了三级楼梯,杰克停下脚步,从袋子里拿出两只欧丽莎盘子,两个盘子轻撞一下,发出一阵闷响,他点点头,说:"让我瞧瞧你的。"

卡拉汉抬起鲁格枪,举到右颊边,就像参加决斗的枪手。然后他一摸胸前口袋,几颗子弹掉了出来。

杰克满意地点点头。"我们一进去就不能分开,永远不能分开,奥伊待在中间。我数三下。只要迈出第一步,我们就永不停步,一直到死。"

“永不停步。”

“对。准备好了吗？”

“嗯。上帝爱你，孩子。”

“你也是，神父。一……二……三。”杰克推开门，他们一起走进了弥漫着烤猪香味的昏暗灯光里。

唱：考玛辣——来——基
生生死死由不得你。
背抵墙壁没有退路，
你不得不开枪射击。
和：考玛辣——来基！
不得不开枪射击！
当死亡来临的那一刻，
伙伴们别为我哭泣。

第十三章

# “欢迎，米阿，欢迎，母亲”

# 1

也许那辆公共汽车停在米阿从出租车出来的地方完全是命运的安排，不过也可能纯属巧合。毫无疑问，下到谦逊的街头布道教士（大家齐喊哈利路亚），上到最伟大的神学家（大家一起来聊聊苏格拉底，阿门），都不会对这个问题产生任何争论的兴趣，甚至有些人还会觉得极度无聊，可隐藏在这个问题后面的却恰恰值得深究。

一辆公共汽车，只载着一半乘客。

但如果它没有停在莱克星顿大道和六十一街的街角，米阿也许根本不会注意到弹吉他的年轻人。如果她没有停下来听他弹吉他，谁又知道下面发生的一切会变成怎样？

# 2

“噢，上帝，瞧那儿！”出租车司机大叫一声，愤愤地抬起手摸摸挡风玻璃。莱克星顿大道与六十一街的街角停着一辆公共汽车，柴油引擎隆隆作响，尾灯不断闪烁，在米阿看来就像某种求救暗号。汽车司机站在车尾的轮子旁边，正在检查冒着浓浓黑烟的排气管。

“女士，”出租车司机说，“介不介意在六十街的街角下车？行不行？”

行吗？米阿问，我该怎么回答？

当然，苏珊娜漫不经心地答道，六十街没问题。

米阿的问话把她从她的道根里拉了回来。她本来努力想联系上埃蒂，不过运气不好。同时，道根的破败景象也让她非常沮丧，地板上的裂缝越来越深，一块天花板掉了下来，连带扯下几盏日光灯和纠结缠绕的电线。一些仪器的操作盘已经黑了下去，其余的散出袅袅黑烟。标有**苏珊娜-米欧**的那块刻度盘上指针已经一路走向红色。机器在她脚下发出刺耳的轰鸣，她感到地板都在微微震动。如果坚持说一切只是想象、没一样是真实的，反而是有些矫情，不是吗？她硬生生关闭了威力极大的程序，而她的身体正在付出代价。道根正在发出警告，她的所作所为异常危险；毕竟（套用一句时下流行的广告词儿）愚弄大自然是最愚蠢的做法。她身体的哪个部分、哪个器官将承受危险后果，她不知道，但是她知道的是最终倒霉的不是米阿的身体，而是她的。现在是时候该结束这疯狂的一切了，至少趁着事情还没完全失控之前。

可第一件事，她必须联系上埃蒂。她对准印有**北方中央电子**名称的麦克风一遍一遍喊着埃蒂的名字。毫无反应。喊罗兰的名字，也是徒劳。要是他们死了她一定会有感觉的，这点她毫不怀疑。但压根儿就无法联系上他们……这又是什么意思？

意思就是你又一次被耍了，甜心，黛塔嘎嘎干笑起来，谁叫你和那些混账白鬼鬼混来着。

我能在这儿下车？米阿又问，忐忑不安得就像第一次参加舞会的青涩少女。真的吗？

苏珊娜简直想扇她自己一巴掌，假如她可以的话。上帝，只要一和她肚子里的胎儿扯上关系，这个贱人还真是他妈的胆小！

是的，下车。只有一个街区，大道沿路的街区路都很短。

司机……那个司机我该给多少钱？

给他十块钱，不用找零了。快，把钱拿出来——

苏珊娜察觉到米阿的犹豫，忍不住烦躁愤怒。不过却也并非毫无乐趣。

*听着，甜心，我撒手不管好了。你他妈的爱给多少钱就给多少。*

*不，不，没关系。*对方立刻放下身段，害怕了。*我相信你，苏珊娜。*她把剩余的钞票拿了出来，像拿着一手好牌似的摊开，举在她眼前。

苏珊娜几乎想要拒绝，但又有什么意义？*她浮了出来*，重新控制住举着钱的棕色双手，抽出一张十块递给了司机。“不用找零了。”她说。

“谢谢，女士！”

苏珊娜打开车门，车内突然响起机器人一般的提醒声，吓了她一跳——是吓了她们两人一跳。是个叫乌比·戈德堡的女人，提醒乘客不要遗忘行李物品。不过对苏珊娜-米阿来说这种提醒毫无意义。贵重物品只有一件，就是即将从米阿肚子里出生的孩子。

隐隐的吉他声从街角飘来。她把钞票塞回口袋，腿伸出出租车，可就在此刻，对手脚的控制慢慢退去。原来如今苏珊娜再一次为她解决了纽约生活的尴尬，米阿重新夺回控制权。蓦地，苏珊娜非常想反抗这种无耻的侵犯。

*（我的身体，他妈的，是我的身体，至少腰部以上，包括这副脑壳和里面的大脑，都是我的！）*

但很快她就放弃了。又有什么用？米阿比她更强。苏珊娜不明白原因，但事实就是这样儿。

就在这个节骨眼上，一种奇特的日本武士道似的宿命感袭上苏珊娜·迪恩的心头。这种感觉竟让人平静下来，当司机开着车绝望地滑向大桥边缘、飞行员驾驶引擎熄火的飞机做最后一个俯冲……枪侠走向命运尽头时大约也都笼罩在这种平静之中。接下来等待她的是一场殊死反抗，如果值得反抗或者反抗能够带来荣耀的话。她会为自己和小家伙放手一搏，但绝不会为米阿——她已经打定主意。米阿也许曾经有过获得救赎的机会，不过现在在苏珊娜看来已经一个不剩。

此时此刻没什么她能做的，除了把**阵痛强度**的指针拨回十级，起码她这点儿权利还是有的。

但在这之前……吉他歌声。这首歌儿她听过，非常熟悉。他们到卡拉·布林·斯特吉斯的那天晚上她为当地的乡亲们演唱的就是这首歌。

在遇见罗兰之后她经历了那么多事，此刻再次在纽约街头听见这首《一位无尽忧伤的男子》，她觉得肯定不会只是巧合。这首歌真是动听极了，不是吗？也许是她听过的所有乡村民谣中最棒的一首。她年轻的时候爱极了这首歌，在它的诱惑下一步一步陷入激进运动的热潮，最终去了密西西比的牛津镇。那段日子早已逝去——她觉得自己比那时老了许多——但歌里蕴涵的忧伤和纯真对她仍有强大的吸引力。一个街区不到就是迪克西匹格餐厅了。等米阿带着她俩一迈进大门，苏珊娜就站在血王的领地上了。她没有怀疑，也没有幻想，从来没指望能逃出生天，没指望能够再见到她的朋友、她的爱人，也想过可能米阿意识到自己被欺骗会愤怒咆哮，而她则伴着咆哮永远闭上双眼……但是这一切都没有打扰她此刻欣赏歌曲的雅兴。难道这是她的死亡之歌吗？如果是，好极了。

苏珊娜，丹之女，突然意识到情况原本可能会更糟。

## 3

街头卖艺的吉他手在一家叫做咖啡糖蜜的咖啡屋前摆下摊

子，敞开的吉他盒放在他身前，里面深紫色的天鹅绒（与布里奇屯金先生家里的地毯颜色别无二致，阿门）上面零散地放着些零钱，恰到好处地提醒着善良的行人该怎么做。他坐在一个木头箱子上面，箱子同哈里根教士讲道时站在上面的那个一模一样。

看上去今晚的演出已经基本结束。他套上袖子上缝着纽约扬基臂章的夹克衫，戴上帽舌上方印着**约翰·列侬永生**的棒球帽。显然他前面本来摆着一个牌子，不过现在已经字朝下放回乐器盒里。反正米阿也不可能认识上面到底写的什么字。她不会知道。

他瞥了她一眼，笑了笑，停下剔指甲的动作。她扬了扬手里剩下的钞票，说："如果你再演奏一遍那首歌，这些钞票就是你的了。整首歌。"

这个年轻人二十岁左右，苍白的脸上长了许多雀斑，鼻子上套了一个金黄的鼻环，嘴角叼着一支香烟。并非十分英俊的相貌丝毫不损害他身上散发出的迷人气质。当他意识到她手里的钞票上印着谁的头像之后，顿时睁大双眼。"女士，为了这五十块钱，拉尔夫·斯坦利哪首歌都行，只要我会唱……而且我会唱的还挺多。"

"这一首就行了，"米阿说着扔出钞票。钞票飞进了卖艺人的吉他盒，他几乎不敢相信地望着钞票戏剧性的降临。"快点，"米阿催促道。苏珊娜仍然缄默，但米阿知道她正侧耳倾听。"我的时间很短，快点儿演奏。"

坐在咖啡屋前的吉他手拨动琴弦，唱出这首苏珊娜第一次在"饥饿的我"夜总会听过的歌曲。天知道这首歌她在民谣歌会上演唱过多少场。甚至在被丢进密西西比牛津镇监狱前一晚，她在一家汽车旅馆后面也唱过。那个时候三名支持选民登记的年轻人已经失踪快一个月，事实上他们已经被永远埋在了密西西比费城附近的黑土地里（尸体最终在俄克拉荷马的隆戴尔镇附近被发现，请齐唱哈利路亚，请高呼阿门）①。那个时候白人种族主义者已经再次举起传说中的大铁锤，可他们照样选择继续歌唱。奥黛塔·霍姆斯——在那些日子大家都喊她黛特——起了个头儿，其他人跟着哼了起来，小伙子们唱的是“男子”，姑娘们唱的是“女子”。在那段可怕的日子，眼前的这位吉他手尚未出生，而此时此刻，他的低吟浅唱吸引着被关在道根里的苏珊娜凝神聆听。记忆的围堰终于被冲垮，回忆如同汹涌的潮水一般袭来，而被推上风口浪尖的正是米阿。

## 4

在记忆的天地里，时间永远是当下。

在过去的王国中，时钟滴答……可是指针从未走过一步。

那儿有一扇找不到的门

（噢，迷失啊）

记忆则是开启门的钥匙。

## 5

他们的名字是切尼、古德曼和施威纳；一九六四年六月十九

---

① 这里指的是美国一九六四年发生的费城疑案。二十世纪五十年代末涌起的美国民权运动在六十年代进入高潮。一九六四年，美国北部的白人和黑人学生联合发起“自由之夏（Freedom Summer）”运动。上千名大学生深入南部各州乡村，帮助登记黑人选民，建立教授黑人选举等各种知识的学校。但是当年夏天三名民权工作者被无故杀害，成为轰动当时美国的费城疑案。最终谋杀案幕后策划埃德加·雷·基伦于二〇〇五年一月又重新被指控。

日，三人倒在了白人种族主义者的铁锤之下。

噢，迪斯寇迪亚！

## 6

他们住在一家叫做蓝月亮的汽车旅馆里面，就在密西西比牛津镇黑人聚居区。蓝月亮的主人是莱斯特·班布力，他哥哥是牛津镇第一所黑人卫理公会教堂的牧师，哦，大家齐唱哈利路亚，大家高呼阿门。

那是在一九六四年的七月十九日，距离切尼、古德曼和施威纳失踪整整一个月。他们在费城附近失踪之后，约翰·班布力的教堂里召开了一次集会，当地黑人民权运动家告诉剩下的大概四五十个北方佬，鉴于近期的种种情况，他们如果选择回家完全可以理解。其中有一些回去了，感谢上帝，但奥黛塔·霍姆斯和其余的十八个人坚持留下，住进了蓝月亮汽车旅馆。有时候他们会趁着夜色出门，德尔伯特·安德森带上吉他，他们齐声歌唱。

《我会获得自由》，他们歌唱

《约翰·亨利之歌》，他们歌唱，轮着铁锤砸下去（万能的上帝，上帝-炸弹），他们歌唱

《随风吹散》他们歌唱

加里·戴维斯教士的《犹豫布鲁斯》，其中低俗又不失亲切的段子惹得他们齐声大笑：一美元就是一美元，十分钱就是十分钱，我有一屋的孩子，却没有一个亲生，他们歌唱

《我不再游行》他们歌唱

在记忆的天地、在过去的王国他们歌唱

和着青春的热血、肉体的力量、心灵的信仰他们歌唱
为的是反抗迪斯寇迪亚
反抗坎-托阿
为的是支持创造者乾神、罪恶的终结者乾神
他们不知道这些名字
他们知道所有这些名字
心灵唱出的是它不得不唱的歌曲
鲜血明晓的是它应该明晓的真理
沿着光束的路径我们的心明白所有秘密
他们歌唱
歌唱
和着德尔伯特·安德森的伴奏,奥黛塔低吟浅唱

“我是一名女子……有着无尽的忧伤……我目睹不幸……日日年年……我挥手告别……肯塔基老家……”

## 7

米阿就这样被歌声牵引,穿过找不到的门来到记忆的天地,来到莱斯特·班布力的蓝月亮汽车旅馆杂草蔓生的后院,她听见了——

(听见)

## 8

米阿听见即将变成苏珊娜的女子微启双唇,歌声婉转,接着

其他人一一加入，汇聚成整齐的和声。密西西比冷月的清辉洒在他们的脸上——有白肤色有黑肤色——也洒在了旅馆后面的铁轨上。那条铁轨向南方延伸，一直延伸到隆戴尔镇。就在那里，一九六四年的八月五日，他们的伙伴严重腐烂的尸体被找到——詹姆斯·切尼，二十一岁；安德鲁·古德曼，二十一岁；迈克尔·施威纳，二十四岁；噢，迪斯寇迪亚！永夜黑暗是你的最爱，灼灼的魔王红眼让你开怀。

她听见他们唱道。

大地宽阔任我流浪……穿过暴雨，穿过冰雹……我踏上铁路去北方……

没什么能像歌曲一样打开记忆的阀门，当黛特和她的伙伴伴着银色月光高唱的时候，她的回忆似排山倒海的巨浪，米阿就这样被推到了风口浪尖。她看见他们手挽着手，唱起

（哦，我心深处……依旧坚信）

另一支歌，一首最透彻诠释了他们自己心情的歌。一张张被仇恨扭曲的面孔排列在街边，紧盯着他们，长着厚茧的拳头猛烈挥舞。女人们身着无色衬衫，光裸的小腿没穿丝袜，脚踏简陋拖鞋撅起嘴唇向他们吐口水，弄脏了他们的脸颊、头发。街边还站着一些穿工装裤的男人（伐木工人的工作服，哈利路亚），还有剔着板寸头身穿干净白毛衣的男孩儿，其中一个冲着奥黛塔大叫，一字一句非常清晰：我们会杀了所有该死的黑鬼！看谁敢踏进密西西比的校园一步！

也许正是出于恐惧，同志情谊变得愈发坚固。每个人都感受到共同努力的伟大事业将永载史册。他们会改变美国，即使代价是鲜血，他们照样一往无前。没错儿，哈利路亚，赞美上帝，阿门。

接着白人男孩儿达利尔来到了她身边。刚开始他有些软

弱，还不够坚定，但渐渐地他变得坚强，奥黛塔神秘的另一半——那个只会尖叫、狞笑的丑陋的另一半——再也没有出现。密西西比的明月挂在天空，达利尔和黛特并排躺着，互相爱抚，一直睡到天亮。听，蟋蟀的低语。听，猫头鹰的哀啼。听，旋转的大地婉转哼鸣。年轻的热血激荡奔腾，他们从没怀疑自己改变世界的能力。

再见了，我唯一的真爱……

她在蓝月亮旅馆后面的草丛中歌唱，在月光下歌唱。

我再也见不到你的脸……

奥黛塔·霍姆斯高贵得宛如女神，而米阿就在现场！她亲眼看见、感觉到她的光辉。有人会说那不过是愚蠢的奢望（噢，不，我高唱哈利路亚，我们一起喊上帝一炸弹），可她却沉醉其中。她深深地明白一点，如影随形的恐惧让人更加珍惜身旁挚友，让每顿饭菜更加可口，让每时每刻仿佛都在无限延展，直触丝绒天幕。他们知道詹姆斯·切尼已经死了

（没错儿）

他们知道安德鲁·古德曼已经死了

（哈利路亚）

他们知道迈克尔·施威纳——三个中间最大的，虽然也只是二十四岁的大男孩——死了。

（高喊阿门！）

他们也知道中间任何一人都可能葬身隆戴尔或费镇。任何时候。蓝月亮歌唱之夜以后，他们中的大多数，包括奥黛塔，都会被投进监狱，从此开始屈辱的囚禁生涯。但今晚她和她的战友在一起，和她的爱人在一起，他们合为一体，迪斯寇迪亚早被摒弃。今晚他们手拉手，肩并肩，只是歌唱。

姑娘们唱的是女子，小伙子们唱的是男子。

米阿几乎被他们之间的真挚友谊湮没，为了他们单纯的信仰而激动。

刚开始，她震惊得忘了笑也忘了哭，只能讶异地仔细聆听。

## 9

当吉他手唱到第四段时，苏珊娜跟着哼起来，刚开始还有些胆怯，后来——在他鼓励的笑容下——她放开拘束，和着年轻人的歌声：

早饭吃的是肉汁
晚饭豆子配面包
矿工却无晚饭吃
一根稻草当成床……

## 10

唱到这里，吉他手停了下来，惊喜地望着苏珊娜-米阿。“我还以为只有我一个人会唱呢，”他说，“参加自由乘车运动①的人以前就这么唱来着——”

“不，”苏珊娜平静地答道，“不是他们。肉汁的这段歌词最初是帮助选民登记的学生唱红的，他们在一九六四年的夏天来

---

① 自由乘车运动（Freedom Riders）是十九世纪六十年代在美国南方发起的鼓励黑人乘车坐在原本属于白人的前排座位的运动。

到牛津镇，就是三个小伙子被杀害的那个夏天。"

"施威纳和古德曼，"他说，"另一个的名字我记不得了——"

"詹姆斯·切尼，"她仍然非常平静，"他的头发真是漂亮极了。"

"你说话的样子好像认识他似的，"他回答，"不过你看起来顶多……三十？"

苏珊娜明白自己看上去绝不只三十，肯定老得多，尤其是今晚，不过当然短短一曲的时间这位年轻人的吉他盒里就多出了五十美元，也许这小笔横财影响了他的判断力。

"我妈妈那年夏天就待在纳什巴县，"我妈妈三个字自然而然地就从她嘴里冒了出来，但却出乎意料地让绑架她的米阿大为震惊。三个字像一把尖刀割裂了米阿的心。

"你妈妈真酷！"年轻人感叹道，笑了笑。很快他隐去笑容，把五十块钱从吉他盒里捏出来，递还给她。"拿回去。和你一起唱歌非常愉快，夫人。"

"我真的不能拿回去，"苏珊娜笑笑说，"记住那场斗争，这就足够了。记住吉米、安迪和迈克尔，如果你愿意的话。我知道我自己永远不会忘记。"

"求求你，拿回去。"年轻人还在坚持。他的脸上又绽出笑容，但显得非常不安。如果回到过去，他很可能也是他们中的一员，在蓝月亮简陋的后院、在染上银辉的铁轨旁沐浴着月光一起歌唱。他的美丽、无忧无虑的青春都让米阿在那一刻爱上了他，甚至连她的小家伙都暂时退居第二位。她心里明白，吸引她的光辉是骗人的，全是苏珊娜的记忆在作祟。但另一方面她又怀疑也许是真实的。有一点毫无疑问：只有像她一样曾经拥有过永生却又放弃的人，才能真正明白反抗迪斯寇迪亚需要多大的勇气，把心灵的信仰放在个人安危之前、把脆弱的美丽置于危险之中需要多大的勇气。

让他高兴，把钱拿回来吧，她对苏珊娜说，但是这回她并没有浮出，而是完全由苏珊娜做主，让她选择。

可苏珊娜还没来得及回答，道根的警铃忽然大作，她俩共同的脑海中顿时噪音刺耳，红灯连闪。

怎么了？出了什么事儿？

快放了我！

苏珊娜挣脱出米阿的禁锢，米阿还没来得及伸手，她已经消失得无踪影。

## 11

苏珊娜的道根里，红色警戒灯不停闪烁，头顶的扩音喇叭发出咚咚的敲击声，整个房间都在随之震动。两台电视屏幕——一台上面仍旧显示的是莱克星顿大道和六十街的街头卖艺人，另一台则是沉睡的胎儿——已经短路。苏珊娜脚下的地板咯吱作响，吐出一团团灰尘，一块控制板全黑下来，而另一块上蹿起了一股火苗。

简直一团混乱。

仿佛是为了进一步肯定她的猜想，道根之声在她耳边响起来，竟然酷似布莱因。**“警告！系统超载！除非减弱阿尔法区域的电量，否则整个系统将在四十秒内关闭！”**

苏珊娜不记得前面几次到这里来时见过什么阿尔法区域，可当她眼前出现了这样的标志时却也丝毫不感惊讶。突然，附近的一块控制板喷出一股橙色的火花，顿时燃着了旁边的椅子。大块的天花板连带纠结的电线掉下来。

**“除非减弱阿尔法区域的电量，否则整个系统将在三十秒内关闭！”**

**情感温度**刻度盘该怎么办？

“别管了，”她喃喃自语。

好了，现在看**小家伙**这个按钮。这个该怎么办呢？

苏珊娜略一思量，伸手把拨动开关从**沉睡**扳到**清醒**。几乎立刻，那对令人不安的蓝眼睛睁了开来，强烈好奇的眼神径直锁定在苏珊娜身上。

*罗兰的孩子，她此刻心情复杂，怪异与痛苦的感情掺揉在一起。也是我的。至于米阿？姑娘，你什么都不是，只不过是被命运愚弄的傻瓜。真为你觉得不值。*

被命运愚弄的傻瓜，是的。不仅仅是个傻瓜，是命运的傻瓜——命中注定的。

**“除非减弱阿尔法区域的电量，否则整个系统将在二十五秒内关闭！”**

看来把胎儿唤醒并没什么用，至少就阻止系统整个瘫痪而言。赶紧换第二套方案。

她摸到**阵痛强度**控制手柄，那块荒唐的刻度盘看上去就像她妈妈炉子上的烤箱刻度盘。把刻度拨回二级比较困难，当时她痛得几乎昏死过去。但朝相反方向却易如反掌，毫无痛苦。顿时脑海深处某个地方仿佛放松下来，就像保持了好几个小时的紧张肌肉此刻终于可以松懈。

扩音喇叭传来的咚咚戛然而止。

苏珊娜把阵痛强度调到八级，略一迟疑。可她接着耸耸肩，该死，现在应该是全力以赴、克服难关的时候。她继续把指针向十级拨去。指针一指到那儿，顿时一阵剧痛撅住她的胃部，迅速向下滚动到骨盆，她不得不咬紧嘴唇才不至于痛呼出声。

**“阿尔法区域的电量已被减弱，”**播音声突然变成了约翰·韦恩特有的拖腔，噢，苏珊娜简直太熟悉了。**“多谢了，小姑娘。”**

她不得不再一次咬紧嘴唇把尖叫硬生生咽回去——这回不是因为剧痛而是因为赤裸裸的恐惧。不过瞬间她就记起来，单轨火车布莱因早已死了，现在这声音不过是她自己潜意识里某种恶毒的玩笑，但意识到这点仍然不能停止她的恐惧。

**“分娩程序……正式开始，”**声音又从扩音器里传来，却已脱去约翰·韦恩的腔调。**“分娩程序……正式开始。”**接下来又换上鲍勃·迪伦的嗡嗡鼻音，哼起歌来，苏珊娜一听又咬紧牙关：**“祝你生日快乐……宝贝！祝你生日快乐！祝你生日快乐……莫俊德……祝你生日快乐！”**

苏珊娜的脑海中，一个灭火器出现在她身后的墙上，等她转身，果然就看见了灭火器（不过在她想象中，旁边牌子上并没有写着**只有你和索姆布拉公司能够阻止控制台着火**——那句话旁边附了一幅巨熊沙迪克漫画，身穿护林员制服，看来又是一个恶作剧）。她三步并作两步穿过爬满裂痕的地板，绕过散落一地的天花板碎片，朝墙上的灭火器奔过去。就在此时，又一阵产痛袭来，几乎要把她撕裂，肚子和大腿顿时火辣辣作痛。此刻她脑子里只有一个念头，就是弯下腰，拼命把子宫里那块再也无法忍受的大石头挤出来。

用不了太长时间，她脑海中的声音一半是她自己，一半是黛塔。夫人，这个小家伙乘坐的可是特快列车！

可一会儿以后疼痛减缓。她赶紧从墙上取下灭火器，把灭火喷头对准着火的控制板，压下扳手。伴随着可怕的嘶嘶声，雪白的泡沫喷出，盖住火苗，随之散发出一股头发烧焦的味道。

**“火……已被扑灭，”**道根之声再次响起，**“火……已被扑灭。”**转瞬之间，它又换成了英国贵族圆润饱满的男声：**“我说，干**

**得好，苏-珊娜，简—直棒—极了！”**

道根的房间已经变得宛如雷区，处处是陷阱。她跌跌撞撞穿过房间地板，抓住话筒，按下开关。从头顶的那台还在工作的电视屏幕她看见米阿已经迈开脚步，穿过六十街。

接着印有一只卡通小猪的绿色遮雨篷出现在屏幕上。她的心沉到谷底。原来不是六十街，而是六十一街，抢了她身体的那名恶妇终于到达了终点站。

“埃蒂！”她冲着麦克风大喊。“埃蒂，或者罗兰！”见鬼，她最好一个个喊过来。“杰克！卡拉汉神父！我们已经到迪克西匹格，孩子马上就要出生了！如果可能，你们赶快来救我们！但千万要小心！”

她抬头又看看屏幕。米阿此刻过了街，站在原地怔忡地凝视着绿色遮雨篷。有些犹豫。她认识**迪克西匹格**那几个字吗？也许不，但肯定明白那幅卡通画，那只涎着笑脸，叼着烟头的肥猪。无论如何她不会犹豫太久的，况且现在产痛已经开始。

“埃蒂，我得走了。我爱你，甜心！无论发生什么，你一定要记住我爱你！永远别忘记！*我爱你！* 这是……”她的视线落在麦克风后面半圆形的读表盘上，指针已经出了红色区域。她暗自揣测直到阵痛结束，指针都一直会停留在黄色区域，最后才慢慢进入绿色。

除非出了问题。

蓦地，她意识到麦克风还紧紧抓在自己手里。

“这里是苏珊娜-米欧，广播到此结束。上帝与你们同在，兄弟们。上帝和命运与你们同在。”

她放下了麦克风，闭上双眼。

## 12

几乎是立刻,苏珊娜感觉到了米阿的变化。尽管她已经到了迪克西匹格餐厅门口,强烈的阵痛也已经开始,但是米阿却第一次把注意力投向了别处,事实上,是投向了奥黛塔·霍姆斯,还有被迈克尔·施威纳称作密西西比自由之夏运动(牛津镇的保守派白人辱骂他是犹太男孩)。苏珊娜回来以后即刻发现自己身陷悲伤的情绪之中,就像猛烈的九月风暴即将来临时静止的空气。

苏珊娜!苏珊娜,丹之女!

是的,米阿。

我放弃了永生,选择成为人类。

你说过。

这点毫无疑问,米阿在法蒂的时候已经完全变成人类的模样,而且明显是位孕妇。

可我却错过了最重要的一点,就是这点才让短暂的生命如此珍贵。对不对?问话中蕴涵的悲痛已经够让人不安,可给苏珊娜带来的惊讶却更让人难以忍受。现在没有时间让你告诉我了。现在不行了。

到别的地方去,苏珊娜劝道,不过并没有抱任何希望。招辆出租车,去医院,我们一块儿把孩子生下来,米阿。甚至我们能一块儿把他养——

如果我在任何其他地方生下他,他一定会死的,而我们也会一起没命。她非常坚决。我一定得生下他。我现在一无所有,只有小家伙,我一定要生下他。但是……苏珊娜……刚才……你提起了你的妈妈。

我骗你的。在牛津镇的是我自己。比起解释时间旅行、平行的世界,谎话总是容易一些。

跟我说说吧,跟我说说你妈妈长什么样儿。求求你!

此刻根本没时间和她争论这个请求是否合理,要么当场拒绝,要么就答应。苏珊娜决定满足她的要求。

听好了,她说道。

## 13

在记忆的天地,时间永远是当下。

有一扇找不到的门

(噢,迷失啊)

当苏珊娜找到门并把它打开,米阿眼前出现了一位女子,黑发齐齐梳向脑后,灰色的眼眸清澈明亮。宝石胸针别在领口,她坐在厨房餐桌旁,午后的阳光洒在她的身上。记忆中时针永远指向两点十分,在一九四六年十月一个明媚的午后。世界大战已经结束,广播里艾琳·戴正在播音,空气中永远弥漫着姜饼的香气。

"奥黛塔,来,坐在我旁边,"桌边的女子唤道。她就是她的妈妈。"吃点儿饼干吧。你看起来真棒,小姑娘。"

她的脸上绽放出一朵微笑。

噢,迷失啊,悲伤的灵魂,再回到家乡!

## 14

你也许会说,这有什么特别的?确实,小姑娘一手拎着书包一手拎着运动袋，放学回家。她穿着白色外套，圣安妮的格子百褶裙，还有侧面扎着蝴蝶结的（橙色和黑色，学校的颜色）及膝长筒袜。妈妈坐在桌边，抬起头，把一块新鲜出炉的姜饼喂进女儿的嘴里。这不过是千万个瞬间中最普通的一个，一生中最平淡的场景。但恰恰这一幕让米阿窒息

（你看起来真棒，小姑娘）

她切实感受到了母亲的含义是多么丰富，之前她从来没有具体概念……换句话说，如果一切照原计划进行的话。

那会有什么奖励呢？

无法衡量。

最终你能够成为沐浴在阳光下的女子，能够看着自己的孩子一天天长大，甚至变成海风帮助他们乘风破浪，扬帆远航。

你。

奥黛塔，来，坐在我旁边。

米阿只觉得胸口一窒。

吃点儿饼干吧。

雾气蒙住了她的双眼，绿色遮雨篷上一脸涎笑的卡通猪先是拆成了两个，接着拆成了四个。

你看起来真棒，小姑娘。

很短也比没有好。即使五年——或者三年——也比一年都没有好。她不认字，没上过学堂，但是几道简单的算术难不倒她：三年＝比没有好。甚至一年＝比没有好。

噢……

噢，可是……

米阿的脑海中，一个男孩儿进了门，湛蓝的眼睛闪闪发光，她对他说你看起来真棒，儿子！

她嘤嘤地哭了起来。

我做了什么是个无法作答问题，但是我还能做什么也许更糟。

噢，迪斯寇迪亚！

## 15

此刻是苏珊娜唯一的机会：这一刻，米阿正站在通向她最后命运的楼梯下。苏珊娜把手伸进牛仔裤的口袋里，摸了摸那个乌龟，那个斯杲葩达。比米阿雪白的双腿深了一层颜色的棕色手指握住了乌龟。

她紧握着乌龟，抽出手，背在身后，最后把乌龟扔在地上。乌龟滚进了下水道，从她的手里滚进命运的手掌。

接着她被米阿带着上了三层楼梯，来到迪克西匹格的两扇大门前。

## 16

房间里一片昏暗，刚开始米阿只能看见氤氲的橙色灯光，让她想起点亮迪斯寇迪亚城堡房间的电蜡烛。但是她的味觉丝毫不需要调整，甚至即使当又一阵产痛袭来时，她全身肌肉紧绷，弥漫在空气里的烤乳猪的香味令她蓦地意识到强烈的饥饿感。她的小家伙也好饿。

那不是烤乳猪，米阿，苏珊娜提醒，但米阿置若罔闻。

两扇大门在身后砰地关上——门旁各自站着一个人（或者说像人的动物）——此时她的视线变得清晰了一些，只见自己站在一间狭长的餐厅里，白色的亚麻桌布亮得晃眼。每张餐桌上都放着橙色的烛台，烛光摇曳，仿佛一只只狐狸的眼。门厅地上铺的是黑色大理石，但是前面领班站台的位置则铺上了深红色的地毯。

一位大约六十出头的先生站在领班站台旁，白发齐齐梳向脑后，瘦削的面孔上刻着掠夺者特有的凶残。他的那张脸还算文质彬彬，可身上的打扮——亮黄色的运动外套，大红的衬衫配上全黑的领带——却活脱脱就像二手车销售或者专坑小镇乡巴佬的赌徒。额头正中央有一个约一英寸大小的窟窿，就好像脑袋被子弹近距离地射穿。窟窿里盈满了鲜血，却又没有溢出一滴流到他苍白的皮肤上。

餐桌旁站了大约五十个男人，二十五个女人，大多数人衣着的鲜艳程度比那位白发绅士有过之而无不及。个个手指上都套着硕大的戒指，明亮的钻石耳环反射出烛台的橙色光晕。

当然也有少数人穿得没那么夸张——牛仔裤和普通的白衬衫是这些少数派的搭配。那些老兄们个个脸色苍白，神色警惕，眼里似乎只有瞳孔没有眼白。他们周围绕着微弱的蓝色光圈，淡得几乎看不见。不过在米阿看来，他们比起那些低等人来说更接近人类。事实上，他们是吸血鬼——不用他们咧嘴露出尖牙她也知道——但无论如何，比起赛尔的手下，他们的模样更像人类，也许是因为他们曾经就是人类。而其他那些……

*他们的脸不过是面具而已，她的心越来越沉。狼群的面具下面是电子人——机器人——而他们的面具下面又是什么？*

餐厅里寂静得让人窒息，可从附近什么地方不断传来说话声、笑声、干杯声，还有瓷器碰撞的声音。有人倾倒液体——不是酒就是水，她暗想——接着又爆出一阵哄笑。

一对低等人男女——两人都超级胖，男的身穿格子呢领的燕尾服，佩戴着红色的丝绒领结，女的身穿露肩的银色晚礼服，上面缀着亮片——转身朝笑声望去（明显有些不悦）。似乎是从描画着骑士与贵妇共进晚餐图画的那幅织锦帘子后面传来的。当这对胖夫妇转头时，米阿看见他俩的面颊好像紧贴的布一样起了皱，一瞬间，下巴下面暴露出长着浓毛的深红色皮肤。

*苏珊娜，那是皮肤吗？*米阿问，*上帝啊，难道那就是他们的皮肤？*

苏珊娜没有回答，甚至连*我早就告诉你了*，或者*我难道没警告过你吗？*都没说。如今早过了说风凉话的阶段，现在再发火（即使是表达缓和一些的情绪）也已经于事无补。此刻苏珊娜只是真真切切地为这位把她带到这儿来的女人感到悲哀。是的，米阿是骗子、是叛徒；是的，她想尽办法置埃蒂与罗兰于死地。但是她有其他选择吗？苏珊娜苦涩地领悟到，此刻她能更确切地解释什么是被命运愚弄的傻瓜：正是那些被给予了希望却没有选择的人。

*无异于送给瞎子一辆摩托车*，她暗想。

理查德·赛尔——身材瘦削、丰唇宽额的中年人——啪啪两声，鼓起掌来，手上的戒指闪闪发光，鲜黄的运动夹克在昏暗的灯光里显得尤其刺眼。“欢迎，米阿！”他高呼。

“*欢迎，米阿！*”其他人大声附和。

“欢迎，母亲！”

“*欢迎，母亲！*”吸血鬼、低等人齐声附和，也鼓起掌来。欢呼声掌声还算是热情洋溢，但房间的音响效果却让声音沉闷下来，仿佛无数只蝙蝠正扑扇着翅膀。那是饥饿才会发出的声音，苏珊娜突然觉得一阵恶心。与此同时，子宫又一阵收缩，她的腿顿时软了，一个趔趄向前冲过去。不过她心里却挺高兴，毕竟疼痛部分压抑了她的恐惧。赛尔一个箭步冲上来，扶住她，没让她跌下去。她本来以为他的手应该是冰凉的，却没想到滚烫，就像得了霍乱的病人。

此时，房间后部的阴影中走出来一个高挑的人影，既非低等人也非吸血鬼。它身穿牛仔裤和简单的白衬衫，可是从领子里伸出来的却是一个鸟头，上面覆着一层光滑的深黄色羽毛，眼珠乌黑。它礼貌地拍了拍手，她发现——愈发惊惶起来——它手掌上伸出来的不是手指，而是锐利的鹰爪。

大约六只蟑螂从桌子下面钻出来，挂在细长茎须上的眼珠滴溜溜盯着米阿，眼神里竟透露出令人恐惧的智慧。他们的下巴咯噔咯噔，不停碰撞，听上去就像在大笑。

*欢迎，米阿！*她听见自己的脑海里响起欢呼声。虫子的嗡鸣。*欢迎，母亲！*欢呼完他们又消失在阴影中。

米阿转过身，却看见一对低等人守在门边，堵住了出路。是的，的确是面具；近距离地观察这两个门卫就不难发现他们油亮的黑发根本是画上去的。米阿的心沉至谷底，沮丧地转身面对赛尔。

如今一切都太迟了。

太迟了，没有其他选择，只能硬着头皮向前走。

## 17

刚刚她转身时赛尔松开了她的胳膊，但此刻她的左手被人抓住。接着是右手。她扭过头，只见身穿缀满亮片的银色晚礼服的胖女人就站在身边，礼服勉强兜住呼之欲出的丰满胸部。上臂的肥肉松松地颤动，散发出爽身粉的气味，几乎让人窒息。额头正中央也有一个溢满鲜血的窟窿。

原来他们是这么呼吸的，米阿意识到，戴着面具他们这么呼吸——

惊慌失措的米阿几乎已经忘了苏珊娜·迪恩，而黛塔更是被抛至脑后。所以当黛塔·沃克浮出时——见鬼，她根本是突然跳出来的——米阿根本来不及阻止，只是眼睁睁看见自己的双臂猛挥出去，手指掐住胖女人丰满的脸颊。胖女人惊声尖叫起来，但奇怪的是其他所有人，包括赛尔，都齐齐哄笑起来，仿佛这是他们一辈子见过的最滑稽的场面。

胖女人的面具被猛地摘下来，撕得粉碎。这让苏珊娜想起最后一刻在城堡幻境时一切都被冻住的情景，那时天空像纸似的被从中撕裂。

几块残留的碎片还挂在黛塔的指尖上，看上去像是橡胶。面具下原来藏着一只硕大的红老鼠，黄色的利齿从嘴角戳出来，鼻子上挂着像是白色蠕虫一样的污物。

“真淘气。”老鼠女边说边冲着苏珊娜-米欧晃了晃手指。另一只手仍旧牢牢抓着米阿没松开。她的同伴——那个身穿艳俗燕尾服的低等人——笑弯了腰，这时米阿发现他的裤子后面伸出一样东西，要说是尾巴又好像骨头太多，但她照样猜那是一条尾巴。

“过来，米阿，”赛尔把她拉了过去，倾过身子，像爱人似的认真看着她的双眼。“或者是你，黛塔？是不是？就是你，你真是个淘气、读过太多书、尽给我惹麻烦的小黑妞。”

“对，就是我，你这个长着老鼠脸的混账白鬼！”黛塔怒骂，噗地一口浓痰吐在赛尔脸上。

赛尔惊讶地张大嘴，接着猛然合上，一脸怒色。房间即刻安静下来。他擦去痰——从他带着的面具上擦掉——不可思议地盯着看了一会儿。

“米阿?”他质问道,“米阿,你竟然允许她这么对我? 我可是你未出生孩子的教父!”

“你连个屁都不是!”黛塔嘶声大吼,“你只会舔你老板的屁股,把手指戳进他的肛门。你只会干这个! 你——”

“让她**滚!**”赛尔勃然大怒。

在迪克西匹格餐厅里,当着所有旁观的吸血鬼、低等人的面,米阿言听计从,后果也非比寻常。黛塔的嘶吼声越变越弱,仿佛被人架出了餐厅(强壮的保镖拎着她的脖子把她拖出去)。她放弃说话的努力,只是粗声大笑,但是很快,笑声也消失了。

赛尔双手合十放在身前,严肃地盯着米阿。其他人同样盯着她。画着骑士贵妇用餐图的织锦帘子后面,窸窸窣窣的谈话声、笑声还在继续。

“她消失了,”米阿最终开口,“讨厌的那个已经消失了。”尽管房间里异常安静,她的声音仍然几乎轻不可闻,仿佛耳语似的。她畏缩得不敢抬眼,只盯着地面,脸色变得死灰。“求求您,赛尔先生……赛尔先生……现在我已经照您的吩咐做了,求求您告诉我您没有骗我,我能抚养我的小家伙。求求您告诉我!如果您这么说,我保证另一个她绝对不会再开口说一个字,我发誓,以我父亲的名义、母亲的名义。”

“你既没父亲也没母亲,”赛尔回答,语气中满是疏离与鄙视,她乞求的同情与怜悯在他的双眼中没有显示出丝毫。而那对眼睛上方、额头中央的血窟窿继续盈满一波波的鲜血,却没有一滴溢出。

又一波产痛掠过她的子宫,是迄今为止最剧烈的,米阿步伐踉跄,可这回赛尔没流露出丝毫扶住她的意思。她砰地跪在他面前,双手握住他鸵鸟皮的靴子,抬头望向他的脸。在那件鲜亮得几乎尖叫的黄色外套映衬下,他的脸色显得尤其苍白。

“求求您，”她说，“求求您了：请遵守您给我的承诺。”

“我也许会，”他答道，“也许不会。你知道吗，还从来没人舔过我的靴子。你能想象吗？我活了这么久，却从来没享受过一次老式的舔靴待遇。”

人群中一个女人扑哧一笑。

米阿弯下腰。

*不，米阿，你不能这么做*，苏珊娜呻吟道，但米阿根本没有回答，甚至体内让人麻痹的疼痛也没能阻止她。她伸出舌头，开始舔起理查德·赛尔皮靴粗糙的表面。苏珊娜隐隐约约尝到了味道，沾满尘土的皮革味道，懊悔与屈辱的味道。

赛尔等了一会儿，说：“行了。停下来吧。”

他粗暴地扶她站起身，没有一丝笑容的脸正对着她的脸，之间相距不到三英寸。现在离得这么近，已经不可能忽视他和其他人脸上戴的面具。紧绷的面颊近乎透明，一丛丛浓密的深红色鬃毛在面具下隐约可见。

也许当鬃毛长得满脸都是时，你会把它称作皮毛。

“你的乞求对你自己没有任何好处，”他说，“尽管我得承认，感觉好极了。”

“你答应过我的！”她大叫道，试图挣脱他的掌控。接着又是一阵强烈的宫缩，她疼得弯下腰，拼命憋住尖叫。等疼痛稍稍减缓，她继续叫道。“你说过五年……甚至可能七年……是的，七年……我的小家伙能得到最好的照顾，你说过——”

“是的，”赛尔回答，“我想起来了，米阿。”他眉头微蹙，仿佛一个特别棘手的问题摆在眼前。接着他展开眉头，微微一笑，嘴角附近的面具起了皱，一颗黄色的断牙从嘴唇里戳出来。他松开一只手，抬起手指做了个老师教学生的手势。“最好的照顾，没错儿。问题是，你能胜任吗？”

这话一出，人群中发出赞同的低笑声。米阿可没忘记，刚刚这帮人还称她母亲，向她表示欢迎，可这一切已经变得非常遥远，仿佛一场虚浮的梦。

至少你抱得动他，不是吗？从深处某个地方——实际上就是囚禁室里——黛塔反问。是啊，至少那个你绝对能做得很好，毫无疑问！

"至少我能抱得动他，不是吗？"米阿几乎想朝他啐口唾沫。"我能把另一个送进沼泽吃青蛙，她一直都以为自己吃的是鱼籽酱……那个我也干得很棒，不是吗？"

赛尔眨眨眼，显然对如此敏锐的反诘有些措手不及。

米阿柔和下来。"先生，想想我放弃的一切！"

"哼，你本来就一无所有！"赛尔嗤道，"你不过是个空虚的灵魂，整天只会勾引那些偶尔路过的流浪汉。风中的荡妇，罗兰是不是这么叫你这种人来着？"

"那么想想另一个，"米阿又说，"那个叫苏珊娜的。为了小家伙我偷了她的身体、她的意识，都是奉了您的吩咐。"

赛尔不耐烦地挥挥手。"你说的话全是放屁，米阿。闭嘴吧。"

他朝左边一点头，一个顶着一张狗脸的低等人走过来。他头上长满浓密的拳曲灰毛，眉毛上的血窟窿斜斜上扬，仿佛东方人的眼睛。走在他身后的是另一个鸟头怪物，深棕色老鹰模样的脑袋从印着**蓝色魔鬼公爵**的圆领T恤里伸出来。他们一左一右把她架了起来。那个鹰头人的手尤其让她恶心——布满鳞片，像外星人似的。

"你是非常出色的看管人，"赛尔说，"这点我们非常同意。但我们也必须记住，真正喂养孩子的身体实际属于蓟犁的罗兰的小姨子，不是吗？"

“你撒谎!”她尖声控诉,“噢,肮脏的……**谎言**!”

他仿佛没听见,继续说道。“而且不同的工作需要不同的技巧。俗话说得好,萝卜青菜,各有所爱。”

“求求您了!”米阿尖声乞求。

鹰头人把长着利爪的手放在头两侧,左右摇晃,摆出耳朵被震聋的夸张姿势。滑稽的表演引得一阵哄笑,甚至有人喝起彩来。

苏珊娜隐约感到一股热流顺着腿流下来——米阿的腿——低头发现牛仔裤的裤裆和大腿已经湿了。她的羊水终于破了。

“我们走……**婴儿**马上就要出生了!”像个游戏节目主持人似的,赛尔兴奋地大叫起来,笑得暴露出太多的牙齿,上下都有两排。“后面会怎么样我们再看。我答应你会好好考虑你的请求。与此同时……欢迎,米阿!欢迎,母亲!”

“欢迎,米阿!欢迎,母亲!”其他人跟着附和。米阿突然觉得自己被架了起来,狗脸人在左,鹰头人在右,向房间后面走进去。鹰头人每次呼吸喉咙里都咕嘟作响,米阿听起来十分不舒服。她的双脚几乎不能着地,被架着朝那个长着黄色羽毛的鸟头人走去;金丝雀,她脑海里浮出这个词。

赛尔一挥手,把她挡下来,同时指了指迪克西匹格餐厅临街的大门,对鸟头人说了两句。米阿隐约捕捉到罗兰的名字,还有杰克。鸟头人点点头,赛尔又强调地朝大门指了一指,然后摇摇头。绝对不许任何人进来,他仿佛说,绝对!

鸟头人再次点头,一开口吐出的却是唧唧喳喳的鸟叫,听得米阿几乎想尖叫。她强迫自己移开视线,却刚巧落在了那幅骑士贵妇用餐图上。图画上众人坐在一张桌子边,她认了出来——那是迪斯寇迪亚城堡宴会厅里放的餐桌,头戴王冠的亚瑟·艾尔德坐在首席,王后坐在他的右手。不仅如此,他的双眸湛蓝，同她梦里见过的一样。

也许命运恰恰选择了这一刻，在迪克西匹格的餐厅里吹起一阵飘忽不定的风。织锦帘子的一角被掀了起来，前后不过一两秒钟的光景，但足够让米阿瞥见帘子后面的另一间餐厅——更加私密的餐厅。

餐厅中间放了一张长形木餐桌，晶灿灿的水晶吊灯挂在屋顶，大约一打人坐在桌边，有男有女。苹果娃娃一样的大脸因为年龄与罪恶而扭曲缩水，参差不齐的利齿霸道地把嘴唇挤到后面。这些怪物的嘴巴即使曾经能合上，也一定是很久以前了。乌黑的眼睛分泌出很多肮脏的糊状物，堆积在眼角。暗黄的皮肤上覆着参差的鳞片，还东一块西一块粘着许多恶心的皮毛。

他们到底是什么？米阿尖声问，看在上帝的分上，他们到底是什么？

变异种，苏珊娜回答，或许用混种人这个词更加确切。不过反正也不重要了，米阿。你已经明白重要的是什么了，对不对？

她的确已经知道，苏珊娜心知肚明。尽管帘子只掀起短短几秒钟，她俩都瞥见餐桌中央的旋转烤肉架，被砍掉头的尸体穿在烤肉叉上，金黄起皱的皮肤正在嗞嗞冒油，散发出令人馋涎欲滴的香气。噢，不，弥漫在空气里的味道原来不是烤乳猪，穿在烤肉叉上的金黄烤肉实际上是个人类婴儿。桌边的那群怪物举起精制的瓷杯子，蘸了些滴下来的油，互相碰杯祝酒……然后仰头一饮而尽。

风停了，帘子落下来。当这个即将临盆的妇人被左右架着拖离餐厅，进入到那座跨骑了光束的路径上若干个世界的建筑物内部时，她最后瞥了一眼帘子上的图画，不经意间却看出了其中的窍门。亚瑟·艾尔德塞进嘴里的并不是一根鸡腿，虽然粗看第一眼会这么以为，而是一条婴儿腿。同样，罗威娜皇后高举在手中的玻璃杯里盛的不是红酒，而是鲜血。

“欢迎，米阿！”赛尔又高喊了一声，噢，他现在简直高兴极了，信鸽终于飞回了家。

*欢迎，米阿！*其他人跟着附和，仿佛疯狂的球迷在齐声欢呼。帘子后面的那些人也加入了欢呼的队伍，尽管他们的声音连小声咕哝都不如，当然，那是因为嘴里塞满了食物。

“欢迎，母亲！”仿佛为了配合自己假惺惺的尊敬似的，赛尔冲她戏谑地鞠了一躬。

*欢迎，母亲！*吸血鬼和低等人连声回应。伴随着一波波嘲弄的掌声，她被带进厨房，穿过储藏室，接着被带下楼梯。

而当然，她面前最终会有一扇门出现。

## 18

一股陈旧腐朽的厨房气味扑鼻而来，苏珊娜知道她到了迪克西匹格餐厅的后厨房：她敢断定那绝对不是猪肉的味道，而是十八世纪的海盗口中的长猪肉，也就是人肉。

这个地方招待了纽约的那些吸血鬼、低等人有多少年了？从卡拉汉的七八十年代开始？还是从她自己的六十年代开始？肯定更久。苏珊娜暗忖，也许从荷兰人涉足这里的时候就开始了。他们从印第安人手中廉价买下了这片土地，带来的基督教信仰势不可挡，传播到的地方比他们国旗所插到的地方还要广阔。荷兰人真是一个务实的民族，喜欢吃小排肋骨，对于魔法没什么耐心，无论是好的还是坏的。

很快她就认出这间厨房实际就是迪斯寇迪亚城堡内部那间的成对映射，就在那儿，米阿杀死了那只老鼠，它企图抢走最后仅剩的食物，炉子里的那点儿烤猪肉。

只不过实际上根本没有烤猪，没有炉子，她继续想，他妈的，厨房压根儿就不存在。当时谷仓外面有一只小猪仔，逖安和扎丽亚·扎佛兹的小猪仔。亲手宰了它的凶手是我不是她，亲口喝下它热血的也是我不是她。那一刻她几乎已经控制住我，只是我还没意识到。不知道埃蒂——

当米阿最后一次剥夺她的神智、毫不留情地把她投进黑暗的囚室时，苏珊娜终于醒悟，这个可怕的恶妇已经全面控制了她的生活。她明白米阿这样做的原因——全是为了肚子里的小家伙。问题是她，苏珊娜·迪恩，怎么能让这一切发生？难道是因为她之前被别人控制过？难道是因为陌生人在体内的感觉让她上了瘾，就像海洛因让埃蒂上瘾一样？

她非常害怕事实可能就是这样儿。

浓郁的黑暗。当她再次睁开眼时，只见一弯冷月挂在迪斯寇迪亚的苍穹，再上面就是浓郁的黑暗。一弧红光

（血王的熔炉）

出现在天边。

"在这儿！"一个女人招呼道，就像以前一样。"这儿，风头下面！"

苏珊娜低下头，发现自己再度失去双腿，正坐在上次造访时那辆粗糙的单人轮椅里。那个高挑清秀的女子站在前面，黑发随风飞扬，正朝她打招呼。当然，比之宴会厅里模糊的梦境一般的记忆，眼前的米阿连同所有景象并没有真实到哪里去。

她心下琢磨：但是法蒂却是真实的。米阿的身体还在那儿，就如同我的身体现在正被拖着穿过在为魔鬼顾客准备恐怖饭菜的厨房。城堡幻境正是米阿的梦想天堂，她的避难港湾，她的道根。

"中世界的苏珊娜,快到我这儿来,离血王的魔光远些！快到城齿下面来避避风!"

苏珊娜摇摇头。"你想说什么就直说吧,米阿。孩子很快就要出生——哎,在我们两人之间,以某种方式出生——他一出来咱俩就散伙。是你下毒毁了我的生活。"

米阿紧紧盯着她,眼神里全是绝望。藏在亮色厚披肩下的肚子挺得很大,头发被风齐齐吹向脑后。"可吞下毒药的却是你自己,苏珊娜！哎,当这个孩子还在你的肚子里没有发芽的时候!"

真的吗？即使是真的,那又是谁邀请米阿加入、侵占她的身体的？是苏珊娜？还是黛塔？

两个都不是,苏珊娜猜想。

也许实际上是奥黛塔·霍姆斯。那个从来不会故意砸碎盘子泄愤的奥黛塔,那个喜欢尽管已经洗得发白的洋娃娃的奥黛塔。

"你想我怎么样,米阿,无父之女？照实说,让我们做个了断!"

"很快我们就会在一起——真正意义上的在一起,睡在同一张儿童床上。我唯一的要求就是,如果有任何机会能带着我的小家伙逃跑,你得帮助我。"

苏珊娜仔细考虑她的要求。藏在荒野岩石间、悬崖石洞里的土狼嘎嘎叫了起来,刺骨的风几乎让人麻木,可是突如其来摄住腹部的疼痛更加难以忍受。米阿显得同样疼痛,苏珊娜不禁感叹,自己的存在竟然会变成这种无法理解的镜中映象。无论如何,答应她又会有什么害处？也许那样的机会根本就不会出现,可即使出现,难道她希望米阿口中的莫俊德落入血王手下的手中吗？

"好吧,"她回答,"我答应你。如果我能帮你逃跑,我会帮你的。"

"无论逃到哪里!"米阿低吼,有些犀利。"即使……"她停下来,咽了口唾沫,强迫自己继续说下去。"即使是暗无天日的隔界。如果我不得不带着我的儿子永远流浪,那儿会是最好的选择。"

*也许对你来说是的,姐们儿,*苏珊娜想着,却一个字没说。实际上,她已经受够了米阿不着边际的幻想。

"如果我们实在没法儿脱身,"米阿又说,"就把我们杀了。"

尽管那儿除了风声和土狼的叫声,四野一片阒寂,苏珊娜仍然感觉到自己的身体被架着下了楼梯。真实的世界同这里只隔着一层薄膜。米阿能把她带到这个世界来,尤其是在产痛一波波袭来的当口,说明她的力量惊人强大。可是这种力量却无法利用,实在太糟糕了。

显然,米阿错把苏珊娜的沉默当做不情愿。她脚踏厚底凉鞋,穿过围绕在城堡幻境边的小路,朝米阿坐的笨重轮椅冲了过来,一把抓住苏珊娜的肩膀,开始猛烈摇晃她。

"*听着!*"她激动地大叫,"杀死我们!我宁愿我们死在一起,也比……"她突然没了声音,接着苦涩地嗫嚅:"他们一直都在骗我,对不对?"

认清真相的时候终于到了,可是苏珊娜既没有感到高兴、也没有同情或悲恸。她只是点点头。

"他们是不是想吃了他?用他的身体去喂那些恐怖的老东西?"

"我几乎能肯定不是的。"苏珊娜说。尽管那儿的人的确吃人肉,但她心里的声音轻轻告诉她应该不是的。

"他们压根儿不把我当回事儿,"米阿又说,"只不过是个看孩子的。你以前是不是这么说我的？而现在连那个活儿他们都不让我干，不是吗？”

“并不是这样，”苏珊娜答道，“也许你可以喂他六个月，但即使那样儿……”她摇摇头，突然又一波产痛袭来，腹部和大腿的肌肉疼得发酸，她不得不咬住嘴唇。当疼痛减缓时，她继续说，“我都有些怀疑。”

“如果真是那样儿，就杀了我们。快答应我，苏珊娜，求你了！”

“可如果我为你做了这个，米阿，你又能为我做什么？你以为我还会相信你这张谎话连篇的嘴里吐出来的半个字吗？”

“我会放你自由，如果有机会。”

苏珊娜暗自思量了一会儿，算了，糟糕的交易总好过没有交易。她伸出手，拉起抓住她双肩的手。“好吧，我答应你。”

紧接着，上次她俩聊天结束时出现的景象再次出现，天空从中撕裂，裂口延伸到城齿，最后延伸到她们身边。苏珊娜透过裂缝窥见正在移动的走廊和模糊不清的影像，但她明白她正透过自己半闭的双眼看到这一切。狗脸和鹰头一左一右架着她朝走廊尽头的门走去——自打罗兰闯入她的生命中之后，总会有那么一扇门在前方等着她——她心猜他们一定以为她已经昏过去，虽然兴许从某种程度上来说，确实如此。

接着她重新跌回了接着一双白腿的混合躯体……谁又能说得清她本来棕色的皮肤现在有多少变成了白的？至少这种情况马上就要告一段落，不幸中的万幸。她宁愿放弃这双白腿，无论它们多么强壮，只为了换得心灵的安宁。

内心深处的一丝安宁。

## 19

“她醒过来了。”有人大叫，苏珊娜心猜一定是那个顶着狗脸的家伙。不过是什么脸也不重要了；面具下面反正都是长得像人的老鼠，瘦骨嶙峋的脸上爬满了毛。

“好极了。”开口的是紧随其后的赛尔。苏珊娜环顾一圈，只见旁边围着六个低等人，鹰头人，还有三个吸血鬼。低等人身上都别着手枪，插在绑在胸前的枪带里……只不过在这个世界里估计应该叫做枪套了。亲爱的，可得赶紧学会入乡随俗呵。两个吸血鬼身上挂着卡拉人常用的弩箭，第三个则举着一把狼群用的电子剑，发出恼人的嗡嗡声。

只有一成把握，苏珊娜冷静地计算，不算好……不过已经不错了。

你能——米阿从身体深处怯怯地问。

闭嘴，苏珊娜回答，再没什么好说的了。

他们前面的门上写着：

**北方中央电子有限公司**

**纽约/法蒂**

**最高警戒**

**请提供语音进入密码**

一切都很眼熟。苏珊娜立即明白过来，上次短暂造访法蒂时，就是真正的米阿——她放弃永生变成了人类，着实是有史以来最不划算的一桩交易——被囚禁的法蒂，她在那儿见过相似的标志。

他们走到门边，赛尔把苏珊娜一把推向鹰头人，然后身子前倾，喉咙深处咕哝出一个异常怪异的词儿，苏珊娜自己永远不可能发出来的词儿。没关系，米阿轻声说，我会说这个词儿，要是有必要的话，还可以教你另一个你能发出来的。可现在……苏珊娜，我为这一切道歉。永别了。

通向法蒂电弧16实验站的那扇门慢慢开启。刺耳的嗡鸣和臭氧的味道迅速涌来。联结了两个世界的门并非魔法驱动；它属于不再信仰魔法、不再信仰黑暗塔的中土先人的遗作，嗡嗡作响，行将就木。愚蠢的破玩意儿就快报废。门后是一间极大的房间，里面放着几百张床。

这儿就是他们给孩子动手术的地方。断破者要什么，他们就从孩子身上取走什么。

可现在只有一张床上睡了个女人，旁边站着一个顶着恐怖的老鼠头的女人。大概是护士吧。她身边还站着一个人类——苏珊娜觉得他不应该是吸血鬼，但也不敢确定，站在门口看不真切，景象模糊得就像在焚尸炉里。他抬起头，看见了他们。

"快!"他大声催促，"快点儿！我们必须把她们连接起来，尽快结束这一切，否则她肯定没命！两人都没命!"这个医生——毫无疑问，因为除了医生没人敢当着理查德·P.赛尔的面这么暴躁、嚣张——非常不耐烦地招招手。"把她带过来！你们已经迟了，该死!"

赛尔粗鲁地把她推进门，一阵嗡鸣从脑海深处蹿出，夹杂着当当几声隔界钟声：她低头一看，却已经太迟了。米阿的双腿已经消失，还没等鹰头和狗脸来得及从后面托住她，她就一屁股坐在了地板上。

她胳膊肘撑地，抬起头，顿时清晰地感觉到，在这么久之后——也许该从她在石圈被强奸那时算起——她终于又一次完全属于她自己了。米阿消失了。

接着，仿佛为了否定这样的感觉，刚从苏珊娜身上撤退的那位声嘶力竭地大叫起来。紧接着苏珊娜也痛呼出声——太疼了，实在忍不住——一瞬间，她俩的声音出奇的和谐，仿佛预示婴儿即将诞生。

“耶稣，”苏珊娜的护卫之一叹道——是吸血鬼还是低等人？她也不知道。“我的耳朵是不是在流血？怎么感觉上是这——”

“快把她抱起来，哈柏！”赛尔咆哮道，“杰！抓抓牢！把她抱起来，看在你父亲的分上！”

狗脸和鹰头——或者哈柏和杰，如果你愿意这么叫的话——架着她的胳膊，迅速穿过好几排空床，把她拖到了病房里。

米阿朝苏珊娜转过脸，挤出一丝虚弱的微笑。她的脸已经全汗湿了，头发紧紧贴在通红的皮肤上。

“终于见到了……真不幸，”她费力地说。

“把旁边的床推过来！”医生大声喝令，“快点，你们这群该死的家伙！他妈的怎么这么慢！”

两个从迪克西匹格跟过来的低等人走到最近的空床边，弯下腰把床用力朝米阿那儿推过去。同时哈柏和杰继续撑着苏珊娜。床上放着一些东西，看起来像吹风机和连续剧《飞侠哥顿》里面常出现的太空头盔的混合物。苏珊娜一点儿都不喜欢头盔的样子，一副吸人脑的样子。

与此同时，老鼠头护士在米阿叉开的两腿间弯下腰，揭开米阿身穿的病号服，做起检查。胖手拍了拍米阿的右腿膝盖，喵地叫了一声。她肯定是想安慰产妇，可那叫声让苏珊娜全身发抖。

“你们别干站在那儿啊，白痴！”医生怒喝道。他身材略显矮胖，棕色的眼睛嵌在潮红的双颊上，黑头发服帖地覆在脑壳上，一绺绺分得特别开，活像一道道壕沟似的。他佩戴的猩红色领结上画了一只眼睛，不过这个标志没让苏珊娜有丝毫吃惊。

“我们等你下命令，”鹰头人杰答道。他的声音不似人类，显得异常单调，同老鼠头护士发出的喵喵声一样让人不爽。但吐字还算清楚。

“你们不应该等我的命令！”医生勃然大怒，做了一个表示厌恶的手势。“难道你妈生下的孩子一个都没活下来？”

“我——”哈柏试图辩解，可是医生朝他直直冲过去，火气越来越大。

“我们等这一刻已经等了多久了，啊？整个过程我们排练了多少次？为什么你们非得该死的这么蠢、动作这么慢？快给我把她放在床——”

赛尔的身影倏地闪过，速度之快让苏珊娜觉得连罗兰都不一定赶得上。上一秒钟他还站在狗脸人哈柏身边，下一秒钟他已经用下巴抵住医生的肩膀，牢牢钳住他的手臂用力向后扳过去。

医生脸上的狂怒刹那间没了踪影，相反他开始像孩子似的尖叫起来，嗓子都叫破了。口水吐得满嘴唇都是，膀胱一松，裤裆顿时湿了。

“快松手！”他痛吼，“折断我的胳膊我对你就没用了！妈呀，快松手，**疼死啦！**”

“要是我折断了你的胳膊，斯高瑟，大不了我从街上随便拉个药剂师，等他干完活儿就一枪毙了他。有什么关系？不过是女人生孩子，又不是什么该死的脑外科手术，看在上帝的分上！”

不过他还是稍稍松了松手，斯高瑟抽泣起来，不断扭动身体，嘴里咕咕囔囔的就像在大热天做爱。

“等你完成任务，再也没用的时候，”赛尔继续说，“我就把你喂给他们。”他抬了抬下巴。

苏珊娜顺势望过去，发现从米阿躺着的床到通向大门的走道上此刻爬满了虫子，刚才在迪克西匹格时见过的虫子。一双双睿智、贪婪的眼睛紧紧盯着矮墩墩的医生，下巴一张一合，咯噔作响。

“我……先生，我该怎么做?”

“乞求我的原谅。”

“乞——乞求原谅!”

“还有他们，你刚刚也侮辱了他们，所以你还得乞求他们的原谅。”

“先生们，我……我……乞——乞求——”

“医生!”老鼠头护士突然插嘴，她的声音低沉，但还听得清。她仍然弯腰站在米阿的腿间。“婴儿头出来了。”

赛尔立即松开斯高瑟的胳膊。“快继续，斯高瑟医生。完成你的任务，给孩子接生。”赛尔俯下身，异常关心地摸了摸米阿的脸颊。“尽情欢呼，尽情希望吧，女士，”他说，“你的一切梦想马上就要成真。”

她抬起眼，疲倦却感激地看了看他。那眼神腾地揪住苏珊娜的心。别相信他，他的谎话没完没了，她试图发送信息，可是此刻她俩之间的联系已经被切断了。

下一刻，她就像一袋粮食似的被扔到了米阿旁边的床上。一只头盔套在她头上，她根本没法儿挣扎；又一波产痛袭来，两个女人再一次同时尖叫起来。

苏珊娜能听见赛尔同其他人低声说着什么，也能听见他们身下虫子令人作呕的咯噔声。头盔内侧两个金属突起顶住她的太阳穴，顶得她几乎有些疼。

突然，一个悦耳的女声在耳边响起，“欢迎来到索姆布拉公司下属北方中央电子的世界！‘索姆布拉，进步永不停止！’连接准备就绪。”

高分贝的嗡鸣开始响起，起先在她的耳边，接着她感觉那声音钻进了脑子。她脑海中浮现出两颗正在慢慢对接的闪亮子弹。

隐约间，她听见米阿痛苦的叫声，仿佛从房间的另一侧传来而不是就在她身旁，“哦，不，住手，疼死了！”

左边和右边的嗡鸣在她的脑中央汇聚，变成一股极具穿透力的声音，她觉得假如继续下去她所有的思考能力都会被摧毁。钻心的痛，可她紧紧咬住嘴唇，不让自己叫出声。让他们看见泪水从紧闭的眼睑里渗出，可以，但她是一名枪侠，他们无法强迫她尖叫。

仿佛过了一辈子的时间，嗡鸣戛然而止。

一瞬间，苏珊娜偷得片刻时光好好享受脑中的宁静，可是很快下腹部传来一阵锐痛，力道极大，她终于忍不住喊出声来。因为这是不一样的，从某种程度上来说，尖叫着迎接新生儿的降临是一种荣耀。

她转过头，看见米阿湿漉漉的黑发外面也套了一只相似的钢盔。两只钢盔各自延伸出一根管子，在她俩中间连接。他们以前用相同的装置处理偷来的双胞胎，但是显然此刻这些玩意儿派上了其他用场。到底是什么呢？

赛尔俯下身，近得她能闻到他身上的科隆香水，苏珊娜想大概是英式皮革那款。

“为了完成最后这一步，也就是说把婴儿推出来，我们需要这个连接，”他解释道，“把你带到法蒂这儿来是非常关键的一步。”他拍拍她的肩膀。“祝你好运。快结束了。”他冲她迷人地一笑，面具上部皱了起来，露出下面的红毛。“然后就可以杀了你。”

笑容咧得更宽。

“当然，还可以把你吃了。在迪克西匹格没有一样东西会被浪费，即使像你这么自以为是的婊子也不例外。”

苏珊娜还没来得及驳斥，脑海中的悦耳女声再次响起。“请缓慢清晰地说出你的名字。”

“操你妈！”苏珊娜咆哮骂道。

“曹妮玛不能够作为非亚裔人士的姓名登记，”悦耳的女声说道，“语音中察觉出敌意，我们为以下将进行的程序事先道歉。”

一开始，什么都没发生。倏地，苏珊娜的头被疼痛点燃，这种疼痛胜过她经历过的、甚至超过她能想象的任何痛苦。但是即使疼痛从她体内咆哮碾过，她仍旧紧闭双唇。她想起了那首歌，即便如今疼痛如此，歌声仍然真切地响起：我是一名女子……有着无尽的悲伤……我目睹着不幸……日日年年……

疼痛终于停止。

“请缓慢清晰地说出你的名字，”脑中央悦耳的女声又说，“否则该程序强度将再上升十级。”

没有必要，苏珊娜发出信息，我服了。

“苏—珊—娜，”她说，“苏—珊—娜……”

围站在旁边的众人都盯着她，除了老鼠头先生。他正一脸心驰神往地盯着米阿，看见婴儿的头从产道里又冒出来了一下。

“米—娅……”

“苏—珊……”

“米……”

“安—娜……”

当另一波宫缩再次开始时，斯高瑟医生拿起一把钳子。两个女人的喊声已经汇成一个，同一个词，同一个名字，既不是苏珊娜也不是米阿，而是两者的结合。

“连接，”悦耳的女声说道，“已经建立。”轻轻咔嗒一声。“重复，连接已经建立。谢谢合作。”

“行了，兄弟们，”斯高瑟仿佛已经忘记刚刚的疼痛和恐惧，听上去非常兴奋。他转身对护士说。“它可能会哭，阿莉亚。要是哭的话别管它，看在你父亲的分上！不过要是没哭，赶紧掏它的嘴！”

“是，医生。”老鼠头嘴唇颤抖地咧开，露出两排尖牙。究竟是鬼脸还是微笑？

斯高瑟找回了原先的高傲，视线扫过众人。“你们所有人待在原地别动，听我的吩咐。”他下了命令，“我们没人知道生下来的到底是什么，唯一清楚的就是这孩子只属于血王一个人——”

米阿突然痛苦地尖叫抗议。

“噢，你这个白痴。”赛尔伸出手，狠狠扇了斯高瑟一巴掌，力道之大把他的头发打飞了起来，一串鲜血溅在了旁边的白墙上。

“不！”米阿大喊，她挣扎着想撑起身子，最终徒劳地躺了下去。“不，你说过我能抚养他的！噢，求求你……即使一小会儿，我求……”

接着最剧烈的疼痛席卷苏珊娜全身——她俩的身体，仿佛被湮没。她俩同时尖叫起来。不需要听斯高瑟的命令挤，用力挤！苏珊娜也知道该这么做。

“出来了，医生！”护士紧张又兴奋地大叫。

苏珊娜闭上双眼，使出最后的力气拼命挤出婴儿。疼痛开始旋转着抽离她的身体，仿佛被冲进了黑暗的下水道，可同时她也感到了最深沉的悲哀，因为婴儿正向米阿那儿传送过去；终于苏珊娜的身体被迫发送出最后几行信息。一切都结束了。无论下面发生什么,这部分已经结束,苏珊娜·迪恩终于彻底释放出一声安慰与悔恨混杂的呼喊,听起来就像是一首歌。

乘着歌声的翅膀,莫俊德·德鄯,罗兰之子(当然他还有另一个父亲,噢,高喊迪斯寇迪亚吧),降临到这个世界上。

唱:考玛辣——来——卡斯!<br>
婴儿终于降临!<br>
唱出你的歌曲,<br>
婴儿终于诞生。<br>
和:考玛辣——来——卡斯,<br>
最糟的事情终于发生。<br>
黑暗塔颤抖大地摇晃;<br>
婴儿终于诞生。

终　曲

# 作者日记选摘

**一九七七年七月十二日**

老天，回到布里奇屯感觉真好。在那儿他们的招待一直很周到，乔直到现在还把那儿叫做“奶奶镇”，可欧文老是大惊小怪地没个停，我们回家之后他就好多了。一路上只休息了一回，在沃特维尔的安静妇人餐厅吃了点儿东西（不得不补充一句，在那儿我吃过更好的饭菜）。

不管怎么样，我说到做到，一回来就开始找那部《黑暗塔》。找了半天，几乎都快放弃了，终于在车库最角落的地方找到了手稿，就压在塔比装过期购物指南的盒子下面。上面沾了许多“春天的融雪”，蓝色稿纸闻起来一股子霉味儿，不过还好，字还能看清。我从头到尾读了一遍，然后坐下来在驿站那段（就是枪侠遇见杰克那段）又加了点儿内容。琢磨着如果加上一个用原子能发动的水泵会很有意思，所以一点儿没犹豫就添上去了。通常改写老故事都比较倒胃口，就像干嚼夹在发霉面包里的三明治，不过这部小说感觉特别自然……就像套上了一双旧鞋。

这个故事到底该写些什么？

我记不得了，只记得很久很久以前它突然出现在我的脑子里。那时候我正开车去北部，全家人都在车上打呼噜，我突然想起以前戴维和我从伊瑟琳姑姑家离家出走的事儿。我们当时计划回康涅狄格，好像，然后大人把我们抓了回去，这也不用说，接着他们把我们关进谷仓，罚我们锯木头。奥伦叔叔说那叫惩罚任务。我记得好像发生了什么可怕的事儿，可活见鬼，我怎么一点儿想不起来了，只记得是红色的。后来我想象出一个英雄，魔幻的枪侠，他保护了我。另外还有一样和磁场有关的东西，或者是力量光束之类的。故事的起源我还是比较有把握的，可是奇怪的是怎么感觉那么模糊。噢，算了吧，谁又能记得小时候那些鸡毛蒜皮的事儿？谁会愿意？

其他就没什么了。乔和纳欧米在外面玩儿，塔比去英国的旅行基本上已经计划好了。老天，这个枪侠的故事怎么总在我眼前晃来晃去！

我知道罗兰老兄需要什么了：他需要些朋友！

**一九七七年七月十九日**

今天晚上我骑着摩托车去看了场电影，《星球大战》。估计除非天气变凉，否则我再也不会骑那辆摩托车了。吃了我一嘴的虫子，还真是补充了蛋白质！

一路上我都在想罗兰，我的枪侠。他的名字还是从罗伯特·勃朗宁的一首诗得来的（当然导演瑟吉欧·莱昂也给了我点儿灵感）。原稿是一部小说，那是当然——或者说小说的一部分——但是我觉得每一章几乎都能独立成文。我琢磨着能不能先把它们卖给几本科幻杂志？甚至《奇幻与科幻》杂志？它可是这类小说梦寐以求的天堂。

这念头大概很蠢。

其他时间就在看全明星赛（国家联盟第七和美国联盟第五）。还没看完我就累得不行，塔比不太高兴……

**一九七八年八月九日**

科比·麦考利把那本旧的《黑暗塔》第一章卖给了《奇幻与科幻》杂志！上帝，简直不敢相信！太棒了！科比说他觉得艾德·弗尔曼（杂志总编）也许会给我的《黑暗塔》出个系列，第一部（“黑衣人逃进了茫茫沙漠，枪侠紧随其后，”如此等等）就叫做“枪侠”，题目还挺贴切。

这部小说去年还在车库的潮湿角落里面发霉，如今有了这个结局也算修成正果。弗尔曼告诉科比，罗兰“非常真实”，许多奇幻小说缺乏的恰恰就是这点。他还问后面还有没有更多探险。我肯定后面还有更多(或者说已经有,还是将要有——说还没写的故事该用什么时态来着?),但具体是什么我还没什么概念。唯一一点,约翰·“杰克”·钱伯斯会重新回来。

今天一直在下雨。孩子们不能在外面玩儿了。晚上安迪·佛切尔帮我们照看几个大孩子,塔比和我带着欧文去了布里奇屯镇上看露天电影。塔比觉得这部片子(《午夜情挑》……实际上是去年的老片了)简直烂透了,可我也没听见她说想回家。至于我嘛,还在想那个罗兰老兄。这回想的是他逝去的爱人。“苏珊,窗边可爱的姑娘。”

老天,她会是谁?

**一九七八年九月九日**

终于拿到了第一本刊登了《枪侠》的十月号。老天,看起来棒极了。

伯特·哈特伦今天打电话来,想劝我到缅因大学做一年的驻校作家。伯特还真有种,竟然以为我这样儿靠码字谋生的人会愿意和那种工作扯上关系。不过这想法还是挺有趣儿的。

**一九七九年十月二十九日**

哦,他妈的,又喝醉了。见鬼的我连字都看不清,不过趁我躺倒之前最好在纸上写点儿什么。《奇幻与科幻》杂志的艾德·弗尔曼又给我寄了一封信,他打算把《黑暗塔》的第二章——就是罗兰碰见那男孩的地方——叫做“驿站”。他真的很想继续连载下去,我也是,只是但愿后面还有。同时我脑子里还得留点儿地方给《末日逼近》——当然还有《死亡地带》①。

---

① 《末日逼近》(*The Stand*),又译作《立场》。《死亡地带》(*The Dead Zone*),又译作《死亡区域》。

不过这些事儿对我来说都算不了什么。我恨透了奥灵顿这个地方，路上车太多是一个原因。他妈的今天欧文差点儿被一辆大卡车擦着，把我的魂儿都吓掉了。不过房子后面一块奇怪的宠物坟场倒给了我点儿小说灵感，实际上那边的牌子上写的是“宠物公墓”几个字，实在太诡异了！滑稽，却也让人毛骨悚然。基本上能肯定是《恐怖殿堂》一类的故事。

**一九八〇年六月十九日**

刚跟科比·麦考利通过电话。唐纳德·格兰特打了电话给他。那家伙可是正式出版了许多奇幻小说的(科比老是开玩笑说，就是唐·格兰特“让罗伯特·E. 霍华德坏了名声”)。无论如何，唐会愿意出版我的枪侠系列，而且不改变原来的题目《黑暗塔》(副标题是“枪侠”)。棒极了，不是吗？我马上就有自己的“限量版”了。他会发行一万本，还有五百本我亲笔签售。让科比放手和他去谈吧。

我的教师生涯终于结束了，迫不及待想好好庆祝庆祝。我又把《宠物公墓》拿出来仔细看了一遍。上帝，太恐怖了，要是真出版了的话读者肯定会想把我凌迟处死。这本书根本不能有见光的一日……

**一九八三年七月二十七日**

《出版商周刊》(我们儿子总是把这几个字念成“出版周商刊”，不过似乎还算得上靠谱儿)登出了理查德·巴克曼新书的书评……又一次，亲爱的，我被狠狠挖苦了一番，他们竟然暗示故事情节无聊。我的朋友，那绝对是胡扯。噢，只要一想起这件事儿我就忍不住跑到超市从折扣柜台拎两捆啤酒回来。而且我又开始抽烟了。怎么着，告我呀！不过我决定到四十岁就戒烟，我发誓。

对了，两个月后的今天《宠物公墓》正式出版，那将是我事业终结之日(一个小玩笑……至少我希望只是玩笑)。我想了一会儿，最后还是在封面新书预告那部分加上了《黑暗塔》。干吗不呢？是的，我知道那本书早就卖光了——老天爷，本来也只印了一万册——可它是一部真正的小说，是我的骄傲。估计我不会再回头写罗兰老兄和他的枪侠之旅，但是，是的，它是我的骄傲。

啤酒下肚的那一刻，想想这个心里会好受一点儿。

**一九八四年二月二十一日**

老天，今天双日出版社的山姆·沃恩给我打了通电话(他就是《宠物公墓》的编辑)。简直是疯了！我一直知道会有疯狂追捧《黑暗塔》的读者听说没有下一部会火冒三丈，因为他们给我写了信。但是山姆说他们竟然写了三千封！你肯定要问怎么会搞成这样儿。告诉你吧，原因是我脑子秀逗了，谁叫我当初把《黑暗塔》放在了《宠物公墓》的新书预告上。我觉得山姆也有点儿不高兴，他没错儿，他说过把新书放在预告栏里又不让读者看到就像把一块肥肉放在饿狗眼前晃悠，一边把肉抽回来一边说"不行，不行，你就是得不到，哈哈。"另一方面，上帝，基督耶稣，那帮家伙真是他妈的被宠坏了！他们总是想当然地以为如果他们想要的书存在，他们就有权利得到它。对中世纪的人来说这绝对是闻所未闻的奇事。那时候他们也许听过书的名字，可一辈子从没见过书的影子也不稀奇；那年头纸张可贵了(这点我会放在下一部"枪侠/黑暗塔"里面的，如果我有时间坐下来码字的话)，书籍是需要你用生命来保护的。我喜欢靠写小说养家糊口，可是你如果说这个行当没有一处不好那绝对是睁眼说瞎话。总有一天我要写本儿小说，让神经质的书商做主人公！(开玩笑)

今天还是欧文的生日。他七岁了！会讲理的年龄！简直不敢相信最小的儿子已经七岁，而我的小女儿已经十三岁，出落成漂亮的小妇人了。

**一九八四年八月十四日(纽约)**

刚参加了一个出版社的会，和艾琳·科斯特一道，当然还有我的代理人科比老兄。他俩都竭力劝我把《枪侠》做成好卖的简装版，可是我不同意。也许以后我会，但现在我可不愿意让太多人读这本还没完成的小说，直到/除非我再开始接着写下去。

也许我永远都不会再碰它了。而且现在我又有了个点子，我想写一部以小丑为主人公的长篇，他实际上是世界上最可怕的怪物。这主意不赖吧；小丑从来都很吓人的。至少对我来说。(小丑和小鸡，我都害怕。)

**一九八四年十一月十八日**

夜里我做了一个梦，仿佛打通了在写《小丑回魂》时碰到的几个死结。有没有想过这个世界(甚至多个平行的世界)是被光束支撑起来的？而且光束的发射器放在龟壳上？也许我能把这个想法变成全书的高潮。我知道，听起来很疯狂，可我肯定以前在哪儿读到过，大概是印度神话，说一头大乌龟用龟壳撑起了我们所有人，而且它就是创造世界的乾神。我还记得以前听过一则笑话，一位女士对一位有名的科学家说，“进化论全是胡扯，所有人都知道撑起整个宇宙的是一头乌龟。”听罢科学家(但愿我能想起他的名字，该死，我忘记了)回答，“也许吧，夫人，可是谁又支撑乌龟呢?”那位女士嗤笑一声，说，“哦，你可别想糊弄我，乌龟下面还是乌龟，一路到底。”

哈哈！听见了吧，理智的科学家们！

不管怎么样，我一直把一本空本子放在床头，只要梦见点儿什么就全都记下来，有时写字的时候脑子还没完全清醒。今天早上我写的是别忘了乌龟！还有一句：看那乌龟宽宽脊，龟壳撑起了大地。思想迟缓却善良，世上万人心里装。优美谈不上，我承认，但是对一个只醒了四分之三就写下这几句的人来说已经很不错了。

塔比抱怨我喝酒太多，我想她没错儿，可是……

**一九八六年六月十日（洛威尔/龟背大道）**

老天，我们买了栋房子！太高兴了！刚开始我的确被房价吓着了，但住进来以后我的笔简直停不下来。而且——听起来有些吓人，可事实就是这样——我又想继续写那部题为“黑暗塔”的小说了。我本来以为永远都不会再碰它，可昨天晚上我去社区中心喝酒的时候，耳边竟然响起了罗兰的声音，他说“有很多世界，很多故事，但是时间已所剩不多了。”

结果我转头没喝酒就回来了。已经记不得上次一晚上滴酒没沾是什么时候，不过今天绝对少有。感觉就像如果我不这样反而会更糟糕。真的会很糟，我琢磨。

**一九八六年六月十三日**

夜里我起来上厕所，头很疼。可我站在马桶前面的时候，仿佛看见蓟犁的罗兰正催我赶快开始从大螯虾那部分写下去。我会的。

我知道它们是什么玩意儿。

**一九八六年六月十五日**

开始写新书了，简直不敢相信我真的再一次捡起这个又臭又长的老故事。但感觉从第一页开始，见鬼，是从写第一个词儿开始就全来了。我决定先遵照经典童话故事的结构：罗兰沿着西海的海岸向前走，身体越来越虚弱。一路上有许多扇门通向我们的世界，他从每扇门后面拽进来一个新人物。第一个将是一个叫埃蒂·迪恩的瘾君子……

**一九八六年七月十六日**

简直不敢相信！我是说，整整一本手稿就放在我面前的书桌上。我不得不相信，可还是不敢。过去一个月我居然写了整整三百页，纸面干净得吓人。我从来没想过有作家能宣称他们的作品完全属于他们自己，每一步发展、每一处转折都能计划妥当，但从来也没有哪本书是这样儿从我的笔尖流出来的。从第一天开始它几乎就控制了我的生活。你知道吗，我几乎觉得另外的那些作品（尤其是《小丑回魂》）根本就是这部小说的预演。我不否认十五年来我把它束之高阁，从没试图再去想它。我是说，当然，我在艾德·弗尔曼出版在《奇幻与科幻》上的故事花了点儿心思，在唐·格兰特出版的《枪侠》上花了更多的心思，可现在这种情况绝对从没出现过，我甚至连做梦都在想这个故事。我常常想把酒戒了，可老实说，我几乎害怕戒酒。我总是隐隐感觉到，灵感虽然不是从酒瓶子里冒出来的，可有样东西……

我承认我害怕，行了吧？我觉得有样东西——说不清究竟是什么——不想让我写完这本书，甚至从一开始就想阻挠我。我知道这太疯狂（"就像斯蒂芬·金写的小说，"他们会这么说，哈哈），可感觉千真万确。也许这本日记永远不公开是件好事儿，如果大家真读了，大概会彻底抛弃我。有谁会愿意买一个精神错乱的人的狂言呓语？

我打算把手头这本叫做《三张牌》，我想。

### 一九八六年九月十九日

好了,《三张牌》终于写完了。我喝了点儿酒、抽了点儿大麻,庆祝一番。接下来是什么呢?呃,《小丑回魂》一个月左右就要面世,还有两天就是我三十九岁的生日。老天,简直不敢相信,好像一个礼拜以前我们还住在布里奇屯,孩子们才刚刚出生。

啊,他妈的。该停下来了。作家喝醉了有点儿想哭。

### 一九八七年六月十九日

今天从唐纳德·格兰特那儿拿到了第一本《三张牌》的作者样书。封面真漂亮。我决定放手让 NAL 出版社出版两部《黑暗塔》系列的简装本——那些家伙想要什么就给他们吧。何苦那么较真儿呢?

当然,我得喝点儿酒庆祝一下……反正想喝就喝,谁又需要什么劳什子的借口?

这是本儿好书,不过从很多方面来说我都觉得压根儿就不是我写的,只是从我的脑子里流出来,就像婴儿没剪断的脐带。我想说的是,一阵轻风拂来,摇篮微微晃动。有时候我觉得这些东西没一样儿属于我,我不过是蓟犁的罗兰雇的该死的打字员。我知道这个念头蠢得不行,可我又有点儿相信。只不过也许罗兰上头也有老板。是卡吗?

有时看看我自己的生活真的会非常郁闷:酒精,大麻,香烟,搞得我好像真的想弄死自己似的。又或许还有其他什么……

### 一九八七年十月十九日

今晚我待在洛威尔龟背大道的房子里。我到这儿来,想好好思索一下我的生活方式。一定得有点儿改变,老天,否则我真的要发疯，直到脑浆迸裂。

一定得有点儿改变。

以下剪报摘自北康维（N. H.）的《山之耳》日报，直接贴在作家日记当中。日期标为一九八八年四月十二日。

**本地社会学家解密“时空闯客”传言**

**作者：罗根·梅里尔**

至少十年以来，白山地区一直笼罩在“时空闯客”的传闻之中。他们也许是外星异类，也许是时空旅客，或者是“来自另一个界元的生物体”。昨晚，本地社会学家亨利·K. 福顿在北康维公共图书馆里举行了一场生动的讲座。福顿教授是《从众心理与迷信制造》一书的作者，他与听众一同探讨了盛极一时的时空闯客现象，并以此为例说明迷信是如何产生、如何发展的。他说，“时空闯客”很可能起源于住在缅因州和新罕布什尔州边界小镇的年轻人的奇思怪想。他还推测，跨过加拿大边境进入美国的偷渡客也许也助燃了现今甚嚣尘上的迷信谣言。

“我想我们都知道，”福顿教授说，“圣诞老人和牙齿仙子都根本不存在，所谓的‘时空闯客’也同样纯属子虚乌有。但是这些传说

（下转第八页）

文章剩余部分缺失，同时金也没有留下任何解释说明该段剪报为何出现在他的日记里。

**一九八九年六月十九日**

我刚刚从参加戒酒项目"一周年庆"上回来。整整一年,滴酒未沾,而且连大麻都没碰!简直不敢相信。不过我一点儿也不后悔。毫无疑问,戒烟戒酒救了我的命(也许也挽救了我的婚姻),可是我只希望我的灵感千万别也同时被戒了。项目里的人说千万不要勉强,自然会来的,可还有一个声音(我觉得是乌龟的声音)一直在催我快点儿,时间紧迫,必须整装待发。原因?自然是为了《黑暗塔》,一方面因为读者来信雪片似的从世界各地飞过来。他们读完《三张牌》之后都希望知道下面的故事是什么。可是不仅如此,另一方面,我体内有某样东西也希望我继续把故事写下去,但是,该死的,我也得知道该怎么写下去才行呀。

**一九八九年七月十二日**

洛威尔这儿的书店里藏着许多宝贝。猜猜我今天在书店里淘到了什么?理查德·亚当斯写的《沙迪克》。不是那本写兔子的,而是写一头神秘的巨熊。我想我会从头到尾再读一遍。

写作方面,感觉还没来……

**一九八九年九月二十一日**

好吧,下面的事儿的确有些邪门儿,所以做好心理准备。

早上十点我在写稿子的时候(坐在打字机前面,正想着要有一听冰镇百威该有多好,至少一听),门铃响了。一个花店伙计站在门口,手里捧着一打玫瑰。不是送给塔比的,而是送我的。卡上写着祝你生日快乐——曼斯菲尔德的戴维、山迪和梅根。

我几乎都忘了,今天竟然是我四十二岁生日。我抽出一朵玫瑰,思绪不知道飘到哪儿去了。我知道这听起来非常奇怪,相信我,但真的是这样,我仿佛听见了悦耳的哼鸣,玫瑰花瓣上点缀着晶莹的露珠，仿佛一个个小水塘。哼鸣声越来越洪亮，越来越甜蜜，玫瑰变得……怎么说呢，越来越玫瑰。这时候《黑暗塔》第一部里面的杰克突然蹦进我的脑海，还有埃蒂·迪恩和那家书店。甚至连书店名字我都记得：曼哈顿心灵餐厅。

接着，砰！一只手搭在了我的肩上，我扭头一看是塔比。她想看看是谁送的花，还问我是不是睡着了。我说没有，可实际上我的确睡着了，就站在厨房里。

你晓得那种感觉像什么吗？就像《枪侠》里面罗兰在驿站对杰克催眠的那一段。催眠对我自己是没用的。小时候有一次在陶善集会上，一个家伙把我叫上了台，试着对我催眠，可丝毫不奏效。我记得我哥哥戴维还挺失望的，他本来希望我能学小鸡叫来着。

不管怎么样，我想我可以继续写《黑暗塔》了。不清楚我受不受得了复杂的情节——过去几年的失败让我有些，怎么说呢，怀疑自己——但我还是想先试试。我能听见那些虚构的人物在呼唤我。谁知道呢？也许手头这本里会出现一头巨熊，就像理查德·亚当斯小说里的沙迪克！

**一九八九年十月七日**

今天我动笔开始写下一部《黑暗塔》了，而且——和《三张牌》一样——我完成第一部分的时候心里就在奇怪，怎么等了这么长时间才动笔。和罗兰、埃蒂、苏珊娜在一起就像喝下一杯清凉的水，或者就像在和好久不见的老朋友叙旧聊天。而且，那种感觉又涌了上来，仿佛不是我在写小说，而只是为小说提供了一条管道。可是你猜怎么着？我一点儿没意见。早上我在打字机前面坐了整整四个钟头，饮料和提神的药品想都没想过。一次都没想过。琢磨着这部就叫《那片荒原》。

**一九八九年十月九日**

不行——荒原。就两个字，同T. S. 艾略特的那首长诗里的一样（实际上他的是“荒原”，单数形式，我记得）。

**一九九〇年一月十九日**

今晚连写五个钟头，《荒原》终于宣告完工。读者看到结果肯定会怨声载道，猜谜竞赛没有结束小说就戛然而止。我自己知道故事还在继续，可我没办法再写下去，脑海里有一个清晰的声音告诉我（像以前一样，听起来就像罗兰），“该暂时搁笔了——合上你的书，语侠。”

撇开吊人胃口的结局不谈，故事本身我还算满意，可它明显和我以前的作品不一样。着实是一部大部头，足足八百多页，而我只花了三个多月的一点点时间。

他妈的，真是不可思议。

而且也是几乎不用怎么改动。当然，情节上还是有几处不合理的地方，可你只要想想这本书有多长，就会发现漏洞少得几乎让人不敢相信。当我需要一点儿灵感刺激时，整部小说一次又一次地从我的笔下流泻出来，太不可思议了。比方说从查尔斯·派勒什写的《梅花点阵》①里面信手拈来的十七世纪俚语："哎，没错儿"或者“随便您”还有“我的小伙子”等等，这些词儿从盖舍嘴里吐出来那么自然（至少在我听来是这样）。再比方杰克重新回来的方式，老天，太酷了，不是吗？

唯一担心的是苏珊娜·迪恩（以前是黛塔/奥黛塔的那个）后面的命运。她有了身孕，可我不知道孩子的父亲会是谁。魔

① 《梅花点阵》（*The Quincunx*），英国作家查尔斯·派勒什（Charles Palliser）一九八九年所著维多利亚式的悬疑小说。

鬼吗？不大像。也许等故事继续再发展下去两三部我才需要担心这个问题，可不管怎么样，我的经验告诉我，长篇小说里面如果女主人公怀了身孕却不知道孩子父亲是谁，那肯定就砸锅了。原因说不上来，不过怀孕这个桥段已经用得太滥了！

噢，好吧，或许也没什么要紧的。这段日子罗兰和他的卡-泰特已经让我有点儿烦，估计要过段日子我才能再捡起这个故事，尽管我知道书迷们肯定会被刺德火车上吊人胃口的结局气得大吼大叫。记住我的话。

不过我还是很高兴这样写了，对我来说这样的结局正好。从许多方面来说，《荒原》感觉上就像本人"造梦生涯"的顶点。

甚至也许比《末日逼近》更精彩。

**一九九一年十一月二十七日**

还记得我说过会有人抱怨《荒原》的结局吗？看看下面的！

堪萨斯州劳伦斯镇的约翰·T.斯皮尔的来信：

亲爱的金先生：

或者我是不是该长话短说，直接叫你"混蛋"？

我简直不敢相信我花了大价钱买的唐纳德·格兰特版的枪侠系列第三部《荒原》竟然这副样子！书名倒真是贴切，果然是"堆满垃圾的荒原"。

我是说，故事本身还是不错的，别误会，甚至可以说很棒，可你怎么能这样随便"续上"一个那样的结局？根本就不是结局嘛！就好像你自己写累了，然后说"好吧，管它呢，反正我不需要绞尽脑汁想出个好结尾，那帮愿意付钱买书的笨蛋肯定会照单全收。"

本来我想把书退回来的，不过后来还是决定收藏，因为至少那些插图还挺漂亮（尤其是奥伊的那幅）。但是故事情节绝对是骗人的。

金先生，你会写“骗子”两个字吗？操你妈，你这个骗子！

诚挚的批评者

约翰·T.斯皮尔

堪萨斯州劳伦斯镇

一九九一年十一月十六日

**一九九二年三月二十三日**

下面一封让我心情更糟糕。

佛蒙特州斯通镇科芮塔·维尔夫人的来信

亲爱的斯蒂芬·金：

不知道您会不会收到这封信，不过抱希望总归没错。我读过您大部分作品，都非常喜欢。我来自你的“姐妹州”佛蒙特，是个七十六岁的年轻“祖母”，特别喜欢的是您写的《黑暗塔》系列，呃，我是说直到现在都很喜欢。上个月我去医院，一帮脑科专家会诊后说我脑袋里的肿瘤终究还是恶性的（刚开始他们告诉我“别担心，科芮塔，肿瘤是良性的”）。我知道你该怎么做就怎么做，只要“跟随你的灵感”就行，不过他们说恐怕今年的独立日我都熬不过去，估计下一部“黑暗塔奇谈”问世我等不到了，所以我想您能不能提前告诉我最后结果会怎样，至少告诉我罗兰和他的卡-泰特能不能最终到达黑暗塔？他们在那儿又找到了什么？我发誓绝对不会告诉第二个人。希望您能满足一个老妇人的临终遗愿。

诚挚的<br>科芮塔·维尔<br>佛蒙特州斯通镇<br>一九九二年三月六日

我一想到自己安给《荒原》的草率结尾心里就特别堵得慌，觉得自己真是个混蛋。我得给科芮塔·维尔夫人回封信，可我不知道该怎么说。如果我告诉她我也不知道罗兰的故事该怎么收尾，她会相信吗？我怀疑，可“这就是事实”，杰克期末论文的最后一句就是这么写的来着。那座该死的黑暗塔里到底有什么东西我也不知道，甚至不比……呃，不比奥伊知道得多！我甚至不知道它矗立在那一大片盛开的玫瑰花田当中，直到那段文字从我的指尖流泻出来、显示在新买的苹果机电脑屏幕上！科芮塔会信吗？要是我说，“科芮塔，听我说：一阵风吹来，灵感自然流泻。接着，风停树静，我能做的一切只有等待，和你一样，”她又会如何作答？

他们每个人，上到最睿智的批评家、下到最蠢笨的读者，都认为掌握一切的是我。全是胡扯。

我压根儿不是。

**一九九二年九月二十二日**

格兰特版的《荒原》全卖光了，简装本也卖得很火。我应该很高兴，的确也是，可是抱怨结局的读者来信还是雪片似的飞过来。大体能分三类：恼羞成怒的读者，迫切想知道这个系列下一部什么时候能出来的读者，还有迫切想知道这个系列下一部什么时候能出来的恼羞成怒的读者。

可是我思路全卡住了，风愣是没吹过来，起码现在还没。

不过同时另一部小说的灵感又冒了出来，女主人公在当铺里买了一幅油画，结果自己跌进了油画的世界。嘿，也许她去了中世界，会碰上罗兰！

**一九九四年七月九日**

我戒酒以后塔比就不大和我闹别扭了，可是，老天爷，今天早上我们俩大吵一架。在洛威尔的家里，当然。我正准备出门散步，她让我看看今天的莱维斯屯《太阳报》登的一则新闻，斯通翰姆的居民查尔斯·“齐普”·麦考斯兰正在七号公路上散步时被一辆汽车当场撞死，肇事司机逃逸。我平常就在这条公路上散步，当然，所以塔比劝我就待在龟背大道，而我则试图说服她我同其他任何人一样也享有七号公路的权利(上帝啊，老实说我每天也不过只走半里路)。我们吵得越来越厉害。最后她求我至少别再上斯莱布城山丘，那儿视野太短，要是有人不小心开上人行道避都没法儿避。我答应她会好好考虑一下(要是我们继续争下去那我肯定得中午才能出门了)，但是见鬼，我可不愿意那样儿怕东怕西地活着。而且那个斯通翰姆的倒霉鬼让我散步被车撞着的几率变得大概只有一百万分之一。我这么对塔比说，结果她说：“以前你还说过成为一个成功作家的几率比这还大一些呢。”

她这么一说我倒是哑口无言了。

**一九九五年六月十九日(班戈)**

塔比和我刚从班戈礼堂参加完我们小儿子的毕业典礼回来(当然还有他的四百个同学)。他终于拿到了毕业文凭，现在算是正式高中毕业。班戈高中和班戈初中都成为了历史，秋天他就要上大学，而我和塔比将要开始想办法应付如今越来越流行的空巢综合征。每个人都说，一切一眨眼就过去了，你会连连称是……然后，一切果然就过去了。

他妈的，我心里堵得慌。

有点儿不知所以。这一切都是为了什么？（这一切到底是什么，阿尔菲，[①]哈哈？）这么挣扎着从摇篮爬到坟墓到底是为什么？啊？"人生道路的尽头"又是什么？耶稣啊，太残酷了。

我们今天下午要开车去洛威尔龟背大道上的家——过一两天欧文也会过来的。塔比知道我希望在湖边写写东西，老天，她的直觉灵得可怕。当我们从毕业典礼回来的路上，她问我，风有没有吹起来。

实际上，答案是肯定的。不仅吹了起来，还是一阵狂风，我简直等不及想开始《黑暗塔》系列的下一部。是该看看猜谜竞赛的结果如何了（埃蒂用"愚蠢的问题"——换句话说，谜语——让长着机器脑子的布莱因目瞪口呆，这个想法几个月以前就出现在我脑海里）。不过我有感觉，这并非故事的主线。这部里面我想写写苏珊，罗兰的初恋，而且我想把他俩这段"牛仔浪漫史"放在虚构的中世界的眉脊泗（实际上就是墨西哥）。

跨上骏马会有时，再踏狂野征途路。

其他孩子都不错，虽然这段时间纳奥米患了过敏症，大概是贝类食物过敏……

### 一九九五年七月十九日（洛威尔，龟背大道）

上一次中世界的探险我就像乘着喷气式火箭车过了一个

---

① 原文是"What's it all about, Alfie?"，一九六六年美国电影《阿尔菲正传》（*Alfie*）中的经典台词。

月，整个过程晕晕乎乎，就像吸了毒品腾云驾雾。我本来以为这回要难一点儿，难很多，可结果是我再一次穿上了异常合脚的旧鞋子，就像那双三四年前在纽约买的巴利西部牛仔短筒靴，舒服得不愿意脱下来。

现在已经写完了两百多页，罗兰和他的伙伴们正在调查大流感遗留下来的废墟，并且找到了兰德尔·弗莱格和阿巴加尔留下的蛛丝马迹。

我想，也许最终弗莱格就是沃特，罗兰的死对头。他的真名其实就是沃特·奥·迪姆，刚开始只是个普通的乡下小伙子。实际上这也完全说得通。如今我已经清楚地发现以往写的每一部小说都或多或少和这部有关系。而且你知道吗，我一点儿不觉得别扭，提笔创造这部小说总让我觉得回老家了。

可是为什么同时还觉得危险？为什么我总有一股挥之不去的预感，要是有一天我被发现心脏病突发倒在书桌上（或者驾着哈雷车翻下七号公路），那时肯定正在写这部一点儿不普通的西部传奇？大概因为我知道有太多人正等着我结束这一切，而我也愿意结束这一切！上帝，非常愿意！只要我还有一口气在，绝对不会让它成为我的作品集中的《坎特伯雷故事集》或者《艾德温·德鲁德之谜》①。可是我一直觉得那股阻止我创作的力量正在找我，只要我一动笔就更容易被发现。

够了，最近我变得有点儿神神叨叨。得出去散散步。

**一九九五年九月二日**

再过五个礼拜估计就可以完工了。这本书比以前更有挑战

---

① 《坎特伯雷故事集》（*Canterbury Tales*），乔叟代表作，但是未完成乔叟便去世。《艾德温·德鲁德之谜》（*The Mystery of Edwin Drood*），查尔斯·狄更斯的最后一部侦探小说，也是未能完成便去世了。

性，不过整个故事仍然向我涌来，情节曲折，内容丰富。昨天晚上看了黑泽明的《七武士》，我突然有个想法，第六部是不是也可以这么写，题目就叫《末世界的狼人》什么的。估计我得到路边租碟片的地方看看有没有那部《七侠荡寇志》，就是黑泽明电影的那部美国版。

说起路边，下午为了避让一辆面包车我差点儿跳进路沟里——司机左摇右晃，分明喝得烂醉——就在七号公路最后一段路，当时我正准备拐进树阴更多的龟背大道。我不打算告诉塔比，否则她一定会暴跳如雷。不管怎么说，现在我已经经历过所谓的“行人梦魇”，不过幸好不是在公路临斯莱布城山丘的那段。

**一九九五年十月十九日**

比我预计的时间长一些，不过今晚我总算写完《巫师与玻璃球》了……

**一九九七年八月十九日**

塔比和我刚刚送走了乔和他的妻子；他们回纽约去了。临走的时候我给了他们一本刚出版的《巫师与玻璃球》，今天刚出来的。有什么比一本刚出炉的新书更妙的礼物？那样子、那味道，尤其是封面上还印了你自己的名字！写作绝对是全世界最棒的工作，可以在想象的世界里挥鞭驰骋，还有人付给你大笔大笔的钞票。再加一句，我觉得那儿唯一真实的就是罗兰和他的卡-泰特。

我觉得我的老书迷们一定会喜欢这本的，不仅仅因为单轨火车布莱因的故事最终告一段落。不知道佛蒙特州那个患脑瘤的老奶奶还在不在？估计已经不在了，可要是她还在人世，我真希望能给她寄一本……

**一九九八年七月六日**

塔比、欧文、乔和我今晚去牛津镇看了场电影,《世界末日》。比我想象的精彩,估计部分是因为我和家里人一起看的。科幻主题加上世界末日的噱头,让我想起了黑暗塔和血王。倒也不怎么意外,对吧?

早上我写了点儿那部关于越南的小说,原来只是随便写写,现在已经换成在苹果电脑上打字了,估计我是当真了。尤其满意萨利·强重新出场的方式。问题是:罗兰·德鄯和他的朋友最终会不会与鲍比·加菲的伙计泰德·布劳提根重逢?那些追逐泰德老兄的低等人又到底是谁?故事越来越像一道倾斜的水槽,最终所有东西都会流到中世界和末世界里。

《黑暗塔》将会是部扛鼎之作,我丝毫不怀疑。等我写完,我打算好好休息一阵。甚至金盆洗手。

**一九九八年八月七日**

下午我又去散步了。晚上我带弗莱德·侯瑟参加了一场在弗雷伯格召开的会议。回来的路上他提出希望我资助他,我答应了;估计他终于清醒过来想认真做点儿什么了。对他是件好事儿。后来他聊到那些所谓的"时空闯客",他说这段日子附近七座小镇这样的人频频出现,比以往任何时候都频繁,当地人都在议论这件事儿。

"那我怎么从来没听说过?"我问他。他没有回答,只给了我一个非常古怪的表情。我追问下去,最后他才说:

"你在场大家就不愿意说了,斯蒂芬,因为报道说过去八个月二十多个这样的人出现在龟背大道附近,而你却说连一个都没见过。”

我觉得这种想法荒唐无比，所以我没作声。直到会议结束后——我也透露了一些新书的风声——我才明白他的话是什么意思：大家不愿意在我面前谈论“时空闯客”是因为他们认为**我应该负责**。他们真是疯了。我知道自己一直是“美国的恐怖巫师”，也已经习惯了这种称呼，可现在这个实在是过分了……

**一九九九年一月二日（波士顿）**

欧文和我今晚待在君悦酒店里，明天就启程去佛罗里达了。（塔比和我一直商量着想在那儿买块地，不过还没告诉孩子们。我是说，他们只有二十七、二十五和二十一岁——等他们再长大些就会明白了，哈哈。）早些时候我们和乔一道去看了一部叫做《浮世男女》[①]的电影，罗伯特·拉贝导的。真是怪诞。不过说到怪，今天离开缅因的时候我也经历了一件邪门的事儿，就像纽约夜晚的噩梦什么的。记不得具体是怎么回事儿，但是早上醒过来的时候，我发现床头小本子上写了两行字。一行是婴儿莫俊德，就像查斯·亚当姆斯的卡通形象。这个我还是能明白的，肯定指的是《黑暗塔》小说里苏珊娜的孩子。可是我想不通的是另一行字：6/19/99，噢，迪斯寇迪亚。

迪斯寇迪亚听上去挺像《黑暗塔》系列里面的名词，不过绝对不是我的创作。至于6/19/99，应该是日期，对不对？什么意思？今年的六月十九日？那时候塔比和我应该已经回到了龟背大道的家里，可就我所知，这不是任何人的生日。

也许是我生平第一次遇上时空闯客的日子！

---

① 《浮世男女》（*Hurley Burley*），一九九八年出品的美国影片。

**一九九九年六月十二日**

又回到湖边了，感觉真棒！

我决定先放十天假，然后再开始干活儿。我很想知道《亚特兰蒂斯之心》[①]到底会怎么样，大家想不想知道鲍比·加菲的朋友泰德·布劳提根会出现在《黑暗塔》史诗里吗？老实说，我自己心里也没数。不管怎么样，这段日子读者对《黑暗塔》系列的热情有所减退——销售量实在让人失望，和我其他的书相比（除了《玫瑰疯狂者》[②]以外，那真是我的滑铁卢，至少从销售业绩上来说）。不过我可不在乎，等整个系列完成肯定会卖得很火的。

塔比又跟我吵了一架，还是对我的散步路线有意见。她求我不要再在公路上散步了，然后她又问了一句"风吹起来了吗？"，意思是我有没有打算开始动笔写下一部《黑暗塔》。我说没有。来吧来吧考玛辣，故事尚未打开。但它马上就会开始了，而且里面会有一种叫做考玛辣的舞蹈，这点我特别清楚：罗兰在跳舞。为什么？为谁？这我就说不上来了。

不管怎么说，我问塔比为什么问起黑暗塔，她回答："你和枪侠在一起的时候比较安全。"

大概她在开玩笑，不过听起来有点儿奇怪，不大像她的风格。

**一九九九年六月十七日**

晚上和兰德·侯斯顿、马克·卡里诺聊天来着，他们都很兴奋，从《世纪邪风暴》聊到《血色玫瑰》（还有《王国医院》），但没有一本能引起我的兴趣了。

我昨晚做了噩梦，醒过来大哭了一场。我在想，黑暗塔即将

---

① 《亚特兰蒂斯之心》（*Hearts in Atlantis*），斯蒂芬·金一九九九年出版的小说集，包含了五个由越南战争串联起来的小故事。

② 《玫瑰疯狂者》（*Rose Madder*），斯蒂芬·金于一九九五年出版的小说。

坍塌，噢，迪斯寇迪亚，世界愈发黑暗。

????

从《波特兰先锋报》一九九九年六月十八日剪下的新闻头条：

**缅因州西部的“时空闯客”现象至今无法解答**

**一九九九年六月十九日**

今天感觉就像宇宙里所有的星球都排成一线的日子。全家人都来到了龟背大道。乔一家人中午就到了，他们的小儿子真是可爱！可爱极了！有时候我会对着镜子自言自语，“你已经做爷爷了，”镜子里的斯蒂芬只是大笑。这种想法太荒唐了，镜子里的斯蒂芬还以为自己只是一个大学二年级学生，天天去上课、参加反越游行，晚上和弗利普·汤普森、乔治·麦克洛伊德在比萨店里喝啤酒。而我的小孙子，漂亮的伊森现在在干什么？噢，他正把气球拴在自己的脚趾头上，咯咯笑得开心。女儿纳奥米和老三欧文昨天晚上到的。我们一起吃了父亲节晚餐，大家对我说了一箩筐好话，搞得我以为自己已经死了！上帝，我真是太幸运了，家庭和睦，有更多故事可以写，还活在世上。估计这个礼拜会发生的最糟糕的事儿就是我的儿子、儿媳妇把他们妈妈的床压塌——两个小傻瓜正在床上打架呢。

你知道吗，我一直在考虑可以再捡起罗兰的故事。等我一写完手头这部关于写作的书（实际上，《论写作》这个题目也不赖——简单明了，直切主题。）可是此时此刻，阳光明媚，天气晴朗，我得出去散散步了。

也许待会儿会再写点儿。

摘自波特兰周日《电讯报》，一九九九年六月二十日：

# 斯蒂芬·金死于洛威尔的家附近

## 深受欢迎的缅因作家下午散步时死于非命

## 目击者称肇事司机在七号公路上撞上金时“正在开小差”

作者:雷·卢瑟尔

洛威尔,缅因:(独家报道)缅因州最受欢迎的小说家昨天下午在他夏日度假屋附近发生车祸,不治身亡。肇事司机是弗雷伯格的布赖恩·史密斯,据处理事故的内部人员称,史密斯承认事发当时他“开了小差”,一条洛威拿犬从车后爬出来,用鼻子顶驾驶座后面的车载冰箱。

事故发生在当地人所称的斯莱布城山丘附近。“我甚至没有看见他,”事发后史密斯声称。

金生前创作了多部流行小说,包括《小丑回魂》、《撒冷镇》、《闪灵》以及《末日逼近》等。事故发生后他当即被送进布里奇屯的北康柏兰纪念医院,于周六晚六点零二分宣告死亡,享年五十二岁。

医院方面说死因是严重的脑损伤。金的家人本来齐聚一地庆祝父亲节,今晚不接受任何采访……

来吧来吧考玛辣
战斗已经开始!
人类的敌人与玫瑰
与太阳共同升起。

# 语侠后记

## Wordslinger's Note

我想再一次感谢罗宾·福斯做出的宝贵贡献。她仔细阅读了手稿——以及之前的作品——并且非常注意细节的处理。如果说愈发复杂的情节环环相扣,罗宾功不可没。您要是不信,就请参看她所著的《黑暗塔名词集锦》,其本身就是一部引人入胜的作品。

同时我还想感谢查克·维利尔,《黑暗塔》系列最后五部小说的编辑,外加三家出版社,两大一小。没有他们的鼎力相助,规模如此巨大的创作项目肯定无法实现:罗伯特·维纳(唐纳德·M.格兰特出版公司),苏珊·皮特森·肯尼迪与帕米拉·朵儿曼(维京出版公司),苏珊·摩多和南·格拉翰(斯克里布纳出版社)。特别需要感谢的是摩多女士,她的直言快语为许多阴暗的日子增添了光彩。当然还有许多其他人,不过我就不打算列出详细名单,毕竟这不是该死的奥斯卡获奖名单,不是吗?

本书以及"黑暗塔"大结局中的一些地名经过艺术处理,本文中出现的一些人名也在小说中以虚构方式出现。另外,起码就我所知,世贸大楼中从来没有过可以塞硬币的储物箱。

至于你们,一直支持我的各位……

道路又转了一个弯,我们很快就要到尽头。

跟我一起来,好吗?

斯蒂芬·金

二〇〇三年五月二十八日

(感谢上帝)